中国社会科学院
老年学者文库

红楼梦甲戌本研究

刘世德 著

社会科学文献出版社
SOCIAL SCIENCES ACADEMIC PRESS (CHINA)

目　录
CONTENTS

第一章 《红楼梦》甲戌本简介

第一节 脂本·甲戌本·影印本

甲戌本乃现存的《红楼梦》"脂本"之一。

它是一个早期的传抄本。

《红楼梦》的版本可以分为"脂本"（八十回）、混合本（脂本八十回 +程本后四十回）、程本（一百二十回）三类。

其中，脂本出于曹雪芹的原稿，当年以传抄本的形式流传，但在曹雪芹生前，它们从来没有正式出版过。八十回本大多附有脂砚斋等人的评语，有的抄本题名"脂砚斋重评石头记"，人们因此称之为"脂本"。

现存的脂本有下列十一种：

> 甲戌本 己卯本 庚辰本 舒本 彼本
> 杨本 蒙本 戚本 皙本 眉本 梦本

甲戌本，即"脂砚斋甲戌（乾隆十九年，1754）抄阅再评本"。

甲戌本卷首题"脂砚斋重评石头记"，抄本，是一种过录本。

在二十世纪六十年代，我们在中国大陆所见到的甲戌本的影印本，一般来说，有甲种本和乙种本两种。甲种本和乙种本的区别，主要在于以下两点。

（一）甲种本保留了胡适的《跋乾隆甲戌脂砚斋重评石头记影印本》，以及胡适的印章和其他有关的印章和文字。

（二）乙种本删去了胡适的跋文，以及胡适等人的其他有关的文字和印章。乙种本同时增加了俞平伯的一篇有关的论文。

第二节　甲戌本的分册

现在我们见到的最早的甲戌本影印本，残存十六回，分为两册：

第一册	第 1 回至第 8 回
第二册	第 13 回至第 16 回 第 25 回至第 28 回

其实，在胡适当年收藏此书时，它的分册情况并不是这样的。兹介绍任晓辉兄的描述于下。

> 诚如胡适介绍的，此本残存十六回，分装四册，但四册并不是平均每册四回。1927 年暑期胡适购得此书时，即在每册封面作了朱笔题签，每册均题"脂砚斋评石头记"，每册又分题："第一册第一、二、三、四回，原共装四册，实残存十六回"；"第二册第五、六、七回"；"第三册第八回，又第十三、十四、十五、十六回"；"第四册第廿五、廿六、廿七、廿八回"。书名下加盖"胡适之印"阴文方章一枚。待到 1961 年 5 月 1 日台北印制厂影印时，已改装为线装一函两册，每册八回……①

第三节　甲戌本的其他情况

第 4 回末缺下半叶，第 13 回回首上半叶缺左下角。

有眉批、双行小字夹批、行侧批。

有回前总评者，共六回：

$$2\ 6\ 13②\ 14\ 15\ 16$$

---

① 任晓辉：《甲戌本石头记论略》（中国艺术研究院硕士学位论文，2007，北京）。
② 第 13 回回前总评有残缺之处。

正文每半叶十二行，每行十三字。

在甲戌本第1回正文中，曾列举《红楼梦》之异名曰：

（空空道人）因空见色，由色生情，传情入色，自色悟空，遂易名为情僧，改《石头记》为《情僧录》，至吴玉峰题曰《红楼梦》。东鲁孔梅溪则题曰《风月宝鉴》。后因曹雪芹于悼红轩中披阅十载，增删五次，纂成目录，分出章回，则题曰《金陵十二钗》。并题一绝云：

满纸荒唐言，一把辛酸泪。

都云作者痴，谁解其中味？

在此五绝之后，又云：

至脂砚斋甲戌抄阅再评，仍用《石头记》。

此语为其他脂本所无，红学界遂摘取其中的"甲戌"二字，以"甲戌本"作为此本的简称。

书前有凡例五条，附七律一首，均为其他脂本所无。

凡例第一条"红楼梦旨义"云：

是书题名极多①。□□"红楼②梦"是总其全部之名也；又曰《风月宝鉴》，是戒妄动风月之情；又曰《石头记》，是自警石头所记之事也。此三名皆书中曾巳③点晴④矣。如宝玉作梦，梦中有曲，名曰"红楼梦十二支"，此则《红楼梦》之点晴⑤。又如贾瑞病，跛道人持一镜来，上面即錾"风月宝鉴"四字，此则《风月宝鉴》之点晴⑥。又如道人亲眼见石上大书一篇故事，则系石头所记之往来，此则《石头记》之点晴⑦处。然此书又名曰《金陵十二钗》，审其名，则必系金陵十二女子也，然通部细搜检去，上中下女子岂止十二人哉。若云其中自有十二个，则又未尝指明白系某某。

---

① "多"系后人补写。

② "红楼"二字系后人补写。

③ "巳"乃"已"字之误。

④ "晴"乃"睛"字之误。

⑤ "晴"乃"睛"字之误。

⑥ "晴"乃"睛"字之误。

⑦ "晴"乃"睛"字之误。

极①至"红楼梦"一回中，亦曾翻出金陵十二钗之簿籍，又有十二支曲可考。

凡例第五条曰：

> 此书开卷第一回也，作者自云：因曾历过一番梦幻之后，故将真事隐去，而撰此《石头记》一书也，故曰"甄士隐梦幻识通灵"。但书中所记何事，又因何而撰是书哉？自云：今风尘碌碌，一事无成，忽念及当日所有之女子，一一细推了去，觉其行止见识皆出于我之上，何堂堂之须眉诚不若彼一干裙钗？实愧则有余、悔则无益之大无可奈何之日也。当此时，则自欲将已往所赖上赖天恩，下承祖德，锦衣纨袴之时，饫甘餍美之日，背父母教育之恩，负师兄规训之德，已致今日一事无成、半生潦倒之罪，编述一记，以告普天下人，虽我之罪固不能免，然闺阁中本自历历有人，万不可因我不肖，则一并使其泯灭也。虽今日之茅椽蓬牖，瓦灶绳床，其风晨月夕，阶柳庭花，亦未有伤于我之襟怀笔墨者，何为不用假语村言敷演出一段故事来，以悦人之耳目哉？故曰"风尘怀闺秀"，乃是第一回题纲正义也。

凡例末系七律一首：

> 浮生着甚苦奔忙，盛席华筵终散场。
> 悲喜千般同幻渺，古今一梦尽荒唐。
> 谩言红袖啼痕重，更有情痴抱恨长。
> 字字看来皆是血，十年辛苦不寻常。

正文第 1 回，自"生得骨格不凡丰神迥别"至"将一块大石登时变成一块鲜明莹洁的美玉"四百余字，为他本所无。

甲戌本乃刘位坦、刘铨福父子旧藏。

有刘铨福（白云吟客、云客）"癸亥（1863）春日"、"五月廿七日"、"戊辰（1868）秋"跋语五条。

跋云："李伯盂郎中言，翁叔平殿撰有原本而无脂批，与此文不同。"

又跋云："原文与刊本有不同处，尚留真面。惜止存八卷，海内收藏家出

---

① "极"乃"及"字之误。

有副本，愿抄补全之，则妙矣。"

另有濮文暹（青士）、濮文昶（椿馀）"乙丑孟秋"跋语一条。

1927 年此本归于胡适。有胡适 1948 年、1949 年、1950 年跋语三条。跋云：

> 我这个残本为最早写本，故最近于雪芹原稿，最可宝贵。

《红楼梦》甲戌本现藏于上海博物馆。

第二章　论甲戌、己卯、庚辰三本
成立的序次

——以"莲菊两歧"为引

多年以前，我曾发表《移花接木：从柳湘莲上坟说起——〈红楼梦〉创作过程研究一例》① 一文。本章则是"《红楼梦》创作过程研究又一例"。

甲戌本、己卯本、庚辰本三个脂本的成立孰先孰后的序次，是一个值得重视的、有意义的问题。

研究这个问题，应从何处着手呢？

我选择了"莲菊两歧"问题作为切入口。

所谓"莲菊两歧"，指的是人名"英莲"与"英菊"的歧异问题。

甄士隐夫妻生有一个女儿。她的名字，有的脂本叫作"英莲"，有的脂本叫作"英菊"，存在着歧异。

本章即以甄士隐女儿名字之歧异为引，进而讨论《红楼梦》脂本中的甲戌、己卯、庚辰三本成立的先后序次问题。

第一节　英莲或英菊，出现在正文中

在《红楼梦》中，甄士隐女儿的名字，有的脂本叫"英莲"，有的脂本则叫"英菊"。

---

① 该文发表于《文学遗产》2014 年第 4 期。后又改写为拙著《红楼梦舒本研究》（社会科学文献出版社，2018 年，北京）的第九章"二尤故事移置考"。

这两个不同名字的歧异问题向我们提供了一个研究曹雪芹《红楼梦》创作过程的机会。

"英莲"或"英菊"之名曾出现于《红楼梦》脂本的正文中。这见于下列两回：

1	4

现依次列举第 1 回和第 4 回有关"英莲"或"英菊"的文字于下。

【第 1 回】

第 1 回正文有六例。

例 1，甲戌本：

> 只因这甄士隐禀性恬淡，不以功名为念。每日只以观花修竹、酌酒吟诗为乐，倒是神仙一流人品。只是一件不足，如今年已半百，膝下无儿，只有一女，乳名英莲，年方三岁。

英莲	甲戌本 舒本 彼本 杨本 蒙本 戚本 眉本 梦本
英菊	己卯本 庚辰本

例 2，甲戌本：

> 士隐意欲也跟了过去，方举步时，忽听一声霹雳，有若山崩地陷，士隐大叫一声，定睛一看，只见烈日炎炎，芭蕉冉冉，梦中之事便忘了对半。又见奶姆正抱了英莲走来，士隐见女儿越发生得粉妆玉琢，乖觉可喜，便伸手接来，抱在怀中，斗他顽耍一回，又带至街前，看那过会的热闹。

英莲	甲戌本 舒本 彼本 杨本 戚本 眉本 梦本
英连①	蒙本
英菊	己卯本 庚辰本

例 1 和例 2 的区别在于，蒙本将"英莲"误写为"英连"。

---

① "连"乃"莲"字之误。

例3，甲戌本：

只见从那边来了一僧一道，那僧则癞头跣足，那道跛足蓬头，疯疯颠颠，挥霍谈笑而至。及到了他门前，看见士隐抱着英莲，那僧便哭起来，又向士隐道："施主，你把这有命无运、累及爹娘之物抱在怀内作甚？"

英莲	甲戌本 彼本 杨本 蒙本 戚本 眉本 梦本
英菊	己卯本 庚辰本
（无）	舒本

按：舒本此处因有同词脱文，故无"英莲"之名。

"看见士隐抱着英莲"三句，各脂本有关异文如下：

看见士隐抱着英莲，那僧便哭起来，又向士隐道（甲戌本）

看见士隐抱着英菊，那僧便大哭起来，又向士隐道（己卯本、庚辰本）

看见士隐道（舒本）

看见士隐抱着英莲，那僧便大哭起来，又面相①（向）士隐道（彼本）

看见士隐抱着英莲，那僧便大哭起来，又向士隐道（蒙本、戚本）

看见士隐抱着英莲，那僧道便大哭起来，又向士隐道（眉本）

看见士隐抱着英莲，那僧便大哭起来，又□士隐道（梦本）

舒本脱文的原因则是："士隐"二字前后相同。

例4，甲戌本：

真是闲处光阴易过，倏忽又是元宵佳节矣。因士隐命家人霍启抱了英莲去看社火花灯。

英莲	甲戌本 舒本 彼本 蒙本 戚本 眉本 梦本
莲英	杨本
英菊	己卯本 庚辰本

例4和例2一样，犯了相似的错误。例2是蒙本将"英莲"误写为"英

---

① "相"乃"向"字的音讹。

连", 例4则是杨本将 "英莲" 颠倒写作 "莲英"。

例5, 甲戌本:

半夜中, 霍启因要小解, 便将<u>英莲</u>放在一家门槛上坐着。

英莲	甲戌本 舒本 彼本 蒙本 戚本 眉本 梦本
莲英	杨本
英菊	己卯本 庚辰本

在这里, 杨本又重复了 "莲英" 之误。

例6, 甲戌本:

待他小解完了来抱时, 那有<u>英莲</u>的踪影? 急得霍启直寻了半夜。至天明不见, 那霍启也就不敢回来见主人, 便逃往他乡去了。

英莲	甲戌本 舒本 彼本 戚本 眉本 梦本
英连	杨本 蒙本
英菊	己卯本 庚辰本

【小结】

综观上述六例, 可列甲、乙二表于下。

甲表

己卯本　庚辰本	英菊_{例1~6}
甲戌本 彼本 戚本 眉本 梦本	英莲_{例1~6}
舒本	英莲_{例1、2、4~6}
杨本	英莲_{例1~3}、莲英_{例4、5}、英连_{例6}
蒙本	英莲_{例1、3、4、5}、英连_{例2、6}

乙表

英菊	己卯本　庚辰本
英莲 英连　莲英	甲戌本　舒本　彼本　杨本 蒙本　戚本　眉本　梦本

因此，我们可以得出两个结论：

（一）甄士隐的女儿，仅有己卯、庚辰二本写作"英菊"。

（二）其他脂本与己卯、庚辰二本不同，写作"英莲"（其中有误作"英连"或"莲英"者）。

【第4回】

甲戌本第4回也有六例。

例1，甲戌本：

> 门子笑道："……这且别说。老爷，你当被卖之丫头是谁？"
>
> 雨村道："我如何得知？"
>
> 门子冷笑道："这人算来还是老爷的大恩人呢。他就是葫芦庙旁住的甄老爷的小姐，名唤英莲。"

英莲	甲戌本　舒本　彼本　杨本　蒙本　戚本　眉本　梦本
英菊	己卯本
菊英	庚辰本

庚辰本这一次把名字弄颠倒，变成了"菊英"。

例2，甲戌本：

> 雨村罕然道："原来就是他。闻得养至五岁被人拐去，却如今才来卖呢？"
>
> 门子道："这一种拐子单管偷拐五六岁的儿女，养在一个僻静之处，到十一二岁时，度其容貌，带至他乡转卖。当日这英莲，我们天天哄他顽耍，虽隔了七八年，如今十二三岁的光景，其模样虽然出脱得齐整好些，然大概相貌自是不改，熟人易认。况且他眉心中原有米粒大小的一点胭脂癣，从胎里带来的，所以我却认得……"

英莲	甲戌本　舒本　彼本　蒙本　戚本　眉本　梦本
英连	杨本
英菊	己卯本
菊英	庚辰本

杨本"英连"之误已是第二次出现了。

例3，甲戌本：

> 门子道："……他听如此说，方才略解忧闷，自为从此得所，谁料天下竟有这等不如意事。第二日，他偏又卖与了薛家。若卖与第二个人还好，这薛公子的混名，人称呆霸王，最是天下第一个弄性尚气的人，而且使钱如土，遂打了个落花流水，生拖死拽，把个英莲拖去，如今也不知死活。这冯公子空喜一场，一念未遂，反花了钱，送了命，岂不可叹。"

英莲	甲戌本 舒本 彼本 杨本 蒙本 戚本 眉本 梦本
英菊	己卯本 庚辰本

例4，甲戌本：

> 雨村听了，亦叹道："这也是他们的孽障遭遇，亦非偶然。不然，冯渊如何偏只看准了这英莲，这英莲受了拐子这几年折磨，才得个头路，且又是个多情的，若能聚合了，倒是一件美事，偏又生出这段事来。这薛家总①比冯家富贵，想其为人，自然姬妾众多，淫佚无度，未必及冯渊定情于一人者。这正是梦幻情缘，恰遇见一对薄命儿女。且不要议论他，只目今这官司如何剖断才好？"

"冯渊如何偏只看准了这英莲，这英莲受了拐子这几年折磨"二句，甲戌本及其他脂本的异文如下：

> 冯渊如何偏只看准了这英莲 a，这英莲 b 受了拐子这几年折磨（甲戌本）
>
> 这冯渊如何偏只看准了这英菊 a，这英菊 b 受了拐子的这几年折磨（己卯本）
>
> 这冯渊如何偏只看准了这菊英了，拐子这几年折磨（庚辰本）
>
> 这冯渊偏如何只看准了他，这英莲受了拐子这几年折磨（舒本）
>
> 这冯渊如何偏只看准了这英莲，这英莲受了拐子的这几年折磨（彼本）

---

① "总"同"纵"。

这冯渊如何偏只看准了这英莲，这英莲受了这拐子的几年折磨（杨本）

冯渊如何偏只看准了，这英莲受了拐子数年折磨（蒙本、戚本）

这冯渊如何偏只看准了这英莲，这英莲受了拐子这几年折磨（眉本）

这冯渊如何偏只看准了这英莲，这英莲受了拐子这几年折磨（梦本）

英莲 a	甲戌本 彼本 杨本 蒙本 戚本 眉本 梦本
英菊 a	己卯本
菊英	庚辰本
他	舒本

"英莲 a"，蒙本、戚本无，己卯本作"英菊 a"，庚辰本误作"菊英"，舒本作"他"，其他脂本同于甲戌本。

"英莲 b"，庚辰本无，己卯本作"英菊 b"，其他脂本同于甲戌本。

按：庚辰本此二句属于同词脱文现象。脱文的原因则是：第一，"菊英"乃"英菊"之误；第二，"这菊英"与"这英菊"三字前后相似。

例5，甲戌本：

当下言不着雨村。且说那买了英莲、打死冯渊的那薛公子，亦系金陵人氏，本是书香继世之家，只是如今这薛公子幼年丧父，寡母又怜他是个独根孤种，未免溺爱纵容些，遂致老大无成。

"英莲"，己卯本、庚辰本作"英菊"，其他脂本同于甲戌本。

例6，甲戌本：

薛蟠素闻得都中乃第一繁华之地，正思一游，便趁此机会，一为送妹待选，二为望亲，三因亲自入部销算旧账目，再计新支，其实则为游览上国风景之意。因此早已打点下行装细软，以及馈送亲友各色土物人情等类，正择日已定，不想偏遇见了那拐子重卖英莲 a，薛蟠见英莲 b 生得不俗，立意买了，又遇冯家来夺人，因恃强喝令手下豪奴将冯渊打死，他便将家中事务嘱了族中人并几个老家人，他便同了母、妹等，竟自起身长行去了。

"英莲 a"，己卯本、庚辰本作"英菊"，其他脂本同于甲戌本。

"英莲b"，己卯本、庚辰本作"英菊"，蒙本、戚本作"他"，其他脂本同于甲戌本。

综观上述六例，可列甲、乙二表于下：

甲表

己卯本	英菊 $_{例1-6}$
庚辰本	英菊 $_{例3,5,6}$ 菊英 $_{例1,2,4}$
甲戌本 舒本 彼本 蒙本 戚本 眉本 梦本	英莲 $_{例1-6}$
杨本	英莲 $_{例1,3-6}$ 英连 $_{例2}$

乙表

英菊	己卯本 庚辰本
菊英	庚辰本
英莲	甲戌本 舒本 彼本 杨本 蒙本 戚本 眉本 梦本
英连	杨本
他	蒙本 戚本 舒本

【小结】

综合第1回和第4回两回的有关文字来看，不难得出两个结论：

（一）甄士隐的女儿，仅有己卯本、庚辰本写作"英菊"（其中有误作"菊英"者）。

（二）其他多数脂本与己卯本、庚辰本不同，写作"英莲"（其中有作"他"或误作"英连"、"莲英"者）。

第二节　英莲，出现在脂评中

在脂评中，凡提及甄士隐女儿之处，均作"英莲"，而无一"英菊"之名。

脂评中出现的"英莲"共有十一例。

现依次列举于下：

例1，甲戌本第2回：

> 好极，与英莲"有命无运"四字遥遥相映射。莲，主也，杏，仆也。今莲反无运，而杏则两全，可知世人原在运数，不在眼下之高低也。此则大有深意存焉。

这段眉评系针对娇杏"命运两济"一句而写。

例2，甲戌本第4回：

> 最厌女子，仍为女子丧生，是何等大笔。不是写冯渊，正是写英莲。

这条行侧评语系针对冯渊"酷爱男风，最厌女子"而写。

例3，甲戌本第4回：

> 宝钗之热，黛玉之怯，悉从胎中带来。今英莲有癖，其人可知矣。

这条行侧评语所针对的，是正文：英莲"眉心中原有米粒大小的一点胭脂癖，从胎里带来的"。

例4，戚本第4回：

> 作者要说容貌势力，要说情，要语幻，又要说小人之居心，豪强之脱大，了结前文旧案，铺设后文根基，点明英莲，收叙宝钗等项诸事；只借先之沙弥，今日门子之口，层层叙来。真是大悲菩萨，千手千眼一时转动，毫无遗露。可见具大光明者，故无难事，诚然。

这段批语所针对的正文是："偏生这拐子又租了我的房舍居住。"

例5，蒙本第4回：

> 天下英雄，失足匪人，偶得机会可以跳出者，与英莲同声一哭。

这段评语所针对的正文是："他自叹道：'我今日罪孽可满了'。"

例6：甲戌本第4回：

> 盖宝钗一家不得不细写者。若另起头绪，则文字死板，故仍只借雨村一人穿插出阿呆兄人命一事，且又带叙出英莲一向之行踪，并以后之

归结，是以故意戏用"葫芦僧乱判"等字样，撰成半回，略一解颐，略一叹世，盖非有意讥刺仕途，实亦出人之闲文耳。

又注冯家一笔更妥，可见冯家正不为人命，实赖此获利耳。故用"乱判"二字为题，虽曰不涉世事，或亦有微辞耳。但其意实欲出宝钗，不得不做此穿插。故云此等皆非石头记之正文。

此评语所针对的是"雨村判薛蟠案"一段文字。

例7，甲戌本第4回：

阿呆兄亦知不俗，英莲人品可知矣。

正文说："薛蟠见英莲生得不俗"。

例8，蒙本第4回：

看他写一宝钗之来，先以英莲事逼其进京，及以舅氏官出，惟姨可倚，转转相逼来。且加以世态人情隐耀其间，如人饮醇酒，不期然而已醉矣。

此系第4回之回末总评。

例9，甲戌本第7回：

二字仍从"莲"上起来，盖"英莲"者"应怜"也，"香菱"者亦"相怜"之意。此是改名之英莲也。

所谓"二字"，指的是"香菱"。

例10，甲戌本第7回：

这是英莲天生成的口气。妙甚。

此是双行小字夹评，针对的正文是：香菱所说的"奶奶叫我做什么"。

例11，甲戌本第7回：

出名英莲。

正文：周瑞家的因问他（金钏）道："那香菱小丫头子可就是时常说临上京时买的为他打人命官司的那个小丫头子？"金钏道："可不就是。"此处出现了这条夹批。

在以上十一条评语中，甄士隐女儿的名字全作"英莲"，不作"英菊"。可知评者所见到的脂本既非己卯本，亦非庚辰本。

第三节　香菱判词

宝玉梦游太虚幻境，获见香菱（即英莲）的判词。
引甲戌本有关文字于下：

> 宝玉看了不解，遂掷下这个，又去开了副册厨门，拿起一本册来。
> 揭开看时，只见画着一株桂花，下面有一池沿，其中水涸泥干，莲枯藕败。
> 后面书云：
> 根并荷花一茎香，平生遭际实堪伤。
> 自从两地生孤木，致使香魂返故乡。

蔡义江兄曾评点此香菱判词说：

> 说香菱的。
> 判词首句暗点其名；香菱本名英莲，莲就是荷，菱与荷同生池中，所以说根在一起。三四句说，自从薛蟠娶夏金桂为妻之后，香菱就被迫害而死了。
> "两地生孤木"，两个"土"字，加一个"木"字，是金桂的"桂"字，故画中画桂花。
> "魂返故乡"，指死。画中也有这个意思。戚序本第八十回有回目用"姣怯香菱病入膏肓"，还写她"酿成干血痨症，日渐羸瘦作烧"，医药无效，接着当写她死，即所谓"水涸泥干，莲枯藕败"（"藕"谐音配偶的"偶"）。续书所写未遵原意。①

我同意他的见解。

---

① 《蔡义江新评红楼梦》（龙门书局，2010 年，北京），上册，第 58 页。

判词中提到了"莲"、"藕"和"荷花"。

"莲"即"荷","藕"则是"莲"的地下茎。"莲"、"荷"、"藕"同为水中之物;"菊"则非是。

这个判词既从正面显示了曹雪芹对英莲(香菱)命运结局的设计和安排,又从侧面告诉我们,曹雪芹在《红楼梦》创作过程中最后确定下来的甄士隐女儿(即香菱)的名字是"英莲",而不是"英菊"。

第四节 初稿与改稿之分

"英菊"和"英莲"这两个名字,理应有出于初稿与出于改稿之分。

那么,它们之中,哪个名字是出于曹雪芹的初稿,哪个名字是出于曹雪芹的改稿呢?

关于这个问题,我认为,有下列五点值得注意。

第一,曹雪芹给书中人物的命名,非率意为之,而是十分讲究、精心设计的。

第二,不要把"英莲"或"英菊"看成是"单纯词"①,而应视为"合成词"。

第三,应从名字的含义来看"英莲"和"英菊"。"英莲"谐音"应怜"。脂评指出了"英莲"二字的含义:

> 设云"应怜"也。

这是贴切地符合曹雪芹心意的。在第1回,谐音之例甚多,如"甄士隐"(真事隐去)、"贾雨村"(假语村言)、"贾化"(假话)、"严老爷"(炎)、霍启(祸起)等,不止一见。相反的,"英菊"则属于"没有讲"。

第四,在脂评中,此人名均作"英莲",不作"英菊"。

第五,在现存有第1回和第4回的脂本中,举凡甲戌本、舒本、彼本、杨本、蒙本、戚本、眉本、梦本等八种均作"英莲",只有己卯本、庚辰本两种作"英菊"②。从这个角度看,"英菊"应出于初稿,"英莲"则应出于改

---

① "单纯词":只包含一个词素的词,例如"英"、"莲"、"菊"等。

② 这一点,和正文是完全一致的。

稿、定稿。

初稿	英菊	己卯本 庚辰本
改稿 定稿	英莲	甲戌本 舒本 彼本 杨本 蒙本 戚本 眉本 梦本

在"英莲"、"英菊"人名歧异问题上，若从甲戌本和其他脂本的亲疏关系着眼，则可以得出的初步结论是：

（一）在甲戌本第一单元①（含第1回、第4回），和甲戌本关系比较亲近的脂本是舒本、彼本、杨本、蒙本、戚本、眉本、梦本。

（二）在甲戌本第一单元（含第1回、第4回），和甲戌本关系比较疏远的脂本是己卯本、庚辰本。

和甲戌本关系亲近	舒本 彼本 杨本 蒙本 戚本 眉本 梦本
和甲戌本关系疏远	己卯本 庚辰本

初稿	己卯本 庚辰本
改稿 定稿	甲戌本 舒本 彼本 杨本 蒙本 戚本 眉本 梦本

（三）为什么说己卯、庚辰二本是初稿，而甲戌等本是改稿呢？对这个问题，试拟两种答案于下：

　　答案一："英莲"出于初稿，"英菊"出于改稿。
　　答案二："英菊"出于初稿，"英莲"出于改稿。

脂评指出，"英莲"谐音"应怜"，这道出了曹雪芹的真实意图。而"英菊"恰恰相反，正如《荀子》所说，"是悖者也"。所以，"英菊"改"英莲"有着极大的概率，反之，"英莲"改"英菊"几无可能。

这就是我认为"英莲"出于改稿（即答案二）的原因。

---

① 甲戌本残存十六回。愚意以其每四回为一单元；第一单元即第1回至第4回（第二单元：第5回至第8回；第三单元：第13回至第16回；第四单元：第25回至第28回）。

【小结】

初稿	英菊	己卯本 庚辰本
改稿定稿	英莲	甲戌本 舒本 彼本 杨本 蒙本 戚本 眉本 梦本

第五节 何谓"己卯本"、"庚辰本"？

何谓"己卯本"？

己卯即乾隆二十四年（1759）。

"己卯本"即"己卯冬月定本"的简称。

己卯本残存四十三回（另有两个半回），由中国国家图书馆藏本（残存四十回）与中国历史博物馆藏本组成。中国国家图书馆藏本残存四十回（1～20，31～40，61～70）。中国历史博物馆藏本残存三个整回（56～58）和两个半回（55回下半回，59回上半回）。

己卯本每十回一册，每册有一总目。

其第三册总目题曰"己卯冬月定本"。

这表明，己卯本乃是乾隆二十四年冬季的"定本"。

于是红学界遂称此本为"己卯本"。

己卯本 = 乾隆二十四年"定本"

何谓"庚辰本"？

庚辰即乾隆二十五年（1760）。

"庚辰本"即"庚辰秋月定本"或"庚辰秋定本"的简称。

庚辰本残存七十八回（1～63，65，66，68～80）。庚辰本每十回一册，每册有一总目。

其第五册总目题曰"庚辰秋月定本"，第六册总目题曰"庚辰秋定本"。

这表明，庚辰本乃是乾隆二十五年秋季的"定本"。

于是红学界遂称此本为"庚辰本"。

$$庚辰本 = 乾隆二十五年"定本"$$

"定本"的"定",是何意也?

"定"是"已经确定"、"不再改变"之意。

何谓"定本"?

《辞源》修订本云:

> 校订审定的书稿叫定本。《魏书·孙惠蔚传》上书:"臣今依前丞臣卢昶所撰《甲乙新录》,欲裨残补阙,损并有无,校练句读,以为定本,次第均写,永为常式。"[①]

由此可知,己卯本、庚辰本实即乾隆二十四年(1759)、二十五年(1760)的定本。换言之,现存的己卯本、庚辰本分别成立于乾隆二十四年、乾隆二十五年。[②]

这就产生了一个饶有趣味的问题:甲戌本究竟是成立于己卯本、庚辰本之前呢,还是成立于己卯本、庚辰本之后?

第六节 "甲戌本"名称的由来

甲戌本的命名方式,和己卯本、庚辰本的命名方式有同有异。

它们相同的是均以干支所代表的年份命名。

己卯是乾隆二十四年,庚辰是乾隆二十五年,甲戌则是乾隆十九年。若按干支排序,岂非甲戌本的成立要早于己卯、庚辰二本?

实则大谬不然。

为什么?

因为己卯本的"己卯"和庚辰本的"庚辰"代表的都是"定本"的年份。而甲戌本的"甲戌"所代表的却不是"定本"的年份。

现在,没有任何一个证据能够确凿无疑地证明甲戌本是乾隆十九年(甲戌)的"定本"。

---

① 《辞源》修订本,商务印书馆,1980年,北京。

② 这是就己卯本、庚辰本的底本而言。现在我们看到的己卯本、庚辰本乃是一种传抄本。

如果认为曹雪芹的《红楼梦》撰写或定稿于乾隆十九年，或者说，如果认为《红楼梦》"甲戌本"的传抄本系抄手抄于乾隆十九年，那是一个天大的误会。

甲戌本 ≠ 乾隆十九年的稿本

甲戌本 ≠ 乾隆十九年的传抄本

甲戌本 ≠ 乾隆十九年的"定本"

那么，为什么要把甲戌本叫作"甲戌本"呢？

这牵涉到"甲戌本"名称的由来。

原来在《红楼梦》第 1 回有这样一段文字，提到了《红楼梦》书名变易的沿革，引甲戌本于下：

> 空空道人听如此说，思忖半晌，将这《石头记》再检阅一遍，因见上面虽有些指奸责佞、贬恶诛邪之语，亦非伤时骂世之旨，及至君仁臣良，父慈子孝，凡伦常所关之处，皆是称功颂德，眷眷无穷，实非别书之可比，虽其中大旨谈情，亦不过实录其事，又非假拟妄称，一味淫邀艳约、私订偷盟之可比，因毫不干涉时世，方从头至尾抄录回来，问世传奇，因空见色，由色生情，传情入色，自色悟空，遂易名为情僧，改《石头记》为《情僧录》，至吴玉峰题曰《红楼梦》，东鲁孔梅溪则题曰《风月宝鉴》。后因曹雪芹于悼红轩中披阅十载，增删五次，纂成目录，分出章回，则题曰《金陵十二钗》，并题一绝云：满纸荒唐言，一把辛酸泪。都云作者痴，谁解其中味。
>
> 至脂砚斋甲戌①抄阅再评仍用《石头记》。

在上述引文中，有两句（"至吴玉峰题曰《红楼梦》"及"至脂砚斋甲戌抄阅再评仍用《石头记》"）为其他脂本所无。

其中那句"至吴玉峰题曰《红楼梦》"因与本书讨论的问题无关，且不去说它。

倒是另一句"至脂砚斋甲戌抄阅再评仍用《石头记》"值得玩味。

---

① "戌"，原误作"戍"，现径直改正。

"甲戌本"三字中的"甲戌"二字，即撷①自《红楼梦》第 1 回。不妨再细读上述引文中的那句"至脂砚斋甲戌抄阅再评仍用《石头记》"，琢磨一下其中"甲戌"二字的用意。

它当然指的是一个干支年份。但是，它一非指曹雪芹写定《红楼梦》的年份，二非指抄手抄缮甲戌本的年份。它指的仅仅是脂砚斋"抄阅再评"《红楼梦》的年份！

所谓脂砚斋"抄阅再评《红楼梦》"的年份，自然是指脂砚斋开始"抄阅再评"《红楼梦》的年份。至于脂砚斋完成"抄阅再评"《红楼梦》的年份，则应是脂砚斋开始"抄阅再评《红楼梦》"的年份（甲戌，乾隆十九年）之后的 n 年。这样，就仅仅存在着一种可能性：

"甲戌本"乃甲戌（乾隆十九年）之后的 n 年的一个本子。

这"n 年"有两种可能性：

可能性之一：这"n 年"在己卯本（乾隆二十四年定本）、庚辰本（乾隆二十五年定本）之后。

可能性之二：这"n 年"在己卯本（乾隆二十四年定本）、庚辰本（乾隆二十五年定本）之前。

若从"莲菊两歧"的案例来判断，我的赞成票投给可能性之一。

也就是说，甲戌、己卯、庚辰三本成立的序次，应当是"己卯本、庚辰本早于甲戌本"，而不应当是"甲戌本早于己卯本、庚辰本"：

己卯本→庚辰本→甲戌本

第七节　结语

第一，由于《红楼梦》第 1 回正文中，出现了"甲戌"二字，此二字为其他脂本所无，故撷取此二字作为"甲戌本"的简称。这个书名获得了红学界的认同和使用。

---

① "撷"，此字自《红楼梦》第 1 回借用。

第二，在现存的文字资料中，"甲戌"二字只和《红楼梦》评阅者脂砚斋发生了直接的关联，但和作者曹雪芹却没有发生直接的关联。

第三，"甲戌"和《红楼梦》作者曹雪芹的创作过程不发生某种直接的关联。也就是说，"甲戌"并不是特指曹雪芹撰写《红楼梦》"初稿"、"改稿"或"定稿"（"定本"）的年份。

第四，从"英莲"与"英菊"名字的两歧，可以断定己卯本、庚辰本的成立要早于甲戌本。

己卯本→庚辰本→甲戌本

以上谨述我的一孔之见，未知读者诸君以为然否？

第三章　甲戌本回目考述

本章意在比较《红楼梦》甲戌本与其他脂本以及程甲本、程乙本回目或总目①文字的异同，企图从回目的角度来观察甲戌本和其他诸本之间的亲疏关系。

所谓"其他诸本"，限于指甲戌本之外的其他脂本以及程甲本、程乙本：

己卯本 庚辰本 舒本 彼本 杨本 蒙本 戚本 皙本 眉本 梦本
程甲本 程乙本

本书在论述中将甲戌本残存的十六回正文分为四个单元：

第一单元	第 1 回至第 4 回
第二单元	第 5 回至第 8 回
第三单元	第 13 回至第 16 回
第四单元	第 25 回至第 28 回

有的脂本保存着总目，有的脂本则缺失总目（甲戌本就是如此）。因此，第六节补述甲戌本回目与其他诸本总目之间的异同情况。但本章不涉及其他诸本总目与其自身回目之间的异同的比较。

---

① "总目"，在这里指置于全书之首的"目录"。

第一节　甲戌本第一单元回目与其他诸本
回目的比较

本节考述甲戌本第一单元（第 1 回至第 4 回）回目与其他诸本回目之间的异同。

【第 1 回】

甲戌本第 1 回与其他脂本、程甲本、程乙本的第 1 回回目，如下表所示：

甲戌本	甄士隐梦幻识通灵	贾雨村风尘怀闺秀
己卯本	甄士隐梦幻识通灵	贾雨村风尘怀闺秀
庚辰本	甄士隐梦幻识通灵	贾雨村风尘怀闺秀
舒本	甄士隐梦幻识通灵	贾雨村风尘怀闺秀
彼本	甄士隐梦幻识通灵	贾雨村风尘怀闺秀
杨本	甄士隐梦幻识通灵	贾雨村风尘怀闺秀
蒙本	甄士隐梦幻识通灵	贾雨村风尘怀闺秀
戚本	甄士隐梦幻识通灵	贾雨村风尘怀闺秀
眉本	甄士隐梦幻识通灵	贾雨村风尘怀闺秀
梦本	甄士隐梦幻识通灵	贾雨村风尘怀闺秀
程甲本	甄士隐梦幻识通灵	贾雨村风尘怀闺秀
程乙本	甄士隐梦幻识通灵	贾雨村风尘怀闺秀

【小结】

第 1 回回目

全同	甲戌本 己卯本 庚辰本 舒本 彼本 杨本 蒙本 戚本 眉本 梦本 程甲本 程乙本

【第 2 回】

甲戌本第 2 回与其他脂本、程甲本、程乙本的第 2 回回目，如下表所示：

甲戌本	贾夫人仙逝扬州城　冷子兴演说荣国府
己卯本	贾夫人仙逝扬州城　冷子兴演说宁国府
庚辰本	贾夫人仙逝扬州城　冷子兴演说宁国府
舒本	贾夫人仙逝扬州城　冷子兴演说宁国府
彼本	贾夫人仙逝扬州城　冷子兴演说宁国府
杨本	贾夫人仙游扬州城　冷子兴演说宁国府
蒙本	贾夫人仙逝杨州城　冷子兴演说宁国府
戚本	贾夫人仙逝扬州城　冷子兴演说宁国府
眉本	贾夫人仙游扬州城　冷子兴演说宁国府
梦本	贾夫人仙逝扬州城　冷子兴演说宁国□
程甲本	贾夫人仙逝扬州城　冷子兴演说宁国府
程乙本	贾夫人仙逝扬州城　冷子兴演说宁国府

"荣国府"，其他脂本、程甲本、程乙本作"宁国府"。"宁国府"的"府"字，梦本空缺。

"仙逝"，杨本、眉本作"仙游"。

"扬州"，己卯本、庚辰本、蒙本作"杨州"。

【小结】

第 2 回回目

全同	舒本 彼本 戚本 梦本
大同小异	甲戌本 己卯本 庚辰本 杨本 蒙本 眉本 程甲本 程乙本

【第 3 回】

甲戌本第 3 回与其他脂本、程甲本、程乙本的第 3 回回目，如下表所示：

甲戌本	金陵城起复贾雨村　荣国府收养林黛玉
己卯本	贾雨村夤缘复旧职　林黛玉抛父进京都
庚辰本	贾雨村夤缘复旧职　林黛玉抛父进都京
舒本	托内兄如海酬闺师　接外孙贾母怜孤女
彼本	托内兄如海酬训教　接外孙贾母惜孤女

续表

杨本	贾雨村寅缘复旧职	林黛玉抛父进京都
蒙本	托内兄如海酬训教	接外孙贾母惜孤女
戚本	托内兄如海酬训教	接外孙贾母惜孤女
眉本	托内弟如海酬训教	接外孙贾母恤孤女
梦本	托内兄如海酬训教	接外孙贾母惜孤女
程甲本	托内兄如海荐西宾	接外孙贾母惜孤女
程乙本	托内兄如海荐西宾	接外孙贾母惜孤女

甲戌本"收养"二字之侧，有脂评曰："二字触目，凄凉之至。"

杨本"寅"乃"寅"字之误。这是抄手所犯的错误，与作者无干。曹雪芹之祖父名"寅"，雪芹断无写错此字之可能。

眉本回目"内弟"乃"内兄"之误。

这一点，在甲戌本中交代得十分清楚：

> 如海道："天缘凑巧，因贱荆去世，都中家岳母念及小女无人依傍教育，前已遣了男女、船只来接，因小女未曾大痊，故未及行。此刻正思向蒙训教之恩，未经酬报，遇此机会，岂有不尽心图报之礼。但请放心，弟已预为筹画至此，已修下荐书一封，转托内兄 a 务为周全协佐，方可稍尽弟之鄙诚，即有所废①用之例，弟于内兄 b 信中已注明白，亦不劳尊兄多虑矣。"

其中"弟于内兄信中已注明白"一句，各脂本异文如下：

弟于内兄信中已注明白（甲戌本）
弟于内家信中已注明白（己卯本、庚辰本、舒本、杨本）
弟于内兄家信内已注明白（彼本）
弟于家信中已注明白（蒙本、戚本）
弟于内兄家信中已注明白（眉本）
弟于内兄信中注明（梦本）

---

① "废"乃"费"字之音讹。

"内兄 a",其他脂本同①。

"内兄 b",彼本、眉本、梦本同,己卯本、庚辰本、舒本、杨本作"内家",蒙本、戚本作"家"。

按:"内兄 a"、"内兄 b",眉本均同于甲戌本的正文。而异于自身的回目。这可以证明两点:

第一,眉本回目的"内弟"乃"内兄"之误。

第二,此误与作者无干,系出于抄手的误抄或误改。眉本正文作"内兄",而回目却作"内弟",可见眉本抄手之粗率。

【小结】

第 3 回回目

独异	甲戌本
全同	彼本 蒙本 戚本 梦本
大同小异 a	己卯本 庚辰本 杨本
大同小异 b	舒本 眉本

【第 4 回】

甲戌本与其他脂本、程甲本、程乙本的第 4 回回目,如下表所示:

甲戌本	薄命女偏逢薄命郎	葫芦僧乱判葫芦案
己卯本	薄命女偏逢薄命郎	葫芦僧乱判葫芦案
庚辰本	薄命女偏逢薄命郎	葫芦僧乱判葫芦案
舒本	薄命女偏逢薄命郎	葫芦僧乱判葫芦案
彼本	薄命女偏逢薄命郎	葫芦僧乱判葫芦案
杨本	薄命女偏逢薄命郎	葫芦僧乱判葫芦案
蒙本	薄命女偏逢薄命郎	葫芦僧乱判葫芦案
戚本	薄命女偏逢薄命郎	葫芦僧乱判葫芦案
眉本	薄命女偏逢薄命郎	葫芦僧乱判葫芦案
梦本	薄命女偏逢薄命郎	葫芦僧判断葫芦案

① 舒本此段文字,自"转托"至"鄘诚"无。

续表

程甲本	薄命女偏逢薄命郎　葫芦僧判断葫芦案
程乙本	薄命女偏逢薄命郎　葫芦僧判断葫芦案

"乱判"，梦本、程甲本、程乙本作"判断"。

梦本乃脂本与程本之间的过渡本。此一证也。

【小结】

第 4 回回目

全同	甲戌本　己卯本　庚辰本 舒本　彼本　杨本 蒙本　戚本　眉本
大同小异	梦本 程甲本 程乙本

第二节　甲戌本第二单元回目与其他诸本回目的比较

本节考述甲戌本第二单元（第 5 回至第 8 回）与其他脂本、程甲本、程乙本的回目的异同。

【第 5 回】

甲戌本与其他脂本、程甲本、程乙本的第 5 回回目，如下表所示：

甲戌本	开生面梦演红楼梦　立新场情传幻境情
己卯本	游幻境指迷十二钗　饮仙醪曲演红楼梦
庚辰本	游幻境指迷十二钗　饮仙醪曲演红楼梦
舒本	灵石迷性难解仙机　警幻多情秘垂淫训
彼本	（无）①
杨本	游幻境指迷十二钗　饮仙醪曲演红楼梦
蒙本	灵石迷性难解仙机　警幻多情秘垂淫训
戚本	灵石迷性难解仙机　警幻多情秘垂淫训

---

① 彼本第 5 回佚失。

续表

眉本	灵石迷性难解天机　警幻多情密垂淫训
梦本	贾宝玉神游太虚境　警幻仙曲演红楼梦
程甲本	贾宝玉神游太虚境　警幻仙曲演红楼梦
程乙本	贾宝玉神游太虚境　警幻仙曲演红楼梦

【小结】

以上诸本第 5 回的回目如果细分为四组，则如下表所示：

第 1 组	独异	甲戌本
第 2 组	全同 a	己卯本　庚辰本　杨本
第 3 组	大同小异	舒本　蒙本　戚本　眉本
第 4 组	全同 b	梦本　程甲本　程乙本

甲戌本第 5 回回目独异于其他诸本。

【第 6 回】

甲戌本与其他脂本、程甲本、程乙本第 6 回的回目，如下表所示：

甲戌本	贾宝玉初试雨云情　刘姥姥一进荣国府
己卯本	贾宝玉初试雨云情　刘姥姥一进荣国府
庚辰本	贾宝玉初试云雨情　刘姥姥一进荣国府
舒本	贾宝玉初试云雨情　刘姥姥一进荣国府
彼本	（无）①
杨本	贾宝玉初试云雨情　刘姥姥一进荣国府
蒙本	贾宝玉初试云雨情　刘老妪一进荣国府
戚本	贾宝玉初试云雨情　刘老妪一进荣国府
眉本	贾宝玉初试云雨情　刘姥姥一进荣国府
梦本	贾宝玉初试云雨情　刘老老一进荣国府
程甲本	贾宝玉初试云雨情　刘老老一进荣国府
程乙本	贾宝玉初试云雨情　刘老老一进荣国府

---

① 彼本第 6 回佚失。

"雨云情",己卯本同于甲戌本,其他诸本作"云雨情"。

雨云情	甲戌本 己卯本
云雨情	其他脂本、程甲本、程乙本

"刘姥姥",蒙本、戚本作"刘老妪",梦本、程甲本、程乙本作"刘老老",其他诸本同于甲戌本。

特别需要注意的是"刘姥姥"之名在回目中的异文:

刘老妪	蒙本 戚本
刘老老	梦本 程甲本 程乙本
刘姥姥	其他脂本

【小结】

全同 a	甲戌本 己卯本
全同 b	庚辰本 舒本 杨本 眉本
全同 c	蒙本 戚本
全同 d	梦本 程甲本 程乙本

鉴于刘姥姥与刘老老问题比较复杂,本书将专设一章加以介绍和分析①。

【第7回】

甲戌本与其他诸本第7回的回目,如下表所示:

甲戌本	送宫花周瑞叹英莲	谈肆业秦钟结宝玉
己卯本	送宫花贾琏戏熙凤	晏宁府宝玉会秦钟
庚辰本	送宫花贾琏戏熙凤	晏宁府宝玉会秦钟
舒本	送宫花周瑞叹英莲	谈肆业秦钟结宝玉
彼本	尤氏女独请王熙凤	贾宝玉初会秦鲸卿
杨本	(无)②	

———

① 参阅第十七章至第二十章。
② 杨本有正文,而无回目。

蒙本	尤①氏女独请王熙凤	贾宝玉初会秦鲸卿
戚本	尤氏女独请王熙凤	贾宝玉初会秦鲸卿
眉本	尤氏女独请王熙凤	贾宝玉初会秦鲸卿
梦本	送宫花贾琏戏熙凤	宁国府宝玉会秦钟
程甲本	送宫花贾琏戏熙凤	宁国府宝玉会秦钟
程乙本	送宫花贾琏戏熙凤	宴宁府宝玉会秦钟

【小结】

以上十一种回目（杨本除外），可以分为三组：

第一组	全同 a	甲戌本 舒本
第二组	大同小异	己卯本 庚辰本 梦本 程甲本 程乙本
第三组	全同 b	彼本 蒙本 戚本 眉本

在第二组中，异文则是：己卯本、庚辰本下联的"晏宁府"，梦本、程甲本作"宁国府"，程乙本作"宴宁府"。

甲戌本、舒本回目上联作"送宫花周瑞叹英莲"，有瑕疵。因为在正文中，"叹英莲"的是周瑞之妻（"周瑞家的"），而非周瑞。回目有字数的限制，不得已而舍弃"家的"，仅仅留用"周瑞"二字。作者事后发现不妥，遂作修改。这个推测若能成立，则可证明甲戌本、舒本的回目上联"送宫花周瑞叹英莲"实出于作者的初稿。

【第 8 回】

甲戌本与其他脂本、程甲本、程乙本第 8 回的回目，如下表所示：

甲戌本	薛宝钗小恙梨香院	贾宝玉大醉绛芸轩
己卯本	比通灵金莺微露意	探宝钗黛玉半含酸
庚辰本	比通灵金莺微露意	探宝钗黛玉半含酸
舒本	薛宝钗小宴梨香院	贾宝玉逞醉绛云轩

---

① 蒙本"尤"字缺失右上一点。

彼本	薛宝钗小宴梨香院　贾宝玉逞醉绛云轩
杨本	比通灵金莺微露意　探宝钗黛玉半含酸
蒙本	栏①酒兴李②奶母讨恢　掷茶杯贾公子生嗔
戚本	拦酒兴李奶母讨恢　掷茶杯贾公子生嗔
眉本	拦酒兴奶母讨厌　掷茶杯公子生嗔
梦本	贾宝玉奇缘识金锁　薛宝钗巧合认通灵
程甲本	贾宝玉奇缘识金锁　薛宝钗巧合认通灵
程乙本	贾宝玉奇缘识金锁　薛宝钗巧合认通灵

【小结】

以上十二种回目，按照它们全同或大同小异的程度，可以分为以下四组：

第一组	大同小异 a	甲戌本 舒本 彼本
第二组	全同 a	己卯本 庚辰本 杨本
第三组	大同小异 b	蒙本 戚本 眉本
第四组	全同 b	梦本 程甲本 程乙本

在第一组中，甲戌本、舒本、彼本三本大同小异。微小的差异表现为三点：

（一）甲戌本的"小羔"，舒本、彼本作"小宴"。

（二）甲戌本的"大醉"，舒本、彼本作"逞醉"。

（三）甲戌本的"绛芸轩"，舒本、彼本作"绛云轩"。

在第二组中，己卯本、庚辰本、杨本三本全同。

在第三组中，蒙本、戚本二本全同（蒙本"栏"乃"拦"字误写）；但蒙本、戚本的"讨恢"，眉本作"讨厌"，而眉本的"奶母"和"公子"也都失去了姓。

在第四组中，梦本、程甲本、程乙本全同。

有一点值得注意：在以上十二种回目中，有十一种作八言句，只有一种

---

① "栏"乃"拦"字之误。

② "李"系旁改，原字不清。

独作七言句：

八言句	甲戌本 己卯本 庚辰本 舒本 彼本 杨本 蒙本 戚本 梦本 程甲本 程乙本
七言句	眉本

第三节　甲戌本第三单元回目与其他诸本
回目的比较

【第 13 回】

甲戌本与其他脂本、程甲本、程乙本第 13 回的回目，如下表所示：

甲戌本	秦可卿死封龙禁尉	王熙凤协理宁国府
己卯本	秦可卿死封龙禁尉	王熙凤协理宁国府
庚辰本	秦可卿死封龙禁尉	王熙凤协理宁国府
舒本	秦可卿死封龙禁尉	王熙凤协理宁国府
彼本	秦可卿死封龙禁尉	王熙凤协理宁国府
杨本	秦可卿死封龙禁尉	王熙凤协理宁国府
蒙本	秦可卿死封龙禁尉	王熙凤协理宁国府
戚本	秦可卿死封龙禁尉	王熙凤协理宁国府
梦本	秦可卿死封龙禁尉	王熙凤协理宁国府
程甲本	秦可卿死封龙禁尉	王熙凤协理宁国府
程乙本	秦可卿死封龙禁尉	王熙凤协理宁国府

【小结】

甲戌本与其他脂本、程甲本、程乙本第 13 回的回目全同。

【第 14 回】

甲戌本与其他脂本、程甲本、程乙本第 14 回的回目，如下表所示：

甲戌本	林如海捐馆扬州城	贾宝玉路谒北静王
己卯本	林儒海捐馆扬州城	贾宝玉路谒北静王
庚辰本	林儒海捐馆扬州城	贾宝玉路谒北静王
舒本	林如海捐馆扬州城	贾宝玉路谒北静王
彼本	林如海捐馆扬州城	贾宝玉路谒北静王
杨本	林如海捐馆扬州城	贾宝玉路谒北静王
蒙本	林儒海捐馆扬州城	贾宝玉路谒北静王
戚本	林如海捐馆扬州城	贾宝玉路谒北静王
梦本	林如海捐馆扬州城	贾宝玉路谒北静王
程甲本	林如海捐馆扬州城	贾宝玉路谒北静王
程乙本	林如海灵返扬州城	贾宝玉路谒北静王

【小结】

以上诸本的回目下联全同，上联则有异文。异文表现为三点：

第一点

林如海	甲戌本 舒本 彼本 杨本 戚本 梦本 程甲本 程乙本
林儒海	己卯本 庚辰本 蒙本

第二点

捐馆	甲戌本 己卯本 庚辰本 舒本 彼本 杨本 蒙本 戚本 梦本 程甲本
灵返	程乙本

第三点

扬州城	甲戌本 己卯本 庚辰本 舒本 彼本 蒙本 戚本 梦本 程甲本 程乙本
杨州城	杨本

【第 15 回】

甲戌本与其他脂本、程甲本、程乙本第 15 回的回目，如下表所示：

甲戌本	王熙凤弄权铁槛寺	秦鲸卿得趣馒头庵
己卯本	王凤姐弄权铁槛寺	秦鲸卿得趣馒头庵
庚辰本	王凤姐弄权铁槛寺	秦鲸卿得趣馒头庵
舒本	王凤姐弄权铁槛寺	秦鲸卿得趣馒头庵
彼本	王凤姐弄权铁槛寺	秦鲸卿得趣馒头庵
杨本	王凤姐弄权铁槛①寺	秦鲸卿得趣馒头庵
蒙本	王凤姐弄权铁槛寺	秦鲸卿得趣馒头巷②
戚本	王凤姐弄权铁槛寺	秦鲸卿得趣馒头庵
梦本	王凤姐弄权铁槛寺	秦鲸卿得趣馒头庵
程甲本	王凤姐弄权铁寺镜	秦鲸卿得趣馒头庵
程乙本	王凤姐弄权铁槛寺	秦鲸卿得趣馒头庵

【小结】

第 15 回回目下联全同。上联则有异文两处。

甲戌本"王熙凤"，其他脂本以及程甲本、程乙本均作"王凤姐"。

甲戌本"铁槛寺"，程甲本作"铁寺镜"，其他脂本同于甲戌本。

【第 16 回】

甲戌本与其他脂本、程甲本、程乙本第 16 回的回目，如下表所示：

甲戌本	贾元春才选凤藻宫 秦鲸卿夭逝黄泉路
己卯本	贾元春才选凤藻宫 秦鲸卿夭逝黄泉路
庚辰本	贾元春才选凤藻宫 秦鲸卿夭逝黄泉路
舒本	贾元春才选凤藻宫 秦鲸卿大逝黄泉路
彼本	贾元春才选凤藻宫 秦鲸卿大逝黄泉路
杨本	贾元春才选凤藻宫 秦鲸卿夭逝黄泉路

---

① "槛"系旁改，原作"寺"。

② "巷"乃"庵"字的形讹。

续表

蒙本	贾元春才选凤藻宫　秦鲸卿夭游黄泉路
戚本	贾元春才选凤藻宫　秦鲸卿夭游黄泉路
梦本	贾元春才选凤藻□　秦鲸卿夭逝黄泉路
程甲本	贾元春才选凤藻宫　秦鲸卿夭逝黄泉路
程乙本	贾元春才选凤藻宫　秦鲸卿夭逝黄泉路

【小结】

第 16 回回目上联全同（唯梦本 "宫" 字缺失）。

回目下联则有异文。异文表现为五点：

殀逝	甲戌本
夭逝	己卯本　庚辰本　杨本　程甲本　程乙本
大逝	舒本　彼本
夭游	蒙本　戚本
天逝	梦本

第四节　甲戌本第四单元回目与其他诸本回目的比较

【第 25 回】

甲戌本与其他诸本第 25 回的回目，如下表所示：

甲戌本	魇魔法叔嫂逢①五鬼　通灵玉蒙敝遇双真
庚辰本	魇魔法姊弟逢五鬼　红楼梦通灵遇双真
舒本	魇魔法叔嫂逢五鬼　通灵玉蒙蔽遇双仙
彼本	魇魔法叔嫂逢五鬼　通灵玉蒙敝遇双仙
杨本	魇魔法叔嫂逢五鬼　通灵玉姐弟遇双仙
蒙本	魇魔法姊弟逢五鬼　红楼梦通灵通双真

---

① "逢" 原作 "逢"，下同。

续表

戚本	魇魔法姊弟逢五鬼	红楼梦通灵遇双真
梦本	魇魔法叔嫂逢五鬼	红楼梦通灵遇双真
程甲本	魇魔法叔嫂逢五鬼	通灵玉蒙蔽遇双真
程乙本	魇魔法叔嫂逢五鬼	通灵玉蒙蔽遇双真

【小结】

大同小异 a	甲戌本 程甲本 程乙本
大同小异 b	舒本 彼本 杨本
大同小异 c	庚辰本 蒙本 戚本 梦本

【第 26 回】

第 26 回甲戌本与其他脂本、程甲本、程乙本的回目，如下表所示：

甲戌本	蜂腰桥设言传蜜意	潇湘馆春困发幽情
庚辰本	蜂腰桥设言传心事	潇湘馆春困发幽情
舒本	蜂腰桥目送传密语	潇湘馆春困发幽情
彼本	蘅芜院设言传密语	潇湘馆春困发幽情
杨本	蘅芜院设言传蜜语	潇湘馆春困发幽情
蒙本	蜂腰桥设言传心事	潇湘馆春困发幽情
戚本	蜂腰桥设言传心事	潇湘馆春困发幽情
梦本	蜂腰桥设言传心事	潇湘馆春困发幽情
程甲本	蜂腰桥设言传心事	潇湘馆春困发幽情
程乙本	蜂腰桥设言传心事	潇湘馆春困发幽情

【小结】

第 26 回回目的下联诸本全同。

其上联则如下表所示：

第一组	大同小异	甲戌本 彼本 杨本
第二组	全同	庚辰本 蒙本 戚本 梦本 程甲本 程乙本
第三组	独异	舒本

【第 27 回】

第 27 回甲戌本与其他脂本、程甲本、程乙本的回目，如下表所示：

甲戌本	滴翠亭杨妃戏彩蝶　埋香冢飞燕泣残红
庚辰本	滴翠亭杨妃戏彩蝶　埋香冢飞燕泣残红
舒本	滴翠亭杨妃戏彩蝶　埋香冢飞燕泣残红
彼本	滴翠亭杨妃戏彩蝶　埋香冢飞燕泣残红
杨本	滴翠亭杨妃戏彩蝶　埋香冢飞燕泣残红
蒙本	滴翠亭杨妃戏彩蝶　埋香冢飞燕泣残红
戚本	滴翠亭杨妃戏彩蝶　埋香冢飞燕泣残红
梦本	滴翠亭杨妃戏彩蝶　埋香冢飞尘泣残红
程甲本	滴翠亭杨妃戏彩蝶　埋香冢飞燕泣残红
程乙本	滴翠亭杨妃戏彩蝶　埋香冢飞燕泣残红

【小结】

全同	甲戌本 庚辰本 舒本 彼本 杨本 蒙本 戚本 程甲本 程乙本
独异	梦本

上联"杨妃"（杨玉环）与下联"飞燕"（赵飞燕）二女对举，喻指扑蝶之宝钗与葬花之黛玉。梦本下联独作"埋香冢飞尘泣残红"。"飞尘"无解，实乃"飞燕"之误。

【第 28 回】

甲戌本与其他脂本、程甲本、程乙本第 28 回回目如下表所示：

甲戌本	蒋玉菡情赠茜香罗　薛宝钗羞笼红麝串
庚辰本	蒋玉函情赠茜香罗　薛宝钗羞笼红麝串
舒本	蒋函玉情赠茜香罗　薛宝钗羞笼红麝串
彼本	蒋玉菡情赠茜香罗　薛宝钗羞笼红麝串
杨本	蒋玉菡情赠茜香罗　薛宝钗羞笼红麝串
蒙本	蒋玉菡情赠茜香罗　薛宝钗羞笼红麝串

戚本	蒋玉菡情赠茜香罗	薛宝钗羞笼红麝串
梦本	蒋玉菡情赠茜香罗	薛宝钗羞笼红麝串
程甲本	蒋玉函情赠茜香罗	薛宝钗羞笼红麝串
程乙本	蒋玉函情赠茜香罗	薛宝钗羞笼红麝串

【小结】

第 28 回回目，甲戌本与其他诸本基本上全同。

之所以说"基本上全同"，是因为有"菡"与"函"以及"玉菡"与"函玉"的区别。

第五节　结语

（一）甲戌本全书现存十六回，其回目上、下联与其他脂本基本上全同者四回：

第 1 回	甄士隐梦幻识通灵 贾雨村风尘怀闺秀
第 13 回	秦可卿死封龙禁卫 王熙凤协理宁国府
第 15 回	王熙凤弄权铁<u>槛</u>寺 秦鲸卿得趣馒头<u>庵</u>
第 28 回	蒋玉<u>菡</u>情赠茜香罗 薛宝钗羞笼红麝串

"熙凤"，其他脂本作"凤姐"。

"槛"，杨本原误作"寺"，旁改"槛"。

"庵"，蒙本总目作"巷"。"巷"乃"庵"字的形讹。

"玉菡"，舒本总目作"函玉"。

"菡"，庚辰本总目作"函"。

（二）甲戌本回目上联与其他脂本全同者三回：

第 4 回	薄命女偏逢薄命郎
第 16 回	贾元春才选凤藻宫①

---

① 梦本中"宫"字缺失。

第 27 回	滴翠亭杨妃戏彩蝶

（三）甲戌本回目与其他脂本基本相同者：

第 8 回	甲戌本 舒本 彼本
第 14 回	甲戌本 己卯本 庚辰本 舒本 彼本 杨本 蒙本 戚本 梦本
第 16 回	甲戌本 己卯本 庚辰本 舒本 彼本 杨本 蒙本 戚本 梦本
第 25 回	甲戌本 舒本 彼本
第 26 回	甲戌本 庚辰本 舒本 蒙本 戚本 梦本

第六节　甲戌本回目与其他脂本总目的比较

现存脂本有无总目者，如下表所示：

无总目	甲戌本 彼本
有总目	己卯本 庚辰本 舒本 蒙本 戚本 梦本

下文将对甲戌本回目与其他脂本的总目进行比较。进行比较时，二者相同的，不再一一列举；仅仅列举相异的。

【第 3 回】

甲戌本回目	金陵城起复贾雨村	荣国府收养林黛玉
庚辰本总目	贾雨村夤缘复旧职	林黛玉抛父进都京
蒙本总目	托内兄如海酬训教	接外孙贾母惜孤女
戚本总目	托内兄如海酬训教	接外孙贾母惜孤女

【第 6 回】

甲戌本回目	贾宝玉初试雨云情	刘姥姥一进荣国府
梦本总目	贾宝玉初试云雨情	刘姥姥一进荣国府

【第 7 回】

甲戌本回目	送宫花周瑞叹英莲 谈肆业秦钟结宝玉
蒙本总目	尤氏女独请王熙凤 结宝玉初会秦鲸卿①

【第 8 回】

甲戌本回目	薛宝钗小恙梨香院 贾宝玉大醉绛芸轩
舒本总目	薛宝钗小恙梨花院 贾宝玉大醉绛芸轩
蒙本总目	拦酒兴李奶母讨恹 掷茶杯贾公子生嗔②

【第 14 回】

甲戌本回目	林如海捐馆扬州城 贾宝玉路谒北静王
己卯本总目	林如海捐馆扬州城 贾宝玉路谒北静王
庚辰本总目	林如海捐馆扬州城 贾宝玉路谒北静王
舒本总目	林如海捐馆扬州府 贾宝玉路谒北静王
蒙本总目	林如海捐馆扬州城 贾宝玉路谒③北静王

【第 15 回】

甲戌本回目	王熙凤弄权铁槛寺 秦鲸卿得趣馒头庵
舒本总目	王熙凤弄权铁槛寺 秦鲸卿得趣馒头庵
蒙本总目	王熙凤弄权铁槛巷 秦鲸卿得趣馒头庵
戚本总目	王熙凤弄权铁槛寺 秦鲸卿得趣馒头庵

【第 16 回】

甲戌本回目	贾元春才选凤藻宫 秦鲸卿夭逝黄泉路
蒙本总目	贾春元才选凤藻宫 秦鲸卿夭游④黄泉路

---

① "秦鲸卿"三字缺损。
② "嗔"字缺损。
③ "谒"系涂改，原字不清。
④ "游"系涂改。

【第 25 回】

甲戌本回目	魇魔法叔嫂逢五鬼 通灵玉蒙敝遇双真
庚辰本总目	魇压法叔嫂逢五鬼 红楼梦通灵遇双真
蒙本总目	魇魔法姊弟逢五鬼 通灵玉蒙蔽遇双真

【第 27 回】

甲戌本回目	滴翠亭杨妃戏彩蝶 埋香冢飞燕泣残红
庚辰本总目	滴翠亭杨妃戏彩蝶 理①香冢飞燕泣残红

【第 28 回】

甲戌本回目	蒋玉菡情赠茜香罗 薛宝钗羞笼红麝串
庚辰本总目	蒋玉函情赠茜香罗 薛宝钗羞笼红麝串
舒本总目	蒋函玉情赠茜香罗 薛宝钗羞笼红麝串

---

① "理"系涂改，原作"埋"。

第四章　甲戌本回前诗、回末诗联与回末结束语考述

本章标题中所说的"回前诗"，是指位于回目之后、正文之前的诗；"回末诗联"是指位于回末的诗联，"回末结束语"是指"且听下回分解"以及类似于此的回末结束语。①

第一节　甲戌本的回前诗

甲戌本在下列四回保留着回前诗：

2	6	7	8

另在下列四回仅仅保留着回前诗的提示语"诗曰"等，而无诗句：

13②	14	15	16

此外，在现存的甲戌本和其他脂本中，共有回前诗九首，分别见于以下十回：

---

① 请参阅拙著《红楼梦眉本研究》（社会科学文献出版社，2013 年，北京）第十四章"回前诗·回末诗联·回末套语"。

② 请参阅本书第 47 页。

2　4　5　6　7　8　13　17/18　64

这里有个问题：在这九首回前诗之中，除了第 64 回之外，为什么都集中在第 17/18 回之前？

原因是这样的：第 64 回的内容是叙述尤二姐、尤三姐、柳湘莲的故事，而据我研究，在曹雪芹的《红楼梦》初稿中，尤二姐、尤三姐、柳湘莲的故事原本被安排在今第 14 回和今第 16 回之间①，到了《红楼梦》改稿中，方挪移到我们今天所看到的章回中。

所以今天留存下来的回前诗，实际上在初稿中是终止于第 17/18 回的。

现依次介绍这九首回前诗。

【第 2 回】

甲戌本：

> 诗云：
> 一局输赢料不真，香销茶尽尚逡巡。
> 欲知目下兴衰兆，须问旁观冷眼人。

有回前诗	甲戌本 己卯本 庚辰本 舒本 彼本 杨本 蒙本 戚本 眉本
无回前诗	梦本

在回前诗之前的提示语：

诗云	甲戌本 己卯本 庚辰本 舒本 蒙本 戚本 眉本 梦本
诗曰	杨本
（无）	彼本

"赢"，舒本作"赢"，其他脂本同于甲戌本。

---

① 请参阅拙著《红楼梦舒本研究》（社会科学文献出版社，2018 年，北京）第九章"二尤故事移置考"。

【第 4 回】

彼本第 4 回：

题曰：

捐躯报君恩，未报躯犹在①。

眼底物多情，君恩或可待。

有回前诗	彼本 杨本
无回前诗	甲戌本 己卯本 庚辰本 舒本 蒙本 戚本 眉本 梦本

"君恩"，杨本作"国恩"。

"躯"，杨本作"身"。

回前诗的提示语：

题曰	彼本、杨本

【第 5 回】

舒本第 5 回：

题曰：

春困葳蕤拥绣衾，恍随仙子别红尘。

问谁幻入华胥境，千古风流造业人。

"业"，戚本作"孽"。

有回前诗	舒本 杨本 蒙本 戚本 眉本
无回前诗	甲戌本 己卯本 庚辰本 梦本

提示语：

---

① 彼本"在"系旁改，原作"存"。

题曰	舒本 蒙本 戚本 眉本
（无）	杨本

【第 6 回】

甲戌本第 6 回：

题曰：

朝叩富儿门，富儿犹未足。

虽无千金酬，嗟彼胜骨肉。

"门"，眉本作"开"①。

有回前诗	甲戌本 杨本 蒙本 戚本 眉本
无回前诗	己卯本 庚辰本 舒本 梦本

提示语：

题曰	甲戌本 杨本 蒙本 戚本 眉本

【第 7 回】

甲戌本第 7 回：

题曰：

十二花容色最新，不知谁是惜花人。

相逢若问名何氏，家住江南姓本秦。

"名何氏"，蒙本、戚本作"何名氏"。

有回前诗	甲戌本 蒙本 戚本
无回前诗	己卯本 庚辰本 舒本 彼本 杨本 眉本 梦本

---

① "开"（開）是"门"（門）字的形讹。

提示语：

题曰	甲戌本 蒙本 戚本

【第 8 回】

甲戌本第 8 回：

题曰：

古鼎新烹凤髓香，那堪翠斝贮琼浆。

莫言绮縠无风韵，试看金娃对玉郎。

有回前诗	甲戌本
无回前诗	己卯本 庚辰本 舒本 彼本 杨本 蒙本 戚本 眉本 梦本

提示语："题曰"。

【第 13 回】

庚辰本第 13 回：

一步行来错，回头已百年。

古今风月鉴，多少泣黄泉。

按：此系另纸所录，原插于第 11 回之前。在此回前诗之前，另录有批语两条。其中一条说："此回可卿梦阿凤，盖作者大有深意存焉。"所谓"此回可卿梦阿凤"，不见于第 11 回，而为第 13 回中事。故知此纸所录乃是第 13 回之回前诗，而误插于此处。

另外，甲戌本第 13 回回前有提示语"诗云"二字，下空两行，当是为回前诗待补而预留的。①

【第 17/18 回】

己卯本第 17/18 回：

---

① 参见拙著《红楼梦眉本研究》（社会科学文献出版社，2013 年，北京），186 页。

诗曰：

豪华虽足美，离别却难堪。

博得虚名在，谁人识苦甘？

"足"，庚辰本、彼本同，杨本作"是"。

有	己卯本 庚辰本 彼本 杨本
无	甲戌本 舒本 蒙本 戚本 梦本

提示语"诗曰"，四本均同。

【第 64 回】

彼本第 64 回：

题曰：

深闺有奇女，绝世空珠翠。

情痴苦泪多，未惜颜憔悴。

哀哉千秋魂，薄命无二致。

嗟彼桑间人，好丑非其类①。

有	彼本
无	杨本 蒙本 戚本 梦本

【小结】

（一）除第 64 回外，其他章回的回前诗均在前二十回之内：

2　4　5　6　7　8　13　17/18

（二）为什么会造成这样的情况？原来这和柳湘莲、尤三姐、尤二姐的故事情节在曹雪芹创作过程中被向后挪移有关②。柳湘莲、尤三姐、尤二姐的故

---

① "其类"系旁改，原作"岂颜"。

② 请参阅拙文《移花接木：从柳湘莲上坟说起——〈红楼梦〉创作过程研究一例》，载《古代小说论集》（国家图书馆出版社，2017 年，北京）卷三，第 223 页至第 233 页；拙文《二尤故事移置考》，载《红楼梦舒本研究》（社会科学文献出版社，2018 年，北京）第九章，第 110 页至第 130 页。

事，在《红楼梦》初稿中，原先被安排在现今的第 14 回之后和现今的第 16 回之前。我还曾指出，闹学堂故事、"秦可卿淫丧天香楼"故事、贾瑞与王熙凤故事、秦钟与智能儿故事、贾琏与多姑娘故事等无疑都是《风月宝鉴》旧稿的内容。而有回前诗设置的章回，现在保存下来的也在前二十回之内，这难道是巧合吗？

第二节　甲戌本的回末诗联

和回前诗一样，回末诗联也是曹雪芹预先拟定的一种设置。可惜他中年早逝，未能补全，给后世的读者留下遗憾。

脂本保留着回末诗联的有下列十回：

4	5	6	7	8	13	19	21	23	64

而甲戌本则只有下列四回保留着回末诗联：

6	7	8	13

现依次列举各回的回末诗联于下。

【第 4 回】

梦本第 4 回：

> 正是：
> 渐入鲍鱼肆，
> 反恶芝兰香。

此诗联，其他脂本均无。

有回末诗联	梦本
无回末诗联	甲戌本 己卯本 庚辰本 舒本 彼本 杨本 蒙本 戚本 眉本

【第 5 回】

己卯本第 5 回：

> 正是：
> 梦同谁诉离愁恨，
> 千古情人独我知。

"正是"，甲戌本无，其他脂本同于己卯本。

此诗联，各脂本的异文如下：

> 梦同谁诉离愁恨，千古情人独我知。（己卯本、杨本）
> 一场幽梦同谁近①，千古情人独我痴。（庚辰本）
> 一场幽梦同谁诉，千古情人独我知。（舒本）
> 一枕幽梦同谁诉，千古情人独我痴。（蒙本、戚本）
> 一觉黄粱犹未熟，百年富贵已成空。（梦本）

有	己卯本 庚辰本 舒本 杨本 蒙本 戚本 梦本
无	甲戌本

【第 6 回】

甲戌本第 6 回：

> 正是：
> 得意浓时易接济，
> 受恩深处胜亲朋。

此诗联，各脂本的异文如下：

> 得意浓时易接济，受恩深处胜亲朋。（甲戌本、己卯本、舒本、杨本、蒙本、戚本、眉本、梦本）
> 得意浓时是②接济，受恩深处胜亲朋。（庚辰本）

---

① "近"乃"诉"字的形讹。
② "是"乃"易"字的形讹。

有	甲戌本 己卯本 庚辰本 舒本 杨本 蒙本 戚本 眉本 梦本
无	（无）

【第 7 回】

甲戌本第 7 回：

> 正是：
>
> 不因俊俏难为友，
>
> 正为风流始读书。

"正是"，己卯本、杨本、眉本同，庚辰本作"这正是"。

此诗联，各脂本的异文如下：

> 不因俊俏难为友，正为风流始读书。（甲戌本、庚辰本、蒙本、戚本、梦本）
>
> 得意浓时易接济，受恩深处胜亲朋。（舒本、彼本）
>
> 不因俊俏为朋①友，正为风流始读书。（杨本）
>
> 不因俊俏难为友，正为风流愿读书。（眉本）

有	甲戌本 庚辰本 杨本 蒙本 戚本 眉本 梦本
无	己卯本

舒本、彼本第 7 回的回末诗联被误抄为上一回（第 6 回）的回末诗联。

杨本上联原作"不因俊俏为友"，后于"为"下旁添"朋"字。

按：杨本此处原夺"难"而误添"朋"。

【第 8 回】

甲戌本第 8 回：

---

① 杨本"朋"系旁添。

正是：

早知日后闲争气，

岂肯今朝错读书。

"正是"，己卯本、庚辰本、彼本、杨本、蒙本、戚本、眉本、梦本同。
此诗联，各脂本的异文如下：

早知日后闲争气，岂肯今朝错读书。（甲戌本、己卯本、庚辰本、杨本、蒙本、戚本、梦本）

早知日后闲争气，岂有今朝□□□。（舒本）

早知日后闲争气，岂有今朝错读书。（彼本）

早知日后闲生气，岂肯今朝错读书。（眉本）

有	甲戌本 己卯本 庚辰本 舒本 彼本 杨本 蒙本 戚本 眉本 梦本
无	（无）

【第 13 回】

甲戌本第 13 回：

正是：

金紫万千谁治国，

裙钗一二可齐家。

此诗联，梦本无，其他脂本同于甲戌本。

有	甲戌本 己卯本 庚辰本 舒本 彼本 杨本 蒙本 戚本 眉本
无	梦本

杨本无"正是"二字。

【第 19 回】

梦本第 19 回：

正意①：

戏谑主人调笑仆，

相合姊妹合欢亲。

此诗联，其他脂本均无。

"正意"，其他脂本无，② 己卯本、庚辰本作"正是"。

有	梦本
无	己卯本 庚辰本 舒本 彼本 杨本 蒙本 戚本

【第 21 回】

庚辰本第 21 回：

正是：

淑女从来多抱怨，

娇妻自古便含酸。

"正是"，彼本、蒙本、戚本同，舒本、杨本、梦本无。

此诗联，各脂本异文如下：

淑女从来多抱怨，娇妻自古便含酸。（庚辰本）

淑女自来多抱怨，娇妻从古便含酸。（彼本、蒙本、戚本）

有	庚辰本 彼本 蒙本 戚本
无	舒本 杨本 梦本

【第 23 回】

庚辰本第 23 回：

正是：

---

① "意"乃"是"字之误。

② 其他脂本"正意（是）"及诗联并无。

妆晨绣夜心无矣，

对月临风恨有之。

此诗联，各脂本异文如下：

妆晨绣夜心无矣，对月临风恨有之。（庚辰本、舒本、蒙本、戚本）

妆晨绣夜心无意，对月临风恨有之。（彼本）

妆晨绣夜心无矣，对月吟风恨有云。（暂本）

有	庚辰本 舒本 彼本 蒙本 戚本 暂本
无	杨本 梦本

上联末字"矣"与下联末字"之"均是虚字相对。

而彼本上联末字作"意"。"意"当是"矣"字的音讹。

暂本下联末字作"云"。"云"当是"之"字的形讹。

【第 64 回】

彼本第 64 回：

正是：

只为同枝贪色欲，

致教连理起戈矛。

"戈矛"，蒙本、梦本同，己卯本无，戚本作"干戈"。

有	彼本 蒙本 戚本 梦本
无	己卯本

值得注意的是，第 64 回既有回前诗，又有回末诗联。

这证明了两点：

（一）在曹雪芹原先的设计中，回前诗与回末诗联是配套的。试看在现存的脂本中，有回前诗的章回为十回（九首），有回末诗联的章回也是十回（十首）。其中，既有回前诗又有回末诗联的章回则是七回，居于多数：

> | 4 5 6 7 8 13 64 |

（二）现存的第 64 回，虽位于第 4 回至第 23 回之后，但在曹雪芹的初稿中，它却位于第 14 回至第 16 回之间。[①] 而回前诗和回末诗联的配置也证明了这一点。

第三节　甲戌本第一单元的回末结束语

【第 1 回】

甲戌本：

> 封肃听了，唬得目瞪口呆，不知有何祸事。

其他脂本作：

> 封肃听了，唬得目瞪口呆，不知有何祸事？（己卯本）
>
> 封肃听了，唬得目瞪痴呆，不知有何祸事？（庚辰本）
>
> 封肃听了，唬的目瞪口呆，不知有何祸事？且听下回分解。（舒本、杨本）
>
> 封肃听了，唬得目瞪痴呆，不知有何祸事？下回便晓。（彼本）
>
> 封肃听了，唬得目瞪口呆，不知有何祸事？且听下回分解。（蒙本、戚本）
>
> 封肃听了，目瞪痴呆，不知有何祸事？且听下回分解。（眉本）
>
> 封肃听了，唬得目瞪口呆，不知□□祸事？且听下回分解。（梦本）

---

① 请参阅拙文《移花接木：从柳湘莲上坟说起——曹雪芹创作过程研究一例》（《文学遗产》2014 年第 4 期）。该文又载于拙著《古代小说论集》（国家图书馆出版社，2017 年，北京）。另请参阅拙著《红楼梦舒本研究》（社会科学文献出版社，2018 年，北京）第九章"二尤故事移置考"。

【小结】

第 1 回

（无）	甲戌本 己卯本 庚辰本
且听下回分解	舒本 杨本 蒙本 戚本 眉本 梦本
下回便晓	彼本

【第 2 回】

甲戌本：

> 雨村忙回头看时。

其他脂本作：

> 雨村忙回头看时。（己卯本、庚辰本）
> 雨村忙回头看时，你道是谁？且听下回分解。（舒本）
> 雨村忙回头看时，要知是何人？且听下回分解。（彼本）
> 雨村忙回头看时。且听下回分解。（杨本）
> 雨村听说，忙回头看时，且听下回分解。（蒙本、戚本）
> 雨村忙回头看时，下回分解。（眉本）
> 雨村忙回头看时，要知是谁？下回分解。（梦本）

【小结】

第 2 回

（无）	甲戌本 己卯本 庚辰本
且听下回分解	舒本 彼本 杨本 蒙本 戚本
下回分解	眉本 梦本

【第 3 回】

甲戌本：

> 意欲唤取进京之意。

其他脂本作：

意欲唤取进京之意。（己卯本、庚辰本）

意欲唤取进京之意。且听下回分解。（舒本、蒙本、戚本）

意欲唤取进京之意。要知端详，且听下回分解。（彼本）

意欲唤取进京之意。且听下回。（杨本）

意欲唤取进京之意。下回分解。（眉本）

意欲唤取进京之意。毕竟怎的？下回分解。（梦本）

【小结】

第 3 回

（无）	甲戌本 己卯本 庚辰本
且听下回分解	舒本 蒙本 戚本
要知端详，且听下回分解	彼本
且听下回	杨本
下回分解	眉本
毕竟怎的？下回分解	梦本

【第 4 回】

甲戌本第 4 回末尾残缺。

其他脂本作：

因此遂将移居之念渐渐打灭了。（己卯本）

因此遂将移居之念渐渐打灭了。（庚辰本）

因此遂将移居之念渐渐打灭了。且听下回分解。（舒本）

因此遂将移居之念渐渐打灭了。要知端详，且听下回分解。（彼本）

因此遂将移居之念渐渐打灭了。既将薛家母子在荣国府寄居等事略已表明，此后荣国府又有何事？且听下文。（杨本）

因此把薛蟠移居之念渐渐消灭了。要知端的，且听下回分解。（蒙本、戚本）

因此遂将移居之念渐渐打灭了。要知端详，下回分解。（眉本）

因此遂将移居之念渐渐打灭了。（梦本）

【小结】

第 4 回

（残缺）	甲戌本
（无）	己卯本 庚辰本 梦本
且听下回分解	舒本
要知端详，且听下回分解	彼本
且听下文	杨本
要知端的，且听下回分解	蒙本 戚本
要知端详，下回分解	眉本

此第 4 回回末结束语，以其相同或相似的亲近关系而论，可分为四组：

1	甲戌本 己卯本 庚辰本 梦本
2	杨本
3	彼本 蒙本 戚本 眉本
4	舒本

第四节　第二单元的回末结束语

【第 5 回】

甲戌本：

> 我的小名，这里没人知道，他如何从梦里叫出来？

其他脂本作：

> 我的小名，这里从无人知道的，他如何知道，在梦里叫出来？（己卯本）
> 我的小名，这里从没人知道的，他如何知道，在梦里叫出来？（庚辰本）
> 我的小名，这里从没知道的，如何知道，在梦里叫出？（舒本）
> 我的小名，这里从无人知道的，他如何知道，在梦里叫将出来？（杨本）

我的小名，这里从无人知道，他如何知道得，梦里叫将出来？（蒙本、戚本）

我的小名，这里从无人知道，他如何知得，在梦中叫出来？（梦本）

【小结】

第 5 回

（无）	甲戌本 己卯本 庚辰本 舒本 杨本 蒙本 戚本 梦本
（残缺）	眉本

在第 5 回，甲戌本和其他脂本均无回末结束语。

但是，甲戌本与其他脂本有一点不同：其他脂本均以回末诗联代替回目结束语，而甲戌本却无回末诗联。

【第 6 回】

甲戌本：

刘姥姥感谢不尽，仍从后门去了。

其他脂本作：

刘姥姥感谢不尽，仍从后门去了。（己卯本、庚辰本、舒本、杨本、梦本）

刘姥姥感谢不尽，仍从后门去了。要知端详，且听下回分解。（蒙本、戚本）

刘姥姥感谢不尽，仍从后门去了。下回分解。（眉本）

【小结】

第 6 回

（无）	甲戌本 己卯本 庚辰本 舒本 杨本 梦本
要知端详，且听下回分解	蒙本 戚本
下回分解	眉本

【第 7 回】

甲戌本：

> 说着，自回荣府而来。<u>要知端的，且听下回分解。</u>

其他脂本作：

> 说着，自回荣府而来。（己卯本、杨本）
>
> 说着，却自回往荣府而来。（庚辰本）
>
> 说着，却自回往荣府而来。<u>要知下回，且看第八卷。</u>（舒本、彼本）
>
> 说着，自回荣府而来。<u>要知端的，且听下回分解。</u>（蒙本、戚本、梦本）
>
> <u>下回分解。</u>（眉本）

【小结】

第 7 回

（无）	己卯本 庚辰本 杨本 眉本
要知端的，且听下回分解	甲戌本 蒙本 戚本 梦本
要知下回，且看第八卷	舒本 彼本
下回分解	眉本

舒本、彼本的特殊点有二：

（一）这里出现了"卷"的字样。不仅分回，还分卷，殊堪注意。

（二）第 7 回回末结束语，舒本、彼本完全相同。这表明舒、彼二本的第 7 回存在着比较亲近的关系。

【第 8 回】

甲戌本：

> 然后听宝玉上学之日，好一同入塾。

其他脂本作：

> 然后宝玉上学之日，好一同入塾。（己卯本、庚辰本）
>
> 然后听宝玉上学之日，好入塾。（蒙本、戚本）

然后听宝玉上学之日，好一同入塾。要知端的，下回分解。（舒本、彼本）

然后听宝玉上学之日，好一同入塾。（杨本）

然后打听宝玉上学之日，好一同入塾。下回分解。（眉本）

然后听宝玉上学之好日，一同入塾。（梦本）

【小结】

第 8 回

（无）	甲戌本 己卯本 庚辰本 杨本 蒙本 戚本 梦本
要知端的，下回分解	舒本 彼本
下回分解	眉本

第五节　第三单元的回末结束语

【第 13 回】

甲戌本：

此五件实是宁国府中风俗。不知凤姐如何处治？且听下回分解。

其他脂本作：

此五件实是宁国府中风俗。不知凤姐如何处治？且听下回分解。（己卯本、蒙本、戚本）

此五件实是宁国府中风俗。不知凤姐何等①处治？且听下回分解。（庚辰本）

此五件实系宁国府中的风俗。不知凤姐如何处治？且听下回。（舒本）

此五件实是宁国府中风俗。不知凤姐如何处治？且听下回。（彼本）

此五件实是宁国府中风俗。不知凤姐如何处治？且听下文。（杨本）

---

① 庚辰本"等"系旁添。

【小结】

第 13 回

且听下回分解	甲戌本 己卯本 庚辰本 蒙本 戚本
且听下回	舒本 彼本
且听下文	杨本

【第 14 回】

甲戌本：

好个仪表人材，不知近看时又是怎样？下回便知。

其他脂本作：

好个仪表人材，不知近看时又是怎样？且听下回分解。（己卯本、庚辰本、蒙本、戚本）

好个仪表人才，不知近看时又是怎样？且听下回分解。 （舒本、彼本）

好个美貌人才，不知近看如何？且听下回。（杨本）

好个仪表，不知近前看时又是怎样？且听下回分解。（梦本）

【小结】

第 14 回

下回便知	甲戌本
且听下回分解	己卯本 庚辰本 舒本 彼本 蒙本 戚本
且听下回	杨本

【第 15 回】

甲戌本：

贾珍只得派妇女相伴。后文再见。

其他脂本作：

贾珍只得派妇女相伴。<u>后回再见。</u>（己卯本、庚辰本、戚本）

贾珍只得派妇女相伴。<u>不知又有何事，后面①再见。</u>（蒙本）

另有家中许多事情，<u>下回分解。</u>（舒本）

另有家中许多事情，<u>下一回分解。</u>（彼本）

贾珍只得派妇女相伴。<u>要知端的，再听下回分解。</u>（杨本）

贾珍只得派妇女相伴。<u>后回再见分解。</u>（梦本）

【小结】

第 15 回

后文再见	甲戌本
后回再见	己卯本 庚辰本 戚本
不知又有何事，后面再见	蒙本
另有家中许多事情，下回分解	舒本
另有家中许多事情，下一回分解	彼本
要知端的，再听下回分解	杨本
后回再见分解	梦本

【第 16 回】

甲戌本：

> 说毕，便长叹一声，萧然长逝。<u>下回分解。</u>

其他脂本作：

> 说毕，便长叹一声，萧然长逝了。（己卯本、庚辰本）
>
> 说毕，便长叹一声，萧然长逝了。<u>下回分解。</u>（蒙本、戚本）
>
> 宝玉无奈，只得出来，上车回去。不知后事如何，<u>且听下回分解。</u>（舒本）
>
> 宝玉无奈，只得出来，上车回去。不知后面如何，<u>且看下回分解。</u>（彼本）

---

① 蒙本"面"疑是"回"字的形讹。

遂瞑然而逝。<u>且听下回分解</u>。（杨本）

毕竟秦钟死活如何？<u>且听下回分解</u>。（梦本）

【小结】

第 16 回

（无）	己卯本 庚辰本
下回分解	甲戌本 蒙本 戚本
且听下回分解	舒本 杨本 梦本
且看下回分解	彼本

第六节　第四单元的回末结束语

【第 25 回】

甲戌本：

　　一面说，一面摔帘子出去了。

其他脂本作：

　　一面说，一面摔帘子出去了。<u>不知端详，且听下回分解</u>。（庚
辰本）

　　一面说，一面摔帘子出去了。<u>不知端的，下回分解</u>。（舒本）

　　惯会拿人取笑等着①。<u>且听下册②分解</u>。（彼本）

　　惯会拿人去笑。<u>且听下回分解</u>。（杨本）

　　一面说，一面摔帘了出走去。<u>不知端详，且听下回分解</u>。（蒙本）

　　一面说，一面摔帘子走出了。<u>不知端详，且听下回分解</u>。（戚本）

　　一面说，一面掀帘子出去了。<u>欲知端详，下回分解</u>。（梦本）

---

① 彼本原有"等着"二字，后点去。

② 彼本"册"系旁改，原作"回"。

【小结】

第 25 回

（无）	甲戌本
且听下回分解	杨本
不知端的，下回分解	舒本
不知端详，且听下回分解	庚辰本 蒙本 戚本
欲知端详，下回分解	梦本
且听下册分解	彼本

【第 26 回】

甲戌本：

不知是那一个来，<u>且看下回</u>。

其他脂本作：

不知是那一个出来？<u>要知端的，且听下回分解</u>。（庚辰本、戚本）

不知是那一个出来？<u>要知端详，且听下回分解</u>。（舒本）

不知是那一个？<u>且听下册①分解</u>。（彼本）

不知是那一个？<u>且听下回分解</u>。（杨本）

不知是那一个出来？<u>要知端的，且听下文分解</u>。（蒙本）

不知是那一个出来？<u>要知端的，下回分解</u>。（梦本）

【小结】

第 26 回

且看下回	甲戌本
要知端的，且听下回分解	庚辰本 戚本
且听下册分解	彼本
且听下回分解	扬本

---

① 彼本"册"系旁改，原作"回"。

要知端的，且听下文分解	蒙本
要知端的，下回分解	梦本
要知端详，且听下回分解	舒本

彼本接连两回，均将"下回"改为"下册"。

【第 27 回】

甲戌本：

　　宝玉听了，不觉痴倒。<u>要知端底，再看下回。</u>

其他脂本作：

　　宝玉听了，不觉痴倒。<u>要知端详，且听下回分解。</u>（庚辰本、蒙本、戚本）

　　宝玉不觉痴倒。<u>要知端详，下回分解。</u>（舒本）

　　宝玉听了，不觉痴倒。<u>要知端的，下册①分解。</u>（彼本）

　　宝玉听了，不觉痴倒。<u>要知端的，下回分解。</u>（杨本）

　　宝玉听了，不觉痴倒。<u>要知端详，下回分解。</u>（梦本）

【小结】

第 27 回

要知端底，再看下回	甲戌本
要知端详，且听下回分解	庚辰本 蒙本 戚本
要知端详，下回分解	舒本 梦本
要知端的，下回分解	杨本
要知端的，下册分解	彼本

【第 28 回】

甲戌本：

---

① 彼本"册"系旁改，原作"回"。

向宝玉脸上甩来，不妨①正打在眼上，嗳哟了一声。<u>再看下回分明。</u>

其他脂本作：

宝玉不防，正打在眼上，嗳哟了一声，<u>要知端的，且听下回分解。</u>（庚辰本、戚本）

宝玉不防，正打在眼上，嗳呀了一声，<u>要知端的，且听下回分解。</u>（舒本）

宝玉不防，正打在眼上，嗳哟了一声，<u>要知端的，下册②分解。</u>（彼本）

宝玉不防，正在眼上，嗳哟了一声，<u>要知端的，下回分解。</u>（杨本）

那宝玉不防，正打在眼上，只见嗳哟一声，<u>要知端的，且听下回分解。</u>（蒙本）

宝玉不妨③，正打在眼上，嗳哟了一声。<u>要知端的，且听下回分解。</u>（梦本）

【小结】

第 28 回

再看下回分明	甲戌本
要知端的，且听下回分解	庚辰本 舒本 蒙本 戚本 梦本
要知端的，下册分解	彼本
要知端的，下回分解	杨本

彼本再度出现将"下回"二字改为"下册"的现象，这是一大看点。

---

① "妨"乃"防"字之误。
② 彼本"册"系旁改，原作"回"，
③ "妨"乃"防"字之误。

第五章　甲戌本第一单元独异文字考（上）

为论述方便，本书将甲戌本残存的十六回的正文分解为四个单元：

第一单元	凡例、第 1 回至第 4 回
第二单元	第 5 回至第 8 回
第三单元	第 13 回至第 16 回
第四单元	第 25 回至第 28 回

"甲戌本独异文字考"分设六章：

第一，甲戌本第一单元独异文字考（上）（见第五章）

第二，甲戌本第一单元独异文字考（下）（见第六章）

第三，甲戌本第二单元独异文字考（见第七章）

第四，甲戌本第三单元独异文字考（见第八章）

第五，甲戌本第四单元独异文字考（上）（见第九章）

第六，甲戌本第四单元独异文字考（下）（见第十章）

第一节　甲戌本凡例独异文字考

甲戌本凡例为《红楼梦》其他脂本所无。但其中有些文字与甲戌本及其他脂本第 1 回的文字有相同或近似之处，可资比勘。

甲戌本凡例独异文字共有十九例，列举于下。

例1，甲戌本：

《红楼梦》旨义　是书题名极多①。□□"红楼②梦"是总其全部之名也；又曰《风月宝鉴》，是戒妄动风月之情；又曰《石头记》，是自譬石头所记之事也。此三名皆书中曾巳③点睛④矣。如宝玉作梦，梦中有曲，名曰"红楼梦十二支"，此则《红楼梦》之点睛⑤。又如贾瑞病，跛道人持一镜来，上面即錾"风月宝鉴"四字，此则《风月宝鉴》之点睛⑥。又如道人亲眼见石上大书一篇故事，则系石头所记之往来，此则《石头记》之点睛⑦处。然此书又名曰《金陵十二钗》，审其名，则必系金陵十二女子也，然通部细搜检去，上中下女子岂止十二人哉。若云其中自有十二个，则又未尝指明白系某某。极⑧至"红楼梦"一回中，亦曾翻出金陵十二钗之簿籍，又有十二支曲可考。

以上文字，其他脂本均无。

例2，甲戌本：

书中凡写长安，在文人笔墨之间，则从古之称；凡愚夫妇、儿女子家常口角，则曰"中京"，是不欲着迹于方向也。盖天子之邦亦当以中为尊，特避其"东"、"南"、"西"、"北"四字样也。此书只是着意于闺中，故叙闺中之事切略，涉于外事者则简，不得谓其不均也。

以上文字，其他脂本均无。

例3，甲戌本：

此书不敢干涉朝廷，凡有不得不用朝政者，只略用一笔带出。盖实不敢以写儿女之笔墨唐突朝廷之上也。又不得谓其不备。

---

① "多"系后人补写。
② "红楼"二字系后人补写。
③ "巳"乃"已"字之误。
④ "晴"乃"睛"字之误。
⑤ "晴"乃"睛"字之误。
⑥ "晴"乃"睛"字之误。
⑦ "晴"乃"睛"字之误。
⑧ "极"乃"及"字之误。

以上文字，其他脂本均无。

按：以上三段文字，在甲戌本，均属于"凡例"。

例 4，甲戌本：

<u>此书</u>开卷第一回也。

"此书"，其他脂本均作"此"。

按：以此句开始，并以下文"阅者切记之"以及以"十年辛苦不寻常"诗句结束的文字均属于甲戌本的"凡例"。而自"此开卷第一回也"开始的文字则属于其他脂本的第 1 回。

例 5，甲戌本：

作者自云，因曾历过一番梦幻之后，故将真事隐去，<u>而</u>撰此《石头记》<u>一书</u>也，故曰"甄士隐<u>梦幻识通灵</u>"。

"而"，其他脂本均作"而借通灵之说"。

"一书"，舒本作"书"，其他脂本同于甲戌本。

"梦幻识通灵"，杨本作"云□"，其他脂本作"云云"。

例 6，甲戌本：

但书中所记<u>何事</u>，<u>又因何而撰是书哉</u>。

"何事"，其他脂本作"何事何人"。

"又因何而撰是书哉"，其他脂本均无。

例 7，甲戌本：

<u>自云</u>：今风尘碌碌，一事无成。

"自云"，其他脂本均无。

例 8，甲戌本：

忽念及当日所有之女子，一一<u>细推了去</u>，觉其行止见识皆出于我之上，<u>何堂堂之须眉诚不若彼一干裙钗</u>。

"细推了去"，其他脂本均作"细考较去"。

末句，各脂本异文如下：

何堂堂之须眉诚不若彼一干裙钗。（甲戌本）

何堂堂之须眉诚不若此裙钗哉。（庚辰本）

何堂堂之须眉曾不若彼裙钗哉。（舒本）

何堂堂之须眉诚不若彼裙钗哉。（彼本、杨本、眉本）

何堂堂之须眉诚不若彼裙钗女子。（蒙本、戚本）

何堂堂之须眉诚不若彼裙钗。（梦本）

按：众脂本之"诚"字，舒本独作"曾"。若用今日普通话的读音，则"诚"读作"cheng（阳平）"；但，若用吴语的读音，则"诚"字与"曾"字的读音相同。由此可知，舒本的抄手似为一操吴语之人。

例9，甲戌本：

实愧则有余、悔则无益之大无可奈何之日也。

"则"，杨本作"亦"，其他脂本作"又"。

"大无可奈何"，舒本、彼本作"大无如何"，眉本作"无可如何"，其他脂本作"大无可如何"①。

例10，甲戌本：

当此时则自欲将已往所赖，上赖天恩，下承祖德，锦衣纨袴之时，饫甘餍美之日，背父母教育之恩，负师兄规训之德，已致今日一事无成、半生潦倒之罪，编述一记，以告普天下人。

"当此时"，其他脂本均作"当此"。

"自"，舒本无，其他脂本同于甲戌本。

"上赖"，其他脂本均无。

"天恩"，梦本作"□□"，其他脂本同于甲戌本。

"纨袴"，舒本作"绸袴"，其他脂本同于甲戌本。

"饫甘餍美"，梦本作"饮甘餍饱"，其他脂本作"饫甘餍肥"。

"日"，彼本作"辈"，其他脂本同于甲戌本。

"背"，庚辰本、舒本作"皆"②，其他脂本同于甲戌本。

---

① 庚辰本"可"系旁添。

② 庚辰本"背"系旁改，原作"皆"。按："皆"乃"背"字的形讹。

"父母"①，其他脂本均作"父兄"。

"之"，梦本作"□"，其他脂本同于甲戌本。

"负"，舒本作"皆"，其他脂本同于甲戌本。

"师兄"，其他脂本均作"师友"。

"规训"，蒙本、戚本同，庚辰本、彼本、杨本、眉本、梦本作"规谈"，舒本作"规谏"。

"已致"，庚辰本作"以至"，其他脂本作"以致"。

"一事"，舒本作"一伎"，杨本作"一枝"，其他脂本作"一技"。

"潦倒"，杨本作"潦草"，梦本作"潦□"，其他脂本同于甲戌本。

"普天下人"，梦本作"天下"，其他脂本作"天下人"。

例11，甲戌本：

> 虽我之罪固不能免，然闺阁中本自历历有人。

"固不能免"，梦本作"固所不免"，其他脂本作"固不免"。

"本"，梦本无，其他脂本同于甲戌本。

例12，甲戌本：

> 万不可因我不肖，则一并使其泯灭也。

"万不可"，舒本作"若不可"，其他脂本同于甲戌本。

"我"，其他脂本均作"我之"。

在第一句之下，其他脂本多出一句，杨本作"自护其短"，蒙本、戚本作"自己护短"，其他脂本作"自护己短"。

"则"，其他脂本均无。

"也"，其他脂本均无。

例13，甲戌本：

> 虽今日之茅椽蓬牖，瓦灶绳床。

在第一句之上，眉本多出一句："静而思之"。

---

① 甲戌本此处的"母"字为其他脂本所无。按：曹雪芹之父，红学界有曹颙、曹頫二说。若依曹颙说，则在曹颙死后，据曹頫康熙五十四年（1715）奏折说，其嫂马氏怀孕"已及七月"。马氏此子若生，当即雪芹。雪芹若是此遗腹子，则甲戌本此处之"母"字便没有着落了。

"之"，杨本无，其他脂本同于甲戌本。

"茅橡"，彼本作"茅禄"①。

例14，甲戌本：

> 其风晨月夕，阶柳庭花，亦未有伤于我之襟怀笔墨者。

此三句，其他脂本的文字如下：

> 其晨夕风露，阶柳庭花，亦未有防我之襟怀笔墨。（庚辰本、眉本）
> 其晨夕风露，阶柳庭花，亦未有妨我之襟怀笔墨。（舒本、彼本）
> 其晨夕风露，阶柳庭花，亦未有妨我之衿怀笔墨。（杨本）
> 其晨夕风露，阶柳庭花，亦未有妨我之襟怀笔阁②墨。（蒙本）
> 其晨夕风露，阶柳庭花，亦未有妨我之襟怀，束笔阁墨。（戚本）
> 其晨□风露，阶柳庭花，亦未有防我之襟怀笔墨。（梦本）

例15，甲戌本：

> 何为不用假语村言敷演出一段故事来，以悦人之耳目哉。

"何为不用"，其他脂本均作"又何妨用"。

"假语村言"，戚本作"俚语村言"，其他脂本同于甲戌本。

"来"，眉本、梦本无，其他脂本同于甲戌本。

在首句之下，其他脂本多出一句，如下：

> 亦可使闺阁昭传（庚辰本、梦本）
> 亦可使闺阁昭然（舒本）
> 亦可为闺阁传照（彼本）
> 亦可为闺阁照传（杨本）
> 亦可使闺阁照传（蒙本、戚本）
> 亦未可使闺阁昭传（眉本）

"以"，其他脂本均作"复可"③。

---

① "禄"旁改"橹"。
② 蒙本"阁"点去。
③ 庚辰本"可"下旁添"以"字。

"人之耳目"，其他脂本均作"世①之目"。

"哉"，其他脂本均无。

在次句之下，其他脂本多出两句："破人愁闷，不亦宜乎"。"乎"，梦本作"□"。

按：舒本之"然"字乃其他脂本"传"字之误。而吴语"然"、"传"二字同音，此仍可推知甲戌本同回（第1回）之抄手实为一口操吴语之人也。

例16，甲戌本：

> 故曰<u>风尘怀闺秀</u>，<u>乃是第一回题纲正义也</u>。

"风尘怀闺秀"，梦本作"假语村言云云"，其他脂本作"贾雨村云云"。

"乃是第一回题纲正义也"，其他脂本均无。

例17，甲戌本：

> 开卷即云"风尘怀闺秀"，则知作者本意原为记述当日闺友闺情，并非怨世骂时之书矣。

以上文字，其他脂本均无。

例18，甲戌本：

> 虽一时有涉于世态，然亦不得不叙者，但非其本旨耳，阅者切记之。

以上文字，其他脂本均无。

例19，甲戌本：

> 诗曰：
> 浮生着甚苦奔忙，盛席华筵终散场。
> 悲喜千般同幻渺，古今一梦尽荒唐。
> 谩言红袖啼痕重，更有情痴抱恨长。
> 字字看来皆是血，十年辛苦不寻常。

以上文字，其他脂本均无。

---

① 庚辰本"世"下旁添"人"字。

第二节　甲戌本第一回独异文字考

按：甲戌本第 1 回"甄士隐梦幻识通灵　贾雨村风尘怀闺秀"正文系从"列位看官，你道此书从何而来"开始，而其他脂本第 1 回则从"此开卷第一回也"开始。

甲戌本第 1 回独异文字有四十三例。

例 1，甲戌本：

> 列位看官，你道此书从何而来？说起根由，虽近荒唐，细谙则深有趣味。待在下将此来历注明，方使阅者了然不惑。

"细谙"，其他脂本均作"细按"。

"深有"，彼本、杨本、眉本作"有"。

例 2，甲戌本：

> 谁知此石自经煅炼之后，灵性已通，因见众石俱得补天，独自己无材，不堪入选，遂自怨自叹，日夜悲号惭愧。一日，正当嗟悼之际，俄见一僧一道远远而来，生得骨格不凡，丰神迥别，说说笑笑，来至峰下，坐于石边，高谈快论。

"丰神迥别"，其他脂本均作"丰神迥异"。

按：自"丰神迥"开始，有四百余字为其他脂本所无。

例 3，甲戌本：

> 那僧托于掌上，笑道："形体倒也是个宝物了，还只没有实在的好处，须得在镌上数字，使人一见，便知是奇物方妙。"

"在"，其他脂本均作"再"。

例 4，甲戌本：

> 然后好携你到那昌明隆盛之邦，诗礼簪□之族，花柳繁华地，温柔富贵乡，去安身乐业。

"□"庚辰本、眉本作"繎"，其他脂本作"缨"。

例5，甲戌本：

再者，世①井俗人喜看理治之书者甚少，爱看适趣闲文者特多。

"世井俗人"，眉本作"世人之情"，其他脂本作"市井俗人"。

例6，甲戌本：

今之人，贫者日为衣食所累，富者又怀不足之心，总②一时稍闲，又有贪淫恋色、好贷寻愁之事，那里去有工夫看那理治之书。

"好贷"，其他脂本均作"好货"。

例7，甲戌本：

所以我这一段事，也不愿世人称奇道妙，也不定要世人喜悦检读，只愿他们当那醉余饱卧之时，或避世去愁之际，把此一玩，岂不省了此寿命筋力，就比那谋虚逐妄去，也省了口舌是非之害，腿脚奔忙之苦。

"醉余饱卧"四字的异文如下：

醉余饱卧（甲戌本）

醉淫饱卧（庚辰本、眉本）

醉酒饱卧（舒本）

为醉淫饱卧（彼本）

醉淫饱饿卧（杨本）

醉饱淫卧（蒙本、戚本）

醉心饱卧（梦本）

"省了此"，其他脂本③作"省了些"。

"去"，其他脂本④作"却"（连下读）。

例8，甲戌本：

① "世"乃"市"字的音讹。
② "总"即"纵"，梦本作"即"，其他脂同于甲戌本，庚辰本旁改"纵然"。
③ 彼本无，因有脱文。
④ 彼本无，因有脱文。

因空见色，由色生情，传情入色，自色悟空，遂易名为情僧，改《石头记》为《情僧录》。至吴玉峰题曰《红楼梦》，东鲁孔梅溪则题曰《风月宝鉴》。后因曹雪芹于悼红轩中披阅十载，增删五次，纂成目录，分出章回，则题曰《金陵十二钗》。

"至吴玉峰题曰《红楼梦》"，其他脂本均无。

例9，甲戌本：

满纸荒唐言，一把辛酸泪。都云作者痴，谁解其中味？出则既明，且看石上是何故事。

在"谁解其中味"和"出则既明"二句之间，甲戌本作"至脂砚斋甲戌抄阅再评，仍用《石头记》"，此为其他脂本所无。

例10，甲戌本：

这阊门外有个十里街，街内有个仁清巷，巷内有个古庙，因地方窄狭，人皆呼作葫芦庙。庙旁住着一家乡宦，姓甄名费，字士隐，嫡妻封氏，情性贤淑，深明礼义，家中虽无甚富贵，然本地便也推他为望族了。

"无甚"，其他脂本作"不甚"①。

例11，甲戌本：

只因这甄士隐秉性恬淡，不以功名为念，每日只以观花修竹、酌酒吟诗为乐，倒是神仙一流人品。

"只因"，其他脂本均作"因"。

例12，甲戌本：

只因西方灵河岸上，三生石畔，有绛珠草一株，时有赤瑕宫神瑛侍者日以甘露灌溉，这绛珠草便得久延岁月。

"便得"，其他脂本均作"始得"。

例13，甲戌本：

---

① 蒙本原作"不堪"，"堪"旁改"甚"。

只因尚未酬报灌溉之德，故其^①五衷便郁结着一段缠绵不尽之意。

"其"，蒙本、戚本作"其在"^②，其他脂本作"甚至"。

"五衷"，其他脂本均作"五内"。

例 14，甲戌本：

恰近日神瑛侍者凡心偶炽，乘此昌明太平朝世，意欲下凡造历幻缘。

"神瑛侍者"，其他脂本均作"这神瑛侍者"。

例 15，甲戌本：

再者，大半风月故事，不过偷香窃玉、暗约私奔而已，并不曾将儿女真情发泄一干人，这一人入世，其情痴色鬼，贤愚不肖者，悉与前人传述不同矣。

"一干人"，其他脂本均作"一二"。

"一人"，其他脂本均作"一干人"。

例 16，甲戌本：

只见从那边来了一僧一道，那僧则癞头跣足，那道跛足蓬头，疯疯颠颠，挥霍谈笑而至。

"颠颠"，其他脂本均作"癫癫"。

例 17，甲戌本：

及到了他门前，看见士隐抱着英莲，那僧便哭起来。

"哭"，其他脂本均作"大哭"。

例 18，甲戌本：

士隐不奈烦，便抱着女儿撤身进去。

"抱着"，其他脂本均作"抱"。

---

① "其"乃"甚"字的形讹。
② 蒙本"在"点去。

例19，甲戌本：

那僧道："妙，妙，妙。"说毕，二人一去，再不见个踪影了。

"妙，妙，妙"，蒙本、戚本作"妙极，妙极"，其他脂本作"最妙，最妙"。

例20，甲戌本：

这贾雨村原系胡州人氏，原系诗书仕宦之族，因他出于末世，父母、祖宗根基一尽，人口衰丧，只剩得他一身一口，在家乡无益，因进京求取功名，再整基业。

"出于"，其他脂本均作"生于"，

例21，甲戌本：

忽家人飞报："严老爷来拜。"士隐忙的起身谢罪道："恕诳驾之罪，略坐即来陪。"

"忙的"，舒本、杨本、眉本作"慌忙"，彼本作"慌忙的"，其他脂本作"慌的忙"。

"即来陪"，杨本作"弟失陪"，其他脂本作"弟即来陪"。

例22，甲戌本：

那甄家丫鬟撷了花，方欲走时，猛抬头见窗内有人，敝巾旧服，虽是穷贫，然生得腰圆背厚，面阔口方，更兼剑眉星眼，直鼻权腮。

"穷贫"，己卯本、彼本、杨本、眉本作"贫穷"，其他脂本作"贫窘"。

例23，甲戌本：

士隐待客既散，雨村自便，也不去再邀。

"雨村自便"，其他脂本均作"知雨村自便"。

例24，甲戌本：

一日，早又中秋佳节，士隐家宴已毕，及又另具一席于书房，却自己步月至庙中来邀雨村。

第四句，各脂本异文如下：

及又另具一席于书房（甲戌本）

及另具一席于书房（己卯本、彼本、蒙本、戚本、眉本）

乃又另具一席于书房（庚辰本、舒本）

已另具一席于书房（杨本）

又另具一席于书房（梦本）

例 25，甲戌本：

士隐……乃亲斟一斗为贺，雨村因干过，叹道："非晚生酒后狂言，若论时尚之学，晚生也或可去充数沽名，是目今行囊、路费一概无措，神京路远，非赖卖字撰文可能到者。"

"是"，其他脂本均作"只是"。

"可能"，其他脂本均作"即能"。

例 26，甲戌本：

士隐不待说完，便道："兄何不早言，愚每有此心，但每遇兄时，兄并未谈及，愚故未敢唐突，今既及此，愚虽不才，义利二字却还识得。且喜明岁正当大比，兄宜作速入都，春闱一战，方不负兄之所学也。其盘费余事，弟自代为处置，尔不枉兄之谬识矣。"

"尔"，其他脂本均作"亦"。

例 27，甲戌本：

士隐送雨村去后，回房一觉，直至红日三竿方醒，因思昨日之事，意欲再写两封荐书与雨村带至神京，使雨村投谒个仕宦之家，为寄足之地。

"昨日"，其他脂本均作"昨夜"。

"神京"，彼本作"京都"，梦本作"都中"，其他脂本作"神都"。

例 28，甲戌本：

真是闲处光阴易过，倏忽又是元□①佳节矣。

---

① "□"，此字缺损上半，仅剩下半的"月"字。

"□"，其他脂本均作"宵"。

例29，甲戌本：

> 当时封氏孺人也因思女构疾，日日请医<u>疗病</u>。

"疗病"，蒙本、戚本、眉本作"调治"，梦本作"问卜"，其他脂本作"疗治"。

例30，甲戌本：

> 彼时虽有军民来救，那火已成了势，如何救得下去，直烧了一夜，方<u>渐渐</u>熄去。

"渐渐"，梦本无。其他脂本作"渐渐的"。

例31，甲戌本：

> 偏值近年水旱不收，鼠盗蜂起，无非<u>抢粮夺食</u>，鼠窃狗偷，民不安生。

"抢粮夺食"四字，其他脂本作：

> 抢田夺地（己卯本、庚辰本、蒙本、戚本、眉本）
> 抢田抢地（舒本）
> 抢钱夺米（彼本）
> 抢夺田地（杨本）

梦本无"无非抢粮夺食，鼠窃狗偷，民不安生"数句。

例32，甲戌本：

> 封肃每见面时，便说些现成话，且人前人后又怨他们不善过活，只一味<u>好吃懒用</u>等语。

"好吃懒用"，己卯本、杨本作"好吃懒动"，庚辰本、眉本作"好吃懒作"，舒本、彼本、蒙本、戚本、梦本作"好吃懒做"。

例33，甲戌本：

> 士隐知投人不着，心中未免悔恨，再兼上年惊唬急忿，<u>悲痛已伤</u>，暮年之人，贫病交攻，竟渐渐露出那下世的光景来。

"悲痛"，其他脂本均作"怨痛"。

例34，甲戌本：

可巧这日拄了拐，挣挫<u>在</u>街前散散心时，忽见那边来了一个跛足道人，疯狂落脱，麻屣鹑衣，口里念着几句言词。

"在"，其他脂本均作"到"。

例35，甲戌本：

士隐听了，便迎上来道："你满口<u>说</u>什么？只听见些'好了好了'。"

"说"，其他脂本均作"说些"。

例36，甲戌本：

昨日黄土陇头<u>堆</u>①白骨，今宵红灯帐底卧鸳鸯。

"堆"，其他脂本均作"送"。

例37，甲戌本：

那疯跛道人听了，<u>指掌</u>笑道："解得切，解得切。"

"指掌"，己卯本、杨本作"拍手"，其他脂本作"拍掌"。

例38，甲戌本：

士隐便<u>笑</u>一声："走罢。"

"笑"，舒本作"说了"，其他脂本作"说"。

例39，甲戌本：

那封肃虽然日日<u>报怨</u>，也无可奈何了。

"报怨"，其他脂本均作"抱怨"。

例40，甲戌本：

丫嬛倒<u>发个怔</u>，自思："这官好面善，倒像在那里见过的。"

---

① "堆"系旁改，原作"送"。

"发个怔"三字的异文如下：

> 发了怔（己卯本、蒙本、戚本）
> 发了个怔（庚辰本）
> 发怔（舒本、梦本）
> 发了忙（彼本、眉本）
> 发了一个怔（杨本）

例41，甲戌本：

> 至晚间，<u>正该</u>歇息之时，忽听一片声打的门响。

"正该"，其他脂本均作"正待"。
例42，甲戌本：

> 许多人乱嚷说："<u>本府太爷差人</u>来传人问话。"

"本府太爷差人"的异文如下：

> 本府太爷差人（甲戌本）
> 本府大爷的差人（彼本）
> 本府的太爷差人（杨本）
> 本府太爷的差人（其他脂本）

例43，甲戌本第1回有一特例。
这表现为"四百四十二字之谜"。
引甲戌本于下：

> 一日正当嗟悼之际，俄见一僧一道远远而来，生得骨格不凡，丰神
> 迥别，说说笑笑，来至峰下，坐于石边，高谈快论，先是说些云山雾海、
> 神仙玄幻之事，后便说到红尘中荣华富贵。
> 此石听了，不觉打动凡心，也想要到人间去享一享这荣华富贵，但
> 自恨粗蠢，不得已，便口吐人言，向那僧道说道："大师，弟子蠢物，不
> 能见礼了。适问①二位谈那人世间荣耀繁华，心切慕之，弟子质虽粗蠢，

---

① "问"乃"闻"字之误。

性却稍通，况见二师仙形道体，定非凡品，必有补天济世之材，利物济人之德，如蒙发一点慈心，携带弟子得入红尘，在那富贵场中，温柔乡里受享几年，自当永佩洪恩，万劫不忘也。"

二仙师听毕，齐憨笑道："善哉，善哉，那红尘中有却有些乐事，但不能永远依恃，况又有'美中不足，好事多魔'八个字紧相连属，瞬息间则又乐极悲生，人非物换，究竟是到头一梦，万境归空，倒不如不去的好。"

这石凡心已炽，那里听得进这话去，乃复苦求再四。二仙知不可强制，乃叹道："此亦静极思动、无中生有之数也。既如此，我们便携你去受享受享。只是到不得意时切莫后悔。"石道："自然，自然。"

那僧又道："若说你性灵，却又如此质蠢，并更无奇贵之处，如此也只好踮脚而已。也罢，我如今大施佛法助你助。待劫终之日，复还本质，以了此案。你道好否？"石头听了，感谢不尽。

那僧便念咒书符，大展幻术，将一块大石登时变成一块鲜明莹洁的美玉，且又缩成扇坠大小的，可佩可拿。

自"丰神迥别"至"将一块大石登时变成一块鲜明莹洁的美玉"，其他脂本异文如下：

丰神迥异，来至石下，席地而坐长谈，见一块鲜明莹①洁的美玉（庚辰本、舒本、杨本、蒙本、戚本）

丰神迥异，来至石下，席地坐而长谈，只见一块鲜明莹洁的美玉（彼本）

丰神迥异，来至石下，席地坐而叹曰，自见一块鲜明莹洁的美玉（眉本）

丰神迥异，来至石下，席地而坐长叹，见一块鲜明莹洁的美玉（梦本）

此乃"四百四十二字之谜"。

此四百四十二字从何而来？

为什么其他脂本缺少这四百四十二字？

---

① "莹"，庚辰本误作"茔"。

此四百四十二字是曹雪芹初稿原有的，还是曹雪芹后来增添的？

此四百四十二字若是曹雪芹初稿原有的，是被其他脂本删弃了，还是佚失了？

种种疑团，期待着高明之士有以教我。

第三节　甲戌本第二回独异文字考

甲戌本第 2 回独异文字有三十三例。

例 1，甲戌本：

> 未写荣府正人，先写外戚，是由远及近，由小至大也。若使先叙出荣府，然后一一叙及外戚，又一一未写荣府正人，先写外戚，是由远及近、由小至大也。若是先叙出荣府，然后一一叙及外戚，又一一至朋友、至奴仆，其死板拮据之笔，岂作十二钗人手中之物也①。

"又一一未写荣府正人，先写外戚，是由远及近、由小至大也。若是先叙出荣府，然后一一叙及外戚"，其他脂本均无。

按：此系"同词衍文"②之例。衍文原因："又一一"三字前后相同。

例 2，甲戌本：

> 今先写外戚者，正是写荣国一府也。故又怕闲文赘累，开笔即写贾夫人已死，是特使黛玉入荣之速也。

"荣"，其他脂本均作"荣府"。

例 3，甲戌本：

> 通灵宝玉于士隐梦中一出，今于子兴口中一出，阅者已洞然矣。然后于黛玉、宝钗二人目中极精极细一描，则是文章锁合处，盖不肯一笔直下，有若放闸之水，然信之爆，使其精华一泄而无余也。

"今于"，其他脂本均作"今又于"。

---

① 甲戌本"也"字旁改"耶"。

② "同词衍文"正是"同词脱文"的反例。

例 4，甲戌本：

究竟此玉原应出自钗黛目中方有照应，今预从子兴口中说出，实虽写而却未写，观其后文可知。此一回则是虚敲旁击之文，笔则是反逆隐回之笔。

"隐回"，其他脂本作"隐曲"①。
例 5，甲戌本：

那天约有二更时分，只见封肃方回来，欢天喜地，众人忙问端的。

"约有"，梦本作"至"，其他脂本作"约"。
例 6，甲戌本：

那太爷倒伤感叹息了一回，又问外孙女儿，我说看灯丢了。太爷说："不妨，我自使番役务必采访回来。"说了一回说，临走倒送了我二两银子。

"说"，庚辰本原作"说"，旁改"话"；其他脂本作"话"。
例 7，甲戌本：

甄家娘子听了，不免心中伤感。一宿无语。

"无语"，其他脂本均作"无话"。
例 8，甲戌本：

至次日，早有雨村遣人送两封银子、四匹锦缎，答谢甄家娘子。

"送"，其他脂本均作"送了"。
例 9，甲戌本：

那雨村心中虽十分惭恨，却面上全无一点怨色，仍是喜悦自若。

"喜悦"，己卯本作"喜笑"，庚辰本、舒本、蒙本、戚本、眉本、梦本作"嘻笑"，彼本、杨本作"嬉笑"。

---

① 梦本无此句。

例 10，甲戌本：

交代过公事，将历年做官积的些资本，并家小人属，送至原籍安插妥协，<u>却又</u>自己担风袖月，游览天下胜迹。

"却又"，蒙本无，梦本作"却"，其他脂本作"却是"。

例 11，甲戌本：

只可惜这林家支庶不盛，子孙有限，虽有几门，却与如海俱是堂族<u>而矣</u>。

"而矣"，梦本无，其他脂本作"而已"。

例 12，甲戌本：

雨村不耐烦，便仍出来，意欲到那村肆中<u>沽酒</u>三杯，以助野趣。

"沽酒"，其他脂本均作"沽饮"。

例 13，甲戌本：

雨村忙亦笑问："老兄何日到此，<u>竟不知</u>，今日偶遇，真奇缘也。"

"竟不知"，其他脂本均作"弟竟不知"。

例 14，甲戌本：

雨村笑道："弟族中无人在都，何谈及此？"子兴笑道："你们同姓，<u>岂非同宗一族</u>。"

末句，各脂本异文如下：

岂非同宗一族（甲戌本）
定非同宗一族（己卯本、庚辰本、蒙本）
定是同宗一族（舒本、眉本）
实非同宗一族（彼本、戚本）
并非同宗一族（杨本）
定非一族（梦本）

例 15，甲戌本：

子兴叹道："老先生休如此说，如今这荣国两门也都消疏了，不比先时的光景。"

"消疏"，梦本作"萧索"，其他脂本作"萧疏"。
例 16，甲戌本：

雨村道："当日宁、荣两宅的人口极多，如何就消疏了？"

"极多"，梦本作"巴①极多"，其他脂本作"也极多"。
"消疏"，梦本作"萧索"，其他脂本作"萧疏"。
例 17，甲戌本：

如今生齿日繁，事物日盛。

"事物"，其他脂本均作"事务"。
例 18，甲戌本：

雨村听了，也罕②道："这样诗书之家，岂有不善教育之理。别家不知，只说这宁、荣两宅是最教子有方的。"

"听了"，其他脂本均作"听说"。
"诗书之家"，彼本作"诗礼人家"，其他脂本作"诗礼之家"。
"别家"，其他脂本均作"别门"。
例 19，甲戌本：

宁公死后，长子贾代化袭了官，也养了两个儿子。长子贾敷，至八九岁上便死了。

"长子贾敷"，梦本作"长名敷"，其他脂本作"长名贾敷"。
例 20，甲戌本：

只剩了次子贾敬袭了官，如今一味好道，只爱烧丹炼永，余者一概

---

① "巴"乃"也"字的形讹。
② "罕"，眉本、蒙本无，庚辰本作"纳罕"（"纳"系旁添），舒本作"叹"，蒙本、戚本作"骇"，其他脂本同于甲戌本。

不在心上。

"炼永",彼本作"炼药",其他脂本作"炼汞"①。

例21,甲戌本:

这珍爷那肯读书,只是一味高乐不已。

"那",其他脂本均作"那里"。

"只是",其他脂本均作"只"。

"不已",己卯本无,庚辰本、舒本、杨本、蒙本、戚本、梦本作"不了",彼本、眉本作"罢了"。

例22,甲戌本:

自荣公死后,长子贾代善袭了官,娶的金陵世勋史侯家的小姐为妻。

"娶的",己卯本、舒本、杨本、眉本作"娶的是",庚辰本、蒙本、戚本、梦本作"娶的也是",彼本作"取的是"。

例23,甲戌本:

雨村笑道:"果然奇异。这怕这人来历不小。"

"这怕",蒙本、戚本无,己卯本、杨本作"怕",庚辰本、舒本、彼本、眉本、梦本作"只怕"。

例24,甲戌本:

子兴冷笑道:"……说来又奇。如今长了七八岁,虽然淘气异常,但其聪明乖觉处百个不及他一个,说起孩子话来也奇怪。他说:'女儿是水作的骨肉,男人是泥作的骨肉。我见个女儿,我便清爽;见了男人,便觉浊臭逼人。'你道好笑不好笑,将来色鬼无疑了。"

"见个",其他脂本均作"见了"。

"男人",其他脂本均作"男子"。

例25,甲戌本:

---

① 庚辰本"汞"系旁改,原作"烘"。

纵再偶生于薄祚寒门，断不能为走卒健仆，甘遭庸人驱制驾驭，<u>亦</u>必为奇优名娼……

"亦"，其他脂本均无。

例26，甲戌本：

再如李龟年、黄幡绰、敬新磨、卓文君、红拂、薛涛、崔莺、朝云之流，此皆<u>易地相同</u>之人也。

"易地相同"，庚辰本作"异地则同"，眉本作"异地则皆同"，其他脂本作"易地则同"。

例27，甲戌本：

雨村笑道："<u>去年</u>我在金陵，也曾有人荐我到<u>甄家</u>处馆。我进去看其光景，谁知他家那等显贵，<u>却是</u>富而好礼之家，倒是个难得之馆……"

"去年"，其他脂本均作"去岁"。

"甄家"，其他脂本均作"甄府"。

"却是"，蒙本、戚本作"却是一个"，其他脂本作"却是个"。

例28，甲戌本：

又常<u>对跟他小厮们</u>："这'女儿'两个字极尊贵、极清净的……"

"对跟他小厮们"，蒙本、戚本作"对跟他的小厮们道"，其他脂本作"对跟他的小厮们说"。

例29，甲戌本：

他说："急疼之时，只叫'姐姐妹妹'字样，或可解疼也未可知。"因叫了一声，便果觉不疼了。遂得了<u>秘方</u>，每疼痛之极，便连叫姊妹起来了。

"秘方"二字，各脂本异文如下：

秘方（甲戌本）

秘诀（己卯本）

密法（庚辰本、梦本）

秘法（舒本、彼本、蒙本、戚本、眉本）

密诀（杨本）

例30，甲戌本：

雨村道："更妙在甄家之风俗，女儿之名亦皆从男子之名命字……"

"之"，己卯本、梦本无，其他脂本作"的"。

例31，甲戌本：

雨村拍案笑道："怪道这女学生读凡书中有'敏'字，他皆念作'密'字，每每如是。写字时遇着'敏'字，又减一二笔，我心中就有些疑惑。今听你说，是为此无疑矣……"

"写字时遇着"五字，各脂本异文如下：

写字时遇着（甲戌本）
写字若遇着（己卯本、杨本）
写字遇着（庚辰本、舒本、梦本）
写字若（彼本）
写字的遇着（蒙本）
写的字遇着（戚本）
写字若遇着（眉本）

例32，甲戌本：

子兴叹道："老姊妹四个，这一个是极小的，又没有，长一辈的姊妹一个也没了，只看这少一辈的将来之东床如何呢。"

"没有"，梦本作"没子"，其他脂本作"没了"。

例33，甲戌本：

雨村听了，笑道："可知我前言不谬，你方才所说的这几个人，都只怕是那正邪两赋而来一路之人，未可知也。"

"你"，其他脂本均作"你我"。

第六章　甲戌本第一单元独异文字考（下）

第一节　甲戌本第三回独异文字考

甲戌本第3回独异文字有七十四例。

例1，甲戌本：

金陵城起复贾雨村　荣国府收养林黛玉

这是第3回的回目。其他脂本的异文如下：

贾雨村夤缘复旧职　林黛玉抛父进京都（己卯本）

贾雨村寅缘复旧职　林黛玉抛父进京都（杨本）

贾雨村夤缘复旧职　林黛玉抛父进都京（庚辰本）

托内兄如海酬闺师　接外孙贾母怜孤女（舒本）

托内兄如海酬训教　接外孙贾母惜孤女（彼本、蒙本、戚本、梦本）

托内弟如海酬训教　接外孙贾母恤孤女（眉本）

按：眉本"内弟"乃"内兄"之误。这直接违反了此回林如海对贾雨村所言"内兄"的说法①。此误当出于抄手的笔下。

例2，甲戌本：

却说雨村忙回头看时，不是别人，乃是当日同僚一案参革的，号张

---

① 请参阅本节例3。

如圭者，他本系此地人，革职后家居今，<u>打听</u>都中奏准起复旧员之信，他便四下里寻情找门路。

"打听"，其他脂本均作"打听得"。

例3，甲戌本：

> 如海道："……即有所<u>废用</u>之例，弟于内兄信中已注明白，亦不劳尊兄多虑矣。"

"废用"，其他脂本作"费用"。

例4，甲戌本：

> 雨村一面<u>打躬</u>，谢不释口，一面又问："不知令亲大人现居何职，只怕晚生草率，不敢骤然入都干渎。"

"打躬"，其他脂本均作"打恭"。

例5，甲戌本：

> 雨村听了，<u>心中</u>方信了昨日子兴之言。

"心中"，眉本无，其他脂本作"心下"。

例6，甲戌本：

> 于是又<u>谢</u>林如海。

"谢"，其他脂本均作"谢了"。

例7，甲戌本：

> 那女学生黛玉身体<u>大愈</u>，原不忍弃父而往。

"大愈"二字，各脂本异文如下：

> 大愈（甲戌本）
> 又愈（己卯本、庚辰本、舒本、杨本）
> 既①愈（彼本）

---

① "既"系旁改，原作"又"。

方愈（蒙本、戚本）

己愈（眉本）

（无）①（梦本）

例8，甲戌本：

无奈他外祖母致意教②去……

"教去"二字，各脂本异文如下：

教去（甲戌本）

务必去（己卯本）

务在必③去（庚辰本）

务去（舒本）

务必要他去（彼本）

务必叫去（杨本）

务要接去（蒙本）

要他去（戚本）

务必要去（眉本）

必欲其往（梦本）

例9，甲戌本：

且兼如海说："汝父年将半百，再无续室之意。且汝多病，年又极小，上无亲母教养，下无姊妹兄弟扶持，今依傍外祖母及舅氏姊妹去，正好减我顾盼之忧，何云不往？"

"何云"，梦本作"如何反云"，其他脂本作"何反云"。

例10，甲戌本：

黛玉听了，方洒泪拜别，遂同奶娘及荣府中几个老妇人登舟而去。

---

① 梦本无此句。

② 甲戌本"教"系涂改。

③ "在必"系旁添。

"遂同"，眉本作"带了"，其他脂本作"随了"。

例11，甲戌本：

> 彼时贾政已看了妹丈之书，即忙请入会见。

"请入会见"四字，各脂本异文如下：

> 请入会见（甲戌本）
> 请入相见（己卯本、彼本、杨本）
> 入厢会，见（庚辰本）
> 请入相会，见（舒本、蒙本、戚本、眉本、梦本）

例12，甲戌本：

> 这黛玉常听得母亲说过，他外祖母家与别家不同，他近日所见的这几个三等的仆妇已是不凡了，何况今至其家……

"仆妇"，梦本作"仆妇穿吃"，其他脂本作"仆妇吃穿用度"。

例13，甲戌本：

> 自上了轿，进入城中，便从纱窗外瞧了一瞧，其街市之繁华，人烟之阜盛，自与别处不同。

"便"，其他脂本均无。

例14，甲戌本：

> 正门却不开，只有东西两角门有人出入。正门之上有一匾，匾上大书"敕造宁国府"五个大字，黛玉想到："这是外祖母之长房了。"

"想到"，其他脂本均作"想道"。
"外祖母"，其他脂本均作"外祖"。

例15，甲戌本：

> 林黛玉扶着婆子的手，进了垂花门，两边是超手游廊，当中是穿堂，当地放着一个紫檀架子大理石的大插屏，转过插屏，小小三间内厅。

"内厅"，梦本作"厅房"，其他脂本作"厅"。

例16，甲戌本：

　　台矶之上，坐着几个穿红着绿的丫嬛，一见他们来了，便忙都笑迎上来。

"丫嬛"，其他脂本均作"丫头"。

例17，甲戌本：

　　一时众人漫漫①的解劝住了。

"漫漫的"，己卯本、舒本、蒙本、戚本、眉本、梦本作"慢慢"，庚辰本作"漫漫"，彼本作"慢慢的"，杨本作"忙忙"。

例18，甲戌本：

　　黛玉方拜见外祖母。

"拜见"，其他脂本均作"拜见了"。

例19，甲戌本：

　　不免贾母又伤感起来，因说："我这些儿女，所疼者惟有你母……"

"惟有"，彼本作"偏有"，杨本作"独"。

例20，甲戌本：

　　今日一旦先舍我去了，连面不能一见。

"去了"，梦本作"而逝"，其他脂本作"而去"。

例21，甲戌本：

　　今见了你，我怎么不伤心？

"怎么不"，其他脂本均作"怎不"。

例22，甲戌本：

　　这个人打扮与众姊妹不同。

----

① "漫漫"系"慢慢"之误。己卯本、舒本、彼本、蒙本、戚本、眉本、梦本作"慢慢"。

"姊妹"，眉本无，梦本作"姑娘们"，其他脂本作"姑娘"。
例23，甲戌本：

> 彩绣辉煌，恍如神妃仙子。

"恍如"，其他脂本均作"恍若"。
例24，甲戌本：

> 身上穿着缕金百蝶穿花大红洋缎窄褃袄。

"窄褃袄"三字，各脂本异文如下：

> 窄褃袄（甲戌本）
> 窄褃袄（己卯本、庚辰本、杨本、梦本）
> 窄衬袄（舒本）
> 穿褃袄（彼本、眉本）
> 穿①福袄（蒙本、戚本）

例25，甲戌本：

> 贾母笑道："你不认得他。他是我们这里有名的一个泼皮破落户儿。南省俗谓作辣子。你只叫他凤辣子就是。"

"就是"，其他脂本均作"就是了"。
例26，甲戌本：

> 黛玉虽不识，亦曾听见母亲说道：大舅贾赦之子贾琏娶的就是二舅母王氏之内侄女。

"亦曾"，己卯本、庚辰本、舒本、彼本、杨本、眉本作"也曾"，蒙本、戚本作"曾"，梦本作"面"（连上读）。
"说道"，其他脂本均作"说过"。
例27，甲戌本：

---

① 蒙本"穿"，旁改"云"。

自幼假充男儿教养的，学名<u>叫</u>王熙凤。

"叫"，杨本、梦本作"叫做"，其他脂本无。

例28，甲戌本：

又忙携黛玉之手问：妹妹几岁了<u>上过学</u>。

"上过学"，舒本作"可上过学"，彼本作"可也上学"，其他脂本作"可也上过学"。

例29，甲戌本：

邢夫人答应一个"是"字，遂带了黛玉，与王夫人作辞。大家送至穿堂前，出了垂花门，

早有众小厮们拉过一辆翠幄青绸车来，邢夫人携了黛玉坐上，<u>众婆娘</u>放下车帘，方命小厮们抬起。

"众婆娘"，己卯本、庚辰本、彼本、杨本、眉本作"众婆子们"，舒本、蒙本、戚本、梦本作"众婆娘们"。

例30，甲戌本：

拉至宽处，方驾上驯骡，亦出了西角门，往东<u>过了</u>荣府正门，便入一黑油大门中，至仪门前方下来。

"过了"，其他脂本均作"过"。

例31，甲戌本：

黛玉忙站起来，一一听了。再坐一刻，便告辞。<u>那</u>邢夫人苦留吃过晚饭去。

"那"，其他脂本均无。

例32，甲戌本：

那邢夫人苦留吃过晚饭去，黛玉笑回道："舅母爱恤<u>吃饭</u>，原不应辞。只是还要过去拜见二舅舅，恐领赐去不恭，异日再领未为不可，望舅母容谅。"

"吃饭",其他脂本均作"赐饭"。

例33,甲戌本:

于是黛玉告辞,邢夫人送至仪门前,又嘱咐众人几句,眼看着车去了方回来。

"嘱咐",其他脂本均作"嘱咐了"。

例34,甲戌本:

原来王夫人时常居坐宴息亦不在这正堂。

"正堂",其他脂本均作"正室"。

例35,甲戌本:

椅子两边也有一对高几,几上茗碗花瓶俱备。其余陈设,自不必细说。

"花瓶",其他脂本均作"瓶花"。

例36,甲戌本:

本房内的丫鬟忙捧上茶来。黛玉一面吃茶,一面打量那些丫鬟们,妆饰衣裙,举止行动,果亦与别家不同。

"那些",其他脂本均作"这些"。

例37,甲戌本:

茶未吃了,只见穿红绫袄、青缎掐牙背心的一个丫环走来,笑说道:"太太说,请姑娘到那边坐罢。"

"只见",其他脂本均作"只见一个"。

例38,甲戌本:

但我不放心的最是一件,我有一个孽根祸胎,是这家里的混魔王。

"混魔王",其他脂本均作"混世魔王"。

例39,甲戌本:

今日因庙里还愿去了,尚未回来,晚间你看见便知。

"知"，舒本、蒙本作"知道了"，其他脂本作"知了"。

例40，甲戌本：

> 王夫人笑道："你<u>不知</u>原故……"

"不知"，其他脂本均作"不知道"。

例41，甲戌本：

> 他与别人不同，<u>自幼老太太疼爱</u>。

"老太太疼爱"，其他脂本均作"因老太太疼爱"。

例42，甲戌本：

> 原系同<u>姊妹</u>一处娇养惯了的。

"姊妹"，其他脂本均作"姊妹们"。

例43，甲戌本：

> 王夫人忙携了黛玉，从后房门、由后廊往西，出了角门，是一条南北宽夹道，南边是倒坐三间小小抱厦厅，北边立着一个粉油大影壁，后有一半大门，小小一所<u>房宇</u>。

"房宇"，己卯本、杨本作"房屋"，其他脂本作"房室"。

例44，甲戌本：

> 王夫人笑指向黛玉道："这是你凤姐姐的<u>屋宇</u>，回来你好往这里找他来，少什么东西，你只管和他说就是了。"

"屋宇"，彼本作"室子"，其他脂本作"屋子"。

例45，甲戌本：

> 今黛玉见了这里许多事情不合家中之式，不得不随的，少不得<u>一一的</u>改过来。

"一一的"，其他脂本①作"一一"。

---

① 梦本此处有三句异文，下同。

例46，甲戌本：

因而接了茶<u>毕</u>，<u>早有人</u>捧过漱盂来。

"毕"，其他脂本均无。

"早有人"，梦本作"又有人"，其他脂本作"早见人"。

例47，甲戌本：

黛玉也照样漱了口，然后盥手毕，又捧上茶来，<u>方是</u>吃的茶。

"方是"，其他脂本均作"这方是"。

例48，甲戌本：

黛玉心中正疑惑着这个宝玉不知是怎生个惫懒人物、懵懂<u>顽劣之童</u>，倒不见那蠢物也罢了。

"顽劣之童"，其他脂本均作"顽童"。

例49，甲戌本：

束着五彩丝攒花结<u>长穗</u>。

"长穗"，其他脂本均作"长穗宫绦"。

例50，甲戌本：

鬓<u>如</u>刀裁，眉如墨画。

"如"，梦本作"刀"①，其他脂本作"若"。

例51，甲戌本：

眼<u>似</u>桃瓣。

此句，各脂本异文如下：

眼似桃瓣（甲戌本）
眼若桃瓣（己卯本、舒本、杨本、眉本）

_____

① "刀"乃"如"或"若"字之误。

面如桃瓣（庚辰本）

脸若桃瓣（彼本、蒙本、戚本）

鼻如悬胆（梦本）

例52，甲戌本：

晴若秋波。

"晴"，庚辰本作"目"，其他脂本作"睛"。

例53，甲戌本：

上穿着银红撒花半旧大袄。

"上"，其他脂本均作"身上"。

例54，甲戌本：

仍就带着项圈、宝玉、寄名锁、护身符等物。

"仍就带"，己卯本、彼本作"仍代"，庚辰本、戚本作"仍旧戴"，舒本、蒙本、眉本作"仍旧带"，杨本、梦本作"仍带"。

例55，甲戌本：

唇似施脂。

"似"，蒙本、戚本无，眉本作"如"，其他脂本作"若"。

例56，甲戌本：

两湾似蹙非蹙笼①烟眉，一双似□非□含情目②。

此二句，其他脂本作：

两湾似蹙非蹙笼烟眉，一双似目（己卯本、杨本）

两湾半蹙鹅眉，一对多情杏眼（庚辰本）

眉湾似蹙而非蹙，目彩欲动而仍留。（舒本）

---

① 此字涂改不清。

② "□"涂改不清，或以为是"虚"；"含"上原有"目"字，已点去；"含情目"三字系后添。

两湾似蹙非蹙笼烟眉，一双似泣非泣含露目（彼本）

两湾似蹙非蹙笼烟眉，一双俊目（蒙本、戚本）

两湾似蹙非蹙笼烟眉，一双似飘非飘含露目（眉本）

两湾似蹙非蹙笼烟眉，一双似喜非喜含情目（梦本）

例57，甲戌本：

宝玉笑道："虽然未曾见过他，然我看着面善，心里就算是<u>就相认识</u>，今日只作远别重逢，未为不可。"

"就相认识"，己卯本作"旧相认识的"，庚辰本、舒本、彼本、眉本作"旧相识"，杨本作"旧相识的"，蒙本、戚本作"旧相识认"，梦本作"旧相认识"。

例58，甲戌本：

宝玉笑道："我送妹妹一个妙字，莫若'颦颦'二字<u>极好</u>。"

"极好"，其他脂本均作"极妙"。

例59，甲戌本：

又问黛玉："可也有玉没有？"众人不解其语，黛玉便忖度着因他有玉，故问我<u>也有无</u>。

"也有无"，己卯本、杨本作"有没有"，彼本、眉本、梦本作"有无"，其他脂本作"有也无"。

例60，甲戌本：

贾母急的搂了宝玉道："孽障，你生气要打骂人容易，何苦摔那个命根子。"

"那个"，其他脂本均作"那"。

例61，甲戌本：

宝玉听如此说，想一想，竟大有<u>情礼</u>，也就不生别论了。

"情礼"，其他脂本均作"情理"。

例 62，甲戌本：

　　贾母便说："今将宝玉挪出来，同我在<u>套间里面</u>，把你林姑娘暂安置碧纱橱里，等过了残冬，春天再与他们收拾房屋，另作一番安置罢。"

"套间里面"，蒙本、戚本、眉本、梦本作"套间暖阁里"，其他脂本作"套间暖阁儿里"。

例 63，甲戌本：

　　宝玉道："好祖宗，我<u>说</u>①在碧纱橱外的床上很妥当，何必又出来，闹的老祖宗不得安静。"

"说"，其他脂本均作"就"。

例 64，甲戌本：

　　黛玉只带了两个人来，<u>一个</u>自幼奶娘王嬷嬷……

"一个"，其他脂本均作"一个是"。

例 65，甲戌本：

　　一个是十岁的<u>丫头</u>，亦是自幼随身的，名唤雪雁。

"丫头"，其他脂本均作"小丫头"。

例 66，甲戌本：

　　贾母见雪雁甚小，一团孩气，<u>王嬷嬷</u>又极老，料黛玉皆不遂心省力的。

"王嬷嬷"，己卯本、庚辰本、彼本、眉本作"王嫫嫫"，舒本作"王妈"，蒙本、戚本作"王妈妈"，杨本作"王姆姆"，梦本作"王嬷"。

例 67，甲戌本：

　　贾母……便将自己身边一个二等<u>的</u>丫头，名唤鹦哥者，与了黛玉。

"的"，其他脂本均无。

---

① "说"，旁改"就"。

例 68，甲戌本：

　　宝玉因知他本姓花，又曾见旧人诗句上有"花气袭人"之句，遂回明贾母，即便名袭人。

"即便名"，己卯本、舒本、梦本作"即更名"，庚辰本、杨本作"更名"，彼本作"即更名"，蒙本、戚本作"即更改"，眉本作"即改名"。
例 69，甲戌本：

　　这袭人亦有些痴处，伏侍贾母时，心中眼中只有一个贾母，今与宝玉，心中眼中又只有个宝玉。

"与"，眉本作"有了"，梦本作"跟了"，其他脂本作"与了"。
例 70，甲戌本：

　　是晚，宝玉、李嬷嬷已睡了，他见里面黛玉和鹦哥犹未安歇，他自卸毕妆，悄悄进来笑问："姑娘怎还不安歇？"

"李嬷嬷"，己卯本、庚辰本、彼本、眉本作"李嬷嬷"，舒本作"李妈"，蒙本、戚本作"李妈妈"，杨本作"李姆姆"，梦本作"李嬷"。
"卸毕妆"，其他脂本均作"卸了妆"。
例 71，甲戌本：

　　鹦哥笑道："林姑娘正在这里伤心，自己流①眼抹泪的说：'今儿才来了，就惹出你家哥儿的狂病来，倘或摔坏那玉，岂不是因我之过。'因此便伤心。我好容易劝好了。"

"流眼抹泪"，其他脂本均作"淌眼抹泪"，
例 72，甲戌本：

　　连一家也不知来历。

"一家"，其他脂本均作"一家子"，
例 73，甲戌本：

———————————

① "流"字旁改，原作"满"。

听得说落草时从他口里掏出，<u>上头</u>有现成的穿眼。

"上头"，其他脂本均作"上面"。

例74，甲戌本：

黛玉虽不知原委，探春等却都晓得是议论<u>金陵中</u>所居的薛家姨母之子姨表兄薛蟠倚财仗势打死人命，现在应天府案下审理……

"金陵中"，其他脂本作"金陵城中"。

第二节　甲戌本第四回独异文字考

第4回有四十例。

例1，甲戌本：

珠虽天亡，幸存一子，取名贾兰，<u>今已</u>五岁。

"今已"，梦本作"今年"，其他脂本作"今方"。

例2，甲戌本：

至李守中承继以来，便说："<u>女儿</u>无才便有德。"

"女儿"，其他脂本均作"女子"。

例3，甲戌本：

故生李氏时，便不十分令其读书，只不过将些《女四书》《烈女传》《贤媛集》等三四种书使他认得几个字，记得<u>这前朝几个</u>贤女便罢了。

"这前朝几个"，杨本作"前朝几个"，其他脂本作"前朝这几个"。

例4，甲戌本：

今黛玉虽客寄于斯，日有<u>这般姐妹</u>相伴。

"这般姐妹"，梦本作"这几个姑娘"，其他脂本作"这般姑嫂"。

例5，甲戌本：

> 彼时雨村即问原告。那原告道……

"问原告",其他脂本均作"提原告之人来审"。

例6,甲戌本:

> 无奈薛家原系金陵一霸,倚财仗势,众豪奴将我主人竟打死了。

"我主人",蒙本、戚本作"小人的主人",梦本作"小主人",其他脂本作"我小主人"。

例7,甲戌本:

> 雨村心中甚是疑怪,只得停了手。

"心中甚是疑怪",蒙本、戚本作"心下甚为怪异",梦本作"心下狐疑",其他脂本作"心下甚为疑怪"。

例8,甲戌本:

> 即时退堂,至密室,使从皆退去,只留下门子一人伏侍。

"留下",梦本作"留此",其他脂本作"留"。

例9,甲戌本:

> 雨村那里料得是他,便忙携手笑道:"原来是故人。"又让了坐好谈。

"又让了坐",舒本作"必让坐了",眉本作"可坐了",梦本作"因令坐了",其他脂本作"又让坐了"。

例10,甲戌本:

> 这门子道:"老爷既荣任到这一省,难道就没抄一张护官符来不成?"

"护官符",庚辰本、舒本作"本省护官符",其他脂本作"本省的护官符"。

例11,甲戌本:

> 如今凡作地方官者,皆有一个私单,上面写的是本府最有权有势、极富极贵的大乡绅名姓,各省皆然。

"本府"，其他脂本均作"本省"。

例 12，甲戌本：

> 丰年好大雪，珍珠如土金如铁。

此二句，蒙本、戚本作"丰年大雪，真珠如土金如铁"，其他脂本作"丰年好大雪，珍珠如土金如铁"。

例 13，甲戌本：

> 可巧遇见着拐子卖丫头，他便一眼看上了这丫头。

"遇见着"，杨本作"遇这"，其他脂本作"遇见这"。

例 14，甲戌本：

> 他意欲卷了两家银子，再逃往他省，谁知道又不曾走脱。

"谁知道"，其他脂本均作"谁知"。

例 15，甲戌本：

> 薛家原是早已择定日子上京去的。

"薛家"，其他脂本均作"这薛公子"。

例 16，甲戌本：

> 后又听得冯公子三日后才娶过门，他又转有忧愁之态。

"才娶过门"，庚辰本作"过门"，杨本作"才过门"，其他脂本作"才令过门"。

例 17，甲戌本：

> 雨村听了，亦叹道："这也是他们的孽障遭遇，亦非偶然。不然，冯渊如何偏只看准了这英莲，这英莲受了拐子这几年折磨，才得了个头路……"

"冯渊"，其他脂本均作"这冯渊"。
"折磨"，其他脂本均作"拆磨"。

例 18，甲戌本：

门子笑道："老爷当年何等明决，今日何翻成个没主意的人了……"

"何等"，其他脂本均作"何其"。

例19，甲戌本：

此薛蟠即贾府之老亲。

"老亲"，彼本作"亲戚"，其他脂本作"亲"。

例20，甲戌本：

雨村道："你说的何尝不是，但事关人命，蒙皇上隆恩起复委用，实是重生再造，正当殚心竭力图报之时，岂可因私而废法。我实不能忍为者。"

"我"，其他脂本均作"是我"。

例21，甲戌本：

薛蟠今已得无名之症，被冯魂追索已死。

"症"，其他脂本均作"病"。

例22，甲戌本：

那冯家也无甚要紧的人，不过为的是钱，见了这个银子，想也就无话了。

"见了"，杨本作"见有"，梦本作"有了"，其他脂本作"见有了"。

例23，甲戌本：

此事皆由葫芦庙内之沙弥新门子所知。

"所知"，眉本作"说出"，梦本作"所为"，其他脂本作"所出"。

例24，甲戌本：

这薛公子学名薛蟠，字表文龙，今年方十有五岁。

"字表文龙"，庚辰本、彼本、蒙本、眉本作"字表文起"，其他脂本作"表字文起"。

"今年方十有五岁"，此句各脂本异文如下：

今年方十有五岁（甲戌本）
五岁上就（己卯本、舒本、杨本）
五岁（庚辰本、眉本）
岁（彼本①）
年方一十七岁（蒙本）
从五六岁时就是（戚本）
（无）（梦本）

例 25，甲戌本：

自父亲死后，见哥哥不能体贴母怀，他便<u>不已</u>书字为事，只<u>省心</u>针黹、家计等事，好为母亲分忧解劳。

"不已"，其他脂本均作"不以"。
"省心"，庚辰本作"留②心"。
例 26，甲戌本：

近因今上崇诗尚礼，征采才能，降不世出之隆恩，除聘选妃嫔外，<u>凡</u>世宦名家之女，皆<u>报名</u>达部，以备选择为宫主、郡主入学陪侍，充为才人赞善之职。

"凡"，其他脂本均无。
"报名"，杨本作"亲"，蒙本作"亲送名"，眉本作"亲召"，其他脂本作"亲名"。
例 27，甲戌本：

二则自薛蟠父亲死后，各省中所有的买卖承局、总管、伙计人等见薛蟠年轻，<u>不识世事</u>，便趁时拐骗起来。

"不识世事"，彼本作"不知世务"，梦本作"不知事务"，其他脂本作

---

① 彼本此字已点去。
② 庚辰本"留"系旁改，原作"省"。

"不谙世事"。

例28，甲戌本：

> 三因亲自入部销算旧账目，再计新支。

"目"，其他脂本均无。

例29，甲戌本：

> 其实则为游览上国风景之意。

"风景"，己卯本、彼本、杨本、眉本无，其他脂本作"风光"。

例30，甲戌本：

> 正择日已定，不想偏遇见了那拐子重卖英莲。

"择日已定"，己卯本、舒本、彼本作"择日已定起身"，庚辰本、蒙本、戚本作"择日一定起身"，杨本作"择定"，眉本作"择日定"，梦本作"择日"。

例31，甲戌本：

> 他便同了母、妹等竟自起身长行去了。

"同"，己卯本、舒本、杨本、蒙本、戚本、眉本、梦本作"带"，庚辰本作"待"，彼本作"代"。

例32，甲戌本：

> 他两家的房舍极是方便的。

"方便"，梦本作"宽厂"，其他脂本作"便宜"。

例33，甲戌本：

> 咱们且忙忙收拾房舍，岂不使人见怪。

"房舍"，梦本作"身子"，其他脂本作"房屋"。

例34，甲戌本：

> 喜的王夫人忙带了媳妇、女儿人等接出大厅。

"媳妇、女儿人等"，梦本作"人"，其他脂本作"女、媳人等"。

例35，甲戌本：

> 合家俱厮见了。

"了"，其他脂本均无。

例36，甲戌本：

> 梨香院一所十来间白空闲，赶着打扫了。

"赶"，其他脂本均无。

例37，甲戌本：

> 王夫人知他家不难于此，遂任从其愿。

"任"，其他脂本均无。

例38，甲戌本：

> 宝钗日与黛玉、迎春姊妹等一处，或看书着棋，或做针黹，倒也十分乐业。

"着棋"，其他脂本均作"下棋"。

例39，甲戌本：

> 凡是那些纨裤气习者莫不喜他来往。

"喜"，其他脂本均作"喜与"。

例40，甲戌本：

> 引诱着薛蟠比当日更坏了十倍。

"着"，其他脂本均作"的"。

第七章　甲戌本第二单元独异文字考

本章考述甲戌本第二单元（第 5 回至第 8 回）的独异文字。

第 5 回	53 例
第 6 回	70 例
第 7 回	38 例
第 8 回	42 例

第一节　甲戌本第五回独异文字考

甲戌本第 5 回有五十三例。

例 1，甲戌本：

开生面梦演红楼梦　立新场情传幻境情

此是第 5 回回目，其他脂本异文如下：

游幻境指迷十二钗　饮仙醪曲演红楼梦（己卯本、庚辰本、杨本）

灵石迷性难解仙机　警幻多情秘垂淫训（舒本、蒙本、戚本）

灵石迷性难解天机　警幻多情密垂淫训（眉本）

贾宝玉神游太虚境　警幻仙曲演红楼梦（梦本）

例 2，甲戌本：

却说薛家母子在荣府中寄居等事略已表明，此回则暂不能写矣。

"却说"，其他脂本均作"第四回中既将"。

例3，甲戌本：

便是宝玉和黛玉二人之亲密友爱亦自较别个不同。

"亲密友爱"，己卯本、庚辰本、杨本作"亲蜜友爱处"，其他脂本作"亲密友爱处"。

例4，甲戌本：

那宝玉亦在孩提之间，况自天性所禀来的一片愚拙偏僻，视姊妹弟兄皆出一体，并无亲疏远近之别。

"一体"，其他脂本均作"一意"。

例5，甲戌本：

是日先携了贾蓉之妻，二人来面请贾母。

"贾蓉之妻"，其他脂本均作"贾蓉夫妻"（连下读）。

例6，甲戌本：

既看了这两句，纵然室宇精美，铺陈华丽，亦断断不肯在这里了。

"既看了"，己卯本、杨本作"宝玉看了"，眉本作"及看完了"，其他脂本作"及看了"。

例7，甲戌本：

有一嬷嬷说道："那里有个叔叔往侄儿的房里睡觉的礼？"

"的"，蒙本、梦本作"媳妇"，其他脂本无。

例8，甲戌本：

刚至房门，便有一股细细的甜香袭了人来。

"袭了人来"，庚辰本作"袭人来到"，舒本作"袭人来"，其他脂本作"袭人"。

例 9，甲戌本：

案上设着武则天当日镜室中设着宝镜。

"设着"，眉本作"设得"，其他脂本作"设的"。
例 10，甲戌本：

其洁若何？秋菊披霜。

"秋菊披霜"，庚辰本作"秋兰被霜"，梦本作"秋蕙披霜"，其他脂本作
"秋兰披霜"。
例 11，甲戌本：

其神若何？月色寒江。

"月色"，眉本作"目射"，其他脂本作"月射"。
例 12，甲戌本：

吁奇矣哉，生于孰地，来自何方？

"吁奇"，其他脂本均作"奇"。
例 13，甲戌本：

宝玉见是一个仙姑，喜的忙上来作揖笑问道……

"忙上来"，己卯本、杨本作"忙忙来"，其他脂本作"忙来"。
例 14，甲戌本：

因近来风流冤孽绵缠于此处，是以前来访察机会，布散相思。

"绵缠"，其他脂本均作"缠绵"。
例 15，甲戌本：

转过牌坊，便是一座宫门，也横书四个大字。

"也"，其他脂本均无。
例 16，甲戌本：

　　夜哭司。

"夜哭司"，杨本作"夜梦司"，梦本作"暮哭司"，其他脂本作"夜怨司"。
例 17，甲戌本：

　　只见这首页上画着一副画，又非人物，亦非山水，不过是水墨溶染
的满纸乌云浊雾而矣。

"而矣"，其他脂本均作"而已"。
例 18，甲戌本：

　　霁日难逢，彩云易散。

"霁日"，其他脂本均作"霁月"。
例 19，甲戌本：

　　只见画着一株桂花，下面有一池沿。

"池沿"，其他脂本均作"池沼"。
例 20，甲戌本：

　　宝玉看了，仍不解，便又掷下，再去取正册看。

"便"，梦本无，其他脂本作"他"。
例 21，甲戌本：

　　凡鸟偏从末世来，都知爱慕此身才。

"此身才"，其他脂本均作"此生才"。
例 22，甲戌本：

　　后面又有一座荒村野店。

"又有"，杨本无，其他脂本作"又是"。
例 23，甲戌本：

　　奈运终数尽不可挽回者，故近之于子孙虽多，竟无一可以继业。

"近之于"，蒙本、戚本无，己卯本、杨本作"近之"，庚辰本作"遗之"，舒本作"迁之"①，眉本作"近世之"，梦本作"我等之"。

例24，甲戌本：

> 幸仙姑偶来，<u>万望</u>先以情欲声色等事警其痴顽。

"万望"，蒙本、戚本作"望"，其他脂本作"可望"。

例25，甲戌本：

> 少刻有小嬛<u>上来</u>调桌安椅。

"上来"，其他脂本均作"来"。

例26，甲戌本：

> 真是琼浆满泛玻璃盏，玉液浓斟琥珀杯，更不用再说那肴馔之<u>胜</u>。

"胜"，其他脂本均作"盛"。

例27，甲戌本：

> 警幻道："此酒乃<u>是</u>百花之蕊……"

"是"，其他脂本均作"以"。

例28，甲戌本：

> 说毕，回头命小嬛取了红楼梦<u>的</u>原稿来，递与宝玉。

"的"，其他脂本均无。

例29，甲戌本：

> 宝玉<u>揭开</u>，一面目视其文，一面耳聆其歌。

"揭开"，庚辰本作"揭起"，舒本、蒙本、戚本作"接起"，梦本作"接过来"，其他脂本作"接来"。

例30，甲戌本：

---

① 舒本"迁之"已点去。

都只为风月情浓，趁着这奈何天，伤怀日，寂寞时，试遣愚衷。

"趁着这"，其他脂本均无。
"寂寞"，其他脂本均作"寂寥"。
例31，甲戌本：

望家乡路远山遥。

"山遥"，其他脂本均作"山高"。
例32，甲戌本：

儿命已入黄泉，天伦呵，须要退步抽身早。

"天伦呵"，其他脂本均无。
例33，甲戌本：

正是乘除加减，上有苍穷。

"苍穷"，其他脂本均作"苍穹"。
例34，甲戌本：

气昂昂头带簪缨，气昂昂头带簪缨，光灿灿胸悬金印，威赫赫爵位
高登。

"气昂昂"其他脂本均无。
"爵位"，其他脂本均作"爵禄"。
例35，甲戌本：

问古来将相可还存，也只是虚名儿与后人欢敬。

"欢敬"，眉本作"教领"，其他脂本作"钦敬"。
例36，甲戌本：

画梁春尽落香尘，擅风情宵，秉月貌，便是败家的根本。

"宵"，其他脂本均无。
例37，甲戌本：

　　那宝玉忙止歌姬不必<u>再曲</u>。

　　"再曲"，其他脂本均作"再唱"。
　　例38，甲戌本：

　　宝玉听了，唬的忙答道："仙姑<u>错了</u>……"

　　"错了"，蒙本、戚本作"差矣"，其他脂本作"差了"。
　　例39，甲戌本：

　　然于世道中未免迂阔怪诡，百口嘲谤，<u>万目睚眦</u>。

　　"万目睚眦"，舒本作"万国睚眦"，其他脂本作"万目睚眦"。
　　例40，甲戌本：

　　不过令汝领略此<u>仙阁</u>幻境之风光尚然如此，何况尘境之情景哉。

　　"仙阁"，其他脂本均作"仙闺"。
　　例41，甲戌本：

　　而今后万万解释改悟前情，<u>将谨勤有用的工夫</u>，<u>置身</u>于经济之道。

　　"将谨勤有用的工夫"，其他脂本均作"留意于孔、孟之间"。
　　"置身"，舒本作"要身"，其他脂本作"委身"。
　　例42，甲戌本：

　　说毕，便秘授以云雨之事，推宝玉<u>入帐</u>。

　　"入帐"，舒本作"入房，将门掩上，自去了"，梦本作"入房中，将门掩上自去"，其他脂本作"入房，将门掩上自去"。
　　例43，甲戌本：

　　那宝玉恍恍惚惚依警幻所嘱之言，未免<u>有阳台巫峡之会</u>，<u>数日来</u>柔情缱绻，软语温存，与可卿难解难分。

　　"有阳台巫峡之会"，其他脂本均作"有儿女之事，难以尽述"。
　　"数日来"，其他脂本均作"至次日，便"。

例 44，甲戌本：

　　那日警幻携宝玉、可卿闲游，至一个所在，但见荆榛遍地，狼虎同群。

"那日警幻携宝玉、可卿闲游"，蒙本、戚本作"二人因携手出去游玩"，其他脂本作"因二人携手出去游玩之时"。

"至一个所在"，庚辰本作"忽至了一个所在"，其他脂本作"忽至一个所在"。

例 45，甲戌本：

　　忽尔大河阻路，黑水淌洋，又无桥梁可通。宝玉正自彷徨，只听警幻道："宝玉，再休前进，作速回头要紧。"

"忽尔大河阻路，黑水淌洋"，其他脂本均作"迎面一道黑溪阻路"。

"又无"，其他脂本均作"并无"。

"宝玉正自彷徨"，舒本作"正犹豫之间"，其他脂本作"正在犹豫之间"。

"只听警幻道"，庚辰本作"忽见警幻后面追来，告道"，舒本作"忽见警幻从后追来道"，蒙本作"忽见警幻后追来，说①到"，眉本作"忽见警幻从后追来，说道"，其他脂本作"忽见警幻从后追来，告道"。

"宝玉，再休前进"，其他脂本均作"快休前进"。

例 46，甲戌本：

　　"如堕落其中，则深负我从前一番以情悟道守理衷情之言。"宝玉方欲回言，只听迷津内水响如雷。

"一番以情悟道守理衷情之言"，舒本作"谆谆儆戒之语矣"，杨本作"谆谆警戒矣"，其他脂本作"谆谆警戒之语矣"。

"宝玉方欲回言"，其他脂本均作"话犹未了"。

例 47，甲戌本：

　　竟有一夜叉般怪物撺出，直扑而来。

---

①　蒙本"说"系旁改，原作"话"。

"一夜叉般怪物撺出，直扑而来"，蒙本、戚本作"许多夜叉海鬼将宝玉拖下去"，其他脂本作"许多夜叉海鬼将宝玉拖将下去"。

例48，甲戌本：

> 唬得宝玉汗下如雨，一面失声喊叫："可卿救我！可卿救我！"

"可卿救我"，其他脂本均无。

例49，甲戌本：

> 慌得袭人、媚人等上来扶起，拉手说："宝玉别怕，我们在这里。"

"慌得"，己卯本、庚辰本、梦本作"吓得"，舒本作"唬的"，杨本作"唬得"，蒙本、戚本作"吓的"。

"袭人、媚人等"，蒙本、戚本作"袭人辈众丫环们"，其他脂本作"袭人辈众丫环"。

"上来"，其他脂本均作"忙上来"。

"扶起"，杨本作"楼住"，其他脂本作"搂住"。

"拉手说"，其他脂本均作"叫"。

例50，甲戌本：

> 秦氏在外听见，连忙进来，一面说："丫嬛们好生看着猫儿狗儿打架。"

"秦氏在外听见，连忙进来，一面说"，舒本作"却说秦氏正在外房嘱咐"，其他脂本作"却说秦氏正在房外嘱咐"。

"丫嬛们"，其他脂本均作"小丫头们"。

例51，甲戌本：

> 又闻宝玉口中连叫"可卿救我"。

此句，己卯本、杨本、梦本作"忽闻宝玉在梦中唤他的小名"，其他脂本作"忽听宝玉在梦中唤他的小名"。

例52，甲戌本：

> 我的小名，这里没人知道，他如何从梦里叫出来？

"没人"，庚辰本作"从没人"，舒本作"从没"，其他脂本作"从无人"。

"从"，蒙本、戚本作"知道得"，梦本作"知得在"，其他脂本作"知道在"。

例 53，甲戌本无回末结束语，其他脂本异文如下：

> 正是：梦同谁诉离愁恨，千古情人独我知。（己卯本、杨本）
> 正是：一场幽梦同谁近①，千古情人独我痴。（庚辰本）
> 正是：一场幽梦同谁诉，千古情人独我知。（舒本）
> 正是：一枕幽梦同谁诉，千古情人独我痴。（蒙本、戚本）
> 正是：一觉黄粱犹未熟，百年富贵已成空。（梦本）

第二节　甲戌本第六回独异文字考

第 6 回有七十例。

例 1，甲戌本：

> 宝玉红涨了脸，把他手一捻。

"他手"，其他脂本均作"他的手"。

例 2，甲戌本：

> 胡乱吃毕晚饭，过来这边。

"过来这边"，蒙本、戚本作"过这边"，其他脂本作"过这边来"。

例 3，甲戌本：

> 袭人亦含羞笑问道："你梦见什么故事了？是那里流出来的些赃东西？"

"些"其他脂本均作"那些"。

例 4，甲戌本：

> 事虽不多，一天也有一二十件，竟如乱麻一般，并没个头绪可作

---

① "近"乃"诉"字的形讹。

纲领。

"并没个"，己卯本、庚辰本、眉本作"并无个"，杨本作"并无一个"，舒本、蒙本、戚本、戚本作"并没有个"。

例5，甲戌本：

> 方才所说这小小一家，姓王，乃本地人氏。

"方才所说这小小一家"，杨本无，己卯本、庚辰本、舒本作"方才所说的这小小之家"，蒙本、戚本作"方才所说这小小之家"，眉本作"方才所说的这小小人家"，梦本作"原来这小小之家"。

例6，甲戌本：

> 那时只有王夫人之大兄、凤姐之父与王夫人随在京中的，只有此一门远族，余者皆不识认。

"只有"，其他脂本均作"知有"。

"识认"，梦本作"知也"，己卯本、庚辰本、杨本、蒙本、戚本、眉本作"认识"。

例7，甲戌本：

> 这刘嬷嬷乃是个久经世代的老寡妇。

"刘嬷嬷"，其他脂本均作"刘姥姥"。

例8，甲戌本：

> 膝下又无儿女，只靠两亩薄田地度日。

"薄田地"，其他脂本均作"薄田"。

例9，甲戌本：

> 咱们村庄人，那一个不是老老诚诚的，多大碗吃多大的饭。

"多大碗"，梦本作"守着多大碗儿"，其他脂本作"守多大碗儿"。

例10，甲戌本：

> 有了钱，就雇头不雇尾。没了钱，就瞎生气。

"雇头不雇尾"，杨本作"雇头不过尾"，梦本作"顾头不顾尾了"，其他脂本作"顾头不顾尾"。

例 11，甲戌本：

> 刘嫽嫽道："谁叫你偷去呢？到底大家想方法儿裁度。"

"刘嫽嫽"，其他脂本均作"刘姥姥"。

"到底"，其他脂本均作"也到底"。

例 12，甲戌本：

> 或者他念旧，有些好处，也未可定。

"也未可定"，梦本作"亦未可知"，其他脂本均作"也未可知"。

例 13，甲戌本：

> 谁知狗儿名利心甚重，听如此一说，心下便有些活动起来。

"名利心甚重"，杨本作"里心最重"，蒙本作"利心最重"，梦本作"利名心重"，其他脂本作"利名心最重"。

例 14，甲戌本：

> 嫽嫽既如此说……

"嫽嫽"，其他脂本均作"姥姥"。

例 15，甲戌本：

> 何不你老人家明日就走一遍，先试试风头再说。

"一遍"，眉本作"一盪"，梦本作"一遭"，其他脂本作"一淌"。

例 16，甲戌本：

> 那板儿才亦五六岁的孩子，一无所知。

"才亦"，梦本无，舒本作"才只"，眉本作"亦曾"，其他脂本作"才"。

例 17，甲戌本：

> 于是刘嫽嫽带他进城，找至宁荣街，来至荣府大门石狮子前，只见

簇簇的轿马，刘姥姥便不敢过去，且弹弹衣服……

"刘嬷嬷"，其他脂本均作"刘姥姥"。

例18，甲戌本：

又教了板儿几句话，然后侦到角门前。

"侦到"，己卯本作"缜到"，庚辰本、杨本作"走到"，舒本作"侦到"，蒙本、戚本、眉本作"蹭到"，梦本作"蹭至"。

例19，甲戌本：

刘姥姥只得侦上来，问太爷们纳福。

"侦"，舒本作"侦"，梦本作"挨"，其他脂本作"蹭"。

例20，甲戌本：

他娘子却在家，你要找时，从这边绕到后街上后门上问就是了。

"问"，梦本作"找"，其他脂本作"去问"。

例21，甲戌本：

刘嬷嬷听了，谢过。

"刘嬷嬷"，己卯本作"刘老老"，其他脂本作"刘姥姥"。

例22，甲戌本：

只见门前歇着些生意担子，也有卖吃的，也有卖顽意物件的，闹烘烘三二十个孩子在那里厮闹。

"卖顽意物件的"，梦本作"卖顽耍的物件的"，其他脂本作"卖顽耍物件的"。

"闹烘烘"，己卯本、庚辰本、眉本、梦本作"闹吵吵"，舒本、杨本、蒙本、戚本作"闹炒炒"。

例23，甲戌本：

刘嬷嬷便拉住了一个道……

"刘嫽嫽"，其他脂本均作"刘姥姥"。

"拉住了"，其他脂本均作"拉住"。

例24，甲戌本：

孩子道："这个容易，你跟我来。"说着，<u>跳跳蹿蹿</u>引着刘姥姥进了后门。

"跳跳蹿蹿"，梦本无，眉本作"跳跷跷"，其他脂本作"跳蹿蹿"。

例25，甲戌本：

<u>刘嫽嫽</u>忙迎上来问道……

"刘嫽嫽"，己卯本作"刘老老"，其他脂本作"刘姥姥"。

例26，甲戌本：

再问<u>刘嫽嫽</u>："今日还是路过，还是特来的？"

"刘嫽嫽"，其他脂本均作"刘姥姥"。

例27，甲戌本：

周瑞家的听了，便猜着几分<u>意思</u>。

"意思"，其他脂本均作"来意"。

例28，甲戌本：

论理人来客至回话，却不与<u>我们</u>相干。

"我们"，杨本无，其他脂本作"我"。

例29，甲戌本：

我们这里都是各占<u>一枝儿</u>。

"一枝儿"，其他脂本均作"一样儿"。

例30，甲戌本：

但只一件，<u>嫽嫽</u>有所不知。

"嫽嫽",其他脂本均作"姥姥"。

例31,甲戌本:

> 如今太太竟不大管事了,都是琏二奶奶当家。

"了",其他脂本均无。

"当家",眉本、梦本作"当家了",其他脂本作"管家了"。

例32,甲戌本:

> 你道这琏二奶奶是谁,就是太太的内侄女,当日大舅爷的女儿,小名凤哥的。

"大舅爷",其他脂本均作"大舅老爷"。

例33,甲戌本:

> 刘嫽嫽道:"阿弥陀佛,这全仗嫂子方便了。"

"刘嫽嫽",其他脂本均作"刘姥姥"。

例34,甲戌本:

> 周瑞家的听了道:"嗐,我的嫽嫽,告诉不得你呢……"

"嫽嫽",其他脂本均作"姥姥"。

例35,甲戌本:

> 周瑞家的听了,连忙起身,催着刘嫽嫽说:"快走,快走……"

"刘嫽嫽",其他脂本均作"姥姥"。

例36,甲戌本:

> 知凤姐未下来,先找着了凤姐的一个心腹通房大丫头,名唤平儿的。

"下来",其他脂本均作"出来"。

例37,甲戌本:

> 周瑞家的听了,忙出去领他两个进入院来。

"忙"，其他脂本均作"方"。

例38，甲戌本：

才入堂屋，只闻一阵香扑了脸来，竟不辨是何香味。

"香味"，其他脂本均作"气味"。

例39，甲戌本：

才要称姑奶奶，<u>忽听</u>周瑞家的称他是平姑娘。

"忽听"，梦本作"只见"，其他脂本作"忽见"。

例40，甲戌本：

又见平儿赶着周瑞家的称"<u>周大嫂</u>"，方知不过是个<u>有些</u>体面丫头。

"周大嫂"，其他脂本均作"周大娘"。

"有些体面"，其他脂本均作"有些体面的"。

例41，甲戌本：

于是让<u>刘嬷嬷</u>和板儿上了炕。

"刘嬷嬷"，其他脂本均作"刘姥姥"。

例42，甲戌本：

<u>小丫头子斟</u>上茶来吃茶。

"小丫头子"，蒙本、戚本、梦本作"小丫头们"，其他脂本作"小丫头子们"。

"斟上"，眉本、梦本作"倒了"，其他脂本作"斟了"。

例43，甲戌本：

刘姥姥只听见咯当咯当的响声，大有似乎打箩柜<u>筛面</u>的一般。

"筛面"，舒本作"箱面"，其他脂本作"筛面"。

例44，甲戌本：

又见两三个妇人都捧着大漆捧盒进<u>这东边</u>来等候。

"这东边"，其他脂本均作"这边"。

例45，甲戌本：

> 听见那边说了<u>一声</u>"摆饭"，渐渐人<u>才都散出</u>。

"一声"，其他脂本均作"声"。

"才都散出"，眉本作"都走去"，梦本作"才散出去"，其他脂本作"才散出"。

例46，甲戌本：

> <u>刘嫽嫽</u><u>一扒掌</u><u>打下他去</u>。

"刘嫽嫽"，其他脂本均作"刘姥姥"。

"一扒掌"，舒本作"一巴掌"，蒙本作"一把"，其他脂本作"一把掌"。

"打下他去"，杨本作"打他去"，梦本作"打了开去"，其他脂本作"打了他去"。

例47，甲戌本：

> 周瑞家的又和他唧唧了一会，方<u>徇</u>到这边屋内来。

"徇"，己卯本、庚辰本、杨本作"过"，舒本作"侦"，蒙本、戚本、梦本作"蹭"，眉本作"领"。

例48，甲戌本：

> 靠东边板壁立着一个锁子锦靠背，与一个引枕，铺着金心<u>绿</u>闪缎大坐褥。

"绿"，己卯本、庚辰本、杨本、蒙本、戚本、眉本无，舒本、梦本作"线"（綫）。

例49，甲戌本：

> <u>凤姐儿</u>也不接茶，也不抬头。

"凤姐儿"，其他脂本均作"凤姐"。

例50，甲戌本：

这才忙欲起身，犹未起身，满面春风的问好，又嗔周瑞家的<u>不早说</u>。

"不早说"，其他脂本均作"怎么不早说"。

例51，甲戌本：

> 凤姐忙说："周姐姐<u>快搀住</u><u>不拜</u>罢，请坐……"

"快搀住"，蒙本、戚本无此句，己卯本作"快才（纔）起来"，庚辰本作"快搀起来"，舒本、眉本、梦本作"快搀着"，杨本作"快些扶起来"。

"不拜"，蒙本、戚本无此句，舒本作"不用拜"，眉本、梦本作"不拜"，其他脂本作"别拜"。

例52，甲戌本：

> 周瑞家的忙回道："这就是我才回的那个<u>嫽嫽</u>了。"

"嫽嫽"，其他脂本均作"姥姥"。

例53，甲戌本：

> 凤姐笑道："这话<u>叫人没的</u>恶心，不过借赖着祖父虚名作个穷官儿罢了。"

"叫人没的"，眉本作"说得叫人"，梦本作"没的教人"，其他脂本作"没的叫人"。

例54，甲戌本：

> 凤姐道："我这里陪客呢，晚上<u>再回</u>……"

"再回"，其他脂本均作"再来回"。

例55，甲戌本：

> <u>凤姐儿</u>点头。

"凤姐儿"，其他脂本均作"凤姐"。

例56，甲戌本：

> 周瑞家的道："没甚说的便罢。若有话，<u>回</u>二奶奶是和太太一样的。"

"回"，其他脂本均作"只管回"。

例57，甲戌本：

> 刚说道①这里，只听得二门上小厮们回说："东府里小大爷进来了。"

"只听得"，杨本无，其他脂本作"只听"。

例58，甲戌本：

> 凤姐儿道："说迟了一日，昨儿已经给了人了。"

"凤姐儿"，其他脂本均作"凤姐"。

例59，甲戌本：

> 这里刘姥姥心身方安，方又说道："今日我带了你侄儿来，也不为别的，只因为他老子娘在家里连吃的都没有……"

"只因为"，其他脂本均作"只因"。

例60，甲戌本：

> （凤姐）因问周瑞家的道："这刘姥姥不知可用过饭没有呢？"

"刘姥姥"，其他脂本均作"姥姥"。

"用过"，舒本、杨本、眉本作"用"，其他脂本作"用了"。

例61，甲戌本：

> 一时周瑞家的传了一桌客馔来摆在东边屋内，过来带了刘嬷嬷和板儿过去吃饭。

"刘嬷嬷"，其他脂本均作"刘姥姥"。

例62，甲戌本：

> 当时他们来一遭却也没空儿他们。

"空儿"，蒙本、梦本作"空过"②，其他脂本作"空了"。

---

① "道"乃"到"字之误。
② 蒙本"过"系旁改，原作"也"。

例63，甲戌本：

> 说话时，刘姥姥已吃毕饭，拉了板儿过来，<u>舔唇抹嘴</u>的道谢。

"舔唇抹嘴"，己卯本、杨本作"磕舌囉嘴"，庚辰本作"磕舌咂嘴"，舒本作"磕舌打①嘴"，蒙本、戚本作"磕唇打嘴"，眉本作"甜嘴蜜舌"，梦本作"磕唇咂嘴"。

例64，甲戌本：

> 凤姐笑道："且请坐下，听我告诉你老人家。<u>方才</u>意思我已知道了……"

"方才"，其他脂本均作"方才的"。

例65，甲戌本：

> 况是我近来接着管些事，都不大知道<u>这些个</u>亲戚们。

"这些个"，其他脂本均作"这些"。

例66，甲戌本：

> <u>凭的怎么样</u>，你老拔根寒毛，比我们的腰还粗呢。

"凭的怎么样"，蒙本、戚本作"凭他怎么"，梦本作"凭他这样"，其他脂本作"凭他怎样"。

例67，甲戌本：

> <u>这串钱</u>雇了车子坐罢。

"这串钱"，其他脂本均作"这钱"。

例68，甲戌本：

> 改日无事，只管来逛逛，方是<u>亲戚间</u>的意思……

"亲戚间"，其他脂本均作"亲戚们"。

例69，甲戌本：

---

① 舒本"打"旁改"咂"。

刘姥姥只管<u>千恩万谢</u>，拿了银钱，随周瑞家的出来，至<u>外厢房</u>，周瑞家的<u>方道</u>……

"千恩万谢"，其他脂本均作"千恩万谢的"。

"外厢房"，己卯本、杨本作"外头"，庚辰本作"外面"，舒本、蒙本、戚本、眉本、梦本作"外厢"。

"方道"，其他脂本均作"道"。

例70，甲戌本：

我的娘，你见了他，怎么倒不会说话了，开口就是"你侄儿"，我说句不怕你恼的话，便是亲侄儿，也要说<u>和柔</u>些，那蓉大爷才是他的正紧侄儿呢。

"和柔"，其他脂本均作"和软"。

第三节　甲戌本第七回独异文字考

第 7 回有三十八例，如下：

例1，甲戌本：

送宫花周瑞叹英莲　谈肄业秦钟结宝玉

此乃甲戌本第 7 回回目。其他脂本第 7 回的回目如下①：

送宫花贾琏戏熙凤 宴宁府宝玉会秦钟（己卯本、庚辰本）
送宫花周瑞叹英莲 谈肄业秦钟结宝玉（舒本）
尤氏女独请王熙凤 贾宝玉初会秦鲸卿（彼本、蒙本、戚本、眉本）
送宫花贾琏戏熙凤 宁国府宝玉会秦钟（梦本）

例2，甲戌本：

只见王夫人的丫嬛名金钏儿者和一个才留了头的小女孩儿站立台矶

---

① 其中杨本第 7 回无回目。

<u>上</u>顽。

"站立台矶上"，己卯本作"站在台阶坡儿上"，庚辰本、眉本作"站在台阶坡上"，舒本、彼本作"站在台坡上"，杨本作"站在台阶坡儿上"，蒙本、戚本作"站在台矶石上"，梦本作"站在台矶上"。

例3，甲戌本：

　　周瑞家的道："正是呢，姑娘到底有什么病根儿，也该趁早儿<u>请了</u>大夫来，好生开个方子，认真吃几剂药，一势除了根<u>才好</u>……"

"请了"，其他脂本均作"请个"。
"才好"其他脂本作"才是"（梦本无此两句）。
例4，甲戌本：

　　周瑞家的因问道："不知是<u>那个</u>什么海上方儿……"

"是那个"，梦本作"是"，其他脂本作"是个"。
例5，甲戌本：

　　将这四样<u>蕊</u>于次年春分这日晒干……

"蕊"，其他脂本均作"花蕊"。
例6，甲戌本：

　　周瑞家的忙道："嗳哟，这样说来，这就得<u>一二年</u>的工夫……"

"一二年"，蒙本作"三五年"，其他脂本作"三年"。
例7，甲戌本：

　　倘或<u>这日雨水</u>不下雨水又怎处呢？

"这日雨水"，其他脂本均作"雨水这日"。
例8，甲戌本：

　　把这四样水调匀，和了丸药，再加蜂蜜十二钱，<u>白糖十二钱</u>，丸了龙眼大的丸子，盛在旧磁罐内，埋在花根底下。

"蜂蜜十二钱"，梦本无，眉本作"十二钱洋蜂"，其他脂本作"十二钱蜂蜜"。

"白糖十二钱"，梦本无，眉本作"十二钱"，其他脂本作"十二钱白糖"。

例9，甲戌本：

> 周瑞家的又道："这药可有名子没有呢?"宝钗道："有，这也是癞和尚说下的……"

"癞和尚"，己卯本、庚辰本、杨本作"那癞头和尚"，舒本、彼本、蒙本、戚本、梦本作"那癞和尚"。

例10，甲戌本：

> 周瑞家的和金钏听了，倒反为他叹息伤感一回。

"他"，其他脂本均无。

例11，甲戌本：

> 只留宝玉、黛玉二人在这边解闷，却将迎、探、惜三人移到王夫人这边房后三间小抱厦内居住，今李纨陪伴照管。

"今"，其他脂本均作"令"。

例12，甲戌本：

> 只见迎春的丫头司棋与探春的丫嬛待书二人正掀帘出来。

"掀帘"，其他脂本均作"掀帘子"。

例13，甲戌本：

> 丫嬛们道："在这屋里不是。"

"这屋里"，其他脂本均作"那屋里"。

例14，甲戌本：

> 若剃了头，把这花可带在那里?

"把"，梦本作"却把"，其他脂本作"可把"。

"可带在"，己卯本、庚辰本、舒本、蒙本作"带在"，彼本、戚本、眉本、梦本作"戴在",杨本作"代在"。

例 15，甲戌本：

> 周瑞家的因问智能儿："你是什么时候来的？你师傅那秃歪剌往那里去了？"

"师傅"，其他脂本均作"师父"。

例 16，甲戌本：

> 惜春听了，笑道："这就是了。他师傅一来了，余信家的就赶上来和他师傅咕唧了半日，想是就为这事了。"

"师傅"，其他脂本均作"师父"。

例 17，甲戌本：

> 平儿听了，便打开匣子，拿出四支，转身去了。半刻工夫，手里又拿出两支来，先叫彩明来付他，送到那边府里，给小蓉大奶奶带去。

"拿出"，其他脂本均作"拿了"。

"来付他"，己卯本、庚辰本作"吩咐道"，舒本作"来分咐他"，彼本作"来分付他"，杨本作"吩咐他"，蒙本、戚本、眉本、梦本作"来吩咐他"。

例 18，甲戌本：

> 我送林姑娘的花儿去了就回来家。

"就回来家"，杨本无，己卯本、庚辰本作"就回家去"，舒本、彼本、梦本作"就回家来"，蒙本、戚本作"就回家"，眉本作"就回来"。

例 19，甲戌本：

> 他女儿听如此说，便回去了，还说："妈，你好歹快来。"

"你"，其他脂本均无。

例 20，甲戌本：

> 周瑞家的道："是了，小人家没经过什么事情，就急的你这样子。"

"事情"，蒙本、戚本、梦本作"事的"，其他脂本作"事"。

例21，甲戌本：

　　黛玉<u>再看了一看</u>，冷笑道："我就知道，别人不挑剩下的也不给我。<u>替我道谢罢</u>。"

"再看了一看"，其他脂本均无。
"替我道谢罢"，其他脂本均无。

例22，甲戌本：

　　就说才从学里<u>来的</u>。

"来的"，庚辰本作"来"，其他脂本作"回来"。

例23，甲戌本：

　　王夫人道："你瞧谁闲着，<u>不管打发两个女人去就完了</u>。"

"不管打发两个女人去"，己卯本、庚辰本作"就叫他们去四个女人"，彼本作"不管打发着那四个女人"，杨本作"就叫他们去四个女儿"，舒本、蒙本、戚本、眉本作"不管打发那四个女人去"，梦本作"叫四个女人去"。

例24，甲戌本：

　　凤姐又笑道："<u>今儿</u>珍大嫂子来请我<u>明儿</u>过去逛逛……"

"今儿"，其他脂本均作"今日"。
"明儿"，其他脂本均作"明日"。

例25，甲戌本：

　　那尤氏一见了凤姐，必先笑嘲一阵，一手携了宝玉，<u>入</u>上房来。

"入"，其他脂本均作"同入"。

例26，甲戌本：

　　说着，果然出去带进一个小后生来，较宝玉略瘦巧些，清眉秀目，粉面<u>硃唇</u>，身材俊俏，举止风流，似在宝玉之上。

"硃唇"，其他脂本均作"朱唇"。

例27，甲戌本：

平儿素知凤姐与秦氏厚密，虽是小后生家，亦不可太俭，遂自作<u>了</u>主意……

"了"，其他脂本均无。

例28，甲戌本：

宝玉只答应着，也无心在<u>饮食</u>，只问秦钟近日家务等事。

"饮食"，己卯本、庚辰本、杨本作"饭食上"，梦本作"饮食间"，其他脂本作"饮食上"。

例29，甲戌本：

算账时，却又是秦氏、尤氏二人输了戏酒的东道，言定后日吃这东道，一面<u>又说了回话</u>，晚饭毕……

"又说了回话"，眉本无，己卯本、庚辰本、杨本"就叫送饭"，舒本、彼本作"又吃晚饭"，蒙本、戚本作"又说传晚饭"，梦本作"又吃了晚饭"。

例30，甲戌本：

尤氏因说："先派两个小子送了这秦相公<u>去</u>。"

"去"，其他脂本均作"家去"。

例31，甲戌本：

尤氏叹道："你难道不知这焦大的，连<u>太爷</u>都不理他的。你<u>珍哥哥</u>也不理他……"

"太爷"，其他脂本均作"老爷"。
"珍哥哥"，眉本作"大哥哥"，其他脂本作"珍大哥哥"。

例32，甲戌本：

你也不想想，焦大太爷<u>跷起一支脚</u>，比你的头还高呢。

"跷起一支脚"，己卯本、庚辰本、杨本作"跷跷脚"，舒本、彼本作"跷起一只脚来"，蒙本、戚本作"跷起一只腿"，眉本、梦本作"跷起一只脚"。

例33，甲戌本：

> 二十年头里的焦大太爷眼里有谁？别说你们这把子的杂种忘八羔子们。

"这把子的"，己卯本、杨本作"这一起子"，庚辰本、眉本作"这一起"，舒本、彼本、蒙本、戚本作"这一把子"，梦本作"这一把子的"。

例34，甲戌本：

> 等明日醒了酒问他，还寻死不寻死了。

"醒了酒"，其他脂本作"酒醒了"。

例35，甲戌本：

> 咱们胳膊折子往袖子里藏。

"子"，其他脂本均作"了"。

例36，甲戌本：

> 因问凤姐儿道："姐姐，你听他爬灰的爬灰……"

"你听他"，舒本、彼本作"你听见"，其他脂本作"你听他说"。

例37，甲戌本：

> 宝玉连忙央告："好姐姐，我再不敢说这话了。"

"我再不敢说这话了"，眉本作"我不敢了"，梦本作"我再不敢说这些话了"，其他脂本作"我再不敢了"。

例38，甲戌本：

> 凤姐亦忙回色哄道："好兄弟，这才是。等回去咱们回了老太太，打发人往家学里说明白了，请了秦钟，家学里念书去要紧。"

"亦忙回色哄道"，梦本作"哄他道"，其他脂本作"道"。

第四节　甲戌本第八回独异文字考

甲戌本第8回独异文字有四十二例，如下：

例1，甲戌本：

薛宝钗小恙梨香院　贾宝玉大醉绛芸轩

此乃甲戌本第8回回目。其他脂本第8回回目如下：

比通灵金莺微露意　探宝钗黛玉半含酸（己卯本、庚辰本、杨本）
薛宝钗小宴梨香院　贾宝玉逞醉绛云轩（舒本、彼本）
拦酒兴李奶母讨恹　掷茶杯贾公子生嗔（蒙本、戚本）
拦酒兴奶母讨厌　掷茶杯公子生嗔（眉本）
贾宝玉奇缘识金锁　薛宝钗巧合认通灵（梦本）

例2，甲戌本：

题曰：古鼎新烹凤髓香，那堪翠斝贮琼浆。莫言绮縠无风韵，试看金娃对玉郎。

此系第8回回前诗，其他脂本均无。
例3，甲戌本：

至后日，又有尤氏来请，遂携了王夫人、林黛玉、宝玉等过来看戏。

"过来"，其他脂本均作"过去"。
例4，甲戌本：

王夫人本是好清静的，见贾母回来，也就回来了。

"清静"，其他脂本均作"清净"。
例5，甲戌本：

谁知到了穿堂，便往东向北，绕厅后而去。

"往东"，其他脂本均作"向东"。
例6，甲戌本：

……从帐房里出来，一见了宝玉走来，都一齐垂手站住。

"走来"，舒本、彼本、眉本作"赶过来"，其他脂本作"赶来"。

例7，甲戌本：

> 众人都笑说："前儿在一处看见二爷写的<u>斗方，字法</u>越发好了……"

"斗方，字法"，戚本作"斗方字儿"，其他脂本作"斗方儿，字法"①。

例8，甲戌本：

> 众人待他<u>过来</u>，方都各自散了。

"过来"，其他脂本均作"过去"。

例9，甲戌本：

> 且说宝玉来至梨香院中，先入薛姨妈室中来，正见薛姨妈打点针黹<u>与丫嬛们</u>。

"丫嬛们"，眉本作"丫头们呢"，其他脂本作"丫环们呢"。

例10，甲戌本：

> 薛姨妈忙一把拉了他，抱入怀内，笑说："这么冷天，我的儿，难为你<u>想着我</u>。快上炕来坐着罢。"

"想着我"，其他脂本均作"想着，来"。

例11，甲戌本：

> 宝玉掀帘，一迈步进去，先就看见薛宝钗坐在炕上<u>做针线</u>。

"做针线"，其他脂本均作"作针线"。

例12，甲戌本：

> 宝钗抬头，只见宝玉进来，连忙<u>起来</u>，含笑答说……

"起来"，其他脂本均作"起身"。

例13，甲戌本：

---

① 彼本"斗"、"法"系旁添。

宝玉亦凑了上去，从顶①上摘了下来，递与宝钗手内。

"顶上"，蒙本、戚本作"头上"，其他脂本作"项上"。

例14，甲戌本：

宝钗被他缠不过，因说道："是个人给了两句吉利话儿……"

"是个人"，舒本、彼本、杨本作"也是人"，眉本作"也是人家"，其他脂本作"也是个人"。

例15，甲戌本：

一面说，一面解排扣，从里面大红袄上将那珠宝晶莹、黄金灿烂的璎珞掏将出来。

"解"，其他脂本均作"解了"。

例16，甲戌本：

宝玉与宝钗相近，只闻一阵阵凉森森甜丝丝的幽香，竟不知系何香气。

"宝玉"，其他脂本均作"宝玉此时"。

例17，甲戌本：

黛玉便道："是不是我来了，你就该去了？"

"你"，其他脂本均作"他"。

例18，甲戌本：

宝玉笑道："我多早晚说要去了，不过是拿来预备着。"

"不过是"，其他脂本均作"不过"。

例19，甲戌本：

李嬷出去，命小厮们都各散去不提。

---

① "顶"乃"项"字的形讹。

"李嬷"，舒本、彼本作"李妈妈"，戚本作"李嬷嬷"，其他脂本作"李嬷嬷"。

例20，甲戌本：

> 薛姨妈便命人去灌了些上等的酒来。

"灌了些"，眉本作"取了"，其他脂本作"灌了"。

例21，甲戌本：

> 这里宝玉又说："不必烫热了，我只要爱吃冷的。"

"烫热"，己卯本、庚辰本作"温暖"，舒本、彼本作"温热"，杨本、蒙本、戚本作"盪暖"，眉本、梦本作"烫暖"。

例22，甲戌本：

> 我平日和你说的，全当耳傍风，怎么他说了你就依，比圣旨还快呢。

"快呢"，舒本、彼本作"遵些"，蒙本作"信些"，眉本作"尊些"，其他脂本作"快些"。

例23，甲戌本：

> 宝玉听这话，知黛玉借此奚落他，也无回复之词，只嘻嘻的笑了两阵罢了。

"知"，舒本作"知道"，其他脂本作"知是"。

"笑了"，其他脂本均作"笑"。

例24，甲戌本：

> 薛姨妈道："你是个多心的，有这样想，我就没这样之心。"

"这样之心"，眉本作"这心"，其他脂本作"这样心"①。

例25，甲戌本：

> 林黛玉冷笑道："我为什么助着他？我也犯不着劝他。你这个妈妈太

---

① 庚辰本"样"系旁添。

小心了……"

"犯不着"，其他脂本均作"不犯着"。

"这个"，其他脂本均作"这"。

例26，甲戌本：

真真这林姑娘说出一句话来，比刀子还尖，<u>这</u>算了什么呢？

"这"，眉本作"你这个"，梦本作"我这话"，其他脂本作"你这"。

例27，甲戌本：

因命<u>再热酒</u>来："姨妈陪你吃两杯，可就吃饭罢。"

"再热酒"，其他脂本均作"再盪①热酒"。

例28，甲戌本：

（李嬷嬷）悄悄的回姨太太："别<u>任</u>他的性多给他吃。"

"任"，庚辰本、眉本作"由着"，其他脂本作"由"。

例29，甲戌本：

这里虽还有<u>三四个</u>婆子，都是不关痛痒的。

"三四个"，杨本、梦本作"两三个"，其他脂本作"三两个"。

例30，甲戌本：

幸而薛姨妈千哄万哄的只容他吃了<u>两杯</u>，就忙收过了，做了酸笋鸡皮汤。

"两杯"，舒本作"几盃"，其他脂本作"几杯"。

例31，甲戌本：

一时薛、林二人也吃完了饭，又酽酽的沏上茶来，每人吃了<u>两碗</u>，薛姨妈方<u>放下心</u>。

---

① "盪"乃"烫"字之误。

"每人"，眉本无，其他脂本作"大家"。

"两碗"，其他脂本均无。

"放下心"，杨本作"放心"，其他脂本作"放了心"。

例32，甲戌本：

> 雪雁等三四个丫头已吃了饭来伺候。

"来"，其他脂本均作"进来"。

例33，甲戌本：

> 薛姨妈不放心，便命两个妇女跟随他兄妹方罢。

"便命"，己卯本作"足的命"，庚辰本、杨本、眉本作"到底命"，舒本作"倒底命"，彼本作"到的命"，蒙本、戚本作"因命"，梦本作"吩咐"。

例34，甲戌本：

> 宝玉便笑道："好妹妹，你别撒谎，你看这三个字，那一个字好？"

"那一个字"，其他脂本均作"那一个"。

例35，甲戌本：

> 黛玉仰头看里间门斗上新贴了三个字，写"绛芸轩"。

"写"，其他脂本均作"写着"。

例36，甲戌本：

> 宝玉吃了半碗茶，忽又想起早起茶来。

"早起茶"，其他脂本均作"早起的茶"。

例37，甲戌本：

> 袭人忙道："我才倒茶来被雪滑倒了，失了手砸了钟子。"

"失了手"，其他脂本均作"失手"。

例38，甲戌本：

> 宝玉忙接了出来，领了拜见贾母。

"出来"，其他脂本均作"出去"。

例 39，甲戌本：

> 又嘱咐他道："你家住的远，一时寒热饥饱不便，只管住在我这里。"

"一时"，己卯本、庚辰本作"或有一时"，其他脂本作"或一时"。

例 40，甲戌本：

> 只和你宝叔在一处，别跟着那起不长进的东西学。

"东西"，眉本无，其他脂本作"东西们"。

例 41，甲戌本：

> 秦钟此去，学业料必进益，成名可望，因此十分欢喜。

"十分欢喜"，眉本作"甚喜"，其他脂本作"十分喜悦"。

例 42，甲戌本：

> 那贾府上上下下都是一双富贵眼睛，容易拿不出来，又恐误了儿子的终身大事。

"贾府"，梦本作"那边"，其他脂本作"贾家"。

"又恐误了"，己卯本、庚辰本、杨本、眉本无，舒本、彼本作"然"，蒙本、戚本作"为"，梦本作"因"。

第八章　甲戌本第三单元独异文字考

本章考述的是甲戌本第三单元（第 13 回至第 16 回）的独异文字。

第一节　甲戌本第十三回独异文字考

第 13 回独异文字有四十四例。

例 1，甲戌本：

> 恍惚只见秦氏从外走了进来，含笑说道："婶婶好睡，我今儿回去，你也不送我一程……"

"今儿"，其他脂本均作"今日"。

例 2，甲戌本：

> 秦氏道："婶婶，你是个脂粉队内的英雄……"

"脂粉队内"，舒本作"脂粉队中"，其他脂本作"脂粉队里"。

例 3，甲戌本：

> 即如今日，诸事都妥，只有两件事未妥。

"两件事"，其他脂本均作"两件"。

例 4，甲戌本：

> 若把此事如此一行，则日后可保永全。

"可保永全"，舒本作"可保永全矣"，其他脂本作"可保永全了"。
例5，甲戌本：

　　合同族中长幼，大家定了则例，日后按房拿管这一年的地亩钱粮、祭祀供给之事。

"拿管"，舒本作"管理"，彼本作"管"，其他脂本作"掌管"。
按：甲戌本"拿"乃"掌"字的形讹。
例6，甲戌本：

　　若目今以为荣华不绝，不思日后，终非长策。

"日后"，其他脂本均作"后日"。
例7，甲戌本：

　　此时若不早为虑，后临期只恐后悔无益矣。

"早为虑，后"，其他脂本均作"早为后虑"。
"矣"，其他脂本均作"了"。
例8，甲戌本：

　　凤姐还欲问时，只听得二门上传事云牌，连叩四下，正是丧音。

"只听得"，其他脂本均作"只听"。
例9，甲戌本：

　　凤姐闻听，吓了一身冷汗，出了一回神，只得忙忙的穿衣服，往王夫人处来。

"穿衣服"，其他脂本均作"穿衣"。
例10，甲戌本：

　　以及家中仆从老小，想他素日怜贫惜贱、慈老爱幼之恩，莫不悲嚎痛哭之人。

"之人"，梦本无，其他脂本作"者"。
例11，甲戌本：

只觉心中似戳了一刀的，不忍哇的一声喷出一口血来。

"喷出"，舒本、彼本、杨本作"直嗬出"，其他脂本作"直奔出"。

例12，甲戌本：

袭人等慌慌忙忙上来挡扶，问是怎么样。

"挡扶"，戚本作"搂扶"，梦本作"扶着"，其他脂本作"搀扶"。

例13，甲戌本：

彼时贾代儒带领贾敕、贾效、贾敦、贾赦、贾政……

"带领"，彼本、杨本作"贾代修"，其他脂本作"代修"。

例14，甲戌本：

一面吩咐去请钦天监、阴阳司来择日推准停灵……

"推准"，其他脂本均作"择准"。

例15，甲戌本：

灵前另有五十众高僧、五十众高道对坛按七作好事。

"另有"，舒本作"另别有"，梦本作"另设"，其他脂本作"另请"。

例16，甲戌本：

可巧薛蟠来吊问，因见贾珍寻好板，便说道："我们木店里有一副，叫做什么樯木……"

"一副"，其他脂本均作"一副板"。

例17，甲戌本：

现今还封在店里，也没人出价敢买。你若要，就抬来罢了。

"罢了"，已卯本、彼本、蒙本、戚本作"便罢"，庚辰本、杨本作"使罢"，舒本作"用罢"，梦本作"看看"。

例18，甲戌本：

贾珍听了，<u>喜之不禁</u>。

"听了"，其他脂本均作"听说"。

"喜之不禁"，杨本作"喜之不胜"，梦本作"甚喜"，其他脂本作"喜之不尽"。

例19，甲戌本：

贾珍<u>笑道</u>："价值几何？"

"笑道"，杨本作"道"，梦本作"笑问道"，其他脂本作"笑问"。

例20，甲戌本：

薛蟠笑道："拿一千两银子来，只怕也没处买去。什么价不价，赏他们几两<u>工银</u>就是了。"

"工银"，其他脂本均作"工钱"。

例21，甲戌本：

此事可罕，<u>合族中人</u>也都<u>称赞</u>。

"合族中人"，其他脂本均作"合族人"。

"称赞"，其他脂本均作"称叹"。

例22，甲戌本：

贾珍<u>喜之不禁</u>。

"喜之不禁"，舒本作"又喜又悲"，梦本作"甚喜"，其他脂本作"喜之不尽"。

例23，甲戌本：

于是合族人丁并家下诸人都各遵旧制行事，自<u>不敢紊乱</u>。

"不敢紊乱"，梦本作"不得错乱"，其他脂本作"不得紊乱"。

例24，甲戌本：

早有大明宫掌宫内相戴权先备了祭礼，遣人<u>抬来</u>。

"抬来"，舒本、彼本作"送来"，其他脂本作"来"。

例 25，甲戌本：

> 戴权道："事道凑巧，正个美缺……"

"事道凑巧"，舒本无，其他脂本作"事倒凑巧"。

按："道"乃"倒"的音讹。

例 26，甲戌本：

> 再给个执照，就把那履历填上。

"那"，舒本、彼本、杨本无，其他脂本作"这"。

例 27，甲戌本：

> 戴权道："若到部里，你又吃亏了，不如平准一千二百银子送到我家里就完了。"

"我家里"，其他脂本均作"我家"。

例 28，甲戌本：

> 王夫人、邢夫人、凤姐等刚迎至上房……

"迎至"，其他脂本均作"迎入"。

例 29，甲戌本：

> 少时三家下轿，贾政等忙接上大厅。

"三家"，其他脂本均作"三人"。

例 30，甲戌本：

> 会芳园的临街大门洞开，现在两边起了鼓乐厅，两般青衣按时奏乐。

"的"，其他脂本均无。

"现"，舒本、杨本无，其他脂本作"旋"。

"两般"，其他脂本均作"两班"。

例 31，甲戌本：

一对对执事摆的刀斩斧齐，更有<u>四面</u>硃红销金大字牌<u>对</u>竖在门外。

"四面"，其他脂本均作"两面"。
"对"，舒本、彼本、杨本、梦本无，其他脂本作"位"。
按："位"字连上读，"对"字连下读。
例32，甲戌本：

四大部州至中之地，奉天<u>永运</u>太平之国……

"永运"，蒙本、戚本作"承运"，其他脂本作"永建"。
例33，甲戌本：

……四十九日消灾洗孽平安水陆道场，<u>诸</u>如等语，<u>余者</u>亦不消烦记。

"诸如"，其他脂本均无。
"余者"，其他脂本均无。
例34，甲戌本：

但<u>里头</u>尤氏又犯了旧疾，不能料理事务。

"里头"，其他脂本均作"里面"。
例35，甲戌本：

贾珍见问，<u>忙将</u>里面无人的话说了出来。

"忙将"，其他脂本均作"便将"。
例36，甲戌本：

<u>有人</u>报说："大爷进来了。"<u>吓的</u>众婆娘唿的一声往后藏之不迭。

"有人"，其他脂本均作"闻人"。
"吓的"，舒本作"忙的"，其他脂本作"唬的"。
例37，甲戌本：

贾珍……因勉强陪笑道："侄儿进来，有一件事要<u>恳求</u>二位婶婶并大
妹妹。"

"要恳求",其他脂本均作"要求"。

例38,甲戌本:

> 你大妹妹现在你二婶子家,只<u>合</u>你二婶子说就是了。

"合",其他脂本均作"和"。

例39,甲戌本:

> 王夫人忙道:"他一个小孩子家,何曾经过这<u>样</u>事……"

"这样",其他脂本均作"这<u>些</u>"。

例40,甲戌本:

> 王夫人心中怕的是凤姐儿未经过丧事,怕他料理不清,惹人<u>笑话</u>。

"笑话",其他脂本均作"耻笑"。

例41,甲戌本:

> 那凤姐素日最喜<u>揽办</u>,好卖弄才干。

"揽办",舒本、梦本作"揽事",其他脂本作"揽事办"。

例42,甲戌本:

> 又说:"妹妹爱<u>怎么样</u>a,就<u>怎么样</u>b。要什么只管拿这个取去,也不必问我,<u>只</u>别存心替我省钱……"

"怎么样a",梦本作"怎么",其他脂本作"怎样"。
"怎么样b",杨本无,梦本作"怎么样办",其他脂本作"怎样"。
"只",其他脂本均作"只求"。

例43,甲戌本:

> 二则也要<u>与</u>那府里一样待人才好,不要存心怕人抱怨。

"与",其他脂本均作"同"。

例44,甲戌本:

> 王夫人听说,<u>先同</u>那夫人等回去,不在话下。

"先同"，舒本作"便同"，其他脂本作"便先同"。

第二节　甲戌本第十四回独异文字考

第 14 回独异文字有五十五例。

例 1，甲戌本：

> 问了来昇媳妇几句话，便<u>坐了</u>车回家。一宿无话。

"坐了车"，舒本作"上车"，其他脂本作"坐车"。

例 2，甲戌本：

> 再不要说你们这府里原是<u>这样的</u>，<u>这如今</u>可要依着我行。

"这样的"，其他脂本均作"这样的话"。
"这如今"，其他脂本均作"如今"。

例 3，甲戌本：

> 说着，便吩咐彩明念花名册，按名一个一个的唤进来看视，一时<u>看完了</u>……

"看完了"，其他脂本均作"看完"。

例 4，甲戌本：

> 这二十个也<u>分</u>两班，每日单管本家亲戚茶饭，别的事也不用他们管。

"分"，其他脂本均作"分作"。

例 5，甲戌本：

> 这四十个人也分作两班，单在灵前<u>上添油</u>……

"上添油"，舒本作"上香添灯油"，其他脂本作"上香添油"。

例 6，甲戌本：

> 这四个人单在<u>内茶坊</u>收管杯碟茶器，若少一件，便叫他四个<u>描陪</u>。

"内茶坊",其他脂本均作"内茶房"。

"描陪",己卯本、庚辰本作"描赔",舒本作"赔补",彼本、蒙本、戚本作"赔",杨本作"摊赔",梦本作"分赔"。

例7,甲戌本:

> 这四个人单管酒饭器皿,少一件便叫他四个描陪。

"便叫",其他脂本均作"也是"。

例8,甲戌本:

> 这下剩的按着房屋分开,某人守某处,某处所有桌椅、古董起,至于痰□、担帚,一草一苗,或丢或坏,就合守这处的人算账描陪。

"痰□",蒙本作"痰盆",其他脂本作"痰盒"。

"合",梦本作"问",其他脂本作"和"。

"描陪",己卯本、庚辰本、梦本作"描陪",舒本、彼本作"均赔",杨本作"摊陪",蒙本、戚本作"补赔"。

例9,甲戌本:

> 以后那一行乱了,只合那一行说话。

"只合",其他脂本均作"只和"。

例10,甲戌本:

> 素日跟我的,随身自有钟表,不论大小事,我是皆有一定的时辰。

"跟我的",其他脂本均作"跟我的人"。

例11,甲戌本:

> 凡有领牌回事者,只在午初刻戌初。烧过黄昏纸,我亲到各处查一遍。

"者",其他脂本均作"的"。

例12,甲戌本:

> 说不得咱们大家辛苦这几日,事完,你们家大爷自然赏你们。

"辛苦这几日"，舒本作"辛苦这几日，把"，其他脂本作"辛苦这几日罢"。

"事完"，舒本作"事情完了"，其他脂本作"事完了"。

例13，甲戌本：

> 自己每日从那府里煎了各色细粥、精致小菜，命人送来劝食。

"那府里"，其他脂本均作"那府中"。

"各色"，舒本作"各样的"，其他脂本作"各样"。

例14，甲戌本：

> 这日正五七正五日上……

"正"，其他脂本均作"乃"。

例15，甲戌本：

> 及收拾完备，更衣□手，喝了两口奶子糖粳粥，漱口已毕，已是卯正二刻了。

"□手"，舒本无，杨本作"盥香"，其他脂本作"盥手"。

"喝了"，其他脂本均作"吃了"。

例16，甲戌本：

> 白茫茫穿孝仆从两边侍立。

"白茫茫"，其他脂本均作"白汪汪"。

例17，甲戌本：

> 凤姐缓缓走入会芳园中登仙阁灵前，一见了棺材，那眼泪恰似断线珍珠滚将下来。

"断线珍珠"，其他脂本均作"断线之珠"。

例18，甲戌本：

> 早有人端过一张大圈椅来，放在灵前，凤姐坐下，放声大哭。

"坐下"，其他脂本均作"坐了"。

例 19，甲戌本：

> 各项人数都已到齐，只有迎送<u>客</u>上的一人未到。

"客"，其他脂本均作"亲客"。

例 20，甲戌本：

> 正说着，只见荣国府中的王兴<u>的</u>媳妇来了，在<u>前面</u>探头。

"的"，其他脂本均无。

"前面"，舒本、彼本、杨本作"外"，其他脂本作"前"。

例 21，甲戌本：

> 凤姐方欲说话时，只见<u>荣府</u>四个执事人进来，都是要支取东西领牌来的。

"荣府"，舒本、彼本、杨本作"荣府的"，其他脂本作"荣国府的"。

例 22，甲戌本：

> 凤姐命<u>彩明</u>要了<u>帖儿</u>念过听了，共四件。

"彩明"，其他脂本均作"他们"。

"帖儿"，其他脂本均作"帖子"。

例 23，甲戌本：

> <u>凤姐</u>因指两件说道："这两件开销错了，再<u>算清</u>来取。"

"凤姐"，其他脂本均无。

"算清"，舒本作"算清楚了"，其他脂本作"算清了"。

例 24，甲戌本：

> 张材家的忙取帖儿<u>回说道</u>："就是方才车轿围……"

"回说道"，其他脂本均作"回说"。

例 25，甲戌本：

> 登时放下脸来，喝命带出打<u>二十大板</u>。

"二十大板",杨本作"二十板",其他脂本作"二十板子"。

例26,甲戌本:

> 一面又掷下宁府对牌出去……

"宁府",杨本作"宁国府的",其他脂本作"宁国府"(梦本无此句)。

例27,甲戌本:

> 众人听了,又见凤姐眉立,知是恼了。

"听了",梦本无,其他脂本作"听说"。

例28,甲戌本:

> 凤姐道:"明儿再有误的,打四十。后日的六十。有不怕打的只管误。"

"明儿",其他脂本作"明日"(梦本无此数句)。

"不怕打的",舒本作"你们有爱挨打的",彼本、杨本作"有爱挨打的",其他脂本作"有要挨打的"。

例29,甲戌本:

> 彼时荣国、宁国二处执事领牌、交牌的人来往不绝。

"荣国、宁国二处",舒本、彼本、杨本作"荣府、宁府两处",梦本作"荣、宁两处",其他脂本作"宁国、荣国两处"。

例30,甲戌本:

> 那抱愧被打之人含羞去。

"去",其他脂本均作"去了"。

例31,甲戌本:

> 这才知道凤姐的利害。

"的",其他脂本均无。

例32,甲戌本:

自此兢兢业业，执事保守，不在话下。

"保守"，其他脂本均作"保全"。

例33，甲戌本：

宝玉道："这边同那些浑人吃什么，原是那边我们两个同老太太吃了来的。"一面归座。

"归座"，其他脂本均作"归坐"。

例34，甲戌本：

凤姐吃毕饭，就有宁国府中的一个媳妇来领牌，支取香灯事。

"支取香灯事"，其他脂本均作"为支取香灯事"。

例35，甲戌本：

凤姐笑道："便是他们作，也得要东西去，搁不住我不给对牌是难的。"

"去"，其他脂本均无。

例36，甲戌本：

正闹着，人苏州去的人昭儿来了。

"人"，其他脂本均作"人回"。

例37，甲戌本：

凤姐儿便问："回来作什么?"

"凤姐儿"，其他脂本均作"凤姐"。

"作什么"，舒本、彼本作"作什么的"，其他脂本作"做什么的"。

例38，甲戌本：

宝玉道："了不得，想来这几日他不知哭的怎么样呢?"

"怎么样"，其他脂本均作"怎样"。

例39，甲戌本：

　　凤姐见昭儿回来，<u>当着人</u>，未及细问贾琏，心中自是记挂。

"当着人"，其他脂本均作"因当着人来"。

例40，甲戌本：

　　少不得奈到晚上回来，<u>复命</u>昭儿进来，细问一路平安信息。

"复命"，其他脂本均作"复令"。

例41，甲戌本：

　　连夜打点大毛衣服，<u>合</u>平儿亲自检点包裹。

"合"，其他脂本均作"和"。

例42，甲戌本：

　　再细细追想所需何物，一并包藏<u>交付</u>。

"交付"，其他脂本均作"交付昭儿"。

例43，甲戌本：

　　不要惹你二爷生气，时时劝他少吃酒，别勾引他认得混账<u>女人</u>，回来①打折你的腿。

"女人"，其他脂本均作"老婆"。

例44，甲戌本：

　　那贾珍因见发引日近，亲自<u>坐了</u>车，带了阴阳司吏往铁槛寺来踏看寄灵所在。

"坐了"，其他脂本均作"坐"。

例45，甲戌本：

　　色空<u>看</u>晚斋。

"看"，其他脂本均作"忙看"。

---

① 庚辰本"回来"二字下，旁添"果然有这些事"。

例46，甲戌本：

因天晚不得进城，就在净空处胡乱歇了一夜。

"净空处"，舒本、彼本作"净空房中"，杨本作"静空房中"，其他脂本作"净室"。

例47，甲戌本：

一面又派先往铁槛寺连夜另外修饰停灵之处，并厨茶等项接灵人。

"人"，其他脂本均作"人口"。

例48，甲戌本：

于是合族上下无不称赞者。

"称赞"，其他脂本均作"称叹"。

例49，甲戌本：

种种之类都不及凤姐举止舒徐，言语慷慨，珍贵宽大。因此也不把众人放在眼内。

"都"，杨本、蒙本、戚本作"但"，其他脂本作"俱"。
"眼内"，其他脂本均作"眼里"。

例50，甲戌本：

连家下大小轿、车辆不下百十余乘。

"百十余乘"，杨本作"百余乘"，其他脂本作"百余十乘"。

例51，甲戌本：

第三座是西宁郡王祭棚a，第四座是北静郡王祭棚b。

"祭棚a"，舒本、彼本、杨本作"的"，梦本作"的祭"，其他脂本无。
"祭棚b"，梦本作"的祭"，其他脂本作"的"。

例52，甲戌本：

因想当日彼此祖父相遇之情，同难同荣，未以异姓相视。

"相遇"，其他脂本均作"相与"。

例53，甲戌本：

> 贾珍道："犬妇之丧，累蒙驾下临，荫生辈何以克当。"

"驾"，舒本作"王驾"，其他脂本作"郡驾"。

例54，甲戌本：

> 那宝玉素日就曾听得父兄亲友人等说闲话时，常赞水溶是个贤王。

"常赞"，梦本无，其他脂本作"赞"。

例55，甲戌本：

> 下回便知。

"下回便知"，其他脂本作"且听下回分解"或"且听下回"。

第三节　甲戌本第十五回独异文字考

甲戌本第15回独异文字有三十例。

例1，甲戌本：

> 宝玉只得来到他的车前。

"他的"，其他脂本均作"他"。

例2，甲戌本：

> 宝玉一见了锹锄镢犁等物，皆以为奇，不知何向所使，其名为何。

"锹锄镢犁等物，皆"，梦本作"都"，其他脂本作"锹镢锄犁等物，皆"。

"何向"舒本、彼本、蒙本、梦本作"何"，己卯本、庚辰本、杨本、戚本作"何项"①。

---

① 庚辰本"项"系旁改，原作"向"。

例3，甲戌本：

　　宝玉忙丢开手，陪笑说道："我因为无见过这个，所以试他一试。"

"无见过"，己卯本作"没见个"，庚辰本、杨本、蒙本、戚本作"没见过"，舒本、彼本作"没有见过"，梦本作"不曾见过"。

例4，甲戌本：

　　净虚道："可是这几天都无工夫……"

"无工夫"，其他脂本均作"没工夫"。

例5，甲戌本：

　　忙的无个空儿就无来请太太的安。

"无个空儿就无来请"，舒本作"没个工夫去请"，彼本作"没个空儿就没有来请"，其他脂本均作"没个空儿就没来请"。

"太太"，舒本无，其他脂本作"奶奶"。

例6，甲戌本：

　　秦钟道："理那个东西作什么。"

"那个"，其他脂本均作"那"。

例7，甲戌本：

　　宝玉笑道："你别弄鬼。那一日在老太太屋里，一个人无有，你搂着他作什么？"

"无有"，其他脂本均作"没有"。

例8，甲戌本：

　　宝玉笑道："有无有，也不管你，你只叫住他倒碗茶来我吃，就丢开手。"

"有无有"，其他脂本均作"有没有"。

例9，甲戌本：

　　智能儿抿嘴笑道："一碗茶也来争，我难道手里有蜜？"

"也来争"，舒本作"彼此来争"，彼本作"来争"，其他脂本作"也来争"。
例10，甲戌本：

　　此时众婆娘、媳妇见无事皆陆绪散了，自去歇息。

"陆绪"，其他脂本均作"陆续"。
例11，甲戌本：

　　不想金哥已受了原任长安守备的公子的聘礼。

"聘礼"，杨本作"聘"，其他脂本作"聘定"。
例12，甲戌本：

　　张家若退亲，又怕守备不依，因此说有了人家。

"有了"，其他脂本均作"已有了"。
例13，甲戌本：

　　说一个女儿许几家，偏不许退定礼，就要打官司告状起来。

"就要"，其他脂本均作"就"。
例14，甲戌本：

　　那张家急了，只得着人上京求寻门路，赌气偏要退定礼。

"求寻"，其他脂本均作"来寻"。
例15，甲戌本：

　　若是肯行，张家连家孝敬也都情愿。

"家"，其他脂本均作"倾家"。
例16，甲戌本：

　　虽如此说，只是张家已知我来求府里，如今不管这事，张家知道没工夫管这事，不罕稀他的谢礼，倒像府里连这点子手段也无有的一般。

"知道"，其他脂本均作"不知道"。

"罕稀"①，其他脂本作"希罕"。

"无有"，其他脂本均作"没有"。

例 17，甲戌本：

> 老尼听说，喜之不尽，忙说："有，有，有，这个不难。"

"喜之不尽"，梦本作"喜之不胜"，其他脂本作"喜不自禁"。

"有"，其他脂本均无。

例 18，甲戌本：

> 奉承的凤姐越发受用了，也不顾劳乏，更攀谈起来。

"了"，其他脂本均无。

例 19，甲戌本：

> 谁想秦钟趁黑无人来寻智能，刚到后面房中，只见智能独在房中洗茶碗，秦钟②跑来，便搂着亲嘴。

"到"，其他脂本均作"至"。

例 20，甲戌本：

> 智能道："你想怎么样？除非等我出了这个牢坑，离了这些人，才依你。"

"这个"，其他脂本均作"这"。

例 21，甲戌本：

> 秦钟道："这也容易，只是远水救不得近渴。"说着，一口吹了灯，满屋漆黑，将智能抱在炕上，就云雨起来。

"抱在"，其他脂本均作"抱到"。

例 22，甲戌本：

---

① 彼本原作"罕希"，勾乙为"希罕"。
② 己卯本、庚辰本"秦钟"作"茶钟"（连上读）。

秦钟连忙<u>起身</u>，抱怨道："这算什么？"

"起身"，己卯本、庚辰本、眉本作"起事"①，蒙本、戚本作"起誓"，舒本、彼本、杨本作"起来"。

例23，甲戌本：

秦钟笑道："好人，你只别嚷的众人知道，你要<u>怎么样</u>我都依你。"

"怎么样"，其他脂本均作"怎样"。

例24，甲戌本：

凤姐想了一想，凡丧仪大事虽妥，还有一半点小事未曾安插，可以指此再住<u>一天</u>，岂不又在贾珍跟前送了满情。

"一天"，其他脂本均作"一日"。

例25，甲戌本：

宝玉听说，千姐姐、万姐姐的央求："只住<u>一天，明日</u>必回去的。"

"一天，明日"，杨本作"一日，明日"，其他脂本作"一日，明儿"。

例26，甲戌本：

凤姐便命悄悄将昨日<u>老尼姑</u>之事说与来旺儿。

"老尼姑"，己卯本作"老妮"，其他脂本作"老尼"。

例27，甲戌本：

那节度使名唤云光，<u>久欠</u>贾府之情，这一点小事岂有不允之理。

"久欠"，杨本作"久受"，其他脂本作"久见"。

例28，甲戌本：

背地里多少<u>幽情蜜约</u>，俱不用细述。

"幽情蜜约"，其他脂本均作"幽期密约"。

---

① 庚辰本原作"事"，旁改"誓"。

例 29，甲戌本：

> 凤姐又<u>至</u>铁槛寺中照望一番。

"又至"，其他脂本均作"又到"。

例 30，甲戌本：

> 后文再见。

此句，己卯本、庚辰本、戚本作"后回再见"，舒本作"另有家中许多事情，下回分解"，彼本作"另有家中许多事情，下一回分解"，杨本作"要知端的，再听下回分解"，蒙本作"不知又有何事，后面再见"，梦本作"后回再见分解"。

第四节　甲戌本第十六回独异文字考

第 16 回有五十五例。

例 1，甲戌本：

> 闻得父母退了<u>亲事</u>，他便一条<u>绳索</u>悄悄的自缢了。

"亲事"，其他脂本均作"前夫"。
"绳索"，其他脂本均作"麻绳"。

例 2，甲戌本：

> <u>只落得</u>张、李两家没趣，真是人财两空。

"只落得"，梦本作"可怜"，其他脂本无。

例 3，甲戌本：

> 忽有门吏忙忙进来，至席前报说："有六宫都太监夏老爷降旨。"<u>吓得</u>贾赦、贾政等一干人不知是何消息。

"吓得"，杨本作"唬得"，其他脂本作"唬的"。

例 4，甲戌本：

后来还是夏太监出来道喜说，咱家大小姐晋封为凤藻宫尚书，加封贤德妃。

"咱家"，梦本作"咱们家的"，其他脂本作"咱们家"。
例5，甲戌本：

不意被秦业知觉，将智能逐出，将秦钟打了一顿，自己气的老病发作，三五日的光景呜呼死了。

"的"，其他脂本均无。
例6，甲戌本：

秦钟本自怯弱，又值带病未愈，受了笞打……

"又值"，其他脂本均作"又"。
"笞打"，其他脂本均作"笞杖"。
例7，甲戌本：

好容易盼至明日午错，果然琏二爷和林姑娘进府了。

"果然"，其他脂本均作"果报"。
例8，甲戌本：

今日大驾归府，略预备了一杯水酒掸尘，不知可赐光谬领？

"谬领"，其他脂本均作"谬领否"。
例9，甲戌本：

贾琏遂问别后家中的事，又谢凤姐操持劳碌。

"事"，其他脂本均作"诸事"。
"凤姐"，其他脂本均作"凤姐的"。
例10，甲戌本：

人家给个棒槌，我就认做针。

"认做"，其他脂本均作"认作"。

例11，甲戌本：

> 况且又<u>无</u>经历过大事，胆子又小。

"又无"，其他脂本均作"又没"。

例12，甲戌本：

> 太太略有些不自在，就<u>吓得</u>我连觉也睡不着了。

"吓得"，其他脂本均作"吓的"。

例13，甲戌本：

> 倒反说我图受用<u>了</u>，不肯习学了。

"了"，其他脂本均无。

例14，甲戌本：

> 除①不知我是捻着一把<u>汉</u>儿呢。

"汉"，其他脂本均作"汗"。

例15，甲戌本：

> 况且<u>年纪轻</u>，头等不压众。

"年纪轻"，其他脂本均作"我年纪轻"。

例16，甲戌本：

> 也因姨妈看着香菱<u>的</u>模样儿好，还是末则，其为人行事却又比别的
> 女孩儿不同。

"的"，其他脂本均无。

例17，甲戌本：

> 这里凤姐乃问平儿："方才姨妈有什么事，巴巴的<u>打发</u>香菱来？"

---

① "除"乃"殊"字之误。

"打发"，其他脂本均作"打发了"。

例18，甲戌本：

> 平儿笑道："那里来的香菱，我借他暂撤个慌。"

"慌"，梦本作"慌儿"，其他脂本作"谎"。

例19，甲戌本：

> 凤姐听了，笑道："我说呢，姨妈知道你二爷来了，忽喇八的，反打发个房里人来了。"

"忽喇八"，己卯本、庚辰本、蒙本、戚本作"忽喇巴"，舒本、彼本、杨本、梦本作"忽剌巴"。

例20，甲戌本：

> 凤姐虽善饮，却不敢任性，只陪着贾琏。

"陪着"，其他脂本均作"陪侍着"。

例21，甲戌本：

> 贾琏与凤姐忙让他一同吃酒，令其上炕去。

"与"，其他脂本均无。

"他一同"，其他脂本均无。

例22，甲戌本：

> 赵嬷致①意不肯，平儿等早巳②炕沿下设下一杌子，又有一小脚踏。

"赵嬷"，己卯本、庚辰本、杨本、蒙本、梦本作"赵嬷嬷"，舒本、彼本作"赵妈妈"，戚本作"赵嫫嫫"。

"早巳"，己卯本、庚辰本、杨本、蒙本、戚本作"早于"，舒本、彼本作"在"，梦本作"早与"③。

---

① "致"乃"执"字的音讹。
② "巳"，底本作"巳"，乃"已"之形讹。
③ "与"乃"于"字的音讹。

"机子"，舒本、彼本作"凳"，其他脂本作"机"。

例23，甲戌本：

> 凤姐又道："妈妈狠<u>咬</u>不动那个，倒没的矼了他的牙。"

"咬"，其他脂本均作"嚼"。

例24，甲戌本：

> 早起我说那一碗火腿炖肘子狠烂，正好给妈妈吃，你怎么不<u>取</u>去？

"取"，杨本作"那了"，其他脂本作"拿了"。

例25，甲戌本：

> 我这会子<u>跑来</u>，倒也不为酒饭。

"跑来"，其他脂本均作"跑了来"。

例26，甲戌本：

> 我们<u>的</u>爷只是嘴里说的好，到了跟前就忘了我们。

"的"，其他脂本均无。

例27，甲戌本：

> 所以倒是来<u>求奶奶</u>是正紧①，靠着我们爷，只怕我还饿死了呢。

"求奶奶"，己卯本、庚辰本、蒙本、戚本作"和奶奶来②说"，舒本、彼本、杨本作"合奶奶说"，梦本作"和奶奶说"。

例28，甲戌本：

> 凤姐笑道："妈妈，你放心，两个奶哥哥都交给我，你<u>从小儿奶的</u>，你还有什么不知道他那脾气的。"

"从小儿奶的"，其他脂本均作"从小儿奶的儿子"。

例29，甲戌本：

---

① "正紧"即"正经"。
② 蒙本"来"字点去。

若说内人、外人这些<u>混账事</u>，我们爷是没有，不过是脸软心慈，搁不住人求两句罢了。

"混账事"，彼本作"混张缘故"，其他脂本作"混账缘故"。
例30，甲戌本：

凤姐笑道："可不是呢。有内人<u>求</u>的，他才慈软呢。他在咱们娘儿们跟前才是刚硬呢。"

"求"，其他脂本均无。
例31，甲戌本：

倘因此成疾致病，<u>其致</u>死亡，皆由朕躬禁锢，不能使其遂天伦之愿。

"其致"，其他脂本作"甚至"（梦本此处有脱文）。
例32，甲戌本：

凤姐<u>止步</u>稍候，听他二人回些什么。

"止步"，其他脂本均作"且止步"。
例33，甲戌本：

老爷们已经议定了，从东边一带，借着东府里<u>的</u>花园起，转至北边，一共丈量准了三里半大，可以盖造省亲别院了。

"的"，其他脂本均无。
例34，甲戌本：

凤姐会意，因笑道："你也太操心了，难道<u>你父亲</u>比你还不会用人……"

"你父亲"，甲戌本旁改"珍大哥"，其他脂本均作"大爷"。
例35，甲戌本：

凤姐<u>便向</u>贾蔷道："既这样……"

"便向"，其他脂本均作"忙向"。

例36，甲戌本：

贾蔷忙陪笑说："正要和婶子讨两个人呢。"

"婶子"，杨本作"婶娘"，其他脂本作"婶婶"。

例37，甲戌本：

贾蓉忙赶出来，又悄悄向凤姐道："婶子要带什么东西？"

在第三句之后，甲戌本有脱文。各脂本文字如下：

婶子要带什么东西（甲戌本）

婶子要什么东西，吩咐我开个账，给蔷兄弟带了去，叫他按账置办了来。（己卯本）

婶子要什么东西，分付我开个账，给蔷兄弟带了去，叫他按账置办了来。（庚辰本）

婶婶要什么东西，吩咐开了账，给蔷兄弟拿了去，叫他按账置办了来。（舒本、彼本）

婶娘要什么东西，吩咐我开个账，给蔷兄弟带了去，叫他安账置办了来。（杨本）

婶婶要什么东西，吩咐我开个账，给蔷兄弟带了去，叫他按账置办了来。（蒙本、戚本）

婶婶要什么东西，吩咐了开个账儿，给我兄弟带去，按账置办了来。（梦本）

例38，甲戌本：

凤姐笑道："别放你娘的屁，我的东西还没处撂呢，希罕你们鬼鬼祟祟的。"说着，已经去了。

"已经"，其他脂本均作"一径"。

例39，甲戌本：

这里贾蔷也悄问贾琏要什么东西，顺便织来孝敬叔叔。

"织来孝敬叔叔"，己卯本、庚辰本、戚本、梦本作"织来孝敬"，舒本作"带来孝敬"，彼本作"好带来孝敬"，杨本作"代①来孝敬"，蒙本作"置来孝敬"。

例40，甲戌本：

　　贾琏笑道："你别兴头，才学着办事，倒先学会这把戏……"

"学会"，其他脂本均作"学会了"。

例41，甲戌本：

　　次日早贾琏起来，见过贾赦、贾政，便往宁府中来。

"次日早"，其他脂本均作"次日"。

例42，甲戌本：

　　凡堆山凿池，起楼竖阁，种竹栽花，一应点景之事，又有山子野制度。

"之事"，梦本无，其他脂本作"等事"。

例43，甲戌本：

　　无奈秦钟之病一日重似一日②，也着实悬心，不能乐业。

"一日重似一日"，其他脂本均作"日重一日"。

例44，甲戌本：

　　宝玉听说，唬了一跳，忙问道："我昨儿才瞧了他来了，还明明白白的，怎么就不中用了？"

"来了"，其他脂本均作"来"。

例45，甲戌本：

　　茗烟道："我也不知道，才刚是他家的老头子特来告诉我的。"

"特来"，其他脂本均作"来特"。

---

① "代"即"带"。
② "一"下夺"日"字。

例 46，甲戌本：

　　唬的秦钟的两个远房婶子并几个弟兄都藏之不迭。

"婶子"，其他脂本均作"婶母"。

例 47，甲戌本：

　　宝玉听了，方认住，近前，见秦钟面如白蜡。

"认住"，其他脂本均作"忍住"。

"面如白蜡"，梦本作"面如白蜡，合目呼吸，转展枕上"，其他脂本作"合目呼吸于枕上"。

例 48，甲戌本：

　　宝玉叫道："鲸兄，宝玉来了。"连叫三声，秦钟不採①。

"叫道"，其他脂本均作"忙叫道"。

"三声"，其他脂本均作"两三声"。

例 49，甲戌本：

　　那秦钟魂魄那里就肯去。

"就肯"，舒本、彼本、杨本作"肯"，其他脂本作"肯就"。

例 50，甲戌本：

　　……忽听见"宝玉来了"四字，又央求道："列位神差略发慈悲……"

"又央求"，其他脂本均作"便忙又央求"。

例 51，甲戌本：

　　都判官听了，先就唬慌起来，忙喝骂鬼使道："我说你们放回了他去走走罢。"

"放回了他去"，其他脂本均作"放了他回去"。

例 52，甲戌本：

---

① "採"即"睬"。

　　依我们愚见，他是<u>阳间</u>，我们是<u>阴间</u>，怕他也无益于我们。

"阳间"，其他脂本均作"阳"。

"阴间"，其他脂本均作"阴"。

例 53，甲戌本：

　　都判道："放屁！俗语说的好，天下的官管天下的事。阴阳<u>本无</u>二理，别管他阴也罢，阳也罢，<u>敬着点没错了的</u>。"

"本无"，其他脂本均作"并无"。

"敬着点没错了的"，蒙本、戚本作"没有过了的"，其他脂本作"还是把他放回没有错了的"。

例 54，甲戌本：

　　哼了一声，微开双目，<u>宝玉在侧</u>，乃免①强叹道……

"宝玉在侧"，其他脂本均作"见宝玉在侧"。

例 55，甲戌本：

　　我今日<u>才知自误</u>。

"才知自误"，其他脂本均作"才知自误了"。

【小结】

第 13 回	44 例
第 14 回	55 例
第 15 回	30 例
第 16 回	55 例

---

① "免"乃"勉"字之误。

第九章　甲戌本第四单元独异
文字考（上）

"甲戌本第四单元独异文字考"分设上、下两章。

上章考述的是第 25 回、第 26 回的独异文字。

第 25 回	155 例
第 26 回	44 例

第一节　甲戌本第二十五回独异文字考

第 25 回有一百五十五例。

例 1，甲戌本：

> 话说红玉，情思缠绵，忽朦胧睡去，见贾芸要拉他，却回身一跑，被门槛子绊了一跤。

"话说红玉"，彼本作"话说红玉心中恍惚"，其他脂本作"话说红玉心神恍惚"。

"见"，其他脂本均作"遇见"。

例 2，甲戌本：

> 至次日天明方才起来，就有几个丫头来会他打扫屋子地，提洗脸水。

"会他"，其他脂本均作"会他去"。

"屋子地"，彼本作"房子"，杨本作"房屋"，其他脂本作"房子地面"。

例3，甲戌本：

> 腰内束了一条汗巾子，便来<u>扫地</u>。

"扫地"，杨本作"扫屋"，其他脂本作"打扫房屋"。

例4，甲戌本：

> 因此<u>心中闷闷的</u>。

"心中闷闷的"，梦本作"纳闷"，其他脂本作"心下闷闷的"。

例5，甲戌本：

> 一时<u>下来</u>，隔着纱屉子向外看的真切……

"下来"，舒本作"下去窗子"，彼本、杨本作"拿下窗子"，其他脂本作"下了窗子"。

例6，甲戌本：

> 只见西南角上，游廊底下，<u>栏杆外</u>，似有一个人<u>在那里倚着</u>。

"栏杆外"，梦本作"栏杆旁"，其他脂本作"栏杆上"。

"在那里倚着"，其他脂本均作"倚在那里"。

例7，甲戌本：

> 却说红玉正自出神，忽见袭人招手叫他，只得<u>走来</u>。

"走来"，其他脂本均作"走上前来"。

例8，甲戌本：

> 袭人道："<u>你到</u>林姑娘那里去，把他们的<u>喷壶</u>借来使使。<u>我们的还没有收拾了来呢</u>。"

"你到"，舒本、蒙本作"我们这里的喷壶还没有收拾了来呢，你到"，彼本作"我们这里的喷壶，我昨儿打了，你到"，杨本作"我们这里的喷壶，我昨日失手砍扁了，你到"，戚本作"我们这里的唾壶还没有收拾了来呢，你到"，梦本作"我们的喷壶坏了，你到"，其他脂本作"我们这里的喷壶还没有收什了来呢，你到"。

"喷壶"，其他脂本均无。

"我们的还没有收拾了来呢"，其他脂本均无。

例9，甲戌本：

> 只得闷闷的向潇湘馆取了喷壶回来，无精打彩自向房内倒着<u>去</u>。

"去"，其他脂本均无。

例10，甲戌本：

> <u>且说</u>王夫人见贾环下了学，<u>便</u>命他来抄个金刚咒唪诵。

"且说"，其他脂本均作"可巧"。

"便"，其他脂本均无。

例11，甲戌本：

> 那贾环在王夫人炕上<u>坐了</u>，命人点上灯，拿腔作势的抄写一时，<u>叫</u>彩云<u>倒茶</u>来。

"坐了"，庚辰本、舒本、彼本、蒙本、戚本、梦本作"坐着"。

"叫"，杨本作"便叫"，其他脂本作"又叫"。

"倒茶"，其他脂本均作"倒杯茶"。

例12，甲戌本：

> 众<u>丫头</u>们素日厌恶他，都不答理。

"丫头"，其他脂本均作"丫嬛"。

例13，甲戌本：

> <u>见</u>王夫人和人说话儿，便悄悄的向贾环说道："你安些分罢，何苦讨这个厌<u>呢</u>。"

"见"，其他脂本均作"因见"。

"呢"，梦本无，其他脂本作"那个厌的"。

例14，甲戌本：

没良心的，<u>才是</u>狗咬吕洞滨①，不识好人心。

"才是"，其他脂本均无。

例15，甲戌本：

<u>二人</u>正说着，只见凤姐来了。

"二人"，杨本无，其他脂本作"两人"。

例16，甲戌本：

王夫人便一长一短的问他，今儿是<u>那位</u>堂客<u>在那里、戏文如何、酒席好歹等话</u>，<u>说了不多几句</u>，宝玉也来了。

"那位"，其他脂本均作"那几位"。

"在那里、戏文如何、酒席好歹等话"，彼本作"戏文好歹、酒席如何等话"，其他脂本作"戏文好歹、酒席如何等语"。

"说了不多几句"，杨本作"正说着"，梦本作"说了不多时"，其他脂本作"说了不多几句话"。

例17，甲戌本：

宝玉<u>听了便下来</u>，在王夫人身后倒下。

"听了便下来"，蒙本作"听说便下来"，梦本作"因就"，其他脂本作"听说下来"。

例18，甲戌本：

宝玉便拉他的手，笑道："好姐姐，你也理我<u>一理儿呢</u>。"

"一理儿呢"，其他脂本均作"理儿呢"。

在第四句（"你也理我一理儿呢"）之后，其他脂本均作"一面说，一面拉他的手"，甲戌本无此二句。

例19，甲戌本：

<u>彩霞</u>夺了手道："再闹我就嚷了。"

---

① "滨"乃"宾"字之误。

"夺了手道"，杨本作"不肯，便说"，蒙本作"夺手不肯，便说道"，其他脂本作"夺手不肯，便说"。

例 20，甲戌本：

> 二人正<u>说</u>，原来贾环听的见……

"说"，其他脂本均作"闹着"。

例 21，甲戌本：

> <u>今儿</u>相离甚近，便要<u>用蜡灯里的滚油烫他一下</u>。

"今儿"，杨本作"今日"，其他脂本作"今见"。

"用蜡灯里的滚油烫他一下"，庚辰本、舒本作"用热油盪①瞎他的眼睛"，彼本作"用热油烫瞎他的眼睛"，杨本作"用热油盪②瞎他的眼"，蒙本、戚本作"用热油烫瞎他眼睛"。

例 22，甲戌本：

> 因而故意装作失手，向宝玉脸上只一推。

在第一句和第二句之间，舒本作"把那盏油汪汪的灯"，彼本作"把那一盏油汪汪的灯"，杨本作"把一盏油灯"，梦本作"将那一盏油汪汪的蜡烛"，其他脂本作"把那一盏油汪汪的蜡灯"。

例 23，甲戌本：

> 连忙把地下的<u>戳灯</u>挪过来。

此句，彼本、杨本无。

"把"，庚辰本、舒本、蒙本、戚本、梦本作"将"。

"戳灯"，庚辰本、蒙本、戚本作"棹③灯"，舒本作"掉灯"，梦本作"蠹灯"。④

---

① "盪"乃"烫"字之误。
② "盪"乃"烫"字之误。
③ 庚辰本原作"棹"，旁改"戳"。
④ 请参阅拙著《红楼梦版本探微》（华东师范大学出版社，2003 年，上海）下卷"读红赘录"第二十一节"戳灯"。

例 24，甲戌本：

> 又将里外屋拿了三四盏看时……

此句，彼本、杨本、梦本无。

"里外屋"，庚辰本作"里外间屋的灯"，舒本作"里外间屋里的"，蒙本作"里外间屋里的灯也"，戚本作"里外间屋里的灯"。

例 25，甲戌本：

> 只见宝玉满脸满头都是蜡油。

"蜡油"，其他脂本均作"滚油"。

例 26，甲戌本：

> 王夫人又急又气，一面命人来给宝玉擦洗，一面又骂贾环。

"给"，其他脂本均作"与"。

例 27，甲戌本：

> 凤姐三步两步跑上炕去给宝玉收拾着。

"给"，其他脂本均作"替"。

例 28，甲戌本：

> 赵姨娘时常也该教道①教道他。

此句之后，其他脂本均有"才是"二字。

例 29，甲戌本：

> 王夫人便不骂贾环，便叫过赵姨娘来，骂道："养出这样不知道理、下流黑心种子来……"

"便"，梦本作"遂"，其他脂本无。

"这样"，其他脂本均作"这样黑心"。

"黑心"，其他脂本均无。

---

① "道"字乃"导"字之误。

例 30，甲戌本：

> 几翻几次我都不理论，你们倒得了意了，这不亦发上来了。

"几翻"，其他脂本均作"几番"。
"倒"，其他脂本均无。
"这不亦发"，梦本作"一发"，其他脂本作"越发"。
例 31，甲戌本：

> 如今贾环又生了事，受这场恶气，不但吞声承受，而且还要替宝玉来收拾。

"还要"，庚辰本、戚本作"还要走去"，蒙本作"还得走去"，舒本作"还要去"，彼本、杨本作"要去"，梦本作"也上去"。
"来"，其他脂本均无。
例 32，甲戌本：

> 王夫人看了，又是心疼，又怕明日问怎么回答。

"明日问"，蒙本、戚本作"贾母明日问"，梦本作"贾母问时"，其他脂本作"明日贾母问"。
例 33，甲戌本：

> 横竖有一场气生，到明儿凭你怎么说去罢。

"生"，舒本作"受的"，其他脂本作"生的"。
例 34，甲戌本：

> 王夫人命人好生送了宝玉回房，袭人等见了都慌的了不得。

"回房"，梦本作"回房后"，其他脂本作"回房去后"。
例 35，甲戌本：

> 林黛玉见宝玉出了一天门，就觉得闷闷的，没个可说话的人。

"觉得"，梦本无，其他脂本作"觉"。
例 36，甲戌本：

　　至晚，正打发人来问了两三遍<u>回来没有</u>。这遍方才<u>说</u>回来，<u>偏生又</u>烫了脸。

"回来没有"，梦本无，其他脂本作"回来不曾"。
"说"，其他脂本均无。
"偏生又"，梦本作"知道"，其他脂本作"又偏生"。
例37，甲戌本：

　　只见宝玉正拿镜子照呢，左边脸上满满的<u>敷着</u>一脸药。

"敷着"，其他脂本均作"敷了"。
例38，甲戌本：

　　宝玉见他来了，忙把脸遮着，<u>摇手</u>不肯叫他看，知道他的癖性喜洁，见不得<u>这</u>东西。

"摇手"，其他脂本均作"摇手叫他出去"。
"这"，庚辰本、舒本、彼本、杨本、蒙本、戚本作"这些"。
例39，甲戌本：

　　林黛玉自己也知道<u>有</u>这件癖性。

"有"，舒本、彼本作"自己有"，庚辰本、蒙本、戚本作"自己也有"。
例40，甲戌本：

　　一面说，一面就凑上来，强搬着脖子瞧了一瞧，<u>问</u>疼的怎么样。

"问"，其他脂本均作"问他"。
例41，甲戌本：

　　……马道婆进荣国府来请安，见了宝玉，<u>唬了一跳</u>，问起<u>原故</u>，说是烫的。

"唬了一跳"，其他脂本均作"唬了一大跳"。
"原故"，庚辰本作"原由"，其他脂本作"缘由"。
例42，甲戌本：

又向宝玉脸上用指头画了几画，又口内嘟嘟嚷嚷的持诵了一回，就说道："管保你好了……"

"又"，其他脂本均无。

"持诵"，梦本作"咒诵"，其他脂本作"又持诵"。

"就"，其他脂本均无。

例43，甲戌本：

那王公卿相人家的子弟，只一生下来，暗中就有许多促狭鬼跟着他，得空便拧他一下，掐一下。

"生"，其他脂本均作"生长"。

"暗中就有"，彼本、杨本作"就有"，其他脂本作"暗里便有"。

"掐一下"，其他脂本均作"或掐他一下"。

例44，甲戌本：

所以往往的那大家子的子孙多有长不大的。

"那"，其他脂本均作"那些"。

"大家子的子孙"，彼本、杨本作"大人家子弟"，其他脂本作"大家子孙"。

例45，甲戌本：

贾母听见如此说，便赶着问道："这可有什么佛法解释没有呢？"

"听见"，其他脂本均作"听"。

例46，甲戌本：

马道婆道："这个容易，只是替他多多做些因果善事也就罢了。"

"多多"，其他脂本均作"多"。

例47，甲戌本：

若有那善男子、善女人虔心供奉者，可以永佑儿孙康宁安静，再无惊恐邪祟撞客之灾。

"那"，其他脂本均无。

例48，甲戌本：

> 贾母道："倒不知怎么供奉这位菩萨呢？"

"呢"，其他脂本均无。

例49，甲戌本：

> 除香烛供养之外，一天多使几斤香油，添在大海灯里。

"多使"，其他脂本均作"多添"。

"添在大海灯里"，杨本作"点上大海灯"，梦本作"点个大海灯"，其他脂本作"点上个大海灯"。

例50，甲戌本：

> 这海灯就是菩萨的现身法，昼夜是不敢息的。

"就是"，其他脂本均作"便是"。

"现身法"，其他脂本均作"现身法像"。

"是"，其他脂本均无。

例51，甲戌本：

> 贾母道："一天一夜也得多少油，明白告诉我，我好做这件功德。"

"我"，其他脂本均作"我也"。

例52，甲戌本：

> 这也不拘，随施主们心愿舍罢了。

"们"，其他脂本均无。

"心愿舍"，舒本作"发心"，梦本作"愿心"，其他脂本作"随心"。

"罢了"，其他脂本均无。

例53，甲戌本：

> 像我们庙里，就有好几处的王妃、诰命供奉。

"我们庙"，其他脂本均作"我家"。

例54，甲戌本：

南安郡王太妃<u>有</u>许多愿心大。

"南安郡王"，梦本作"南安郡王府里"，其他脂本作"南安郡王府里的"。
"有"，舒本作"也"，其他脂本作"他"。
例55，甲戌本：

那海灯也只比缸<u>小些</u>。

"小些"，其他脂本均作"略小些"。
例56，甲戌本：

锦田<u>候</u>的诰命次一等，一天不过二十四斤。

"候"，其他脂本均作"侯"。
例57，甲戌本：

那<u>小家子</u>舍不起这些，就是四两半斤，也少不得替他点。

"小家子"，杨本作"小家子穷人"，其他脂本作"小家子穷人家"。
例58，甲戌本：

若是为父母尊亲长上<u>点</u>，多舍些不妨，<u>像</u>老祖宗如今……

"点"，彼本、杨本作"呢"，其他脂本作"的"。
"像"，杨本作"若说像"，梦本作"若"，其他脂本作"若是像"。
例59，甲戌本：

若舍多了倒不好，还怕<u>他</u>禁不起。

"他"，其他脂本均作"哥儿"。
例60，甲戌本：

贾母道："<u>既这样</u>，你<u>就</u>一日五斤，合准了，每月来打躉关了去。"

"既这样"，彼本、杨本作"既是这么说"，蒙本作"既是这样的"，其他脂本作"既是这样说"。

"就"，其他脂本均作"便"。

例 61，甲戌本：

> 马道婆<u>念了一声</u>阿弥陀佛，慈悲大菩萨。

"念了一声"，蒙本作"念声"，梦本作"道"，其他脂本作"念一声"。

例 62，甲戌本：

> 贾母又命人来吩咐<u>道</u>："已后大凡宝玉出门的日子，拿几串钱交给他小子们带着……"

"道"，其他脂本均无。

例 63，甲戌本：

> 那马道婆<u>又闲话了一回</u>，便又往各院各房问安……

"又闲话了一回"，杨本、梦本无，其他脂本作"又坐了一回"。

例 64，甲戌本：

> 赵姨娘<u>叫</u>小丫头倒了茶来与他吃。

"叫"，彼本作"令"，其他脂本作"命"。

例 65，甲戌本：

> <u>成样的</u>东西也到不了我手里来。

"成样的"，其他脂本均作"成了样的"。

例 66，甲戌本：

> <u>那马道婆</u>见说，果真挑了两块，<u>袖起来</u>。

"那马道婆"，其他脂本均作"马道婆"。

"袖起来"，庚辰本作"袖将起来"，舒本作"紬将来"，蒙本、戚本作"收将起来"，梦本作"掖在怀里"。

例 67，甲戌本：

赵姨娘问道："可是前儿我送了五百钱去，在药王跟前上供，你可收了没有？"

"可是"，其他脂本均无。

例68，甲戌本：

一面说，一面又伸出俩指头来。

"又"，其他脂本均无。

例69，甲戌本：

马道婆会意，便问道："可是琏二奶奶么？"

"么"，其他脂本均无。

例70，甲戌本：

提起这个主儿，这一分家私要不教他搬送了娘家去，我就不是个人。

"我就"，其他脂本均作"我也"。

例71，甲戌本：

马道婆道："我还用你说，难道都看不出来，也亏你们心里都不理论，只凭他去，倒也妙。"

"马道婆道"，梦本作"马道婆见说，便探他的口气说"，其他脂本作"马道婆见他如此说，便探他口气，说道"。

"都不理论"，杨本作"也不大理论"，其他脂本作"也不理论"。

例72，甲戌本：

赵姨娘道："我的娘，不凭他去，难道谁还能把他怎么样？"

"把他怎么样"，其他脂本均作"把他怎么样呢"。

例73，甲戌本：

马道婆听说，鼻子里一笑，半晌说道："不是我说句造孽的话，你们没本事也难怪，明不敢怎么样，暗里也就算计了，还等到这时候。"

"也难怪"，梦本作"也难怪人"，其他脂本作"也难怪别人"。

"这时候"，舒本、杨本、梦本作"如今"，其他脂本作"这如今"。

例74，甲戌本：

> 赵姨娘听这话有道理，心里暗暗的欢喜，便问道："怎么暗里算计……"

"这话"，其他脂本均作"这话里"。

"心里"，其他脂本均作"心内"。

"问道"，其他脂本均作"说道"。

例75，甲戌本：

> 你若交给我这法子，我大大的谢你。

"交"，其他脂本均作"教"。

例76，甲戌本：

> 马道婆听说这话打拢了一处，他便又故意说道："阿弥陀佛，你快休来问我，我那里知道这些事。罪过，罪过。"

"他"，其他脂本均无。

"来"，其他脂本均无。

例77，甲戌本：

> 赵姨娘道："又来了，你是最肯济困扶危的人，难道就眼睁睁的看着人家来摆布死了我们娘儿两个不成？还是怕我不谢你？"

"又来了"，其他脂本均作"你又来了"。

"看着"，其他脂本均作"看"。

"还是"，其他脂本均作"难道还"。

例78，甲戌本：

> 若说我不忍叫你娘儿们受了委屈还犹可，若说谢的这个字，可是你错打了法马①了。

---

① 按："法马"即"砝码"。

"受了"，其他脂本均作"受人"。

"错打了法马"，梦本无，庚辰本作"错打算盘"，其他脂本作"错打算"。

例79，甲戌本：

> 就便是我希图你的谢，靠你<u>又</u>有什么东西能打动<u>了</u>我？

"又"，其他脂本均无。

"了"，其他脂本均无。

例80，甲戌本：

> 你这么个明白人，怎么<u>也</u>糊涂起来了？

"也"，其他脂本均无。

例81，甲戌本：

> 马道婆<u>听说</u>，低了头，半晌说道……

"听说"，杨本无，其他脂本作"听了"。

例82，甲戌本：

> 赵姨娘道："这有何难。如今我虽手里没什么，<u>也</u><u>零零碎碎</u>攒了几两梯己，还有几件衣服、簪子，你先<u>拿了去</u>。下剩的，我写个欠银子的文契给你。你要什么保人也有。<u>到</u>那时我照数给你。"

"零零碎碎"，其他脂本均作"零碎"。

"拿了去"，梦本作"拿几样去"，其他脂本作"拿些去"。

"到"，其他脂本均无。

例83，甲戌本：

> 说着，便叫过一个心腹婆子来，在耳根<u>低下</u>嘁嘁喳喳说了几句话。

"低下"，梦本无，其他脂本作"底下"。

例84，甲戌本：

> 赵姨娘便印了手模，走到厨柜里，将梯己拿了出来，与马道婆看看

道："这个你先拿<u>了</u>去，<u>做</u>香烛<u>供奉</u>使费可好不好？"马道婆看看，白花花的一堆银子，又有欠契……

在以上引文中，庚辰本存在"同词脱文"的现象。

"了"，其他脂本无。

"做"，梦本作"作个"，其他脂本作"做个"。

"供奉"，其他脂本作"供养"。

例85，甲戌本：

　　满口里应着伸手先去<u>接了</u>银子，<u>掂</u>起来，然后收了欠契，又向裤腰里掏了半晌，掏出<u>十几个</u>纸铰的青脸红发的鬼来，并两个纸人，递与赵姨娘。

"接了"，梦本作"拿了"，其他脂本作"抓了"。

"掂"，杨本无，其他脂本作"拽"。

"十几个"，其他脂本作"十个"（梦本无此句）。

例86，甲戌本：

　　这日饭后，看了<u>二三篇</u>书，自觉<u>无味</u>，便同紫鹃、雪雁做了一回针线，更<u>觉得</u>烦闷……

"二三篇"，彼本作"两遍"，其他脂本作"两篇"。

"无味"，其他脂本均作"无趣"。

"觉得"，梦本作"总"，其他脂本作"觉"。

例87，甲戌本：

　　林黛玉笑道："今日齐全，<u>倒像</u>谁下帖子请来的。"

"倒像"，其他脂本均无。

例88，甲戌本：

　　<u>凤姐</u>又道："你尝了可还好不好？"

"凤姐"，梦本无，其他脂本作"凤姐"。

例89，甲戌本：

宝玉便道：“论理可倒罢了。只是我说，不大甚好。可也不知别人尝着怎么样？<u>味倒轻</u>，只是颜色不大狠好。”

“味倒轻”，庚辰本、蒙本、戚本作“宝钗道：‘味倒轻’”，舒本作“宝钗道：‘味道轻’”，彼本、杨本作“黛玉道：‘味倒清’”，梦本作“宝钗道：‘味倒好’”。

按：在这里，同时说“味倒轻”、“味道轻”、“味倒清”或“味倒好”的人，在不同的脂本里，竟是宝玉（甲戌本）、宝钗（庚辰本、蒙本、戚本、舒本、梦本）、黛玉（彼本、杨本）三个人。

究竟谁说这两句话方是正确的呢？

我认为，把这两句话安排为宝钗所说，方是正确的。[①]

例90，甲戌本：

黛玉道：“我吃着好。”

在黛玉这句话之下，还有一句，不见于甲戌本，而见于庚辰本、彼本、蒙本、戚本：“不知你们的脾胃是怎样？”舒、杨、梦本三本则有异文：舒本作“不知你们的脾胃是怎么样”，杨本作“不知你们脾胃怎么样”，梦本作“不知你们的脾胃是这样的”。

例91，甲戌本：

宝玉道：“你<u>果然吃着好</u>，把我这个也拿了去罢。”

“果然吃着好”，梦本作“说好”，其他脂本作“果然爱吃”。

例92，甲戌本：

凤姐道：“你<u>真爱吃</u>，我那里还有呢。”

“你真爱吃”，梦本无，其他脂本作“你要爱吃”。彼本无此数句。

例93，甲戌本：

林黛玉道：“果真的，我就打发<u>人</u>取去了。”

---

① 请参阅拙著《红楼梦版本探微》（华东师范大学出版社，2003年，上海）卷下“读红脞录”第三十二节“谁嫌茶叶颜色不好？”

"人"，其他脂本均作"丫头"。

例94，甲戌本：

凤姐道："不用取去，我叫人送来就是了……"

"叫"，其他脂本均作"打发"。

例95，甲戌本：

黛玉听了，笑道："你们听听，这是吃了他一点子茶叶，就来使唤我来了。"

"我"，其他脂本均作"人"。

例96，甲戌本：

凤姐笑道："倒求你，你倒说这些闲话……"

在"倒说这些闲话"之后，其他脂本作"吃茶吃水的"（梦本自"倒求你"之后的两句均无），甲戌本无。

例97，甲戌本：

众人听了，都一齐笑起来。

"都一齐笑起来"，杨本作"一齐多笑起来"，梦本作"都大笑不止"，其他脂本作"一齐都笑起来"。

例98，甲戌本：

黛玉便红了脸，一声儿也不言语，回过头去了。

"便"，其他脂本均无。
"也"，其他脂本均无。

例99，甲戌本：

宫裁笑向宝钗道："真真我们二婶子的诙谐是好的。"

"宫裁"，其他脂本均作"李宫裁"。

例100，甲戌本：

林黛玉含羞笑道："什么诙谐，不过是贫嘴贱舌讨人厌恶罢了。"

"含羞笑道"，其他脂本均作"道"。

例101，甲戌本：

凤姐笑道："你别做梦，给我们家做了媳妇，你想想。"便指宝玉道："你瞧人物儿，门第配不上，还是根基配不上，模样儿配不上，是家私配不上，那一点玷辱了谁呢？"

"给"，杨本作"你作了"，戚本作"你给"，其他脂本作"你替"。
"你想想"，其他脂本均无。
"便"，其他脂本均无。
"还是"，其他脂本均无。
"是"，其他脂本均无。

例102，甲戌本：

林黛玉便起身要走。

"便起身要走"，梦本作"起身便要走"，其他脂本作"抬身就走"。

例103，甲戌本：

说着，便站起来拉住。只见赵姨娘和周姨娘两个人进来瞧宝玉。

在第二句和第三句之间，舒本作"刚在房门前"，梦本作"才至门口"，其他脂本作"刚至房门前"。

例104，甲戌本：

李宫裁、宝钗、宝玉等都让他两个，独凤姐只和黛玉说笑，正眼也不看他。

"让他两个"，其他脂本作"让他两个坐"（梦本此句有异文）。
"他"，其他脂本作"他们"（梦本此句有异文）。

例105，甲戌本：

只见王夫人房内的丫头来说："舅太太来了，请姑娘、奶奶们出去呢。"

"姑娘、奶奶"，其他脂本均作"奶奶、姑娘"。

例106，甲戌本：

> 李宫裁听了，忙叫着凤姐等<u>要走</u>。

"要走"，梦本作"去了"，其他脂本作"走了"。

例107，甲戌本：

> <u>周、赵</u>两个也忙辞了宝玉出去。

"周、赵"，其他脂本均作"赵、周"。

例108，甲戌本：

> 林妹妹，你先<u>站一站</u>，我合你说一句话。

"站一站"，其他脂本均作"略站一站"。

例109，甲戌本：

> <u>宝玉忽然嗳哟了一声说</u>："好头疼。"

"宝玉忽然嗳哟了一声说"，其他脂本均无。

例110，甲戌本：

> <u>只见</u>宝玉大叫一声："我要死！"

"只见"，其他脂本均无。

例111，甲戌本：

> 将身一纵离地跳有三四尺高，<u>嘴里</u>乱嚷乱叫，说起胡话来了。

"嘴里"，其他脂本均作"口内"。

例112，甲戌本：

> 林黛玉并丫头们都唬慌了，忙去报知<u>贾母、王夫人</u>等。

"贾母、王夫人"，梦本作"王夫人与贾母"，其他脂本作"王夫人、贾母"。

例113，甲戌本：

宝玉越发拿刀弄杖、寻死觅活的。

在此句之下，梦本作"闹的天翻地覆"，其他脂本作"闹得天翻地覆"，甲戌本无。

例114，甲戌本：

于是惊动众人，连贾赦、邢夫人、贾珍、贾政、贾琏、贾蓉、贾芸、贾萍、薛姨妈、薛蟠，并<u>家中</u>一干<u>家人</u>，上上下下，里里外外，众媳妇、丫嬛等都来园内看视。

"家中"，庚辰本、彼本、杨本、梦本作"周瑞家的"，舒本、蒙本、戚本作"周瑞家"。

"家人"，杨本无，舒本作"人家"，其他脂本作"家中"。

例115，甲戌本：

登时乱麻一般，正<u>都</u>没个主见，只见<u>凤姐儿</u>手持一把明晃晃刚刀砍进园来。

"都"，其他脂本均无。

"凤姐儿"，其他脂本均作"凤姐"。

例116，甲戌本：

周瑞媳妇忙带着几个有力量的胆壮的婆娘上去<u>抱着</u>，夺下刀来，抬回房去。

"抱着"，其他脂本均作"抱住"。

例117，甲戌本：

别人<u>荒张</u>自不必讲，独有薛蟠<u>比</u>诸人忙到十分去。

"荒张"，其他脂本均作"慌张"。

"比"，其他脂本作"更比"。梦本此处有异文。

例118，甲戌本：

有的又荐**什么**玉皇阁的张真人。

"什么"，其他脂本均无。
例119，甲戌本：

也曾**百般的**医治、祈祷，问卜求神，总无效验。

"百般的"，其他脂本均作"百般"。
例120，甲戌本：

堪堪**的**日落，王子腾的夫人告辞去后，次日王子腾**自己亲来**瞧问。

"的"，其他脂本均无。
"自己亲来"，其他脂本均作"也来"。
例121，甲戌本：

也有荐僧道的，**也都**不见效。

"也都"，其他脂本作"总"（梦本此句有异文）。
例122，甲戌本：

他叔嫂二人越发糊涂，不**醒**人事。

"醒"，其他脂本均作"省"。
例123，甲戌本：

到夜时，那些婆娘、媳妇、丫头们都不敢上前。

"到夜时"，杨本作"道夜间"，梦本作"道夜里"，其他脂本作"到夜晚间"。
例124，甲戌本：

贾赦**还是**各处去寻僧觅道。贾政见**都不**灵效，着实懊恼，因阻贾赦道："儿女之数，皆由天命，非人力可强者……"

"还是"，其他脂本均作"还"。
"都不"，其他脂本均作"不"。
例125，甲戌本：

想天意该当如此，也只好由他们去罢。

"该当"，其他脂本均作"该"。

例126，甲戌本：

和家人口无不惊慌，都说没了指望。

"和家"，其他脂本均作"合家"。

"惊慌"，庚辰本、舒本作"慌"，彼本、杨本作"着慌"，蒙本、戚本作"心慌"，梦本此二句作"合家都说没了指望"。

例127，甲戌本：

赵姨娘、贾环等心中欢喜趁愿。

"心中欢喜趁愿"，杨本作"心中更加称愿"，梦本作"外面假做忧愁，心中称愿"，其他脂本作"自是称愿"。

例128，甲戌本：

贾母等正围着他两个哭时，只见宝玉睁开眼说道："从今已后，我可不在你家了，快些收拾，打发我走罢。"

"他两个"，其他脂本均作"宝玉"。梦本无此句。

"快些"，其他脂本作"快"。

例129，甲戌本：

贾母听了这话，就如同摘去心肝一般。

"就"，其他脂本均无。

例130，甲戌本：

赵姨娘在旁劝道："老太太也不必过余悲痛了。哥儿已是不中用了，不如把哥儿的衣裳穿好，让他早些回去罢……"

"过余"，其他脂本均作"过于"。

"罢"，其他脂本均无。

例131，甲戌本：

这些话还没说完，被贾母照脸啐了一口唾沫，骂道："烂了舌根的混账老婆！谁叫你来多嘴多舌的，你怎么知道他在那世受罪不安生……"

"舌根"，其他脂本均作"舌头"。

"那世"，舒本作"那"，其他脂本作"那世里"（梦本无此上下数句）。

例132，甲戌本：

素日都是你们调唆着逼他写字念书，把胆子唬破了，见了他老子还不像个避猫鼠儿……

"都是"，其他脂本均作"都不是"。

"还不"，其他脂本作"不"。梦本无此数句。

例133，甲戌本：

这会子逼死了他，你们遂了心了。

"他"，其他脂本无（梦本此数句有异文）。

"了"，其他脂本无（梦本此数句有异文）。

例134，甲戌本：

贾政在旁听见这些话，心中越发难过……

"心中"，杨本无，蒙本作"心理"，其他脂本作"心里"（梦本此二句有异文）。

例135，甲戌本：

一时又有人来回说："两口棺材都作齐备了。"

"齐备"，其他脂本均作"齐"。

例136，甲戌本：

只闻得隐隐的木鱼声响，念了一句"南无解冤孽菩萨"，又听说道："有那人口不安，家宅颠倒，或逢凶险，或中邪祟不利者，我们善能医治。"

"又听说道"，其他脂本均无。

"不安"，其他脂本均作"不利"。

"不利"，其他脂本均无。

例137，甲戌本：

> 贾母、王夫人等听见这些话，那里还耐得住，便命人去快请来。

"等"，其他脂本均无。

"请来"，其他脂本作"请进来"（梦本此句作"向街上找寻去"）。

例138，甲戌本：

> 又想如此深宅，何得听的如此真切？心中亦是希罕，便命人请了进来。

"如此"，其他脂本作"这样"（彼本、杨本、梦本此数句有异文）。

"亦是"，蒙本作"亦自"。

"便命人"，庚辰本、彼本、戚本作"命人"，蒙本作"命①只得命②人"；舒本无"命人请了进来"六字，梦本无上下数句。

例139，甲戌本：

> 众人举目看时，原来是一个癞头和尚与一个疲足道人。

"疲"，其他脂本均作"跛"。

例140，甲戌本：

> 看那道人又是怎生模样？

"看"，其他脂本均无。

例141，甲戌本：

> 那僧笑道："长官不须多言。因闻得尊府人口不利，故特来医治。"

"多言"，舒本作"多问"，其他脂本作"多话"。

"尊府"，其他脂本均作"府上"。

---

① 蒙本"命"字已点去。
② 蒙本此"命"字系旁添。

例 142，甲戌本：

贾政道："倒有两个人中邪，不知二位有何符水？"

"二位"，梦本无，其他脂本作"你们"。

例 143，甲戌本：

那道笑道："你家现放着希世奇珍，如何倒还问我们有符水？"

"道"，其他脂本均作"道人"。

"放着"，其他脂本均作"有"。

"倒还"，其他脂本作"还"（梦本此句有异文）。

例 144，甲戌本：

那僧笑道："长官，你那里知道那物的妙用，只因如今被声色货利所迷，故此不灵验了。"

"笑道"，其他脂本均作"道"。

例 145，甲戌本：

可叹你今朝这番经历。

"今朝"，其他脂本均作"今日"。

例 146，甲戌本：

将他二人安在一室之内，除亲身妻母外，不可使外人冲犯。

"外人"，其他脂本均作"阴人"。

例 147，甲戌本：

贾母等还只管使人去赶，那里有个踪影。

"使人"，其他脂本作"着人"（梦本此句作"只"）。

例 148，甲戌本：

少不得依言将他二人就安在王夫人卧室之内。

"安在"，彼本作"安放"，其他脂本作"安放在"（梦本此处有脱文）。

例149，甲戌本：

> 贾母、王夫人等如得了珍宝一般。

"等"，其他脂本均无。

例150，甲戌本：

> 旋熬了米汤来与他二人吃了，精神渐长，邪祟少退，一家子才把心放下来。

"少退"，其他脂本均作"稍退"。

例151，甲戌本：

> 李宫裁并贾府三艳、薛宝钗、林黛玉、平儿、袭人等在外间听信，闻得吃了米汤，醒了人事，别人未开口，林黛玉先就念了声阿弥陀佛。

"信"，庚辰本、舒本、彼本、杨本、蒙本作"信息"，戚本、梦本作"消息"。

"醒"，其他脂本均作"省"。

例152，甲戌本：

> 惜春问道："宝姐姐，好好的笑什么？"

"问"，其他脂本均无。

例153，甲戌本：

> 这如今宝玉与二姐姐病，又是烧香还愿，赐福消灾，今儿才好些，又要管林姑娘的姻缘了。你说忙的可笑不可笑？

"与二姐姐"，彼本作"凤姑娘"，杨本作"凤姐"，其他脂本作"凤姐姐"（梦本此句有异文）。

"病"，其他脂本作"病了"。

"是"，其他脂本均无（梦本此句有异文）。

例154，甲戌本：

你们这起人不是好人，不知怎么死，再不跟着好人学，只跟<u>那些贫</u><u>嘴恶舌的人学</u>。

"那些"，梦本作"凤丫头"，其他脂本作"凤姐"。

"贫嘴恶舌的人"，彼本、杨本作"烂了嘴的"，其他脂本作"贫嘴烂舌的"（梦本此句有异文）。

例155，各脂本此回回末的结束语：

无（甲戌本）

不知端详，且听下回分解。（庚辰本、蒙本、戚本）

不知端的，下回分解。（舒本）

……等着①。且听下册②分解。（彼本）

且听下回分解。（杨本）

欲知端详，下回分解。（梦本）

第二节　甲戌本第二十六回独异文字考

第26回有四十四例。

例1，甲戌本：

且说近日宝玉病的时节，贾芸带着家下小厮坐更看守，<u>昼夜在这里</u>。那红玉同众丫环也在这里守着宝玉，彼此相见多日，都渐渐的<u>混熟了</u>。

"的"，其他脂本均无。

例2，甲戌本：

这件事待要放下，心内又放不下；待要问去，又怕人猜疑。正是<u>犹</u><u>预不决</u>、神魂不定之际，忽听窗外问道："姐姐在屋里没有？"

"犹预"，彼本、杨本作"猜疑"，其他脂本作"犹豫"。

---

① "等着"二字点去。
② 彼本"册"系旁改，原作"回"。

例 3，甲戌本：

> 原来是本院的小丫头叫佳蕙的。

"叫"，彼本、杨本作"子"，其他脂本作"名叫"。

例 4，甲戌本：

> 就像昨儿老太太因宝玉病了这些日子说跟着服侍的这些人都辛苦了……

"服侍"，其他脂本均作"伏侍"。

例 5，甲戌本：

> 我算年纪小，上不去，不得我也不怨。像你怎么也不算在里头，我心里就不服。

"我"，其他脂本均作"我们"。
"怨"，其他脂本均作"抱怨"。

例 6，甲戌本：

> 袭人那怕他得十个分儿也不恼，他原该的。

"十个"，其他脂本均作"十"。

例 7，甲戌本：

> 红玉道："既是来了，你老人家该同他一齐来，回来叫他一个人乱碰，可是不好呢。"

"来了"，其他脂本均作"进来"。

例 8，甲戌本：

> 红玉听说，他站着出神，且不去取笔。

"他"其他脂本均作"便"。

例 9，甲戌本：

> 坠儿道："叫我带进芸二爷来。"说着，已径跑了。

“已径”，其他脂本均作“一径”。

例10，甲戌本：

那红玉只装作和坠儿说话，也把眼去一溜。

“装作”，其他脂本均作“装着”。

例11，甲戌本：

坠儿先进去回明了，然后方领贾芸进来。

“进来”，舒本无，其他脂本作“进去”。

例12，甲戌本：

贾芸看时，只见院内略略的有几点山石，种着芭蕉。

“略略的”，杨本无，其他脂本作“略略”。

例13，甲戌本：

贾芸想道：“怪道叫怡红院，可知原来是恁样四个字。”

“可知”，其他脂本均无。

例14，甲戌本：

只见一张小小填漆床上，悬着大红销金撒花帐子。

“一张小小”，其他脂本均作“小小一张”。

例15，甲戌本：

宝玉笑道：“只从那日见了你……”

“那日”，其他脂本作“那个月”。

例16，甲戌本：

贾芸笑道：“总是我无福，偏偏又遇着叔叔身上欠安……”

“无福”，其他脂本均作“没福”。

例17，甲戌本：

那贾芸自从宝玉病了，他在里头混了两天，他却把那有名人口认记了一半。

"认"，舒本无，杨本作"多"①，其他脂本作"都"。
例18，甲戌本：

又是谁家有奇货，又是谁有异物。

"谁"，其他脂本均作"谁家"。
例19，甲戌本：

你父母在那一行？在宝叔房内几年了？

"那一行"，其他脂本均作"那一行上"。
例20，甲戌本：

那坠儿见问，一椿椿都告诉他了。

"一椿椿"，其他脂本均作"便一椿椿"。
例21，甲戌本：

坠儿听了，笑道："他问了我好几遍可有看见他的帕子，我有那们大工夫管这些事……"

"那们"，其他脂本作"那么"（彼本此处有脱文）。
例22，甲戌本：

好二爷，你既拣着了，给我罢。

"着"，其他脂本均无。
例23，甲戌本：

今儿听见红玉问坠儿，便知是红玉的，心内不甚喜幸。

"今儿"，其他脂本均作"今"。

——————————

① 按：杨本常将"都"写作"多"。

例24，甲戌本：

　　一面说，一面掀帘进来了。

"掀帘"，其他脂本均作"掀帘子"。

例25，甲戌本：

　　刚说着，黛玉便翻身向外坐起来，笑道："谁睡觉呢？"

"向外坐起来"，梦本无，彼本、杨本作"坐起来"，其他脂本作"坐了起来"。

例26，甲戌本：

　　好妹妹，我一时该死，你别告诉去，我再要敢，我嘴上就长个疔，烂了舌头。

"我"，其他脂本均无。

例27，甲戌本：

　　宝玉听了，不觉的打了个焦雷一般，也顾得别的，急忙回来穿衣服。

"的"，其他脂本均无。
"顾得"，其他脂本均作"顾不得"。

例28，甲戌本：

　　宝玉便问道："是作什么？"

"便"，其他脂本均无。
"是作什么"，舒本作"你可知道叫我可是为什么"，彼本、杨本作"叫我是为什么"，其他脂本作"你可知道叫我是为什么"。

例29，甲戌本：

　　只听墙角边一阵呵呵大笑，回头看时，见是薛蟠拍着手跳了出来。

"看时"，其他脂本均无。
"见是"，其他脂本均作"只见"。

例30，甲戌本：

焙茗也<u>笑着</u>跪下了。

"笑着",其他脂本均作"笑道:'爷别怪我。'忙"。

例31,甲戌本:

宝玉也无法了,只好笑,<u>因说道</u>:"你哄我也罢了,怎么说我父亲呢……"

"因说道",彼本、杨本作"说道",梦本作"问道",其他脂本作"因道"。

例32,甲戌本:

薛蟠即命人摆酒来。<u>话</u>犹未了,众小厮七手八脚摆了半天才停当。

"话",其他脂本均作"说"。

例33,甲戌本:

宝玉果见瓜藕新异,因笑道:"我的寿礼还未送来,倒先<u>饶</u>了。"

"饶",其他脂本均作"扰"①。

例34,甲戌本:

薛蟠笑道:"你<u>题</u>画儿,<u>我</u>想起来了。昨儿我看人家<u>一张眷宫</u>,画的着实好……"

"题",其他脂本均作"提"。

"我",其他脂本均作"我才"。

"一张眷宫",彼本、杨本作"一卷春宫",其他脂本作"一张春宫"。

例35,甲戌本:

薛蟠<u>自觉</u>没意思,笑道:"谁知他糖银果银的。"

"自觉",其他脂本均作"只觉"。

例36,甲戌本:

<u>话</u>犹未了,只见冯紫英一路说笑,已进来。

---

① 庚辰本"扰"系旁改,原作"饶"。

"话"，其他脂本均作"说"。

例 37，甲戌本：

> 宝玉道："怪道前儿初三四儿我在世兄家赴席不见你呢……"

"世兄"，其他脂本均作"沈世兄"。

例 38，甲戌本：

> 紫英道："可不是，家父去，我无法儿去罢了。难到我闲疯了，咱们几个人吃酒听唱不乐，寻那个苦恼去……"

"无法儿"，其他脂本均作"没法儿"。

"吃酒听唱"，彼本作"吃酒听戏的"，杨本作"吃酒听叹的"，其他脂本作"吃酒听唱的"。

例 39，甲戌本：

> 薛蟠道："越发说的人热剌剌的丢不下，多早晚才请我们，告诉了也免的人犹预。"

"犹预"，庚辰本、彼本作"犹疑"，其他脂本作"犹豫"。

例 40，甲戌本：

> 冯紫英道："多者十日，少则八天。"

"多者"，其他脂本均作"多则"。

例 41，甲戌本：

> 至晚饭后，闻得宝玉来了，心里要找他问是怎么样了。

"问"，彼本作"问他"，其他脂本作"问问"。

例 42，甲戌本：

> 晴雯偏生还没听出来，便使性子说道："凭你是谁，二爷分付的，一概不准放人进来呢。"

"不准"，其他脂本均作"不许"。

例 43，甲戌本：

你今儿不叫我进来，难道明儿就不见面了？越想越<u>伤感</u>，也不顾苍苔露冷，花径风寒……

"伤感"，其他脂本均作"伤感起来"。

例 44，甲戌本：

且看下回。

此回末结束语，其他脂本如下：

要知端的，且听下回分解。（庚辰本、戚本）
要知端详，且听下回分解。（舒本）
且听下册①分解。（彼本）
且听下回分解。（杨本）
要知端的，且听下文分解。（蒙本）
要知端的，下回分解。（梦本）

第十章 甲戌本第四单元独异文字考（下）

本章考述的是甲戌本第27回、第28回的独异文字。

第一节 甲戌本第二十七回独异文字考

【第 27 回】

第 27 回独异文字有一百一十例。

例 1，甲戌本：

> 待要上去问着宝玉，又恐当着众人问羞了他倒不便。

次句，各脂本异文如下：

> 又恐当着众人问羞了他倒不便（甲戌本）
> 又恐当着众人问羞了宝玉不便（庚辰本、舒本、蒙本、戚本、梦本）
> 又恐当着众人问羞了他，一时沤出气来不便（彼本）
> 又恐当着众人问羞了他，一时沤起气来不便（杨本）

例 2，甲戌本：

> 自觉无味，便转身回来，无精打彩的卸了残妆。

"便"，其他脂本均作"方"。

例 3，甲戌本：

紫鹃、雪雁素日知道他的情性，无事闷坐，不是愁眉，便是长叹。

首句，各脂本异文如下：

紫鹃、雪雁素日知道他的情性（甲戌本）
紫鹃、雪雁素日知道林黛玉的情性（庚辰本、蒙本、戚本、梦本）
紫鹃、雪雁素日知道林黛玉性情（舒本）
紫鹃、雪雁素日知道黛玉的性情（彼本、杨本）

例4，甲戌本：

且好端端的不知为了什么，便常常的就自泪自干。

次句，各脂本异文如下：

便常常的就自泪自干（甲戌本）
常常的便自泪道不干（庚辰本、戚本）
常常的自泪自郁（舒本）
常常的便自泪自叹（彼本）
常常的自己泪叹（杨本）
常常的便自泪自①干（蒙本、梦本）

例5，甲戌本：

先时还<u>解劝</u>，怕他思父母想家乡，受了委屈。

"解劝"，其他脂本均作"有人解劝"。

例6，甲戌本：

用话来宽慰解劝。

此句，各脂本异文如下：

用话来宽慰解劝（甲戌本）
用话自得宽慰解劝（庚辰本、舒本）

---

① "自"是原文，旁改"不"。

只得用话宽慰解劝（彼本、戚本）

只得宽慰解劝（杨本）

用话只得宽慰解劝（蒙本）

用话来相宽慰解劝（梦本）

例 7，甲戌本：

谁知后来<u>一年一月</u>竟常常的如此，把这个样儿看惯，也都不理论了。

"一年一月"，其他脂本均作"一年一月的"。

例 8，甲戌本：

<u>所以</u>没人去理，由他去闷坐，只管睡觉去了。

"所以"，其他脂本均作"所以也"。

例 9，甲戌本：

那林黛玉倚着床栏杆，两手抱着膝，眼睛含着泪，好似木雕泥塑的一般，直坐到<u>三更</u>多天方才睡了。

"三更"，其他脂本均作"二更"。

例 10，甲戌本：

那些<u>女孩子</u>或用花瓣柳枝编成轿马的，或用绫锦纱罗叠成杆旄旌幢的。

"女孩子"，其他脂本均作"女孩子们"。

例 11，甲戌本：

每一颗①树，每一枝花上，都系<u>上</u>了这些事物。

"上"，其他脂本均无。

例 12，甲戌本：

且说宝钗、迎春、探春、惜春、李纨、凤姐等，并巧姐、大姐、香

---

① "颗"即"棵"。

菱与众丫嬛们都在园内顽耍，独不见林黛玉。

"都"，其他脂本均无。

例13，甲戌本：

> 宝钗道："你们等着，我去闹了他来。"说着，便丢下众人，一直的往潇湘馆来。

"一直的"，其他脂本均作"一直"。

例14，甲戌本：

> 只见文官等十二个女孩子也来了，见宝钗问了好，说了一回闲话。

次句，各脂本异文如下：

> 见宝钗问了好（甲戌本）
> 上来问了好（庚辰本、舒本、蒙本、戚本）
> 上来请了安（彼本、杨本、梦本）

例15，甲戌本：

> 说着，便往潇湘馆来。

次句，各脂本异文如下：

> 便往潇湘馆来（甲戌本）
> 便逶迤往潇湘馆来（庚辰本、蒙本、戚本）
> 便至潇湘馆（杨本）
> 便迤逶往潇湘馆来（舒本）
> 逶迤往潇湘馆来（梦本）

例16，甲戌本：

> 忽见宝玉进去了，宝钗便站住，低头想了一想，宝玉合黛玉是从小一处长大，他二人间多有不避嫌疑之处……

末二句，各脂本异文如下：

宝玉合黛玉是从小一处长大，他二人间多有不避嫌疑之处（甲戌本）

宝玉和林黛玉是从小儿一处长大，他兄妹间多有不避嫌疑之处（庚辰本、舒本、蒙本戚本、梦本）

宝玉和林黛玉是从小儿一处长大的，他兄妹间多有不避嫌疑之处（彼本）

宝玉和黛玉是从小儿一处长大的，他兄妹间多有不避嫌疑之处（杨本）

例17，甲戌本：

况且黛玉素习猜忌，<u>好弄小性儿</u>。

"好弄小性儿"，其他脂本均作"好弄小性儿的"。

例18，甲戌本：

此刻自己也进去，一则宝玉不便，二则黛玉嫌疑。

首句，各脂本异文如下：

此刻自己也进去（甲戌本）

此刻自己也跟了进去（庚辰本、舒本、蒙本、戚本、梦本）

此时自己也跟随进去（彼本、杨本）

例19，甲戌本：

忽见面前一双玉色蝴蝶，大如团扇，一上一下<u>的</u>，迎风蹁跹，十分有趣。

"的"，其他脂本均无。

例20，甲戌本：

只见那一双蝴蝶忽起忽落，来来往往，穿花渡柳，将欲过河。

末二句，各脂本异文如下：

穿花渡柳，将欲过河（甲戌本）

穿花度柳，将欲过河（庚辰本、舒本、蒙本、戚本）

（无）（彼本、杨本）

将欲过河（梦本）

例21，甲戌本：

一直跟到池中的滴翠淳。

此句，各脂本异文如下：

一直跟到池中的滴翠淳（甲戌本）
一直跟到池中的滴翠亭上（庚辰本、舒本、彼本、杨本、蒙本、戚本、梦本）

例22，甲戌本：

<u>也无心</u>扑了，刚欲回来。

"也无心"，其他脂本均作"宝钗也无心"。

例23，甲戌本：

只听亭子里面喊喊喳喳有人说话。

此句，各脂本异文如下：

只听亭子里面喊喊喳喳有人说话（甲戌本）
只听滴翠亭里边喊喊喳喳有人说话（庚辰本、舒本、梦本）
只听得滴翠亭里边戚戚喳喳有人说话（彼本）
只听得亭子里边有人说话（杨本）
只听滴翠亭里边戚戚喳喳有人说话（蒙本）
只听滴翠亭里边喊喊查查有人说话（戚本）

例24，甲戌本：

原来这亭子四面俱是游廊曲桥，盖在池中，周围都是刁镂隔①子，糊着纸。

___

① "隔"疑是"槅"字之误。

第三句，各脂本异文如下：

> 周围都是刁镂隔子（甲戌本）
> 四面刁镂隔子（庚辰本、蒙本）
> 四面雕镂槅子（舒本、戚本）
> 向东是门，三面皆是雕镂槅子（彼本）
> （无）（杨本）

例25，甲戌本：

> 宝钗在亭外听见说话，便站住往里听。

末句，各脂本异文如下：

> 便站住往里听（甲戌本）
> 便煞住脚往里细听（庚辰本、舒本、戚本、梦本）
> 便心中犯疑，煞住脚往里细听（彼本、杨本）
> 便煞住脚步，往里细听（蒙本）

例26，甲戌本：

> 又有一人道："可不是那块，拿来给我罢。"

首二句，各脂本异文如下：

> 又有一人道：可不是那块（甲戌本）
> 又有一人说话：可不是我那块（庚辰本、蒙本、戚本、梦本）
> 又一人说道：可不是我那块（舒本）
> 又有一人话道：可不是我那块（彼本）

例27，甲戌本：

> 又听<u>说</u>道……

"说"其他脂本均无。

例28，甲戌本：

他是个爷们家，拣了我们的东西，自然该还的，叫我拿什么<u>给</u>他呢？

"给"，其他脂本均作"谢"。

例 29，甲戌本：

况且他再三再四的和我说了，若没谢的，<u>不许</u>给你呢。

"不许"，其他脂本均作"不许我"。

例 30，甲戌本：

又听答道："也罢，拿我这个给他，<u>就</u>算谢他的罢……"

"就"，其他脂本均无。

例 31，甲戌本：

又听<u>道</u>："我要告诉一个人，就长一个疔，日后不得好死。"

"道"，其他脂本均作"说道"。

例 32，甲戌本：

况才说话的语音儿大似宝玉房里的红儿。

此句，各脂本异文如下：

况才说话的语音儿大似宝玉房里的红儿（甲戌本）
况才说话的语音大似宝玉房里的红儿的言语（庚辰本）
况才说话的语音大似宝玉房里的红儿的语音（舒本）
况才说话的语音大似宝玉房里的红儿的言语（彼本）
况才说话的声音像宝玉房里的红儿（杨本）
况才说话的语音大似宝玉房里的红儿的言语（蒙本、戚本、梦本）

例 33，甲戌本：

他素习眼空心大，最是个头等<u>刁赞</u>古怪的东西。

"刁赞"，其他脂本均作"刁钻"。

例 34，甲戌本：

　　一时人急遭反，狗急跳墙。

"遭反"，其他脂本均作"造①反"。
例35，甲戌本：

　　如今便赶着躲了，料也躲不及，少不得要使个金蝉退壳的法子。

"金蝉退壳"，其他脂本均作"金蝉脱壳"。
例36，甲戌本：

　　那亭子里的红玉、坠儿刚一推窗，只见宝钗如此说着往前赶。

"亭子里"，其他脂本均作"亭内"。
"只见"，其他脂本均作"只听"。
例37，甲戌本：

　　我才在河那边看着他在这里蹲着弄水儿的。

"他"，其他脂本均作"林姑娘"。
例38，甲戌本；

　　我要悄悄的唬他一跳，还没走到跟前……

"没"，其他脂本均作"没有"。
例39，甲戌本：

　　他倒看见我了，朝东一绕就不见了，必是藏在这里头了。

"必是"，其他脂本均作"别是"。
例40，甲戌本：

　　一面说，一面故意进去寻了一寻，抽身就走，口里说道……

"口里"其他脂本均作"口内"。
例41，甲戌本：

----

① 庚辰本"造"系旁改，原作"遭"。

一定又是在那山子洞里<u>去</u>。

"去"，其他脂本均作"去了"。

例42，甲戌本：

红玉连忙弃了众人，跑至凤姐前，<u>笑</u>问："奶奶使唤作<u>什么</u>？"

"笑"，其他脂本均作"堆着笑"。
"什么"，其他脂本均作"什么事"。

例43，甲戌本：

我这会子想起一件事来，<u>使唤</u>个人出去，<u>可</u>不知你能干不能干，说的齐全不齐全？

"使唤"，其他脂本均作"要使唤"。
"可"，其他脂本均无。

例44，甲戌本：

若<u>说</u>不齐全，误了奶奶的事。

"说"，其他脂本均作"说的"。

例45，甲戌本：

凭奶奶责罚罢了。

此句，各脂本异文如下：

凭奶奶责罚罢了（甲戌本）
凭奶奶责罚就是了（庚辰本、舒本、蒙本、戚本、梦本）
凭奶奶责罚奴才就是了（彼本、杨本）

例46，甲戌本：

凤姐笑道："你是<u>谁</u>房里的？我<u>使</u>出去……"

"谁"，其他脂本均作"那位小姐"。
"使"，其他脂本均作"使你"。

例 47，甲戌本：

他回来找你，我好替你答应。

次句，各脂本异文如下：

我好替你答应（甲戌本）
我好替你说的（庚辰本、舒本、蒙本、戚本、梦本）
我好替你说（彼本、杨本）

例 48，甲戌本：

你原来是宝玉房里的，怪道呢，也罢了。

在"也罢了"之后，杨本、蒙本作"等他来问，我替你说"，其他脂本作"等他问，我替你说"。

例 49，甲戌本：

你到我家告诉你平姐姐，外头屋里桌子上，汝窑盘子架儿底下，放着一卷银子，那是一百二十两，给绣匠的工价。

"我家"，其他脂本均作"我们家"。

例 50，甲戌本：

再里头屋里床上有个小荷包，拿了来给我。

"有个"，其他脂本均作"有一个"。
"给我"，其他脂本均无。

例 51，甲戌本：

因见司棋从山洞里出来，站着系裙子，便上来问道："姐姐不知道二奶奶往那去了？"

第三句，各脂本异文如下：

便上来问道（甲戌本）
便赶上来问道（庚辰本、舒本、杨本、蒙本、戚本、梦本）

便赶上问道（彼本）

例52，甲戌本：

红玉听了，又往四下里看。

"看"，其他脂本均作"一看"。

例53，甲戌本：

红玉便走来，陪笑问道："姑娘们可看见二奶奶没有？"

此三句，各脂本异文如下：

红玉便走来，陪笑问道："姑娘们可看见二奶奶没有？"（甲戌本）

红玉上来，陪笑问道："姑娘们可知道二奶奶那去了？"（庚辰本、舒本、彼本、杨本、蒙本、戚本）

红玉上来，陪笑问道："姑娘们可知道二奶奶那里去了？"（梦本）

例54，甲戌本：

探春道："往大奶奶院里找去。"

"大奶奶"，其他脂本均作"你大奶奶"。

例55，甲戌本：

晴雯一见了红玉，便说道："你只是疯罢，花儿也不浇，雀儿也不喂……"

"花儿也不浇"，其他脂本均作"院子里花儿也不浇"。

例56，甲戌本：

红玉道："昨儿二爷说了，今儿不用浇花，过一日再浇罢。"

"再浇"，其他脂本均作"浇一回"。

例57，甲戌本：

红玉道："今儿不是我笼的班儿……"

"不是我"，彼本作"不是我该"，梦本作"不该着我"，其他脂本作"不该我"。

例58，甲戌本：

> 有本事<u>的</u>，从今儿出了这园子，长长远远的在高枝儿上，才算得。

"的"，其他脂本均无。

例59，甲戌本：

> 一面说着<u>走</u>了。

"走"，其他脂本均作"去"。

例60，甲戌本：

> 到了李氏房中，果见凤姐<u>在那里说话儿</u>呢。

"在那里"，其他脂本均作"在这里"。
"说话儿"，其他脂本均作"和李氏说话儿"。

例61，甲戌本：

> 红玉<u>便</u>上来回道："平姐姐说，奶奶刚出来了，他就把银子收起来了……"

"便"，其他脂本均无。

例62，甲戌本：

> 说着<u>说着</u>，将荷包递了<u>上来</u>，又道："平姐姐叫回奶奶<u>说</u>……"

"说着"，其他脂本均无。
"上来"，其他脂本均作"上去"。
"说"，其他脂本均无。

例63，甲戌本：

> 旺儿进来，讨奶奶的示下，好往那家子去的，平姐姐就把<u>这</u>话按着奶奶的主意打发他去了。

"这"，其他脂本均作"那"。

例 64，甲戌本：

李纨笑道："嗳哟哟，这话我就不懂了，什么奶奶爷爷的一大堆。"

"李纨"，其他脂本均作"李氏"。
"笑道"，其他脂本均作"道"。
例 65，甲戌本：

说着，又向红玉笑道："好孩子，倒难为你说的齐全，别像他们扭扭捏捏蚊子似的……"

"倒难为"，其他脂本均作"难为"。
例 66，甲戌本：

如今除了我随手使的这几个人之外，我就怕和别人说话。

"人"，庚辰本蒙本、戚本作"丫头、老婆"，舒本、彼本、杨本、梦本作"丫头、老婆子"。
例 67，甲戌本：

他们必定把一句话拉长了，作两三截儿，咬文咬字，拿着腔，哼哼吸吸的，急的我冒火。

"拿着腔"，其他脂本均作"拿着腔儿"。
例 68，甲戌本：

先时我们平儿也是这么着，我就问着他……

在首句之前，其他脂本均作"他们那里知道"。
例 69，甲戌本：

凤姐又道："这个丫头就好，方才说话虽不多，听那口气就简断。"

"这个"，其他脂本均作"这一个"。
"说话"，舒本作"这遭说话"，彼本、杨本作"两遭儿说话"，其他脂本作"两遭说话"。
"口气"，其他脂本均作"口声"。

例 70，甲戌本：

　　我认你作女儿，我再调理调理，你就出息了。

"再调理调理"，其他脂本均作"一调理"。

例 71，甲戌本：

　　红玉听了，扑嗤一笑。

"扑嗤"，彼本作"噗嗤"，杨本作"朴嗤"，其他脂本作"噗哧"。

例 72，甲戌本：

　　你别做春梦呢，你打听打听，这些人都比你大的大的，赶着我叫妈，我还不理呢。

　　"别做"，庚辰本作"还作"，舒本、蒙本、戚本作"作"，彼本、杨本、梦本作"做"。

　　"这些人都"，庚辰本、舒本、蒙本、戚本作"这些人①头②"，彼本、杨本作"这些人里头"，梦本作"这些人头儿"。

　　"呢"，庚辰本作"今儿这是我抬举了你哩③"，舒本、蒙本、戚本作"今儿抬举了你呢"，彼本作"今儿抬举了你了"，杨本作"今日抬举了你呢"，梦本作"今儿是抬举了你呢"。

例 73，甲戌本：

　　李宫裁道："你原来不认得他，他就是林之孝之女。"

"就是"，其他脂本均作"是"。

例 74，甲戌本：

　　凤姐听了，十分咤意，因笑问道："哦，原来是他的丫头。"

　　"咤意"，杨本无，庚辰本、蒙本作"岔异"，舒本作"诧意"，彼本作

---

① 庚辰本"人"旁改"丫"。
② 庚辰本"头"下旁添"们"；蒙本"头"点去。
③ 庚辰本"这是我"三字系旁添；"了"被圈去；"哩"系旁改，原作"呢"。

"岔意"①，戚本作"诧异"，梦本作"咤异"。

"因笑问"，庚辰本作"说"，舒本作"因问"②，彼本、蒙本、梦本作"因说"，戚本作"因"。

例75，甲戌本：

> 一双天聋地哑。

此句，舒本作"一个是天聋，一个是地哑"，杨本作"一个元聋，一个地哑"，其他脂本作"一个天聋，一个地哑"。

例76，甲戌本：

> 红玉道："原叫红玉的，因为重了宝二爷，如今叫红儿了。"

"叫"，其他脂本均作"只叫"。

例77，甲戌本：

> 凤姐听了，将眉一皱，把头一回："讨人嫌的很，得了玉的宜似的，你也玉，我也玉。"

"宜"，庚辰本作"依"③，舒本作"倚"，彼本作"济"，杨本、蒙本、戚本作"益"，梦本作"便宜"。

例78，甲戌本：

> 我还和他妈说，赖大家的如今事多，也不知这府里谁是谁，你替我好好的挑两个丫头我使，他一般的答应，他饶不挑，倒把他这女孩子送了别处去，难道跟我必定不好。

"答应"其他脂本均作"答应着"。

例79，甲戌本：

> 李纨笑道："你可是又多心了，他进来在先，你说话在后，怎么怨得他妈呢。"

---

① 彼本"意"旁改"异"。
② "问"点去。
③ 庚辰本原作"依"，旁改"益"。

"说话"，其他脂本均作"说"。

"呢"，其他脂本均无。

例 80，甲戌本：

> 既这么着，明儿我和宝玉说，叫他<u>在</u>要人，叫这丫头跟我去，可不知本人愿意不愿意？

"在"，其他脂本均作"再"。

例 81，甲戌本：

> 如今且说林黛玉因夜间失寐，次日<u>起</u>迟了。

"起"，其他脂本均作"起来"。

例 82，甲戌本：

> 只见宝玉进门来了，笑道："好妹妹，昨儿可<u>告我</u>不曾，叫我悬了一夜心。"

"告我"，庚辰本、蒙本、梦本"告我了"，舒本、彼本、杨本作"告了我"。

例 83，甲戌本：

> 林黛玉便回头叫紫鹃道："把屋子收拾了，下一扇<u>纱屉子</u>……"

"纱屉子"，其他脂本均作"纱屉"①。

例 84，甲戌本：

> 一面说，一面<u>仍</u>往外走。

"仍"，庚辰本、杨本作"就"②，舒本、彼本、蒙本、梦本作"又"，戚本作"直"。

例 85，甲戌本：

---

① 庚辰本"纱屉"下侧添"子来"。
② 庚辰本"就"系旁改，原作"又"。

宝玉心中纳闷，自己猜疑，看起这个光景来，不像昨日的事。

"不像"，杨本作"不像为"，蒙本、戚本作"不像是"，其他脂本作"不像是为"。

例86，甲戌本：

但只昨日我回来的晚了，又没见他，再没有冲撞了他的去处。

"没"，其他脂本均作"又没"。

例87，甲戌本：

一面走，又犹①不得从后面追了来。

"走"，其他脂本均无。

"又"，其他脂本均无。

"从后面追了来"，彼本作"追了来"，杨本作"上了来"，其他脂本作"随后追了来"。

例88，甲戌本：

只见宝钗、探春正在那边看仙鹤，见黛玉来了，三个一仝站着说话儿。

"仙鹤"，彼本、杨本作"舞鹤"，其他脂本作"鹤舞"。

例89，甲戌本：

又见宝玉来了，探春便笑道："宝哥哥身上好，整整三天没见了。"

"整整"，其他脂本均作"我整整"。

"没见了"，其他脂本均作"没见你了"。

例90，甲戌本：

探春道："哥哥往这里来，我和你说话。"

"哥哥"，彼本、杨本作"二哥哥"，其他脂本作"宝哥哥"。

---

① "犹"乃"由"字之误。

"往这里"，杨本作"你这里"，其他脂本作"你往这里"。

例91，甲戌本：

宝玉听说，便跟了他来<u>到</u>一棵石榴树下。

"来到"，舒本作"离了宝钗两个，到了"，其他脂本作"离了钗、玉两个，到了"。

例92，甲戌本：

探春因说道："这几天老爷<u>可叫你没有</u>?"

"可叫你没有"，彼本作"可叫你来着没有"，杨本作"可叫你来没有"，其他脂本作"可有①叫你"。

例93，甲戌本：

探春又笑道："这几个月我又攒下有十来吊钱了，你还拿去，<u>明儿</u>逛去的时候，或是好字画、<u>书籍卷册</u>、<u>轻巧</u>顽意儿，<u>给</u>我带些来。"

"拿去"，其他脂本均作"拿了去"。

"明儿"，舒本作"明日出门"，其他脂本作"明儿出门"。

"书籍卷册"，其他脂本均无。

"轻巧"，舒本作"好新巧"，其他脂本作"好轻巧"。

"给"，其他脂本均作"替"。

例94，甲戌本：

宝玉道："我这么城里城外大廊小庙的逛，也没见个新奇精致东西，左不过是<u>金玉铜器</u>，没处摆的古董。再就是绸缎、吃食、衣服了。"

"金玉铜器"，其他脂本均作"那些金玉铜磁"。

例95，甲戌本：

探春道："谁要<u>那些</u>，像你上回买的那柳条儿编的小篮子，整竹子根<u>枢</u>②的香盒子，胶泥垛的风炉儿，这就好，<u>把</u>我喜欢的什么似的……"

---

① 庚辰本"有"旁改"曾"。

② "枢"乃"抠"字的形讹。

"那些"，其他脂本均作"这些"。

"像"，彼本作"作①么像"，其他脂本作"怎么像"。

"柳条儿"，其他脂本均作"柳枝儿"。

"枢"，杨本同②，庚辰本、舒本、彼本、蒙本作"抠"，戚本作"镂"，梦本作"乞"。

"把"，杨本无③，其他脂本作"了"。

例96，甲戌本：

> 我那里敢提"三妹妹"三个字，我就回说：是前儿我的生日，是舅母给的。

"的"，其他脂本均无。

例97，甲戌本：

> 因而我回来告诉袭人。袭人说："这还罢了……"

"因而"，其他脂本均无。

"告诉"，其他脂本均作"告诉了"。

例98，甲戌本：

> 赵姨娘气的报怨④的了不得：正紧⑤兄弟鞋搭拉袜搭拉的，没人看见，且作这些东西。

"看见"，梦本作"看得见"，其他脂本作"看的见"。

例99，甲戌本：

> 环儿难到⑥没有分例的，没有人的，衣裳是衣裳，鞋袜是鞋袜，丫头一屋子，怎么报怨这些话给谁听呢？

---

① "作"下旁添"什"。
② 此非甲戌本"独异"，乃是特例，附记于此。
③ 杨本此处有脱文。
④ "报怨"即"抱怨"。
⑤ "正紧"即"正经"。
⑥ "到"乃"道"字的音讹。

"丫头"，其他脂本均作"丫头老婆"。

例100，甲戌本：

　　我不过闲着<u>没有事</u>，做一双半双<u>的</u>，爱给那个哥哥兄弟，随我的心，谁敢管我不成。

"没有事"，庚辰本作"没事儿"，其他脂本作"没事"。

"的"，其他脂本均无。

例101，甲戌本：

　　探春听说，一发动了气，<u>把</u>头一扭，说道："连你也糊涂了，他那想头<u>自然</u>有的……"

"把"，其他脂本均作"将"（杨本无此句）。

"自然"，其他脂本均作"自然是"。

例102，甲戌本：

　　我只管认得老爷、太太两个人，别人我一概不管，就是姊妹兄弟跟前，谁和我好，我就<u>合</u>谁好。

"合"，其他脂本均作"和"（彼本无此句）。

例103，甲戌本：

　　什么偏的、庶的，我也不知道<u>理论他</u>。我不该说他，但他特昏愦的不像了。

"理论他"，其他脂本均作"论理"（连下读）。

例104，甲戌本：

　　谁知后来丫头们出去了，他就报怨起我来，说我<u>攒了钱</u>为什么给你使，倒不给环儿使了。

"攒了钱"，庚辰本作"钻的钱"，舒本、杨本作"趱的钱"，彼本作"趱的"，蒙本、戚本作"存的钱"，梦本作"趱的钱"。

　　例105，甲戌本：

> 我听见这话又好笑又好气，我就出来往太太屋里去了。

"屋里"，其他脂本均作"跟前"。

例106，甲戌本：

> 宝玉因不见林黛玉，便知他是躲了别处去了。

"是"，其他脂本均无。

例107，甲戌本：

> 宝玉道："我就来。"说毕，等他二人去远了，便把那花兜了起来，登山渡水，过柳穿花，一直奔了那日同林黛玉葬桃花的去处。犹未转过山坡，只听山坡那边有呜咽之声。

"过柳穿花"，其他脂本均作"过树穿花"。

在"葬桃花的去处"等字之后，"犹未转过山坡"一句之前，其他脂本作：

> 来，将及①到了花冢（庚辰本、蒙本、戚本、梦本）
>
> 来，将已到了花冢（舒本）
>
> 来，将及到了花墓（彼本）
>
> 来，将到花墓（杨本）

按：彼、杨二本作"花墓"，不作"花冢"，可知二本关系亲近；庚辰本原作"将已"，改为"将及"，这也表明了二本关系的亲近。

例108，甲戌本：

> 花开易见落难寻，阶前闷死葬花人。独倚花锄泪暗洒，洒上空枝见血痕。

"闷死"，其他脂本均作"闷煞"。

"独倚"，其他脂本均作"独把"。

例109，甲戌本：

---

① 庚辰本"及"系旁改，原作"已"。

　　　侬今葬花人笑痴，他年葬侬知<u>有</u>谁。

"有"，其他脂本均作"是"。

例110，各脂本此回结束语如下：

　　　要知<u>端底</u>，再看下回。（甲戌本）
　　　要知<u>端详</u>，且听下回分解。（庚辰本、蒙本、戚本）
　　　要知<u>端详</u>，下回分解。（舒本、梦本）
　　　要知<u>端的</u>，下册①分解。（彼本）
　　　要知<u>端的</u>，下回分解。（杨本）

　　按：从此回回末结束语看，如果以"端底"、"端详"、"端的"三者的分歧，可以明显地分为以下三种类型：

甲戌本
庚辰本 舒本 蒙本 戚本 梦本
彼本 杨本

第二节　甲戌本第二十八回独异文字考

甲戌本第28回独异文字有一百一十二例。
例1，甲戌本：

　　　不想宝玉在山坡上听见<u>是</u>黛玉之声，先不过是点头感叹，<u>听到</u>"侬今葬花人笑痴，他年葬侬知是谁"、"一朝春尽<u>花颜</u>老，花落人亡两不知"等句，不觉恸倒山坡之上，怀里兜的落花撒了一地。

"是黛玉之声"，其他脂本均无。
"是"，其他脂本均无。
"听到"，其他脂本均作"次后听到"。

<hr>

①　"册"系旁改，原作"回"。

"花颜"，其他脂本均作"红颜"。

按：甲戌本"花颜老"三字，上回作"红颜老"（其他脂本均同）。

例2，甲戌本：

　　那黛玉正自<u>悲伤</u>，忽听山坡上也有悲声……

"悲伤"，其他脂本均作"伤感"。

例3，甲戌本：

　　刚<u>说着</u>"短命"二字上，又把口掩住，长叹了一声。

"说着"，庚辰本、梦本作"说道"，其他脂本作"说到"。

例4，甲戌本：

　　林黛玉回头见是宝玉，待要不理他，听他说"只说一句话，<u>从今</u>撂开手"，这话里有文章，少不得站住……

"从今"，其他脂本作"从此"（梦本此处有脱文）。

例5，甲戌本：

　　谁知我是白操了这个心，弄的<u>我</u>有冤无处诉。

"我"，其他脂本均无。

例6，甲戌本：

　　宝玉<u>叱意</u>道："这话从那里说起……"

"叱意"，杨本无，舒本、彼本、梦本作"咤异"[1]，其他脂本作"诧异"。

例7，甲戌本：

　　黛玉啐道："大清早<u>死吓活的</u>，也不忌讳……"

"死吓活的"，其他脂本均作"死呀活的"。

例8，甲戌本：

---

[1]　彼本此二字系旁改，原作"叱意"。

　　林黛玉想了一想，笑道："<u>想必是</u>你丫头懒怠动，丧声歪气的，也是有的。"

"想必是"，其他脂本均作"是了，想必是"。
例9，甲戌本：

　　宝玉道："想必是这个原故，等我<u>问去</u>问了是谁，教训教训他们就好了。"

"问去"，其他脂本均作"回去"。
按：甲戌本"问去"的"问"，疑是"回"字的形讹。
例10，甲戌本：

　　今儿得罪了我的事小，<u>明儿</u>宝姑娘来，什么贝姑娘来，也得罪了，事情岂不大了？

"明儿"，其他脂本均作"倘或明儿"。
例11，甲戌本：

　　宝玉道："我知道那些丸药，不过<u>他</u>吃什么人参养荣丸。"

"他"，其他脂本均作"叫他"。
例12，甲戌本：

　　宝玉扎手笑道："从来<u>也没</u>听见有个什么金刚丸，若有了金刚丸，<u>也自然</u>有菩萨散了。"

"也没"，其他脂本均作"没"。
"也自然"，杨本作"就"，其他脂本作"自然"。
例13，甲戌本：

　　宝钗<u>笑道</u>："想是天王补心丹。"

"笑道"，杨本作"抿嘴道"，梦本作"抿着嘴笑道"，其他脂本作"抿嘴笑道"。
例14，甲戌本：

王夫人又道："既有<u>了</u>这个名儿，明日就叫人<u>买些来</u>。"

"了"，其他脂本均无。

"买<u>些</u>来"，其他脂本均作"买些来吃"。

例15，甲戌本：

宝玉道："这些药都是不中用的，太太给我三百六十两银子，我<u>给</u>妹妹配一料丸药，包管一料不完就好了。"

"给"，其他脂本均作"替"。

例16，甲戌本：

宝玉道："当真的呢。我这方子比<u>别个</u>不同，<u>这个</u>药名儿也古怪，一时也说不清，只讲那头胎紫河车、人形带叶蓰……"

"别个"，其他脂本均作"别的"。

"这个"，其他脂本均作"那个"。

例17，甲戌本：

那为君的药，说起来<u>吓</u>人一跳。

"吓"，其他脂本均作"唬"。

例18，甲戌本：

前儿<u>薛大哥</u>求了我<u>有</u>一二年，我才给了他<u>这个</u>方子。

"薛大哥"，其他脂本均作"薛大哥哥"。

"有"，其他脂本均无。

"这个"，其他脂本均作"这"。

例19，甲戌本：

<u>说着</u>，<u>一回身</u>，只见黛玉坐在宝钗身后，抿着嘴笑，用手指在脸上画着羞他。

"说着"，其他脂本均作"口里说着"。

"一回身"，其他脂本均作"忽一回身"。

例 20，甲戌本：

> 宝兄弟不是撒谎，倒是有的。

"倒是"，其他脂本均作"这倒是"。

例 21，甲戌本：

> 不然，我就买几颗珍珠了。只是定要头上带过的，所以来和你寻。

"就"，其他脂本均作"也"。
"和你"，彼本、杨本无，其他脂本作"和我"。

例 22，甲戌本：

> 他说，妹妹若没散的，花儿上也得。

"若"，梦本无，其他脂本作"就"。

例 23，甲戌本：

> 还要了一块三尺大红库纱……

"大红库纱"，其他脂本均作"上用大红纱"。

例 24，甲戌本：

> 凤姐说一句，宝玉念一句佛，说："太阳在屋里呢。"

"屋里"，其他脂本均作"屋子里"。

例 25，甲戌本：

> 如今那里为这个去偷坟掘墓，所以只要活人带过的也可以使得。

"偷坟"，庚辰本作"抱①坟"，其他脂本作"刨坟"。
"只要"，其他脂本均作"只是"。

例 26，甲戌本：

> 就是坟里有这个，人家死了几百年，如今翻尸盗骨的作了药也不灵。

---

① "抱"乃"刨"字之误。

"如今"，杨本作"这时候"，其他脂本作"这会子"。

例27，甲戌本：

> 黛玉便拉王夫人道："舅母听听，宝姐姐不替他圆谎，他直问着我。"

"直问"，庚辰本、蒙本、戚本作"支吾"①，舒本、彼本、杨本作"只问"，梦本作"质问"。②

例28，甲戌本：

> 只见贾母房里的丫头找宝玉、黛玉吃饭，林黛玉也不见宝玉走，便起身拉了那丫头就走。

"吃饭"，其他脂本均作"去吃饭"。

"不见宝玉走"，彼本作"不叫宝玉了"，其他脂本作"不叫宝玉"。

例29，甲戌本：

> 那丫头说："等着宝玉一块走。"

"一块"，其他脂本均作"一块儿"。

例30，甲戌本：

> 说着，便叫那丫头去罢，自己先跑到炕上坐了。

"炕上"，其他脂本均作"桌子上"。

例31，甲戌本：

> 王夫人向宝钗道："你们只管吃你们的去，由他罢。"

"去"，其他脂本均无。

"由他罢"，其他脂本均作"由他去罢"。

例32，甲戌本：

> 宝玉吃了茶便出来，直往西院走。

---

① 蒙本原作"支吾"，旁改"只问"。

② 请参阅拙著《红楼梦版本探微》（华东师范大学出版社，2003 年，上海）下卷"读红脞录"第三十七节"支吾——只问、质问、直问"，第 335 页至第 337 页。

"走"，其他脂本均作"来"。

例33，甲戌本：

> 拿耳挖子剔牙，看着小子们挪花盆呢。

"小子"，其他脂本均作"小厮"。

例34，甲戌本：

> 见宝玉来了，笑道："你来的正好，进来替我写几个字儿。"

"正"，其他脂本均无。

"进来"，其他脂本均作"进来，进来"。

例35，甲戌本：

> 宝玉只得跟了进来，到房里，命人取过笔砚来，向宝玉道……

"命人"，彼本作"凤姐命又"，其他脂本作"凤姐命人"。

例36，甲戌本：

> 凤姐收起来，笑道……

"收起来"，庚辰本作"一面收起"，其他脂本作"一面收起来"。

"笑道"，杨本作"一面道"，其他脂本作"一面笑道"。

例37，甲戌本：

> 你屋里有个丫头叫红玉，我合你说说，要叫了来使唤，也总①没得②说，今儿见你才想起来。

上述引文中的第三句"我……"至第六句"今儿……"，其他脂本作：

> 我要叫了来使唤，明儿我再替你挑几个，可使得？（庚辰本、梦本）
> 我要叫来使唤，明儿我再替你挑几个，可使的？（舒本）
> 我要叫了来使唤，你明儿短人，我再替你挑几个，可使的？（彼本）

---

① "总"系后添。
② "得"系后添。

我要叫了来使唤，你明日短人，我再替你挑几个，可使得？（杨本）

我要叫来使唤，明儿我再替你挑几个丫头，可使得？（蒙本）

我要叫来使唤，明儿我再替你挑几个，可使得？（戚本）

例38，甲戌本：

凤姐道："你回来，我还<u>有句</u>话说。"

"有句"，其他脂本均作"有一句"。

例39，甲戌本：

说着，便来至贾母这边，<u>已经都吃完了饭</u>。

"已经都吃完了饭"，彼本作"只见都已吃完了饭"，杨本作"只见多已吃完了饭"，其他脂本作"只见都已吃完饭了"。

例40，甲戌本：

贾母因问他："跟着你<u>母亲</u><u>吃</u>什么好的<u>了</u>？"

"母亲"，其他脂本均作"娘"。

"吃"，其他脂本均作"吃了"。

"了"，其他脂本均无。

例41，甲戌本：

宝玉笑道："也没什么好的。我倒多吃了一碗饭。"因问："林妹妹在那里<u>呢</u>？"

"呢"，其他脂本均无。

例42，甲戌本：

只见地下一个丫头吹熨斗，炕上<u>二个</u>丫头打粉线。

"二个"，其他脂本均作"两个"。

例43，甲戌本：

有一个丫头道："<u>这块</u>绸子角儿还不好呢，再熨他一熨。"

"这块"，其他脂本均作"那块"。

例44，甲戌本：

> 黛玉把剪子一搁，说道："理他呢。"

"把"，其他脂本均作"便把"。

例45，甲戌本：

> 只见宝钗、探春也来了，和贾母说了一会话。

"宝钗、探春"，其他脂本均作"宝钗、探春等"。

例46，甲戌本：

> 见黛玉裁剪，因笑道："越发能干了，连裁都会了。"

"裁"，蒙本无，其他脂本作"裁剪"。

例47，甲戌本：

> 宝钗笑道："我告诉个笑话儿，才刚为那个药我说了个不知道，宝玉心里不受用了。"

"个"，其他脂本均作"你个"。

"宝玉"，其他脂本均作"宝兄弟"。

例48，甲戌本：

> 宝玉又向宝钗道："老太太要抹骨牌，正没人，你抹骨牌去。"

"抹骨牌去"，庚辰本作"抹骨牌去罢"，舒本作"就去抹骨牌呢"，彼本、杨本作"去顽骨牌"，蒙本、戚本作"去①抹骨牌呢②"，梦本作"去抹骨牌去罢"。

例49，甲戌本：

> 黛玉见问丫头们，便说道："凭他谁叫裁，不管二爷的事。"

---

① 蒙本"去"点去。
② 蒙本"呢"旁改"去罢"。

"裁"其他脂本均作"我裁"。

"不管",戚本作"也不干",梦本作"也不关",其他脂本作"也不管"。

例50,甲戌本:

> 宝玉听了,方欲说话……

"听了",其他脂本均无。

例51,甲戌本:

> 只见有人进来说:"外头有人请你呢。"

"说",其他脂本均作"回说"。

"你呢",其他脂本均无。

例52,甲戌本:

> 宝玉听说,忙彻①身出来。

"听说",其他脂本均作"听了"。

例53,甲戌本:

> 宝玉出来到外头,只见焙茗说道……

"到",庚辰本、舒本、蒙本、梦本无,彼本、戚本作"至"。

例54,甲戌本:

> 焙茗一直到了二门前等人,只见出来个老婆子。

"出来个老婆子",庚辰本作"一个老婆子出来了",其他脂本作"出来了一个老婆子"。

例55,甲戌本:

> 一径来到冯紫英门口。

"来到",其他脂本均作"到了"。

例56,甲戌本:

---

① "彻"乃"撒"字之误。

两个冤家都难丢下，想着你来又记罜着他。

"记罜"，其他脂本均作"记挂"。

例57，甲戌本：

想昨霄幽期私订在荼蘼架。

"霄"，其他脂本均作"宵"。

例58，甲戌本：

宝玉笑道："听我说来，如此滥饮易醉而无味。我先吃一大海，发一新令，有不遵者连罚十大海，逐出席外，与人斟酒。"

"吃"，庚辰本作"饮"，舒本、彼本、杨本、梦本作"喝"，蒙本、戚本作"嗑"。

例59，甲戌本：

说完了，饮门杯，酒面要唱一个新鲜时样的曲子。

"的"，其他脂本均无。

例60，甲戌本：

薛蟠未等说完，先站起来拦住道："我不来，别算我，这竟是捉弄我呢。"

"拦住"，其他脂本均作"拦"。

例61，甲戌本：

说是了，罢，不是了，不过罚上几杯酒，那里就醉死了。

"几杯酒"，其他脂本均作"几杯"。

例62，甲戌本：

你如今一乱令，倒喝十大杯下去、给人斟酒不成。

"十大杯"，其他脂本均作"十大海"。
"给人"，其他脂本均无。

例 63，甲戌本：

> 薛蟠听说，无法<u>可治</u>，只得坐下，<u>听宝玉先说，宝玉便道</u>……

"可治"，其他脂本均无。

"听宝玉先说，宝玉便道"，杨本作"宝玉说道"，其他脂本作"听宝玉说道"。

例 64，甲戌本：

> 众人<u>问道</u>："如何该罚？"

"问道"，其他脂本均作"问"。

例 65，甲戌本：

> 薛蟠道："他说的我<u>都</u>不懂，怎么不该罚？"

"都"，庚辰本、彼本、蒙本、梦本作"痛①"，舒本、戚本作"通"，杨本作"全"。

例 66，甲戌本：

> 云儿便拧他一把，笑道："你悄悄的想你的罢，回来说不出<u>才是该罚呢</u>。"

"才是该罚呢"，其他脂本均作"又该罚了"。

例 67，甲戌本：

> 滴不尽相思<u>泪</u>抛红豆，开不完春柳春花满画楼。

"泪"，其他脂本均作"血泪"。

例 68，甲戌本：

> 呀，恰便是遮不住的青山隐隐，<u>流不住</u>的绿水悠悠。

"流不住"，其他脂本均作"流不断"。

例 69，甲戌本：

---

① 庚辰本、彼本原作"痛"，旁改"通"。

令下，该冯紫英，<u>听冯紫英</u>说道……

"听冯紫英"，其他脂本均无。
例70，甲戌本：

薛蟠叹道："我的儿，有你薛大爷<u>呢</u>，你怕什么？"

"呢"，其他脂本均作"在"。
例71，甲戌本：

薛蟠连忙自己打了一个嘴巴子，说道："没耳性，再不许<u>多</u>说了。"

"多"，其他脂本均无。
例72，甲戌本：

女儿乐，住了<u>萧管</u>弄弦索。

"萧管"，彼本、杨本作"笙管"，其他脂本作"箫管"。
例73，甲戌本：

唱毕，饮了门杯，说道："桃之夭夭。"令完<u>了</u>，下该薛蟠。

"了"，其他脂本均无。
例74，甲戌本：

薛蟠登时急的眼睛铃铛一般，<u>瞪了半日</u>，<u>才</u>说道："女儿悲。"<u>又</u>咳嗽了两声……

"瞪了半日"，其他脂本均无。
"才"，戚本无，彼本、蒙本、梦本作"便"（舒本、杨本无此句）。
"又"，舒本作"便"，其他脂本无。
例75，甲戌本：

众人笑的弯腰，说道："你说的<u>狠</u>是。"

"狠"，其他脂本均无。
例76，甲戌本：

  薛蟠瞪了瞪眼，<u>说道</u>："女儿愁。"说了这句，又不言语了。

"说道"，其他脂本均作"又说道"。

例77，甲戌本：

  薛蟠道："胡说，当真<u>的</u>我就没好的了，听我说罢……"

"的"，其他脂本均无。

例78，甲戌本：

  众人听了，都<u>扭着脸</u>说道："该死，该死，快唱了罢。"

"扭着脸"，其他脂本均无。

例79，甲戌本：

  薛蟠道："爱听不听，<u>这个</u>新鲜曲儿，叫做哼哼韵……"

"这个"，其他脂本均作"这是"。

例80，甲戌本：

  可喜你天生成百媚娇，恰便似活神仙离<u>云霄</u>。

"云霄"，杨本作"九霄"，其他脂本作"碧霄"。

例81，甲戌本：

  度青春年正小，配鸾凤真也<u>着巧</u>。

"着巧"，舒本作"俏"，梦本作"巧"，其他脂本作"著"。

例82，甲戌本：

  说毕，<u>便饮干了酒</u>，拿起一朵木樨来。

"便饮干了酒"，杨本无，其他脂本作"便干了酒"。

例83，甲戌本：

  <u>说着</u>，指着宝玉。宝玉<u>没有意思</u>，起来<u>说道</u>："薛大哥，你该罚多少？"

"说着"，其他脂本均作"说毕"。

"没有意思"，其他脂本均作"没好意思"。

"说道"，其他脂本均作"说"。

例84，甲戌本：

　　说着，端起酒来，一饮而尽。

"端起"，其他脂本均作"拿起"。

例85，甲戌本：

　　少刻，宝玉席外解手，蒋玉菡便随了出来，二人站在廊檐底下。

"席外"，其他脂本均作"出席"。

"底下"，其他脂本均作"下"。

例86，甲戌本：

　　宝玉见他妩媚温柔，心中十分留恋，便紧紧的搭着他的手，叫他："闲了，往我们这里来。"

"这里来"，其他脂本均作"那里去"。

例87，甲戌本：

　　宝玉听说，不觉欣然跳足笑道："有幸，有幸……"

"跳足"，彼本作"失足"，其他脂本作"跌足"。

例88，甲戌本：

　　说着，将系小衣儿一条大红汗巾子解下来，递与宝玉……

"说着"，其他脂本均作"说毕"。

例89，甲戌本：

　　这汗巾是茜香国女国王进贡来的，夏天系着，肌肤生香，不生汗渍。

"进贡来的"，彼本、杨本作"之物"，其他脂本作"所贡之物"。

例90，甲戌本：

二爷请把自己系的<u>给我</u>系着。

"给我"，其他脂本均作"解下来给我"。

例91，甲戌本：

只见薛蟠跳了出来，拉着二人道："放着酒不吃，<u>俩人</u>逃席出来干什么……"

"俩人"，其他脂本均作"两个人"。

例92，甲戌本：

二人都道："<u>没</u>什么。"

"没"，其他脂本均作"没有"。

例93，甲戌本：

再要<u>说上</u>几句，又恐怕呕上他的酒来，少不得<u>睡了</u>。

"说上"，其他脂本均作"说"。

"睡了"，其他脂本作"也睡了"。

例94，甲戌本：

宝玉<u>并不</u>理论，因问起昨日可有什么事情。

"并不"，其他脂本均作"并未"。

例95，甲戌本：

袭人便回说<u>道</u>："二奶奶打发<u>了</u>人叫了<u>红儿</u>去了。他原要等你<u>来</u>，我想……"

"道"，其他脂本均无。

"了"，其他脂本均无。

"红儿"，其他脂本均作"红玉"。

"来"，彼本、杨本作"来着"，其他脂本作"来的"。

例96，甲戌本：

袭人又道："昨儿贵妃差<u>了</u>夏太监出来，送了一百二十两银子……"

"差了"，其他脂本均作"打发"。

例97，甲戌本：

> 唱戏献供，叫珍大爷领着众位爷们等跪香拜佛呢。

"等"，其他脂本均无。

例98，甲戌本：

> 袭人道："老太太的多着一柄香如意、一个玛瑙枕，老爷、太太、姨太太的只多着一柄如意……"

"一柄"，其他脂本均作"一个"。

"老爷、太太、姨太太"，梦本作"太太"，其他脂本作"太太、老爷、姨太太"。

"一柄"，其他脂本均作"一个"。

例99，甲戌本：

> 你的同宝姑娘的一样，林姑娘同二姑娘、三姑娘、四姑娘只单有扇同数珠儿。

"扇"，其他脂本均作"扇子"。

例100，甲戌本：

> 你的是在老太太屋里来着，我去拿了来了。

"来着"，其他脂本均作"的"。

例101，甲戌本：

> 说着，便叫紫绢来："拿了这个到林姑娘那里去……"

"紫绢"，庚辰本、蒙本、戚本作"紫绡"①，舒本、彼本、杨本、梦本作"紫鹃"。

例102，甲戌本：

---

① 庚辰本原作"绡"，旁改"鹃"，又将"鹃"点去。

紫绢答应了，便拿了去，不一时回来道说："林姑娘说了，昨儿也得了，二爷留着罢。"

"紫绢"，庚辰本、蒙本、戚本作"紫绡"，舒本、彼本、杨本、梦本作"紫鹃"。

"道"，其他脂本均无。

例103，甲戌本：

宝玉听说，便命人收了，刚洗了脸出来，要往贾母那边请安去。

"那边"，其他脂本均作"那里"。

例104，甲戌本：

宝玉听他题出"金玉"二字来，不觉心动疑猜，便说道……

"题出"，其他脂本均作"提出"。

例105，甲戌本：

宝玉道："我心里的事也难对你们说，日后自然明白。除了老太太、老爷、太太这三个人，第四个就是妹妹了。要有第五个人，我就说个誓。"

"你们"，其他脂本均作"你"。
"就"，其他脂本均作"也"。

例106，甲戌本：

昨日见了元春所赐的东西，独他与宝玉一样，心里越发没意思起来。幸亏宝玉被一个黛玉缠绵住了，心心念念只记挂着黛玉，并不理论这事。

"见了"，其他脂本均作"见"。
"黛玉"，其他脂本均作"林黛玉"。

例107，甲戌本：

此刻忽见宝玉笑问道："宝姐姐，我瞧瞧你的那红麝串子可巧？"

"笑问道"，庚辰本、彼本、杨本作"便笑道"，舒本作"笑向道"，蒙本、戚本、梦本作"笑道"。

例 108，甲戌本：

> 宝钗左腕上笼着串，见宝玉问他，少不得褪了下来。

"串"，其他脂本均作"一串"。

例 109，甲戌本：

> 宝玉在傍边看着雪白一段酥背，不觉动了美慕之心。

"酥背"，梦本作"臂膊"，其他脂本作"酥臂"。

例 110，甲戌本：

> 黛玉笑道："何曾不是在屋里呢……"

"呢"，彼本作"来着"，杨本作"来"，其他脂本作"的"。

例 111，甲戌本：

> 口里说着，将手里的帕子一甩，向宝玉脸上甩来，不妨①正打在眼上，嗳哟了一声。

"不"，其他脂本均作"宝玉不"。

例 112，甲戌本：

> 再看下回分明。

此回末结束语，彼本、杨本作"要知端的，下回②分解"，其他脂本作"要知端的，且听下回分解"。

---

① "妨"乃"防"字之误。
② 彼本"回"旁改"册"。

第十一章　甲戌本独同文字考（上）

标题上所说的"独同"，是指甲戌本的某个字词独同于另外一个脂本而异于其他脂本。

本章考述的是甲戌本第一单元（第 1 回至第 4 回）、第二单元（第 5 回至第 8 回）和其他脂本的相应的文字。

第一节　怎样用"独同文字统计法"
进行统计与分析？

拙著《红楼梦眉本研究》①的第十九章至第二十八章中使用了"异文统计法"。

所谓"异文统计法"，指的是统计某个脂本与其他脂本之间的歧异文字的一种方法。

现在，本书改而采用"独同文字统计法"，来对甲戌本和其他脂本的文字进行"独同文字"的比较和统计。

何谓"独同文字"？

"独同文字"这四字，用在这里，是指甲戌本和其他某一个脂本"独同"的文字，即独同于某一个脂本而异于其他脂本的文字。

它在运用时，采取了以下步骤。

（一）比较全面地选择甲戌本与其他脂本的文字进行比较，一一列举"独

---

① 《红楼梦眉本研究》（社会科学文献出版社，2013 年，北京），第 283 页至第 418 页。

同"的文字例句。

（二）从为数众多的例句中，统计出甲戌本和其他脂本"独同"文字例数的多少，并排列出顺序来。

（三）依据"独同"例句数目多寡的顺序，判断哪些脂本和甲戌本的关系最亲近或比较亲近，哪些脂本和甲戌本的关系最疏远或比较疏远。

本书先按章回，再按单元（相邻的四回）进行统计和比较，尽可能地得出一个有说服力的结论。

第二节　第一回统计与分析

本节考述的是甲戌本第 1 回独同于其他脂本的文字。

【第 1 回】

第 1 回有八例。

【舒本】

舒本有二例。

例 1，甲戌本：

> 自前岁来此，又淹蹇住了，暂寄庙中安身，每日卖字作文为生。

"暂寄庙中安身"一句，各脂本异文如下：

> 暂寄庙中安身（甲戌本、舒本）
> 暂居庙中安身（己卯本、杨本）
> 暂寄庙中安身（庚辰本、彼本、眉本、梦本）
> 暂在庙中安身（蒙本、戚本）

例 2，甲戌本：

> 我家并无这样贫穷亲友，想定系此人无疑了。

"想定系此人无疑了"一句，各脂本异文如下：

> 想定系此人无疑了（甲戌本、舒本）
> 想来定是此人无疑了（己卯本、杨本）

想定是此人无疑了（庚辰本、彼本、蒙本、戚本、眉本）

想一定就是此人了（梦本）

【杨本】

甲戌本独同于杨本有一例。

甲戌本：

再者，世①井俗人喜看理治之书者甚少，爱看适趣闲文者特多。<u>历代野史</u>，或讪谤君相，或贬人妻女，奸淫凶恶，不可胜数。

"历代野史"一句，各脂本异文如下：

历代野史（甲戌本、杨本）

历来野史（庚辰本、舒本、彼本、蒙本、戚本、眉本、梦本）

【蒙本】

蒙本有一例。

甲戌本：

好防佳节<u>元霄</u>②后，便是烟消火灭时。

"好防佳节元霄后"一句，各脂本异文如下：

好防佳节元霄后（甲戌本、蒙本）

好防佳节元宵后（己卯本、庚辰本、舒本、彼本、杨本、戚本、梦本）

好防佳景元宵后（眉本）

【戚本】

戚本有一例。

甲戌本：

雨村遂起身往窗外一看，原来是一个丫嬛在那里撷花，生得仪容不俗，眉目<u>清朗</u>，虽无十分姿色，却亦有动人之处。

---

① "世"乃"市"字的音讹。

② "霄"乃"宵"字之误。

"眉目清朗"，一句，各脂本异文如下：

眉目清朗（甲戌本、戚本）
眉目清明①（己卯本、庚辰本、舒本、彼本、杨本、蒙本、眉本）
眉目清秀（梦本）

【眉本】
眉本有二例。
例1，甲戌本：

当下雨村见了士隐，施礼陪笑道："老先生倚门伫望，敢街市上有甚新闻否？"

"施礼陪笑道"一句，各脂本异文如下：

施礼陪笑道（甲戌本）
忙施礼陪笑道（己卯本、庚辰本、舒本、彼本、杨本、蒙本、戚本、梦本）
施礼赔②笑道（眉本）

此乃甲戌本独同于眉本之例。
例2，甲戌本：

士隐知投人不着，心中未免悔恨，再兼上年惊唬急忿，悲痛已伤，暮年之人，贫病交攻，竟渐渐露出那下世的光景来。

"竟渐渐露出那下世的光景来"一句，各脂本异文如下：

竟渐渐露出那下世的光景来（甲戌本、眉本）
竟渐渐的露出那下世的光景来（己卯本、庚辰本、舒本、彼本、杨本、梦本）
渐渐的露出那下世光景来（蒙本、戚本）

---

① 庚辰本原文作"明"，旁改"楚"。
② "赔"乃"陪"之误写。"赔笑"即"陪笑"。

【梦本】

梦本有一例。

甲戌本:

这日那甄家大丫嬛在门前买线,忽<u>听得</u>街上喝道之声,众人都说:"新太爷到任。"

"忽听得街上喝道之声"一句,各脂本异文如下:

忽听得街上喝道之声(甲戌本、梦本)
忽听街上喝道之声(己卯本、庚辰本、舒本、彼本、蒙本、戚本)
忽听街上喝导之声(杨本)
忽听街上喝道之声(眉本)

【第1回小结】

舒本	2例
眉本	2例
杨本	1例
蒙本	1例
戚本	1例
梦本	1例
彼本	0例
己卯本	0例
庚辰本	0例

从第1回可以得出的初步结论是:

第一,和甲戌本关系比较亲近的脂本是舒本、眉本。

第二,和甲戌本关系最疏远的脂本是己卯本、庚辰本。

第三节　第二回统计与分析

本节考述的是甲戌本第2回独同于其他脂本的文字。

【第 2 回】

第 2 回有五例。

【庚辰本】

庚辰本有一例。

甲戌本：

不料代善临终时遗本一上，皇上因恤先臣，即时令长子袭官外，问还有几子，立刻引见，遂额外赐了这政老爹一个主事之衔，令其入部习学。

"遂额外赐了这政老爹一个主事之衔"一句，各脂本异文如下：

遂额外赐了这政老爹一个主事之衔（甲戌本、庚辰本）

遂特恩赐了这政老爷一个主事之职（己卯本、杨本）

遂额外赐了这政老爷一个主事职衔（舒本）

遂额外赐了①这政老爷一个主事之衔（彼本、蒙本、戚本、眉本）

随又额外赐了这政老爷一个主事之衔（梦本）

【彼本】

彼本有一例。

甲戌本：

每疼痛之极，便连叫姊妹起来了。

"便连叫姊妹起来了"一句，各脂本异文如下：

便连叫姊妹起来了（甲戌本、彼本）

便连叫姐妹起来（己卯本、杨本、眉本）

便连叫姐妹起来了（庚辰本、舒本、蒙本、戚本）

便连呼姐妹起来（梦本）

此乃甲戌本独同于彼本之例。

---

① 彼本"了"系旁改，原作"子"。

【杨本】

杨本有二例。

例1，甲戌本：

> 故借用"冷"字一人，略出其<u>大</u>半，使阅者心中已有一荣府隐隐
> 在心。

"略出其大半，使阅者心中已有一荣府隐隐在心"两句，各脂本异文
如下：

> 略出其大半，使阅者心中已有一荣府隐隐在心（甲戌本、杨本）
> 略出其文半，使阅者心中已有一荣府隐隐在心（己卯本、庚辰本）

"大"，杨本同，其他脂本均作"文"。

按：此属甲戌本、杨本同误之例。"大"乃"文"字的形讹；"半"字连
下读。

例2，甲戌本：

> 冷子兴笑道："亏你是<u>个</u>进士出身，原来不通……"

"是个"，杨本同，其他脂本均作"是"。

【梦本】

梦本有一例。

甲戌本：

> 那天约有二更<u>时分</u>，只见封肃方回来，欢天喜地，众人忙问端的。

"时分"，梦本同，其他脂本均作"时"。

【第2回小结】

杨本	2例
庚辰本	1例
彼本	1例
梦本	1例

己卯本	0 例
舒本	0 例
蒙本	0 例
戚本	0 例
眉本	0 例

从第 2 回可以得出的初步结论是：

第一，和甲戌本关系最亲近的脂本是杨本。

第二，和甲戌本关系比较亲近的脂本是庚辰本、彼本、梦本。

第三，和甲戌本关系最疏远的脂本是己卯本、舒本、蒙本、戚本、眉本。

第四节　第三回统计与分析

本节考述的是甲戌本第 3 回独同于其他脂本的文字。

【第 3 回】

第 3 回有十六例。

【舒本】

舒本有四例。

例 1，甲戌本：

> 又行半日，忽见街北蹲着两个大石狮子，三间兽头大门。

"见"，舒本同，其他脂本作"见了"①。

例 2，甲戌本：

> 于是三四人争着打起帘栊。

"帘栊"舒本同，庚辰本作"帘笼"，其他脂本作"帘子"。

例 3，甲戌本：

---

① 　庚辰本"了"字系旁添。

进入堂屋中，抬头迎面先<u>看</u>一个赤金九龙青地大匾。

"看"，舒本同，其他脂本均作"看见"。

例4，甲戌本：

今儿才来了，就惹出你家哥儿的狂病来，倘或<u>摔坏</u>那玉，岂不是因我之过？

"摔坏"，舒本同，其他脂本均作"摔坏了①"。

【彼本】

彼本有二例。

例1，甲戌本：

黛玉也哭个不住。一时众人<u>漫漫</u>②<u>的</u>解劝住了。

"的"，彼本同，其他脂本均无。

例2，甲戌本：

头上周围一转的短发都<u>结成了</u>小辫。

"结成了"，彼本同，眉本作"结了"，其他脂本作"结成"。

【杨本】

杨本有三例。

例1，甲戌本：

靠东壁面西设着<u>半旧</u>青缎靠背引枕。

"半旧"，杨本同，蒙本、戚本无，其他脂本作"半旧的"。

例2，甲戌本：

贾母想了一想说："罢了，每人一个<u>奶娘</u>并一个丫头照管，余者在外间上夜听唤。"

"奶娘"，己卯本、杨本作"奶妈"，眉本作"奶母"，其他脂本作"奶娘"。

---

① 庚辰本"了"系旁添。
② "漫漫"乃"慢慢"之误。

例 3，甲戌本：

　　眼似桃瓣，晴若秋波。

"晴"，杨本同，庚辰本作"目"，其他脂本作"睛"。
按："晴"系"睛"字之误。此乃甲戌本、杨本同误之例。
【蒙本】
蒙本有二例。
例 1，甲戌本：

　　探春笑道："只恐又是你的肚撰。"

"肚撰"，蒙本同，其他脂本均作"杜撰"。
例 2，甲戌本：

　　宝玉笑道："除四书外，肚撰的太多，偏只我是肚撰不成？"

"肚撰"，蒙本同，其他脂本均作"杜撰"。
按，例 1、例 2 两处连用三个"肚撰"，可知事非偶然，
【戚本】
戚本有一例。
甲戌本：

　　果见正房、厢庑、游廊悉皆小巧别致，不似方才那边轩峻壮丽，且
院中随处之树木山石皆有。

"皆有"，戚本同，己卯本、杨本、梦本作"皆在"，庚辰本作"皆多"①，
舒本作"皆幽"，彼本作"再"，蒙本作"皆好"②，眉本作"皆在行"。
【梦本】
梦本有四例。
例 1，甲戌本：

　　另换了三四个衣帽周全的十七八岁的小厮，上来复抬起轿子。

---

① "多"系旁改，原作"在"。
② "好"系旁改，原作"在"。

"的"，梦本同，其他脂本均无。

例2，甲戌本：

> 况我来了，自然和<u>姊妹</u>同处，兄弟们自是别院另室的，岂得去沾惹之理。

"和"，梦本同，杨本作"合"，其他脂本作"只和"。

例3，甲戌本：

> 当下<u>王嬷嬷</u>与鹦哥陪侍黛玉在碧纱橱内。

"王嬷嬷"，梦本同，己卯本、舒本、蒙本、戚本作"王妈妈"，庚辰本、彼本、眉本作"王嫫嫫"，杨本作"王姆姆"。

例4，甲戌本：

> 宝玉之乳母<u>李嬷嬷</u>并大丫嬛名唤袭人者陪侍在外大床上。

"李嬷嬷"，梦本同，杨本无，己卯本、庚辰本、彼本、眉本作"李嫫嫫"，蒙本、戚本作"李妈妈"。

【第3回小结】

舒本	4 例
梦本	4 例
杨本	3 例
彼本	2 例
蒙本	2 例
戚本	1 例
己卯本	0 例
庚辰本	0 例
眉本	0 例

从第3回可以得出的初步结论是：

第一，和甲戌本关系最亲近的脂本是舒本、梦本。

第二，和甲戌本关系比较亲近的脂本是杨本。

第三，和甲戌本关系最疏远的脂本是己卯本、庚辰本、眉本。

第五节　第四回统计与分析

本节考述的是甲戌本第 4 回独同于其他脂本的文字。

【第 4 回】

第 4 回有五例。

【舒本】

舒本有三例。

例 1，甲戌本：

> 那原告道："彼殴死者乃小人之主人……"

"彼"，舒本同，其他脂本均作"被"。

例 2，甲戌本：

> 雨村便徇情枉法，胡乱判断了此案，冯家得了许多烧埋银子，也就无甚说话了。

"说话"，舒本同，其他脂本均作"话说"。

例 3，甲戌本：

> 只是薛蟠起初之心原不欲在贾宅中居住者，生恐姨父管约拘禁，料必不自在的。

"贾宅中"，舒本同，杨本作"贾府"，梦本作"贾府中"，其他脂本作"贾宅"。

【彼本】

彼本有一例。

甲戌本：

> 自父亲死后，见哥哥不能体贴母怀，他便不已书字为事，只省心针黹家计等事，好为母亲分忧解劳。

"体贴母怀"，彼本同，己卯本、庚辰本、杨本、蒙本、戚本作"依贴母怀"，舒本作"依顺母怀"，眉本作"安慰母心"，梦本作"慰母心"。

【梦本】

梦本有一例。

甲戌本：

> 未发签时，只见案边立着一个门子使眼色儿，不令他发签之意。

"立着"，梦本同，其他脂本均作"立的"。

【第 4 回小结】

舒本	3 例
彼本	1 例
梦本	1 例
己卯本	0 例
庚辰本	0 例
杨本	0 例
蒙本	0 例
戚本	0 例
眉本	0 例

从第 4 回可以得出的初步结论是：

第一，和甲戌本关系最亲近的脂本是舒本。

第二，和甲戌本关系最疏远的脂本是己卯本、庚辰本、杨本、蒙本、戚本、眉本。

第六节　结语之一

甲戌本的第 1 回至第 4 回构成了第一单元。

在这一单元，从甲戌本独同于某一脂本文字的角度，观察甲戌本和其他脂本的亲疏关系，所得出的结果，如下表所示：

舒本	$2+0+4+3=9$ 例
梦本	$1+1+4+1=7$ 例
杨本	$1+2+3+0=6$ 例
彼本	$0+1+2+1=4$ 例
蒙本	$1+0+2+0=3$ 例
戚本	$1+0+1+0=2$ 例
眉本	$2+0+0+0=2$ 例
庚辰本	$0+1+0+0=1$ 例
己卯本	$0+0+0+0=0$ 例

从第一单元（第 1 回至第 4 回）综合地看，可以得出的初步结论是：

第一，和甲戌本关系最亲近的脂本是舒本、梦本。

第二，和甲戌本关系比较亲近的脂本是杨本、彼本。

第三，和甲戌本关系比较疏远的脂本是蒙本、戚本、眉本。

第四，和甲戌本关系最疏远的脂本是庚辰本、己卯本。

第七节　第五回统计与分析

本节考述的是甲戌本第 5 回独同于其他脂本的文字。

【第 5 回】

第 5 回有七例。

【舒本】

舒本有一例。

甲戌本：

当下秦氏引了一簇人来至上房内间，宝玉抬头先看一副画贴在上面。

"先看"，舒本同，己卯本、杨本作"先见"，庚辰本、梦本作"先见"，蒙本、戚本、眉本作"先看见"。

【杨本】

杨本有一例。

甲戌本：

> 宝玉听如此说，便<u>唬得</u>欲退不能退，果觉自形污秽不堪。

"唬得"，杨本同，舒本、梦本作"唬的"，其他脂本作"吓得"。

【眉本】

眉本有四例。

例1，甲戌本：

> <u>不过</u>水墨溽染的满纸乌云浊雾而矣。

"不过"，眉本同，其他脂本均作"不过是"。

例2，甲戌本：

> 其中惟嫡孙宝玉一人禀性乖张，生情<u>诡谲</u>。

"诡谲"，眉本同，其他脂本均作"怪谲"。

例3，甲戌本：

> 方歌了一句，警幻便说道："此曲不比尘世中所填传奇之曲必有生旦净末之<u>别</u>。"

"别"，眉本同，其他脂本均作"则"。

例4，甲戌本：

> ［第六支］乐中悲。

"第六支"，眉本同，杨本作"第六"，其他脂本无。

【梦本】

梦本有一例。

甲戌本：

> 只见这首页上画着一副画，又非人物，<u>亦非</u>山水。

"亦非"，梦本同，己卯、舒本、杨本、戚本、眉本作"亦无"，庚辰本作"也无"，蒙本作"又无"。

【第 5 回小结】

眉本	4 例
舒本	1 例
杨本	1 例
梦本	1 例
己卯本	0 例
庚辰本	0 例
蒙本	0 例
戚本	0 例

从第 5 回可以得出的初步结论是：

第一，和甲戌本关系最亲近的脂本是眉本。

第二，和甲戌本关系最疏远的脂本是己卯本、庚辰本、蒙本、戚本。

第八节　第六回统计与分析

本节考述的是甲戌本第 6 回独同于其他脂本的文字。

【第 6 回】

第六回有十七例。

【己卯本】

己卯本有一例。

甲戌本：

> 只见小丫头子们一齐乱跑，说："奶奶下来了。"

"一齐"，己卯本同，其他脂本均作"齐"。

【舒本】

舒本有八例。

例 1，甲戌本：

> 且弹弹衣服，又教了板儿几句话，然后偍到角门前。

"徇",舒本同,己卯本作"缜",庚辰本、杨本作"走",蒙本、戚本、眉本、梦本作"蹭"。

例2,甲戌本:

今见刘姥姥如此而来,心中难却其意,二则也要现弄自己体面。

"自己",舒本同,其他脂本均作"自己的"。

例3,甲戌本:

但只一件,嫽嫽有所不知,我们这里又比不得五年前了。

"比不得",舒本同,蒙本、戚本作"不是",眉本作"比不的",其他脂本作"不比"。

例4,甲戌本:

听见那边说了一声摆饭,渐渐人才都散出。

"听见",舒本同,其他脂本均作"听得"。

例5,甲戌本:

靠东边板壁立着一个锁子锦靠背与一个引枕,铺着金心绿闪缎大坐褥,旁边有银唾沫盒。

"绿闪缎",舒本同①,梦本作"线闪缎",其他脂本作"闪缎"。

"银唾沫盒",舒本同,己卯本作"雕漆痰盆",庚辰本作"雕漆痰盒",杨本、蒙本、戚本、梦本作"银唾盒",眉本作"银嗽盂"。

例6,甲戌本:

只听一路靴子脚响,进了一个十七八岁的少年。

"进了",舒本同,其他脂本均作"进来了"。

例7,甲戌本:

可巧昨儿太太给我的丫头们作衣裳的二十两银子我还没动呢,你们

---

① 舒本"绿"系旁改,原作"线"(線)。

不嫌少，就暂且拿了去罢。

"拿了去"，舒本同，其他脂本均作"先拿了去"。
例 8，甲戌本：

一面说，一面就站起来了。

"站起来了"，舒本同，眉本作"站了起身子来"，梦本作"站了起来
了"，其他脂本作"站了起来"。
【杨本】
杨本有一例。
甲戌本：

平儿站在炕沿边，捧着一个小小的填漆茶盘。

"一个小小的"，杨本同，眉本作"一个小小"，其他脂本作"小小的
一个"。
【眉本】
眉本有三例。
例 1，甲戌本：

刘姥姥道："我也知道他的，只是许多时不走，知道他如今是怎么
样……"

"怎么样"，眉本同，其他脂本均作"怎样"。
例 2，甲戌本：

姥姥，你放心，大远的诚心诚意的来了，岂有个不教你见个真佛
去的？

"诚心诚意的"，眉本同，其他脂本均作"诚心诚意"。
例 3，甲戌本：

周瑞家的方道："我的娘，你见了他怎么倒不会说话了……"

"说话"，眉本同，其他脂本均作"说"。

【梦本】

梦本有四例。

例1，甲戌本：

> 俗语说，朝廷还有三门子穷<u>亲</u>呢。

"亲"，梦本同，其他脂本均作"亲戚"。

例2，甲戌本：

> <u>凤姐儿</u>道："你去瞧瞧，要是有人有事就罢……"

"凤姐儿"，梦本同，其他脂本均作"凤姐"。

例3，甲戌本：

> 贾蓉听说，嘻嘻的笑着在炕沿下半跪道："婶子若不借，又说我不会说话了，又<u>挨了</u>一顿好打呢，婶子只当可怜侄儿罢。"

"挨了"，梦本同，其他脂本均作"挨"。

例4，甲戌本：

> 刘姥姥便要留下一块<u>银</u>与周瑞家的儿女买果子吃。

"银"，梦本同，其他脂本均作"银子"。

【第6回小结】

舒本	8 例
梦本	4 例
眉本	3 例
己卯本	1 例
杨本	1 例
庚辰本	0 例
蒙本	0 例
戚本	0 例

从第6回可以得出的初步结论是：

第一，和甲戌本关系最亲近的脂本是舒本。

第二，和甲戌本关系比较亲近的脂本是梦本、眉本。

第三，和甲戌本关系最疏远的脂本是庚辰本、蒙本、戚本，

第九节　第七回统计与分析

本节考述的是甲戌本第 7 回独同于其他脂本的文字。

【第 7 回】

第 7 回有十四例。

【彼本】

彼本有一例。

甲戌本：

> 天下竟有这等人物，如今看来，我竟成了泥猪癞狗了。

"这等"，彼本同，眉本作"这样的"，其他脂本作"这等的"。

【杨本】

杨本有二例。

例 1，甲戌本：

> 周瑞家的和金钏听了，倒反为他叹息伤感一回。

"金钏"，杨本同，其他脂本作"金钏儿"。

例 2，甲戌本：

> 周瑞家的道："是了，小人家没经过什么事情，就急的你这样子。"

"子"，杨本同，梦本作"的"，其他脂本作"了"。

【蒙本】

蒙本有一例。

甲戌本：

> 宝钗听说，便笑道："再不要提吃药，为这病请大夫、吃药，也不知白花了多少银子钱呢。凭你什么名医仙药，总不见一点儿效。"

"总"，蒙本同，戚本无，其他脂本作"从"。

【眉本】

眉本有三例。

例1，甲戌本：

> 小小的年纪，倒坐下个病根，也不是顽的。

"坐下"，眉本同，蒙本、戚本作"做下"，其他脂本作"作下"。

例2，甲戌本：

> 宝叔果然度小侄或可磨墨涤砚，何不速速作成……

"速速"，眉本同，杨本作"远远的"，其他脂本作"速速的"。

例3，甲戌本：

> 凤姐和贾蓉等也遥遥的闻得，便都装作听不见。

"听不见"，眉本同，庚辰本作"没听见"，其他脂本作"不听见"。

【梦本】

梦本有七例。

例1，甲戌本：

> 只见王夫人的丫环名金钏儿者和一个才留了头的小女孩儿站立台矶上顽……

"台矶"，梦本同，己卯本、杨本作"台阶坡儿"，庚辰本、眉本作"台阶坡"，舒本、彼本作"台坡"，蒙本、戚本作"台矶石"。

例2，甲戌本：

> 香菱听问，摇头说："不记得了。"

"摇头说"，梦本同，舒本作"都摇头道"，其他脂本作"都摇头说"。

例3，甲戌本：

> 只见惜春正同水月庵的小姑子智能儿两个一处顽笑。

"顽笑"，梦本同，其他脂本作"顽耍"。

例 4，甲戌本：

周瑞家的因问智能儿："你是什么时候来的？你师傅那<u>秃歪剌</u>往那里去了？"

"秃歪剌"，梦本同，庚辰本作"秃歪到①"，舒本、彼本、眉本作"秃驴"，杨本、蒙本、戚本作"秃歪拉"。

例 5，甲戌本：

秦氏笑道："今日巧。上回宝叔立刻要见见我兄弟，他今儿也在这里，想在书房里。宝叔何不去瞧一瞧。"

上述引文，甲戌本和其他脂本的文字引述于下，以资比较：

秦氏笑道："<u>今日</u>巧。上回宝叔立刻要见见我兄弟，他今儿也在这里，想在书房里。宝叔何不去瞧一瞧。"（甲戌本）

秦氏笑道："今儿巧。上回宝叔立刻要见的我那兄弟，他今儿也在这里，想在书房里呢。宝叔何不去瞧一瞧。"（己卯本、庚辰本）

秦氏笑道："今儿巧。上回宝叔叔立刻要见见我那兄弟，他今儿也在这里，想在书房里呢。宝叔叔何不去瞧瞧。"（舒本）

秦氏笑道："今儿可巧。上回宝叔叔立刻要见见我那兄弟，他今儿也在这里，想在书房里呢。宝叔叔何不去瞧瞧。"（彼本）

秦氏笑道："今儿巧。上会宝叔该要见的我那兄弟，他今儿也不在这里做什么，想在书房里呢。宝叔叔何不去瞧瞧。"（杨本）

秦氏道："宝叔叔要见我兄弟，今儿可巧来了，瞧一瞧。"（蒙本）

秦氏道："宝叔叔要见我兄弟，今儿巧来了，瞧一瞧。"（戚本）

秦氏道："今儿巧。上回宝叔立刻要见见我那兄弟，他今儿也在这里，想在书房里呢。宝叔何不去瞧瞧。"（眉本）

秦氏笑道："<u>今日</u>巧。上回宝叔要见我兄弟，今儿也在这里，想在书房里。宝叔何不去瞧一瞧。"（梦本）

"今日"，梦本同，蒙本、戚本无，其他脂本作"今儿"。

---

① 庚辰本"到"乃"剌"字的形讹（连下读）。

例6，甲戌本：

秦钟因说："业师于去岁病故，家父又年纪老迈，贱疾在身，公务繁冗，因此尚未议及再延师一事，目下不过在家温习旧课而已……"

"贱疾"，梦本同，彼本作"残病"，其他脂本作"残疾"。

例7，甲戌本：

如此说来，尊翁如今也为此事悬心，今日回去何不禀明，就在我们这敝塾中来……

"在"，梦本同，其他脂本作"往"。

【第7回小结】

梦本	7 例
眉本	3 例
杨本	2 例
彼本	1 例
蒙本	1 例
戚本	0 例
己卯本	0 例
庚辰本	0 例
舒本	0 例

从第7回可以得出的初步结论是：

第一，和甲戌本关系最亲近的脂本是梦本。

第二，和甲戌本关系最疏远的脂本是己卯本、庚辰本、舒本。

第十节 第八回统计与分析

本节考述的是甲戌本第8回独同于其他脂本的文字。

【第 8 回】

第 8 回有十二例。

【己卯本】

己卯本有二例。

例 1，甲戌本：

> 贾母又与了一个荷包并一个金魁星，又①文星和合之意。

"又"，己卯本同，舒本②、彼本作"命"，其他脂本作"取"。

例 2，甲戌本：

> 秦钟一一答应，回去禀知他父母。

"父母"，己卯本同，其他脂本作"父亲"，

此系甲戌本、己卯本同误之例。

按：本回下文明说秦业"现任营缮郎，年近七十，夫人早亡"。

【舒本】

舒本有一例。

例 1，甲戌本：

> 秦钟一一答应，回去禀知他父母。

"一一"，舒本同，眉本无，其他脂本作"一一的"。

【杨本】

杨本有三例。

例 1，甲戌本：

> 黛玉笑道："姨妈不知道，幸亏是姨妈这里，倘或在别人家，人家岂不恼，好说就看的人家连个手炉也没有，巴巴的从家里送个来，不说丫头们太小心过馀，还只当我素日是这等轻狂惯了呢。"

"过馀"，杨本同，梦本无，己卯本、庚辰本、蒙本、戚本、梦本作"过於"③，舒本作"过头"④，彼本作"过了"。

---

① "又"乃"取"字的形讹。

② 舒本原作"命"，旁改"取"。

③ 庚辰本原作"过於"，"於"被圈去。

④ "头"系旁改，原作"于"。

例2，甲戌本：

李嬷嬷听了，又是急又是笑，说道："真真这林姑娘说出一句话来，比刀子还尖。这算了什么<u>呢</u>?"

"呢"，杨本同，其他脂本无。

例3，甲戌本：

宝玉跟跄<u>回头</u>道："他比老太太还受用呢，问他作什么？没有他，只怕我还多活两日。"

"回头"，杨本同，其他脂本作"回顾"。

【眉本】

眉本有三例。

例1，甲戌本：

即命莺儿斟茶来，一面又问老太太、<u>姨妈</u>安，别的姊妹们都好。

"姨妈"，眉本同，其他脂本作"姨娘"。

例2，甲戌本：

宝玉亦凑了上去，从顶①上摘了下来，<u>递与</u>宝钗手内。

"递与"，眉本同，其他脂本作"递在"。

例3，甲戌本：

接着，茜雪捧上茶来，宝玉<u>让</u>林妹妹吃茶。众人笑说："林妹妹早走了，还让呢。"

"让"，眉本同，梦本作"还让"，其他脂本作"因让"。

【梦本】

梦本有三例。

例1，甲戌本：

---

① "顶"乃"项"字的形讹。

老<u>嬷</u>叫住，因问："你二位爷是从老爷跟前来的不是？"

"老嬷"，梦本同，己卯本、庚辰本、彼本、蒙本、眉本作"老嬷嬷"，舒本、杨本作"老妈妈"，戚本作"老媢媢"。

例2，甲戌本：

宝玉笑央："好姐姐，你怎么<u>瞧</u>我的呢？"宝钗被他缠不过，因说道："是个人给了两句吉利话儿，所以鏨上了，叫天天带着，不然，沉甸甸的有什么趣儿。"

"他"，梦本同，其他脂本无。

例3，甲戌本：

晴雯笑道："这个人可醉了，你<u>头</u>过那府里去，嘱咐我贴在这门斗上的，这会子又这么问。我生怕别人贴坏了，我亲自爬高上梯的贴上。这会子还冻的手僵冷的呢。"

"头"，梦本同，其他脂本作"头里"。

【第8回小结】

眉本	3 例
杨本	3 例
梦本	3 例
己卯本	2 例
舒本	1 例
庚辰本	0 例
彼本	0 例
蒙本	0 例
戚本	0 例

从第8回可以得出的初步结论是：

第一，和甲戌本关系最亲近的脂本是眉本、杨本、梦本。

第二，和甲戌本关系比较亲近的脂本是己卯本、舒本。

第三，和甲戌本关系最疏远的脂本是庚辰本、彼本、蒙本、戚本。

第十一节　结语之二

甲戌本的第 5 回至第 8 回构成了第二单元。

在这一单元，从甲戌本独同于某一脂本文字的角度，观察甲戌本和其他脂本的亲疏关系，所得出的结果，如下表所示。

梦本	1 + 4 + 7 + 3 = 15 例
眉本	4 + 3 + 3 + 3 = 13 例
舒本	1 + 8 + 0 + 1 = 10 例
杨本	1 + 1 + 2 + 3 = 7 例
己卯本	0 + 1 + 0 + 2 = 3 例
彼本	1 + 0 = 1 例
蒙本	0 + 0 + 1 + 0 = 1 例
戚本	0 + 0 + 0 + 0 = 0 例
庚辰本	0 + 0 + 0 + 0 = 0 例

从第二单元（第 5 回至第 8 回）综合地看，可以得出的初步结论是：

第一，和甲戌本关系最亲近的脂本是梦本、眉本、舒本。

第二，和甲戌本关系比较亲近的脂本是杨本。

第三，和甲戌本关系比较疏远的脂本是己卯本。

第四，和甲戌本关系最疏远的脂本是彼本、蒙本、戚本、庚辰本。

第十二章　甲戌本独同文字考（下）

本章考述的是甲戌本第三单元（第 13 回至第 16 回）、第四单元（第 25 回至第 28 回）和其他脂本的相应的独同文字。

第一节　第十三回统计与分析

【第 13 回】

第 13 回有八例。

【舒本】

舒本有三例。

例 1，甲戌本：

> 即如今日诸事都妥，只有两件事未妥。若把此事如此一行，则<u>日后</u>可保永全。

"日后"，舒本同，其他脂本作"后日"。

例 2，甲戌本：

> 闻人<u>报说</u>："大爷进来了。"

"报说"，舒本同，其他脂本作"报"。

例 3，甲戌本：

> 凤姐道："有什么不能的，外面的大事<u>大哥哥已经料理清了</u>……"

"大哥哥已经料理清了",舒本同,其他脂本作"已经大哥哥料理清了"。

【彼本】

彼本有两例。

例1,甲戌本:

> 那贾敬闻得长孙媳妇死了,因自为早晚就要飞升,如何肯又回家染了红尘,将前功尽弃呢。

"媳妇",彼本同,其他脂本作"媳"①。

例2,甲戌本:

> 二则过于悲痛了,因拄了拐踱了进来。

"拄了",彼本同,杨本作"柱了",其他脂本作"拄个"。

【梦本】

梦本有三例。

例1,甲戌本:

> 凤姐还欲问时,只听得二门上传事云牌连叩四下,正是丧音。

"正是丧音",梦本同,己卯本、庚辰本、蒙本、戚本无,舒本作"正是报丧事",彼本作"正是报丧",杨本作"正是丧事"。

例2,甲戌本:

> 一并停灵于会芳园之登仙阁。

"会芳园",梦本同,己卯本、庚辰本、彼本、杨本、蒙本、戚本作"会芳园中",舒本作"荟芳园中"。

例3,甲戌本:

> 只是贾珍虽然心意满足……

"心意满足",梦本同,其他脂本作"此时心意满足"。

---

① 庚辰本"妇"字系旁添。

【第 13 回小结】

梦本	3 例
舒本	3 例
彼本	2 例
己卯本	0 例
庚辰本	0 例
杨本	0 例
蒙本	0 例
戚本	0 例

从第 13 回可以得出的初步结论是：

第一，和甲戌本关系最亲近的脂本是梦本、舒本。

第二，和甲戌本关系比较亲近的脂本是彼本。

第三，和甲戌本关系最疏远的脂本是己卯本、庚辰本、杨本、蒙本、戚本。

第二节　第十四回统计与分析

【第 14 回】

第 14 回有十三例。

【舒本】

舒本有一例。

甲戌本：

> 凤姐听了，数目相合，便命彩明登记，取<u>荣府</u>对牌掷下。

"荣府"，舒本同，其他脂本作"荣国府"。

【彼本】

彼本有三例。

例 1，甲戌本：

即时，传来升媳妇，兼要家口花名册来查看，又限于明日一早传齐家人媳妇进来听差<u>等话</u>。

"等话"，彼本同，梦本无，其他脂本作"等语"。

例2，甲戌本：

昭儿<u>打千</u>请安。

"打千"，彼本同，其他脂本作"打千儿"。

例3，甲戌本：

次日早便进城<u>料理</u>出殡之事。

"料理"，彼本同，其他脂本作"来料理"。

【杨本】

杨本有四例。

例1，甲戌本：

只<u>听得</u>一棒锣鸣，诸乐齐奏。

"听得"，杨本同，其他脂本作"听"。

例2，甲戌本：

那人道："小的天天<u>来</u>的早……"

"来的早"，杨本同，其他脂本作"都来的早"。

例3，甲戌本：

凤姐命彩明要了帖儿念过听了，<u>共</u>四件……

"共"，杨本同，其他脂本作"一共"。

例4，甲戌本：

凤姐笑道："我算着你<u>今日</u>该来支取……"

"今日"，杨本同，其他脂本作"今儿"。

【蒙本】

蒙本有一例。

甲戌本：

> 宝玉道："<u>爬不得</u>这如今就念才好，他们只是不快收拾出书房来……"

"爬不得"，蒙本同，其他脂本作"巴不得"。

【梦本】

梦本有四例。

例 1，甲戌本：

> 我算着<u>你</u>今日该来支取，总不见来，想是忘了。

"你"，梦本同，其他脂本作"你们"。

例 2，甲戌本：

> 又有迎春<u>染疾</u>，每日请医服药……

"染疾"，梦本同，其他脂本作"染病"。

例 3，甲戌本：

> 诰封一等宁国公冢孙妇、防护内庭紫禁道、御前侍值龙禁尉、享强寿贾门秦氏恭人之<u>灵柩</u>。

"灵柩"，梦本同，其他脂本作"灵位"。

例 4，甲戌本：

> 近闻<u>宁国府</u>冢孙妇告殂，因想当日彼此祖父相遇之情……

"宁国府"，梦本同，其他脂本作"宁国公"。

【第 14 回小结】

杨本	4 例
梦本	4 例

彼本	3 例
舒本	1 例
蒙本	1 例
己卯本	0 例
庚辰本	0 例
戚本	0 例

从第 14 回可以得出的初步结论是：

第一，和甲戌本关系最亲近的脂本是杨本、梦本。

第二，和甲戌本关系比较亲近的脂本是彼本。

第三，和甲戌本关系最疏远的脂本是己卯本、庚辰本、戚本。

第三节　第十五回统计与分析

【第 15 回】

第 15 回有五例。

【己卯本】

己卯本有一例。

甲戌本：

> 不知何向所使，其名为何。

"何向"，己卯本同，梦本无，其他脂本作"何项"①。

【舒本】

舒本有一例。

甲戌本：

> 走不多时，仍又跟上了大殡。

---

① 庚辰本"何向"，"向"旁改"项"。

"了"，舒本同，其他脂本无。

【彼本】

彼本有一例。

甲戌本：

> 次日一早，便有贾母、王夫人打发人来看宝玉。

"打发"，彼本同，其他脂本作"打发了"。

【梦本】

梦本有二例。

例1，甲戌本：

> 水溶细细看了。

"细细"梦本同，其他脂本作"细细的"。

例2，甲戌本：

> 凤姐因记挂着宝玉，怕他在郊外纵性逞强，不服家人的话。

"凤姐"，梦本同，其他脂本作"凤姐儿"。

【第15回小结】

梦本	2 例
己卯本	1 例
舒本	1 例
彼本	1 例
庚辰本	0 例
蒙本	0 例
戚本	0 例

从第15回可以得出的初步结论是：

第一，和甲戌本关系最亲近的脂本是梦本。

第二，和甲戌本关系比较疏远的脂本是己卯本、舒本、彼本。

第三，和甲戌本关系最疏远的脂本是庚辰本、蒙本、戚本。

第四节　第十六回统计与分析

【第 16 回】

第 16 回有九例。

【杨本】

杨本有二例。

例 1，甲戌本：

　　凤姐又道："妈妈狠咬不动那个，倒没的矼了他的牙。"因向平儿道："早起我说那一碗火腿炖肘子很烂，正好给妈妈吃，"

"炖"，杨本同，己卯本、庚辰本、蒙本作"顿"，舒本、彼本作"煨"，戚本、梦本作"燉"。

例 2，甲戌本：

　　忽有门吏进来，至席前报说："有六宫都太监夏老爷降旨。"吓得贾赦、贾政等一干人不知是何消息。

"降旨"，杨本同，梦本作"特来降旨"，其他脂本作"来降旨"。

【梦本】

梦本有七例。

例 1，甲戌本：

　　至今珍大哥还报怨后悔呢。

"珍大哥"，梦本同，其他脂本作"珍大哥哥"。

例 2，甲戌本：

　　谁知就是上京来买的那小丫头，名叫香菱的，竟与薛大傻子作了房里人，开了脸，越发出挑的缥致了。

"缥"，梦本同，其他脂本作"标"。

例 3，甲戌本：

贾琏此时没好意思，只是赸笑吃酒。

次句，各脂本异文如下：

> 只是赸笑吃酒（甲戌本、梦本）
> 只是趣笑吃酒（己卯本、庚辰本、戚本）
> 只是讪笑吃酒（舒本、彼本、杨本）
> 只是含笑吃酒（蒙本）

例4，甲戌本：

> 贾琏才嗽了口。

"嗽"，梦本同，其他脂本作"漱"。

例5，甲戌本：

> 从此我们奶奶做了主，我就没的愁了。

"做"，梦本同，其他脂本作"作"。

例6，甲戌本：

> 明日一早，我给大爷请安去，再议细话。

末句，各脂本异文如下：

> 再议细话（甲戌本、己卯本、梦本）
> 再议细话再①（庚辰本）
> 再议细说（舒本、彼本）
> 再细说罢（杨本、蒙本）
> 再议细话罢（戚本）

例7，甲戌本：

> 正闹着，那秦钟的魂魄忽听见"宝玉来了"四字，又央求道……

---

① "再"乃是衍文。

"的"，梦本同，其他脂本无。

【第 16 回小结】

梦本	7 例
杨本	2 例
己卯本	0 例
舒本	0 例
彼本	0 例
庚辰本	0 例
蒙本	0 例
戚本	0 例

从第 16 回可以得出的初步结论是：

第一，和甲戌本关系最亲近的脂本是梦本。

第二，和甲戌本关系比较疏远的脂本杨本。

第三，和甲戌本关系最疏远的脂本己卯本、舒本、彼本、庚辰本、蒙本、戚本。

第五节　结语之一

甲戌本的第 13 回至第 16 回构成了第三单元。

在这一单元，从甲戌本独同于某一脂本文字的角度，观察甲戌本和其他脂本的亲疏关系，所得出的结果，如下表所示：

梦本	3 + 4 + 2 + 7 = 16 例
彼本	2 + 3 + 1 + 0 = 6 例
杨本	0 + 4 + 2 = 6 例
舒本	3 + 1 + 1 + 0 = 5 例
蒙本	0 + 1 + 0 + 0 = 1 例
己卯本	0 + 0 + 1 + 0 = 1 例

戚本	0＋0＋0＋0＝0例
庚辰本	0＋0＋0＋0＝0例

从第三单元（第13回至第16回）综合地看，可以得出的初步结论是：

第一，和甲戌本关系最亲近的脂本是梦本。

第二，和甲戌本关系比较亲近的脂本是彼本、杨本、舒本。

第三，和甲戌本关系比较疏远的脂本是蒙本、己卯本。

第四，和甲戌本关系最疏远的脂本是戚本、庚辰本。

第六节　第二十五回统计与分析

【第 25 回】

第 25 回有二十八例。

【舒本】

舒本有六例。

例 1，甲戌本：

> 见贾芸要拉他，却回身一跑，被门槛子绊了一跤。

"门槛子"，舒本同，其他脂本作"门槛"。

例 2，甲戌本：

> 仔细一看，可不是昨儿的那个丫头在那里出神。

"昨儿的"，舒本同，彼本、杨本作"昨日的"，梦本作"昨日"，其他脂本作"昨儿"。

例 3，甲戌本：

> 只见宝玉左边脸上烫了一溜燎泡，幸而眼睛没动。

"没动"，舒本同，梦本无，其他脂本作"竟没动"。

例 4，甲戌本：

凤姐笑道:"便说自己烫的,也要骂人为什么不小心看着叫你烫了,横竖有一场气生,到明儿凭你怎么说去罢。"

"便说",舒本同,梦本作"便说你",其他脂本作"便说是"。
例5,甲戌本:

赵姨娘唬的忙摇手儿,走到门前,掀帘子向外看看无人,方进来向马道婆悄悄的说道:"了不得,了不得……"

"的",舒本同,其他脂本无。
例6,甲戌本:

一时又有人来回说:"两口棺材都作齐备了,请老爷出去看。"

"棺材",舒本同,梦本作"棺木",其他脂本作"棺椁"。
【彼本】
彼本有六例。
例1,甲戌本:

赵姨娘问道:"可是前儿我送了五百钱去,在药王跟前上供,你可收了没有?"

"前儿",彼本同,其他脂本作"前日"。
例2,甲戌本:

马道婆听如此说,便笑道……

"听如此说",彼本同,杨本作"听说",梦本作"听如此",其他脂本作"听说如此"。
例3,甲戌本:

没有说完,宝玉便道:"论理可倒罢了。只是我说不大甚好,可也不知别人尝着怎么样?"

"便道",彼本同,杨本作"道",其他脂本作"便说道"。
例4,甲戌本:

众人亦发慌了。

此句，各脂本异文如下：

众人亦发慌了（甲戌本、彼本）
众人慌了（庚辰本）
众人越发慌了（舒本、杨本）
众人益发唬慌了（蒙本）
众人益发慌了（戚本）
众人一发慌了（梦本）

例5，甲戌本：

贾政赶着还说，让他二人坐了吃茶，要送谢礼。

"他"，彼本同，其他脂本无。

例6，甲戌本：

今儿才好些，又要管林姑娘的姻缘了，你说忙的可笑不可笑。

"今儿"，彼本同，庚辰本作"今"，其他脂本作"今日"。

【杨本】

杨本有十例。

例1，甲戌本：

红玉答应了，便往潇湘馆去。

次句，各脂本异文如下：

便往潇湘馆去（甲戌本、杨本）
便走出来，往潇湘馆去（己卯本、庚辰本、彼本、蒙本、戚本）
便走出，往潇湘馆去（舒本）
便向潇湘馆去（梦本）

例2，甲戌本：

马道婆道："也不值什么，除香烛供养之外，一天多使几斤香油，添在大海灯里。这海灯就是菩萨的现身法，昼夜是不敢息的。"

"除香烛供养之外"，杨本同，其他脂本作"不过除香烛供养之外"。

例3，甲戌本：

> 贾母道："一天一夜也得多少油？明白告诉我，我好做这件<u>功德</u>。"

"功德"，杨本同，梦本作"事"，其他脂本作"功德的"。

例4，甲戌本：

> 马道婆<u>听说</u>，便笑道："这也不拘……"

"听说"，杨本同，梦本无，其他脂本作"听如此说"。

例5，甲戌本：

> 马道婆道："可是我正没有鞋面子。赵奶奶，你有零碎缎子，不拘什么颜色，<u>弄一双</u>给我。"

"弄一双"，杨本同，梦本作"做双"，其他脂本作"弄一双鞋面"。

例6，甲戌本：

> 马道婆见说，果真<u>挑了</u>两块袖起来。

"挑了"，杨本同，其他脂本作"便挑了"。

例7，甲戌本：

> 赵姨娘听了，鼻子里笑了一声道："罢，罢，再别说起，如今就是个样儿。我们娘儿们跟的上<u>那一个</u>？……"

"那一个"，杨本同，其他脂本作"这屋里那一个"。

例8，甲戌本：

> 赵姨娘<u>听</u>这话有道理，心里暗暗的欢喜，便问道……

"听"，杨本同，其他脂本作"闻听"。

例9，甲戌本：

　　赵姨娘道："这如何<u>撤得谎</u>。"

"撤得谎"，杨本同，其他脂本作"还撤得谎"。

例10，甲戌本：

　　赵姨娘在旁劝道："老太太也不必过余悲痛了，哥儿已是不中用了，不如把哥儿的<u>衣裳</u>穿好，让他早些回去罢，也免些苦……"

"衣裳"，杨本同，其他脂本作"衣服"。

【蒙本】

蒙本有四例。

例1，甲戌本：

　　我们娘儿们跟的上<u>那一个</u>？

"那一个"，蒙本同，其他脂本作"那一个儿"。

例2，甲戌本：

　　赵姨娘唬的忙摇手儿，走到门前，掀帘子<u>向外</u>看看无人，方进来……

"向外"，蒙本同，其他脂本作"向窗外"。

例3，甲戌本：

　　宝玉道："我也不能出去，你们好歹别叫舅母进来。"又道："林妹妹，你先站一站，我<u>合你</u>说一句话。"

"合你"，蒙本同，彼本、杨本作"和你"，梦本作"与你"，其他脂本无。

例4，甲戌本：

　　接着，小史侯家、邢夫人<u>兄弟</u>辈，并各亲眷都来瞧看。

"兄弟"，蒙本同，其他脂本作"弟兄"。

【梦本】

梦本有二例。

例1，甲戌本：

贾芸正坐在<u>山子石上</u>。

"山子石上",梦本同,舒本作"那里",其他脂本作"那山子石上"。

例 2,甲戌本:

林黛玉信步便往<u>怡红院</u>来。

"怡红院",梦本同,其他脂本作"怡红院中"。

【第 25 回小结】

杨本	10 例
舒本	6 例
彼本	6 例
蒙本	4 例
梦本	2 例
庚辰本	0 例
己卯本	0 例
戚本	0 例

从第 25 回可以得出的初步结论是:

第一,和甲戌本关系最亲近的脂本是杨本。

第二,和甲戌本关系比较亲近的脂本是舒本、彼本。

第三,和甲戌本关系比较疏远的脂本是蒙本、梦本。

第三,和甲戌本关系最疏远的脂本是庚辰本、己卯本、戚本。

第七节　第二十六回统计与分析

【第 26 回】

第 26 回有七例。

【舒本】

舒本有二例。

例 1,甲戌本:

又告诉他，谁家的丫头缥致，**谁家**酒席丰盛……

“谁家”，舒本同，其他脂本作“谁家的”。

例 2，甲戌本：

宝玉打发了贾芸去后意思<u>懒</u>的歪在床上，似有朦胧之态。

“懒的”，舒本同，梦本作“懒怠”，其他脂本作“懒懒的”。

【彼本】

彼本有三例。

例 1，甲戌本：

只听里面隔着纱窗子<u>笑道</u>：“快进来罢，我怎么就忘了你两三个月。”

“笑道”，彼本同，杨本作“说道”，其他脂本作“笑说道”。

例 2，甲戌本：

不是<u>别个</u>，却是袭人。

“别个”，彼本同，其他脂本作“别人”。

例 3，甲戌本：

宝玉回至园中，袭人正<u>记挂</u>他去见贾政，不知是祸是福。

“记挂”，彼本同，其他脂本作“记挂着”。

【杨本】

杨本有二例。

例 1，甲戌本：

李嬷嬷站住，将手一拍道：“你说说，好好的又看上了那个种树的，什么<u>芸哥儿</u>雨哥儿的，这会子逼着我叫了他来……”

“芸哥儿”，杨本同，其他脂本作“云哥儿”。

例 2，甲戌本：

冯紫英听说，便立起身来说道：“<u>论礼</u>我该陪饮几杯才是，只是今儿有一件大大要紧事，回去还要见家父面回，实不敢领。”

"论礼"，杨本同，其他脂本作"论理"。

【第 26 回小结】

彼本	3 例
杨本	2 例
舒本	2 例
己卯本	0 例
梦本	0 例
庚辰本	0 例
蒙本	0 例
戚本	0 例

从第 26 回可以得出的初步结论是：

第一，和甲戌本关系最亲近的脂本是彼本。

第二，和甲戌本关系比较疏远的脂本是杨本、舒本。

第三，和甲戌本关系最疏远的脂本是己卯本、梦本、庚辰本、蒙本、戚本。

第八节　第二十七回统计与分析

【第 27 回】

第 27 回有十八例。

【舒本】

舒本有一例。

甲戌本：

> 或用绫锦纱罗叠成**杆旄旌幢**的。

"杆旄旌幢"，舒本同，其他脂本作"干旄旌幢"①。

【彼本】

彼本有一例。

———————

① 蒙本"干"系旁改，原作"千"。

甲戌本：

先时还解劝，怕他思父母，想家乡，受了<u>委屈</u>，用话来宽慰解劝。

"委屈"，彼本同，其他脂本作"委曲"。

【杨本】

杨本有十一例。

例 1，甲戌本：

一则①宝玉不便，二则②<u>黛玉嫌疑</u>，罢了，倒是回来的妙。

"黛玉嫌疑"，杨本同，其他脂本作"黛玉嫌疑，罢了"。

例 2，甲戌本：

况才说话的语音儿，<u>大似宝玉房里的红儿</u>，他素习眼空心大……

次句，各脂本异文如下：

大似宝玉房里的红儿（甲戌本）
大似宝玉房里的红儿的言语（庚辰本、蒙本、戚本）
大似宝玉房里红儿的语音（舒本）
大似宝玉房里的红儿言语（彼本）
像宝玉房里的红儿（杨本）
大似宝玉房里红儿的言语（梦本）

例 3，甲戌本：

只见<u>凤姐</u>站在山坡上招手叫红玉。

"凤姐"，杨本同，其他脂本作"凤姐儿"。

例 4，甲戌本：

（凤姐）因说道："我的丫头今儿<u>没跟进来</u>。我这会子想起一件事来，

---

① 庚辰本于"一则"后旁添"怕"字。
② 庚辰本于"二则"后旁添"恐"字。

使唤个人出去，可不知你能干不能干，说的齐全不齐全？"

"没跟进来"，杨本同，其他脂本作"没跟进我来"。

例5，甲戌本：

> 红玉<u>道</u>："奶奶有什么话，只管吩咐我说去，若说不齐全，误了奶奶的事，凭奶奶责罚罢了。"

"道"，杨本同，其他脂本作"笑道"。

例6，甲戌本：

> 红玉听了，<u>又往</u>四下里看，只见那边探春、宝钗在池边看鱼。

"又往"，杨本同，其他脂本作"抽身又往"。

例7，甲戌本：

> 晴雯冷笑道："怪道呢，原来爬上高枝儿去了，把我们不放在眼里，不知说了<u>一句</u>半句话。名儿姓儿知道了不曾呢，就把他兴的这样……"

"一句"，杨本同，其他脂本作"一句话"。

例8，甲戌本：

> 红玉听说，也不便分证，只得忍着气来找<u>凤姐 a</u>。到了李氏房中，果见<u>凤姐 b</u>在那里说话儿呢。

"凤姐 a"，杨本同，其他脂本作"凤姐"。
"凤姐 b"，杨本同，其他脂本作"凤姐"。

例9，甲戌本：

> 先时我们平儿也是这么着，我就问着他，<u>必定</u>装蚊子哼哼，难道就是美人了。

"必定"，杨本同，其他脂本无。

例10，甲戌本：

> 李宫裁<u>道</u>："你原来不认得他。他就是林之孝之女。"

"道"，杨本同，其他脂本作"笑道"。

例11，甲戌本：

> 宝玉<u>道</u>："没有叫。"

"道"，杨本同，其他脂本作"笑道"。

【蒙本】

蒙本有一例。

甲戌本：

> 环儿<u>难到</u>没有分例的……

"难到"，蒙本同，其他脂本作"难道"。

【梦本】

梦本有三例。

例1，甲戌本：

> 说了几遭，才好<u>些</u>了。

"好些"，梦本同，其他脂本作"好些儿"。

例2，甲戌本：

> <u>李纨</u>笑道："你可是又多心了，他进来在先，你说在后，怎么怨得他妈呢。"

"李纨"，梦本同，其他脂本作"李氏"。

例3，甲戌本：

> 探春听说，登时沉下脸来道："你说<u>这话</u>糊涂到什么田地，怎么我是该做鞋的人么……"

"这话"，梦本同，其他脂本作"你说这话"。

【第27回小结】

杨本	11 例

梦本	3 例
舒本	1 例
蒙本	1 例
彼本	1 例
庚辰本	0 例
己卯本	0 例
戚本	0 例

从第 27 回可以得出的初步结论是：

第一，和甲戌本关系最亲近的脂本是杨本。

第二，和甲戌本关系比较疏远的脂本是梦本、舒本、蒙本、彼本。

第三，和甲戌本关系最疏远的脂本是己卯本、庚辰本、戚本。

第九节　第二十八回统计与分析

【第 28 回】

第 28 回有二十一例。

【舒本】

舒本有一例。

甲戌本：

> 宝钗因往日母亲对王夫人等曾提过金锁是个和尚给的，等日后有玉的方可结为婚姻等语，所以总远着宝玉。

"宝钗"，舒本同①，其他脂本作"薛宝钗"。

【彼本】

彼本有五例。

例 1，甲戌本：

① 舒本"宝钗"是原文，旁添"薛"字。

宝玉叱意道：“这话从那里说起，我要是这么样，立刻就死了。”

首句，各脂本异文如下：

宝玉叱意道（甲戌本、彼本①）
宝玉诧异道（庚辰本、杨本、蒙本、戚本）
宝玉诧异道（舒本、梦本）

例2，甲戌本：

只见宝钗、探春等也来了，和贾母说了<u>一会</u>话。

“一会”，彼本同，其他脂本作“一回”。

例3，甲戌本：

黛玉笑道：“这也<u>不过</u>撒谎②哄人罢了。”

“不过”，彼本同，其他脂本作“不过是”。

例4，甲戌本：

至次日天明<u>起来</u>，只见宝玉笑道：“夜里失了盗也不晓得，你瞧瞧裤子上。”

“起来”，彼本同，其他脂本无。

例5，甲戌本：

大奶奶、二奶奶<u>他两个</u>，每人两匹纱、两匹罗，两个香袋儿，两个锭子药。

“他两个”③，彼本同，其他脂本作“他两个是”。

【杨本】

杨本有八例。

例1，甲戌本：

---

① 彼本原作“叱意”，旁改“咤异”。
② 彼本“谎”系旁改，原作“慌”。
③ 杨本此句作“两位奶奶每人两匹纱……”

如今谁承望姑娘人大心大，不把我放在<u>眼里</u>，倒把外四路的什么宝姐姐、凤姐姐的放在心坎儿上。

"眼里"，杨本同，其他脂本作"眼睛里"。

例2，甲戌本：

正说着，只见贾母房里的丫头找宝玉、<u>黛玉</u>去吃饭。

"黛玉"，杨本同，其他脂本作"林黛玉"。

例3，甲戌本：

只见凤姐蹬着门槛子，拿耳挖子剔牙，看着小子们挪花盆呢。

末句，各脂本异文如下：

看着小子们挪花盆呢（甲戌本）
看着十来个小厮们挪花盆呢（庚辰本、舒本、彼本、蒙本、戚本）
看着小厮们挪花盆（杨本）
看着十来个小厮挪花盆呢（梦本）

例4，甲戌本：

宝玉换了，命人备马，只带着焙茗、锄药、双瑞、双寿四个<u>小厮</u>，一径来到冯紫英门口。

"小厮"，杨本同，其他脂本作"小厮去了"。

例5，甲戌本：

袭人低头一看，只见昨日宝玉系的那条汗巾子系在自己<u>腰里</u>。

"腰里"，杨本同，其他脂本作"腰里呢"。

例6，甲戌本：

再看看宝钗形容，只见脸若银盆，眼似水杏，唇不点而红，眉不画而翠，比<u>黛玉</u>另具一种妩媚风流。

"黛玉"，杨本同，其他脂本作"林黛玉"。

例7，甲戌本：

只见黛玉蹬着门槛子，嘴里咬着手帕子笑呢。

"黛玉"，杨本同，其他脂本作"林黛玉"。

例8，甲戌本：

黛玉道："我才出来，他就忒儿一声飞了。"

"黛玉"，杨本同，其他脂本作"林黛玉"。

【蒙本】

蒙本有三例。

例1，甲戌本：

只见黛玉坐在宝钗身后抿着嘴笑，用手指在脸上画着羞他。

"手指"，蒙本同，其他脂本作"手指头"。

例2，甲戌本：

凤姐道："你回来，我还有句话说。"

"说"，蒙本同，其他脂本无。

例3，甲戌本：

宝玉出来到外头，只见焙茗说道："冯大爷家请。"

"外头"，蒙本同，其他脂本作"外面"。

【梦本】

梦本有四例。

例1，甲戌本：

这里宝玉悲恸了一回，见黛玉去了，便知黛玉看见他躲开了。

次句，各脂本异文如下：

见黛玉去了（甲戌本、梦本）

忽然抬头不见了黛玉（庚辰本）

　　忽抬头不见了黛玉（舒本、彼本、杨本、蒙本、戚本）

例 2，甲戌本：

　　凤姐说一句，<u>宝玉</u>念一句佛，说："太阳在屋里呢。"

"宝玉"，梦本同，其他脂本作"那宝玉"。
例 3，甲戌本：

　　薛蟠道："爱听不听，这个新鲜曲儿，<u>叫做</u>哼哼韵，你们要懒待听，连酒底都免了，我就不唱。"

"叫做"，梦本同，舒本作"就叫"，杨本作"叫"，其他脂本作"叫作"。
例 4，甲戌本：

　　宝玉听说，喜不自禁，连忙接了，将自己一条松花汗巾解了下来，递与<u>棋官</u>。

"棋官"，梦本同，其他脂本作"琪官"。

【第 28 回小结】

杨本	8 例
彼本	5 例
梦本	4 例
蒙本	3 例
舒本	1 例
庚辰本	0 例
己卯本	0 例
戚本	0 例

从第 28 回可以得出的初步结论是：
第一，和甲戌本关系最亲近的脂本是杨本。
第二，和甲戌本关系比较亲近的脂本是彼本、梦本。
第三，和甲戌本关系比较疏远的脂本是蒙本、舒本。
第四，和甲戌本关系最疏远的脂本是庚辰本、己卯本、戚本。

第十节　结语之二

甲戌本的第 25 回至第 28 回构成了第四单元。

在这一单元，从甲戌本独同于某一脂本文字的角度，观察甲戌本和其他脂本的亲疏关系，所得出的结果，如下表所示：

杨本	10 + 2 + 11 + 8 = 31 例
彼本	6 + 3 + 1 + 5 = 15 例
舒本	6 + 2 + 1 + 1 = 10 例
梦本	2 + 0 + 3 + 4 = 9 例
蒙本	4 + 0 + 1 + 3 = 8 例
戚本	0 + 0 + 0 + 0 = 0 例
庚辰本	0 + 0 + 0 + 0 = 0 例
己卯本	0 + 0 + 0 + 0 = 0 例

从第四单元（第 25 回至第 28 回）综合地看，可以得出的初步结论是：

第一，和甲戌本关系最亲近的脂本是杨本。

第二，和甲戌本关系比较亲近的脂本是彼本、舒本。

第三，和甲戌本关系比较疏远的脂本是梦本、蒙本。

第四，和甲戌本关系最疏远的脂本是戚本、康辰本、己卯本。

第十三章　甲戌本错字与改字
举隅（上）

现存甲戌本是一个传抄本。

凡是传抄本都避免不了一个问题：存在着一些错字或改字的问题，只是或多或少而已。

所谓"错字"，是指抄手所写的错字。所谓"改字"，也是指抄手或他人所作的旁改、涂改的文字。

在甲戌本中，存在错字与改字的情况如下表所示：

凡例	5 例
第 1 回	33 例
第 2 回	14 例
第 3 回	38 例
第 4 回	18 例

第 5 回	40 例
第 6 回	17 例
第 7 回	5 例
第 8 回	13 例

第 13 回	12 例
第 14 回	21 例
第 15 回	13 例
第 16 回	26 例

第 25 回	29 例
第 26 回	15 例
第 27 回	9 例
第 28 回	25 例

【凡例】

凡例有五例。

例 1，甲戌本：

　　是书题名极多，□□"红楼梦"是总其全部之名也，又曰"风月宝鉴"，是戒妄动风月之情，又曰"石头记"，是自譬石头所记之事也，此三名皆书中曾巳点晴矣。

"多"，疑是后人所补。

"□□"，原缺。

"红楼"二字系后人补写。

"巳"乃"已"字的形讹。

"晴"乃"睛"字的形讹。

例 2，甲戌本：

　　如宝玉作梦，梦中有曲名曰"红楼梦十二支"，此则《红楼梦》之点晴。

"晴"乃"睛"字的形讹。

例 3，甲戌本：

　　又如贾瑞病，跛道人持一镜来，上面即錾"风月宝鉴"四字，此则《风月宝鉴》之点晴。

"晴"乃"睛"字的形讹。

例4,甲戌本:

> 又如道人亲眼见石上大书一篇故事,则系石头所记之往来,此则"石头记"之点晴处。

"晴"乃"睛"字的形讹。

例5,甲戌本:

> 极至"红楼梦"一回中,亦曾翻出金陵十二钗之薄藉。又有十二支曲可考。

"极"乃"及"字之误。

"薄藉"乃"簿籍"的形讹。

【第1回】

第1回有三十三例。

例1,甲戌本:

> 谁知此石自经锻炼之后,灵性巳通,因见众石俱得补天,独自巳无材,不堪入选,遂自怨自叹,日夜悲号惭愧。

"巳"乃"已"字的形讹。

"巳"乃"己"字的形讹。

例2,甲戌本:

> 适问①二位谈那人世间荣耀繁华,心切慕之,弟子质虽粗蠢,性却稍通,况见二师仙形道体,定非凡品,必有补天济世之材,利物济人之德,如蒙发一点慈心,携带弟子得入红尘,在那富贵场中,温柔乡里,受享几年,自当永佩洪恩,万劫不忘也。

"问"乃"闻"字之误。

例3,甲戌本:

---

① "问"下侧有细红笔注"间"字。

形体倒也是个宝物了，还只没有实在的好处，须得<u>在</u>镌上数字，使人一见，便知是奇物方妙。

"在"乃"再"字的音讹。

例4，甲戌本：

然后好携你到那昌明隆盛之邦，诗礼簪□之族，花柳繁华地，温柔富贵乡，去安身乐业。

"□"，空缺之字应是"缨"。

例5，甲戌本：

空空道人乃从头一看，原来就是无<u>材</u>补天，幻形入世，蒙茫茫大士、渺渺真人携入红尘，历尽离合悲欢、炎凉世态的一段故事，后面又有一首偈云……

"材"系涂改，原作"村"。

例6，甲戌本：

再者，<u>世</u>井俗人喜看理治之书者甚少，爱看适趣闲文者特多。

"世"乃"市"字的音讹。

例7，甲戌本：

更有一种风月笔墨。其淫秽污臭，<u>涂</u>毒笔墨，坏人子弟，又不可胜数。

"涂"乃"荼"字的音讹。

例8，甲戌本：

至若佳人才子等书，则又千部共出一套，且其中终不能不涉于淫滥，以致满纸潘安、子建，西子、文君，不过作者要写出自<u>已</u>的那两首情诗艳赋来。

"已"乃"己"字的形讹。

例9，甲戌本：

今之人，贫者日为衣食所累，富者又怀不足之心，总一时稍闲，又有贪淫恋色、好贷寻愁之事，那里去有工夫看那理治之书。

"贷"乃"货"字的形讹。
例10，甲戌本：

所以我这一段事也不愿世人称奇道妙，也不定要世人喜悦检读，只愿他们当那醉余饱卧之时，或避世去愁之际，把此一玩，岂不省了此寿命筋力。

"此"乃"些"字的形讹。
例11，甲戌本：

至脂砚斋甲戌抄阅再评，仍用"石头记"。

"戌"乃"戌"字的形讹。
例12，甲戌本：

一日炎夏永昼，士隐于书房闲坐，至手倦抛书，伏几少憩，不觉朦胧睡去。

"朦胧"乃"矇眬"之误。
例13，甲戌本：

因此一事，就勾出多少风流冤家来赔他们。

"赔"乃"陪"字之误。
例14，甲戌本：

那道人道："……想来这一段故事比历来风月事故更加锁碎细腻了。"

"事故"乃"故事"之误。
"锁"乃"琐"字之误。
例15，甲戌本：

再者，大半风月故事，不过偷香窃玉、暗约私奔而已，并不曾将儿女真情发泄一干人，这一人入世，其情痴色鬼、贤愚不肖者，悉与前人传述不同矣。

"一干人"乃"一二"之误。

例 16，甲戌本：

> 士隐听了，知是疯话，也不去採他。

"採"乃"睬"字之误。

例 17，甲戌本：

> 这士隐正痴想，忽见隔璧葫芦庙内寄居的一个穷儒，姓贾名化，字表时飞，别号雨村者，走了出来。

"璧"乃"壁"字之误。

例 18，甲戌本：

> 晚生乃常造之客，稍侯何妨。

"侯"乃"候"字之误。

例 19，甲戌本：

> 风尘中之知巳也。

"巳"乃"己"字的形讹。

例 20，甲戌本：

> 自为是个知巳，便时刻放在心上。

"巳"乃"己"字的形讹。

例 21，甲戌本：

> 因又思及平生抱负，苦未逢时。

"逢"乃"逢"字的形讹。

例 22，甲戌本：

> 时逢三五便团圆。

"逢"乃"逢"字的形讹。

例23，甲戌本：

> 贾爷今日五鼓已进京去了，也曾留下话与和尚转达老爷……

"话"系旁添。

例24，甲戌本：

> 倏忽又是元宵佳节矣。

"宵"字残存"月"字之下半。

例25，甲戌本：

> 再使几个人去寻找，回来皆云连音嚮皆无。

"嚮"乃"響（即'响'）"字之误。

例26，甲戌本：

> 此方人家多用竹篱木墼者多。

"墼"乃"壁"字之误。

例27，甲戌本：

> 只可怜甄家在隔墼，早已烧成一片瓦砾场了。

"墼"乃"壁"字之误。

例28，甲戌本：

> 虽是务农，家中都还殷实。

"都"乃"却"字的形讹。

例29，甲戌本：

> 疯狂落脱，麻屣鹑衣。

"脱"乃"拓"字的音讹。

例30，甲戌本：

昨日黄土陇头送白骨。

"送"系原文，旁改"堆"。

例31，甲戌本：

正叹他人命不长，那知自已归来丧。

"已"乃"己"字的形讹。

例32，甲戌本：

当下烘动街坊，众人当作一件新文传说。

"烘"乃"哄"字之误。

"文"乃"闻"字的音讹。

例33，甲戌本：

那封肃虽然日日报怨，也无可奈何了。

"报"乃"抱"字的音讹。

【第2回】

第2回有十四例。

例1，甲戌本：

他乃说道："原来本府新升的太爷姓贾名化，本胡州人氏，曾与女婿旧日相交……"

"胡"是原文，添改"湖"。

例2，甲戌本：

方才在咱门前过去，因看见娇杏那丫头买线，所以他只当女婿移住于此。我一一将原故回明，那太爷倒伤感叹息了一回，又问外孙女儿，我说看灯丢了。太爷说，不妨，我自使番役务必采访回来。说了一回说，临走倒送了我二两银子。

"说"乃"话"字的形讹。

例3，甲戌本：

雨村欢喜，自不必说，乃封百金赠封肃外，又谢甄家娘子许多物事，令其好生养瞻，以待寻访女儿下落。

"瞻"乃"赡"字的形讹。

例4，甲戌本：

却说娇杏这丫嬛便是那年回顾雨村者，因偶然一顾，便弄出这段事来，亦是自巳意料不到之奇缘。

"巳"乃"己"字的形讹。

例5，甲戌本：

正是
偶因一着错，便为人上人。

"着错"二字是原文，旁改"回顾"①。

例6，甲戌本：

参他生情狡滑，擅纂礼仪。

"纂"是原文，旁改"改"。

例7，甲戌本：

且沽清正之名。

"且"是原文，旁改"外"。

例8，甲戌本：

而暗结虎狼之属，致使地方多事，民命不堪。

"而"是原文，点去。
"属"是原文，旁改"势"。

例9，甲戌本：

却又自巳担风袖月，游览天下胜迹。

---

① "回顾"二字非抄手所改，出于后人之手。

"已"乃"己"字的形讹。

例 10，甲戌本：

> 如今一味好道，只爱烧丹炼<u>永</u>，余者一概不在心上。

"永"乃"汞"字的形讹。

例 11，甲戌本：

> 将来色鬼无<u>×</u>了。

"×"原字不清，涂改"疑"。

例 12，甲戌本：

> 偶因风荡，或被云<u>摧</u>。

"摧"乃"推"字的形讹。

例 13，甲戌本：

> 不然，我自<u>巳</u>心里糊涂。

"巳"乃"己"字的形讹。

例 14，甲戌本：

> 可伤上月竟<u>忘</u>故了。

"忘"乃"亡"字之误。

【第 3 回】

第 3 回有三十八例。

例 1，甲戌本：

> 如海道："天缘凑巧，因贱荆去世，都中家岳母念及小女无人依傍教育，前<u>巳</u>遣了男女、船只来接，因小女未曾大痊，故未及行。……"

"巳"乃"已"字的形讹。

例 2，甲戌本：

> 即有所<u>废</u>用之例，弟于内兄信中已注明白，亦不劳尊兄多虑矣。

"废"乃"费"字的音讹。

例3，甲戌本：

> 二内兄名政，字存周，现任工部员外郎，其为人谦恭厚道，大有祖父遗风，非膏<u>梁</u>轻薄仕宦之流。

"梁"乃"粱"字之误。

例4，甲戌本：

> 故弟方致书烦托，否<u>则</u>不但不<u>有</u>污尊兄之清操，即弟亦不屑为矣。

"则"，旁添于右下侧。
"有"，旁添于左下侧。

例5，甲戌本：

> 那女学生黛玉身体大愈，原不忍弃父而往，无奈他外祖母致意<u>务</u>去……

"务"，涂改"教"。

例6，甲戌本：

> 且兼如海说："汝父年将半百，再无<u>续</u>室之意……"

"续"系涂改，原作"绪"。

例7，甲戌本：

> 彼时贾政<u>巳</u>看了妹丈之书，即忙请入<u>会</u>，见雨村相貌魁伟，言谈不俗……

"巳"乃"已"字的形讹。
"会"上夺"相"字。

例8，甲戌本：

> 题奏之日，轻轻谋了一个复职<u>侯</u>缺。

"侯"乃"候"字之误。

例9，甲戌本：

　　且说黛玉自那日弃舟登岸时，便有荣国府打发了轿子并拉行李的车辆久<u>侯</u>了。

"侯"乃"候"字之误。

例10，甲戌本：

　　后面婆子们<u>巳</u>都下了轿，赶上前来。

"巳"乃"已"的形讹。

例11，甲戌本：

　　黛玉也哭个不住。一时众人<u>漫漫</u>的解劝住了。

"漫漫"乃"慢慢"之误。

例12，甲戌本：

　　身上穿着缕金百蝶穿花大红洋缎窄<u>褙</u>袄。

"褙"乃"褙"字的形讹。

例13，甲戌本：

　　又有一副对联，<u>厢</u>着錾银的字迹。

"厢"乃"镶"字之误。

例14，甲戌本：

　　且院中随处之树木山石<u>皆有</u>。

"皆有"二字，众脂本异文如下：[1]

　　皆有（甲戌本、戚本）
　　皆在（己卯本、庚辰本[2]、杨本、蒙本[3]、梦本）
　　皆幽（舒本）

----

① 此处文字，众说纷纭，姑且罗列于下，供参考。
② 庚辰本原作"在"，旁改"多"。
③ 蒙本原作"在"，旁改"好"。

再（彼本）

皆在行（眉本）

例15，甲戌本：

黛玉便知这方是正紧正内室。

"紧"乃"经"字之误。[①]

例16，甲戌本：

又有一副对联，乃是乌木联牌，厢着凿银的字迹……

"厢"乃"镶"字之误。

例17，甲戌本：

只是有一句话嘱付你。

"付"，添改"咐"。

例18，甲戌本：

我有一个孽根祸胎，是这家里的混魔王。

"混"字之下、"魔王"二字之上，夺"世"字。

例19，甲戌本：

你这些姊妹都不敢占惹他的。

"占"，添改"沾"。

例20，甲戌本：

迎春便坐右手弟一，探春左弟二，惜春右弟二。

"弟"乃"第"字之误。

例21，甲戌本：

---

① 或曰：此字不误，书中屡见。

外间伺侯之媳妇、丫嬛虽多，却连一声咳嗽不闻。

"侯"乃"候"字之误。

例22，甲戌本：

正想着，忽见丫嬛话未报完，已进来了一个轻年公子。

"轻年"乃"年轻"之误。

例23，甲戌本：

眼似桃瓣，晴若秋波。

"晴"乃"睛"字的形讹。

例24，甲戌本：

上穿着银红撒花半旧大袄，仍就带着项圈、宝玉、寄名锁、护身符等物。

"就"乃"旧"字之误。

例25，甲戌本：

天然一段风骚全在眉梢，平生万种情思悉堆眼角。

"骚"是原文，后被点去，旁改"韵"；"韵"又被圈去，而恢复"骚"。

例26，甲戌本：

寄言纨裤与膏梁，莫效此儿形状。

"梁"乃"粱"字之误。

例27，甲戌本：

两湾似蹙非蹙笼烟眉。

"笼"系涂改，原字不清。

例28，甲戌本：

一双似×非×含情目。

"×"系涂改，原字①与涂改之字均不清。

"含情目"，原作"目（连上读）□□"；"含情目"三字系后人所填写。

例29，甲戌本：

宝玉笑道："虽然未曾见过他，然我看着面善，心里就算是就相认识，今日只作远别重逢，未为不可。"

"就"乃"旧"字的音讹。

例30，甲戌本：

探春笑道："只恐又是你的肚撰。"宝玉笑道："除《四书》外，肚撰的太多，偏只我是肚撰不成。"

"肚"乃"杜"字之误。

例31，甲戌本：

一则全殉葬之礼，进你妹妹之孝心；二则你姑妈之灵亦可权作见了女儿之意。

"进"乃"尽"字的音讹。

例32，甲戌本：

宝玉听如此说，想一想，竟大有情礼，也就不生别论了。

"礼"乃"理"字的音讹。

例33，甲戌本：

宝玉道："好祖宗，我就在碧纱橱外的床上很妥当，何必又出来，闹的老祖宗不得安静。"

"就"系涂改，原作"说"。

例34，甲戌本：

贾母见雪雁甚小，一团孩气，王嬷嬷又极老，料黛玉皆不遂心省力

---

① 有人说，原字是"虚"。疑非是。

的，便将自巳身边一个二等的丫头，名唤鹦哥者，与了黛玉。

"巳"乃"己"字的形讹。

例 35，甲戌本：

宝玉因知他本姓花，又曾见旧人诗句上有"花气袭人"之句，遂回明贾母，即便名袭人。

"便"乃"更"字的形讹。

例 36，甲戌本：

是晚，宝玉、李嬷嬷巳睡了。

"巳"乃"已"字的形讹。

例 37，甲戌本：

鹦哥笑道："林姑娘正在这里伤心，自己满眼抹泪的说，今儿才来了，就惹出你家哥儿的狂病来，倘或摔坏那玉，岂不是因我之过，因此便伤心。我好容易劝好了。"

"满"系原文，涂改"流"。

例 38，甲戌本：

黛玉虽不知原委，探春等却都晓得是议论金陵中所居的薛家姨母之子、姨表兄薛蟠倚财仗势、打死人命，现在应天府案下审理，如今母舅王子腾得了信息，故遣人来告诉这边，意欲唤取进京之意。

"金陵"二字之下、"中"字之上，夺"城"字。

【第 4 回】

第 4 回有十八例。

例 1，甲戌本：

珠虽夭亡，幸存一子，取名贾兰，今巳五岁，巳入学攻书。

"巳"乃"已"字的形讹。

例 2，甲戌本：

因此这李纨虽青春丧偶，且居处于膏粱、锦绣之中，竟如槁木死灰一般，一概无见无闻，惟知侍亲养子，外则陪侍小姑等针黹诵读而已。

"粱"乃"粱"字之误。
例3，甲戌本：

凶身主仆巳皆逃走，无影无踪，只剩了几个局外之人。

"巳"乃"已"字的形讹。
例4，甲戌本：

雨村心中甚是疑怪，只得停了手，即时退堂，至密室，使从皆退去。

"从"字之下，夺"人"（或"者"）字。
例5，甲戌本：

薛蟠今巳得无名之症，被冯魂追索巳死。

"巳"乃"已"字的形讹。
例6，甲戌本：

那冯家也无甚要紧的人，不过为的是钱，见了这个银子，想也就无话了。

在"见"字之下、"了"字之上，夺"有"字。
例7，甲戌本：

雨村断了此案，急忙作书信二封与贾政并京营节度使王子腾，不过说"令甥之事巳完，不必过虑"等语。

"巳"乃"已"字的形讹。
例8，甲戌本：

此事皆由葫芦庙内之沙弥新门子所知，雨村又恐他对人说出当日贫贱时的事来，因此心中大不乐业，后来到底寻了个不是，远远的充发了才罢。

"知"乃"出"字之误。
例9，甲戌本：

　　这薛公子学名薛蟠，字表文龙，今年方十有五岁，性情奢侈，言语傲慢，虽也上过学，不过略识几字，终日惟有斗鸡走马，游山玩景而<u>巳</u>。

"巳"乃"已"字的形讹。
例10，甲戌本：

　　自父亲死后，见哥哥不能体贴母怀，他便不<u>巳</u>书字为事，只省心针黹、家计等事，好为母亲分忧解劳。

"巳"乃"以"字的音讹。
例11，甲戌本：

　　见薛蟠年轻，不<u>识</u>世事，便趁时拐骗起来。

"识（識）"乃"谙（諳）"字的形讹。
例12，甲戌本：

　　因此早<u>巳</u>打点下行装、细软以及馈送亲友各色土物人情等类。

"巳"乃"已"字形讹。
例13，甲戌本：

　　那日<u>巳</u>将入都时，却又闻得母舅王子腾升了九省统制，奉旨出都查边。

"巳"乃"已"字的音讹。
例14，甲戌本：

　　况这几年来，你舅舅、姨娘两处每每带信<u>稍</u>书接咱们来。

"稍"乃"捎"字之误。
例15，甲戌本：

　　你既如此，你自<u>巳</u>去挑所宅子去住，我和你姨娘姊妹们别了这几年，却要厮守几日。

"巳"乃"已"字的形讹。

例 16，甲戌本：

薛蟠见母亲如此说，情知怄不过的，只得分咐人夫一路奔荣国府来。

"怄"乃"扭"字之误。

例 17，甲戌本：

薛姨妈正欲仝居一处，方可拘紧些儿。

"儿"字之下，夺"子"字。

例 18，甲戌本：

谁知自在此间住了不上一月的日期，贾宅族中凡有的子侄俱巳认熟了一半。凡是那些纨裤气息者，莫不喜他来往。

"巳"乃"已"字的形讹。
"喜"字之下，夺"与"字。

【第 5 回】

第 5 回有四十例。

例 1，甲戌本：

嫩寒锁梦因春冷，芳气笼人是酒香。

"笼"系涂改，原作"袭"。

例 2，甲戌本：

案上设着武则天当日镜室中设着宝镜。

"着"乃"的"字之误。

例 3，甲戌本：

上面设着寿昌公主于含章殿下卧的榻。

"昌"，乃"阳"字之误。[①]

---

① 请参阅拙著《红楼梦版本探微》（华东师范大学出版社，2003 年，上海）卷下"读红脞录"第五节"曹雪芹的笔误"（第 246 页）。

例 4，甲戌本：

其文若何，龙游曲<u>沿</u>。

"沿"乃"沼"字的形讹。
例 5，甲戌本：

其神若何，月<u>色</u>寒江。

"色"乃"射"字之误。
例 6，甲戌本：

因近来风流冤孽<u>绵缠</u>于此处，是以前来访察机会，布散相思。

"绵缠"乃"缠绵"之误。
例 7，甲戌本：

宝玉只顾如此一想，不料早把些邪魔招入膏<u>盲</u>了。

"盲"乃"肓"字的形讹。
例 8，甲戌本：

夜<u>哭</u>司。

"哭"系涂改，原作"夗"。①
例 9，甲戌本：

宝玉看了，便知感叹，进入门来，只见有十数个大<u>厨</u>，皆用封条封着。

"厨"乃"橱"字之误。
例 10，甲戌本：

只见那边<u>厨</u>上封条上大书七字云："金陵十二钗正册"。

_____

① 即"怨"字的上半部。

"厨"乃"橱"字之误。

例11，甲戌本：

> 警幻冷笑道："省省女子固多，不过择其紧要者录之……"

圈去第二个"省"字，并在第一个"省"字上侧旁添"贵"字。

例12，甲戌本：

> 下边二厨，则又次之。

"厨"乃"橱"字之误。

例13，甲戌本：

> 宝玉听说，再看下首二厨上，果然一个写着"金陵十二钗副册"，又一个写着"金陵十二钗又副册。"

"厨"乃"橱"字之误。

例14，甲戌本：

> 宝玉便伸手先将又副册厨门开了。

"厨"乃"橱"字之误。

例15，甲戌本：

> 只见这首页上画着一副画。

"副"乃"幅"字的音讹。

例16，甲戌本：

> 又非人物，亦非山水，不过水墨滃染的满纸乌云浊雾而矣。

"矣"乃"已"字的音讹。

例17，甲戌本：

> 霁日难逢，彩云易散。

"日"乃"月"字之误。

例 18，甲戌本：

宝玉看了不解，遂掷下这个，又去开了副册<u>厨</u>门。

"厨"乃"橱"字之误。

例 19，甲戌本：

只见画着一株桂花，下面有一池<u>沿</u>，其中水涸泥干，莲枯藕败。

"沿"乃"沼"字的形讹。

例 20，甲戌本：

欲洁何曾洁，<u>雲</u>空未必空。

"雲"乃"云"字的音讹。

例 21，甲戌本：

金闺花柳质，一载赴黄<u>粱</u>。

"粱"乃"梁"字之误。

例 22，甲戌本：

情天情海幻情<u>身</u>，情既相<u>逢</u>必主淫。

"身"是原文，后被墨笔点去，旁改"深"，后又被墨笔圈去，而在被点去的"身"字左侧添加"△"（恢复）号。

"逢"乃"逢"字的形讹。

例 23，甲戌本：

又请问众仙姑姓名，一名痴梦仙姑，一名<u>鐘</u>情大士，一名引愁金女，一名度恨菩提，各各道号不一。

"鐘"乃"鍾（钟）"字之误。

例 24，甲戌本：

真是琼浆满泛玻璃盏，玉液浓斟琥珀杯，更不用再说那肴馔之<u>胜</u>。

"胜"乃"盛"字的音讹。

例25，甲戌本：

> 趁着这奈何天，伤怀日，寂寞时，试遣愚衷。

"寞"，后人在此字之旁写一"寥"① 字。

例26，甲戌本：

> 若说没奇缘，今生偏又遇着他；若说有奇缘，如何心事终虚话?

"虚话"二字系涂改，原字不清。

例27，甲戌本：

> 想眼中能有多少泪珠儿，怎经得秋流到冬尽，春流到夏。

"尽"②，墨笔圈去，朱笔于右上侧添恢复符号"△"。

例28，甲戌本：

> 因此也不察其原委，问其来历，就暂以此释闷而巳。

"巳"乃"已"字的形讹。

例29，甲戌本：

> 把这韶华打灭，觅那清淡天和。

"清"系涂改，原作"情"。

例30，甲戌本：

> 则看那白杨村里人呜咽，青枫林下鬼吟哦。

"吟"乃涂改，原字不清。

例31，甲戌本：

> 正是承除加减，上有苍穹。

---

① 按：此字，其他脂本均作"寥"。
② 陈毓罴兄云："尽"疑是"又"字的形讹。

"承"乃"乘"字的音讹。

"穷"乃"穹"字的音讹。

例32，甲戌本：

问古来将相可还存，也只是虚名儿与后人欢敬。

"欢"乃"钦"字的形讹。

例33，甲戌本：

擅风情宵秉月貌，便是败家的根本。

"宵"乃是衍文。

例34，甲戌本：

那宝玉忙止歌姬不必再曲。

"曲"是原文，后人点去，旁改"唱"。

例35，甲戌本：

自觉朦胧恍惚，告醉求卧。

"朦胧"乃"矇眬"之误。

例36，甲戌本：

如世之好淫者，不过悦容貌、喜歌舞，调笑无厌，云雨无时，恨不能尽天下之美女供我片时之趣兴，此皆皮肤滥淫之蠢物耳。

"淫"，后人点去此字，并于"滥"字右上旁添"臭"字。

例37，甲戌本：

如尔，则天分中生成一段痴情，吾辈推之为意淫。惟意淫二字，惟心会而不可口传，可神通而不能语达。

"惟"，墨笔点去此字，旁改"可"，朱笔又圈去"可"字，而恢复（△）"惟"字。

"口"是原文，添改为"言"字。

例38，甲戌本：

　　然于世道中未免迂阔怪诡，百口嘲谤，万目睚眺。

"眺"乃"眦"字的形讹，墨笔点去此字，右上侧改为"眦"字。

例39，甲戌本：

　　吾不忍君独为我闺阁增光，见弃于世道，是特引前来，醉以灵酒，沁以仙茗，警以妙曲，再将吾妹一人，乳名兼美、字可卿者，许配与汝。

"是"是原文，后人旁改"故"。

例40，甲戌本：

　　不过令汝领略此仙阁幻境之风光尚然如此，何况尘境之情景哉。

"阁"是原文，涂改"闺"①。
"境"是原文，旁改"世"。

【第6回】

第6回有十七例，

例1，甲戌本：

　　袭人素知贾母已将自巳与了宝玉的，今便如此，亦不为越理。

"巳"乃"己"字的形讹。

例2，甲戌本：

　　诸公若嫌琐碎粗鄙呢，则快掷下此书，另觅好书去醒目。

"快"系涂改，原作"快"。

例3，甲戌本：

　　你皆因年小时托着你那老的福吃喝惯了，如今所以把持不住，有了钱就雇a头不雇b尾。没了钱就瞎生气，成个什么男子汉大丈夫了。

"雇a"乃"顾"字之误。
"雇b"乃"顾"字之误。

---

① 涂改之字不清，疑是"闺"字。

例 4，甲戌本：

　　不然，那银子钱自<u>巳</u>跑到咱家来不成。

"巳"乃"己"字的形讹。

例 5，甲戌本：

　　可是说的，<u>侯门</u>似海。

"侯门"二字之下，夺"深"字。

例 6，甲戌本：

　　那些人听了，都不<u>揪採</u>。

"揪採"乃"瞅睬"之误。

例 7，甲戌本：

　　那周大爷<u>巳</u>往南边去了。

"巳"乃"已"字的形讹。

例 8，甲戌本：

　　二则也要<u>现</u>弄自<u>巳</u>体面。

"现"乃"显"字的音讹。
"巳"乃"己"字的形讹。

例 9，甲戌本：

　　俗语说的，与人方便，自<u>巳</u>方便。

"巳"乃"己"字的形讹。

例 10，甲戌本：

　　再歇了中觉，越发没了时<u>侯</u>了。

"侯"乃"候"字之误。

例 11，甲戌本：

周瑞家的将刘姥姥安插在那里略等一等，自<u>巳</u>先过影壁，进了院门。

"巳"乃"己"字的形讹。

例 12，甲戌本：

周瑞家的先将刘姥姥起初来历说明，又说："今日大远的特来请安，当日太太是<u>长</u>会的……"

"长"乃"常"字的音讹。

例 13，甲戌本：

刘姥姥斯时惟点头咂嘴念佛而<u>巳</u>。

"巳"乃"已"字之误。

例 14，甲戌本：

不<u>妨</u>倒唬的展眼。

"妨"乃"防"字之误。

例 15，甲戌本：

刚说<u>道</u>这里，只听得二门上小厮们回说……

"道"乃"到"字的音讹。

例 16，甲戌本：

方才意思我<u>巳</u>知道了。

"巳"乃"已"字之误。

例 17，甲戌本：

凤姐听了，笑而不<u>採</u>。

"採"乃"睬"字之误。

【第 7 回】

第 7 回有五例。

例 1，甲戌本：

至掌灯时分，凤姐已卸了妆，来见王夫人回×："今儿甄家送了来的东西……"

"×"残存"言字旁"，当是"话"字。

例2，甲戌本：

难到我就见不得他不成。

"到"乃"道"字的音讹。

例3，甲戌本：

再不带去看，给你一顿好嘴巴子。

"去"乃"来"字之误。

例4，甲戌本：

可恨我为什么生在这候门公府之家……

"候"乃"侯"字之误。

例5，甲戌本：

再读书一事，也必须有一二知巳为伴，时常大家讨论才能进益。

"巳"乃"己"字之误。

【第 8 回】

第 8 回有十三例。

例1，甲戌本：

当下众嬷嬷、丫嬛伺侯他换衣服，见他不换，仍出二门去了。

"侯"乃"候"字之误。

例2，甲戌本：

这么冷天，我的儿，难为你想着我，快上炕来×着罢。

"快"乃"快"字的形讹。

"×"残存字迹似是"坐"字。

例3，甲戌本：

> 宝钗看毕，又从翻过正面来细看。

"从"乃"从新"二字之误。

例4，甲戌本：

> 我听这两句话，倒像和×娘的项圈上的两句话是一对儿。

"×"残存女字偏旁。

例5，甲戌本：

> 宝钗笑道："宝兄弟，亏你每日家杂学旁收的，难到就不知道酒兴最热……"

"到"乃"道"字的音讹。

例6，甲戌本：

> 宝钗素知黛玉是如此惯了的，也不去睬他。

"睬"乃"睬"字之误。

例7，甲戌本：

> 你这个×妈太小心了。

"×"，此字残存右侧"马"字。

按：此字当是"妈"。

例8，甲戌本：

> 宝玉便说："罢，罢，好蠢东西，你也轻些儿，难到没见过别人带过的，让我自己带罢。"

"到"乃"道"字的音讹。

例9，甲戌本：

> 整理巴毕，端像a了端像b……

"巳"乃"已"字之误。

"像 a"乃"详"字的音讹。

"像 b"乃"详"字的音讹。

例 10，甲戌本：

> 袭人伸手从他项上摘下那通灵玉来，用自<u>巳</u>的手帕包好，塞在褥下。

"巳"乃"己"字之误。

例 11，甲戌本：

> 彼时李嬷嬷等<u>巳</u>进来了。

"巳"乃"已"字之误。

例 12，甲戌本：

> 贾母见秦钟形容<u>缥致</u>，举止温柔……

"缥致"乃"标致"之误。

例 13，甲戌本：

> 贾母又与了一个荷包并一个金魁星，<u>又</u>"文星和合"之意。

"又"系涂改，原字不清。

第十四章　甲戌本错字与改字举隅（下）

第 13 回有十二例。

例 1，甲戌本：

> 凤姐方觉星眼微朦，恍惚只见秦氏从外走了进来……

"朦"，其他脂本作"矇"。

例 2，甲戌本：

> 合同族中长幼，大家定了则例，日后按房拿管。

"拿管"，其他脂本作"掌管"。

按："拿"乃"掌"字的形讹。

例 3，甲戌本：

> 戴权道："事道凑巧，正□个美缺，如今三百员龙禁尉短了两员……"

"道"乃"倒"字的音讹。

"□"，其他脂本作"有"。

例 4，甲戌本：

> 昨儿襄阳候的兄弟老三来求我，现拿了一千五百两银子，送到我家里。

"候"乃"侯"字之误。

例 5，甲戌本：

> 你知道，咱们都是老相<u>遇</u>。

"遇"，梦本作"好"，其他脂本作"与"。

例 6，甲戌本：

> 接着，又听喝道之声，原来是忠靖<u>候</u>史鼎的夫人来了。

"候"乃"侯"字之误。

例 7，甲戌本：

> 又见锦乡<u>候</u>a、川宁<u>候</u>b、寿山伯三家祭礼摆在灵前。

"候 a"乃"侯"字之误。
"候 b"乃"侯"字之误。

例 8，甲戌本：

> 会芳园的临街大门洞开，<u>现</u>在两边起了鼓乐厅，两<u>般</u>青衣按时奏乐。

"现"，舒本无，其他脂本作"旋"。
"般"，其他脂本作"班"。
按："般"乃"班"字的音讹。

例 9，甲戌本：

> 只是贾珍虽然心意满足，但里头尤氏又犯了旧疾，不能料理事务，惟恐各诰命来□，亏了礼数，怕人笑话，因此心中不自在。

"□"，其他脂本作"往"。

例 10，甲戌本：

> 当下正忧虑时，因宝玉在侧问道："事事都算<u>安</u>贴了，大哥哥还愁什么？"

"安"乃"妥"字的形讹。

例 11，甲戌本：

贾珍听了，喜不自禁，连忙起身笑道："**果然安贴**。如今就去。"

"果然安贴"一句。各脂本异文如下：

> 果然安帖（甲戌本）
> 果然妥当（己卯本、庚辰本、舒本、杨本、蒙本）
> 果然妥贴（彼本、戚本、梦本）

例12，甲戌本：

> 邢夫人等忙叫宝玉挽住，命人挪椅子来与他坐，贾珍断不肯坐，因<u>免</u>强陪笑道："侄儿进来，有一件事要<u>恳</u>求二位婶婶并大妹妹。"

"免"乃"勉"字之误。
"恳"，其他脂本无。

【第14回】
第14回有二十一例。
例1，甲戌本：

> 这四十个人也分作两班，单在灵前<u>上添油</u>，挂幔守灵。

"上添油"，舒本作"上香添灯油"，其他脂本作"上香添油"。
例2，甲戌本：

> 这四个人单在内茶<u>坊</u>收管杯碟茶器。

"坊"乃"房"字之误。
按：其他脂本作"房"。
例3，甲戌本：

> 某人守某处，某处所有桌椅、古董起，至于痰□、担帚，一草一苗，或丢或坏，就合守这处的人算账描赔。

"□"，蒙本作"盆"，其他脂本作"盒"。
例4，甲戌本：

> 来昇家的每日揽总查看。或有偷懒的、赌钱吃酒的、打架<u>办嘴</u>的，

立刻来回我。

"办"乃"拌"字的音讹。

例5，甲戌本：

便是人来客往也都安静了，不比先前正摆茶又去端饭，正陪举哀又顾接客，如这些无头绪<u>荒</u>乱、推托、偷闲、窃取等弊，次日一概<u>独</u>蠲了。

"荒"乃"慌"字之误。

"独"，舒本、彼本、杨本无，其他脂本作"都"。

例6，甲戌本：

至寅正，平儿便请起来梳洗，及收拾完备，更衣<u>□</u>手……

"□"，其他脂本作"盥"。

例7，甲戌本：

喝了两口奶子、糖粳粥。

此句，各脂本异文如下：

喝了两口奶子、糖粳粥（甲戌本、舒本、杨本）

吃了两口奶子、糖粳米粥（己卯本、庚辰本、蒙本、戚本）

吃了两口奶口糖粳粥（彼本）

吃了两口奶子（梦本）

例8，甲戌本：

凤姐款款走入会芳园中登仙阁灵前，一见了棺材，那眼泪恰似断线<u>珍</u>珠滚将下来。

"珍"，其他脂本作"之"。

例9，甲戌本：

只有迎送<u>客</u>上的一人未到，即命传到，那人已张惶愧惧。

"客"，其他脂本作"亲客"。

例 10，甲戌本：

> 那人身不由巳，巳拖出去挨了二十大板，还要进来叩谢。

"巳"乃"己"字的形讹。

例 11，甲戌本：

> 正闹着，人："苏州去的人昭儿来了。"凤姐急命唤进来。

"人"，其他脂本作"人回"。

例 12，甲戌本：

> 凤姐见日期在限，也预先逐细分派料理。

首句，各脂本异文如下：

> 凤姐见日期在限（甲戌本、梦本）
> 凤姐见日期有限（己卯本、庚辰本、蒙本、戚本）
> 凤姐见日期在即（舒本、彼本）
> 凤姐见日期在近（杨本）

例 13，甲戌本：

> 至天明吉时已到，一般六十四名青衣请灵……

"般"乃"班"字的音讹。

例 14，甲戌本：

> 忠靖候史鼎。

"候"乃"侯"字之误。

例 15，甲戌本：

> 平原候之孙，世袭二等男蒋子宁。

"候"乃"侯"字之误。

例 16，甲戌本：

定城候之孙，世袭二等男兼京营游击谢鲸。

"候"乃"侯"字之误。
例17，甲戌本：

襄阳候之孙，世袭二等男戚建辉。

"候"乃"侯"字之误。
例18，甲戌本：

景田候之孙，五城兵马司裘良。

"候"乃"侯"字之误。
例19，甲戌本：

近闻宁国府冢孙妇告殂，因想当日彼此祖父相遇之情，同难同荣，未以异姓相视，因此不以王位自居。

"遇"，其他脂本作"与"。
例20，甲戌本：

自巳a五更入朝，公事巳b毕。

"巳a"乃"己"字之误，
"巳b"乃"已"字之误。
例21，甲戌本：

贾珍道："犬妇之丧，累蒙驾下临，荫生辈何以克当。"

"驾"，其他脂本作"郡驾"。
【第15回】
第15回有十三例。
例1，甲戌本：

小王遽上叩天恩，虚邀郡袭，岂可越仙辆而进也。

"叩"乃"叨"字的形讹。

例2，甲戌本：

> 宝玉一见了锹锄镢犁等物，皆以为奇，不知何<u>向</u>所使，其名为何。

"向"乃"项"字的音讹。

例3，甲戌本：

> 宝玉忙丢开手，陪笑说道："我因为<u>无</u>见过这个，所以试他一试。"

"无"乃"没"字之误。

例4，甲戌本：

> 一应谢过乏，从公<u>候</u>伯子男一起一起的散去。

"候"乃"侯"字之误。

例5，甲戌本：

> 有那<u>上</u>排场、有钱势的只说这里不方便，一定另外或村庄，或尼庵，寻个下处，为事毕<u>晏</u>退之所。

"上"乃"尚"字的音讹。
"晏"乃"安"字的形讹。

例6，甲戌本：

> 净虚道："可是这几天都<u>无</u>工夫。因胡老爷府里产了公子，太太送了十两银子来这里，叫请几位师傅念三日血盆经，忙的没个空儿，就没来请太太的安。"

"无"，其他脂本作"没"。

例7，甲戌本：

> 一时来请他两个去吃茶果<u>点</u>。

"点"，其他脂本作"点心"。

例8，甲戌本：

> 此时众婆娘、媳妇见无事，皆陆<u>绪</u>散了，自去歇息。

"绪"乃"续"字的音讹。

例9，甲戌本：

> 跟前不过几个心<u>服</u>常侍小婢。

"服"乃"腹"字的音讹。

例10，甲戌本：

> 谁知李公子执意不依，定要娶□女儿。

"□"，此字残存单立人偏旁（亻）。

例11，甲戌本：

> 若是肯行，张家连<u>家</u>孝敬也都情愿。

"家"，其他脂本作"倾家"。

例12，甲戌本：

> 那秦钟与智能百般不忍分离，背地里多少幽情<u>蜜</u>约，俱不用细述，只得含泪而别。

"蜜"，其他脂本作"密"。

例13，甲戌本：

> 宝珠<u>致</u>意不肯回家，贾珍只得派妇女相伴。

"致"乃"执"字的音讹。

【第16回】

第16回有二十六例。

例1，甲戌本：

> 于是宁、荣二处上下里外莫不欣然踊跃，个个面上皆有得意之<u>壮</u>。

"壮"乃"状"字之误。

例2，甲戌本：

> 况且又无<u>经</u>历过大事，胆子又小。

"无"，其他脂本作"没"。

例3，甲戌本：

> 除不知我是捻着一把汉儿呢。

"除"乃"殊"字之误。

"汉"乃"汗"字的音讹。

例4，甲戌本：

> 这些管家奶奶们，那一位是好缠的，错一点儿，他们就笑话打趣，偏一点儿，他们就指桑说槐的报怨。

"报"乃"抱"字的音讹。

例5，甲戌本：

> 坐山观虎。

此句，其他脂本作"坐山观虎斗"。

例6，甲戌本：

> 况且年纪轻，头等不压众。

首句，其他脂本作"况且我年纪轻"。

例7，甲戌本：

> 至今珍大哥还报怨后悔呢。

"报"乃"抱"字的音讹。

例8，甲戌本：

> 贾琏笑道："正是呢，方才我见姨妈去，不妨和一个年轻的小媳妇子撞了个对面……"

"妨"乃"防"字之误。

例9，甲戌本：

> 开了脸，越发出挑的缥致了，那薛大傻子真玷辱了他。

"缥"乃"标"字的形讹。

例10，甲戌本：

> 凤姐道："嗳，往苏杭走了一淌回来，也该见些世面了，还是这么眼馋肚饱的……"

"淌"乃"趟"字之误。

例11，甲戌本：

> 我们二爷那脾气，油锅里的钱还要找出来花呢，听见奶奶有了这个梯巳，他还不放心的花了呢。

"巳"乃"己"字的形讹。

例12，甲戌本：

> 凤姐听了，笑道："我说呢，姨妈知道你二爷来了，忽喇八的反打发个房里人来了……"

"八"，其他脂本作"巴"。

例13，甲戌本：

> 赵嬷致意不肯。

"致"乃"执"字的音讹。

例14，甲戌本：

> 平儿等早巳炕沿下设下一杌子，又有一小脚踏。

"巳"乃"已"字的形讹。

例15，甲戌本：

> 可是现放着奶哥哥，那一个不必人强。

"必"是原文，旁改"比"。

例16，甲戌本：

> 在儿女思想父母是分所应当，想父母在家若只管思念儿女，竟不能

一见，倘因此成疾致病，<u>其致</u>死亡，皆由朕躬禁锢，不能使其遂天伦之愿，亦大伤天和之事。

"其致"乃"甚至"之误。
例17，甲戌本：

凡有重宇别院之家，可以驻跸关防之处，<u>不防</u>启请内廷銮舆入其私第庶可略尽骨肉私情，天伦中之至性。

"防"乃"妨"字之误。
例18，甲戌本：

说起当年太祖皇帝<u>访</u>舜巡的故事，比一部书还热闹，我偏没造化赶上。

"访"乃"仿"字之误。
例19，甲戌本：

别讲银子成了土泥，凭是世上所有的。没有不是堆山塞海的，"罪过可惜"四个字竟<u>雇</u>不得了。

"雇"乃"顾"字之误。
例20，甲戌本：

贾琏才<u>嗽</u>了口。

"嗽"乃"漱"字之误。
例21，甲戌本：

贾琏笑着说道："多谢大爷费心体<u>量</u>，我就从命不过去了……"

"量"乃"谅"字的音讹。
例22，甲戌本：

贾蓉在身旁灯影下悄拉凤姐的衣襟，凤姐会意，因笑道："你①也太

---

① "你"，指贾琏。

操心了，难道<u>你父亲</u>比你还不会用人，偏你又怕他不在行了……"

"你父亲"三字是原文，旁改"珍大哥"。

例23，甲戌本：

> 凤姐笑道："别放你娘的屁，我的东西还没处撂呢，希罕你们鬼鬼祟祟的。"说着，<u>已经</u>去了。

"已经"，其他脂本作"一径"。

例24，甲戌本：

> 凡堆<u>山</u>凿池，起楼竖阁，种竹栽花，一应点景之事，又有山子野制度。

"山"字系旁添。

例25，甲戌本：

> 宝玉听了，方<u>认</u>住。

"认"乃"忍"字之误。

例26，甲戌本：

> 又记挂着<u>父母</u>还有留积下的三四千两银子。

"父母"，戚本同，其他脂本作"父亲"。

按：第8回已交代，其母早亡。

【第25回】

第25回有二十九例。

例1，甲戌本：

> 话说红玉情思缠绵，忽<u>朦胧</u>睡去，见贾芸要拉他。

"朦胧"乃"矇眬"之误。

例2，甲戌本：

> 因此心中闷闷的，早起来也不梳洗，只坐着出神，一时下来，隔着纱屉子向外看的真切。

末二句，各脂本异文如下：

一时下来，隔着纱屉子向外看的真切（甲戌本）

一时下了窗子，隔着纱屉子向外看的真切（庚辰本、蒙本、戚本、梦本）

一时下去窗子，隔着纱屉子向外看的真切（舒本）

一时拿下窗子，只有纱屉子，向外看的真切（彼本、杨本）

例3，甲戌本：

原来次日就是王子腾夫人的寿诞，那里原打发人来请贾母、王夫人的，王夫人见贾母不去，自己也便不去了。倒是薛姨妈同凤姐儿，并贾家四个姊妹、宝钗、宝玉一齐都去了，至晚方回。

五、六两句，各脂本异文如下：

倒是薛姨妈同凤姐儿，并贾家四个姊妹、宝钗、宝玉一齐都去了（甲戌本、庚辰本、蒙本）

倒是薛姑①娘仝着凤姐，并贾家四个姊妹、宝钗、宝玉一齐都去了（舒本）

倒是薛姨妈同着凤姐儿，并贾家四个姊妹、宝钗、宝玉一齐都去了（彼本）

倒是薛姨妈同凤姐，并贾家几个姊妹、宝钗、宝玉一齐都去了（杨本）

倒是薛姨妈同凤姐儿，并贾家三个姊妹、宝钗、宝玉一齐都去了（戚本）

倒是薛姨妈同着凤姐儿，并贾家三个姊妹、宝钗、宝玉一齐都去了（梦本）

按：杨本"贾家几个姊妹"说得比较含糊，戚本、梦本"三个姊妹"指的是迎春、探春、惜春。其他脂本"四个姊妹"，可能指的是迎、探、惜，再加上黛玉。否则便有语病。

---

① 舒本"姑"是原文，旁改"姨"。

例4，甲戌本：

只有彩霞还和他合的来。

"彩霞"，杨本作"彩云"，其他脂本同于甲戌本。①
例5，甲戌本：

彩霞咬着嘴唇向贾环头上戳了一指头，说道："没良心的，才是狗咬吕洞滨，不识好人心。"

"滨"乃"宾"字之误。
例6，甲戌本：

凤姐三步两步跑上炕去给宝玉收拾着，一面笑道："老三还是这样荒脚鸡似的……"

"荒"乃"慌"字之误。
例7，甲戌本：

王夫人便不骂贾环，便叫过赵姨娘来，骂道："养出这样不知道理下流黑心种子来，也不管管。几翻几次，我都不理论，你们倒得了意了，这不亦发上来了。"

"翻"乃"番"字之误。
例8，甲戌本：

明儿老太太问，就说是我自巳烫的罢了。

"巳"乃"己"字的形讹。
例9，甲戌本：

这海灯就是菩萨的现身法。

---

① 此处涉及彩云、彩霞问题。拙著《红楼梦版本探微》（华东师范大学出版社，2003年，上海）卷上"从红楼版本问题看曹雪芹创作过程"第三章"彩霞与彩云齐飞——论彩云、彩霞的分与合"、《红楼梦暂本研究》（社会科学文献出版社，2019年，北京）第八章"云霞疑云"（上）至第十章"云霞疑云"（下）均有详细论述，请参阅，此处仅举一例，以概其余。

"法"，其他脂本作"法像"。

例10，甲戌本：

> 锦田候的诰命次一等，一天不过二十四斤。

"候"乃"侯"字之误。

例11，甲戌本：

> 像老祖宗如今为宝玉，若舍多了倒不好，还怕他禁不起，倒折了福。

"禁"乃"经"字之误。

"拆"乃"折"字的形讹。

例12，甲戌本：

> 赵姨娘道："我的娘，不凭他去，难道谁还敢把他怎么样。"

"敢"字之下，旁添"能"。

按：此"能"字为其他脂本所无。

例13，甲戌本：

> 你若交给我这法子，我大大的谢你。

"交"乃"教"字的音讹。

例14，甲戌本：

> 赵姨娘道："这有何难。如今我虽手里没什么，也零零碎碎攒了几两梯巳……"

"巳"乃"己"字的形讹。

例15，甲戌本：

> 说着，便叫过一个心腹婆子来，在耳根低下嘁嘁喳喳说了几句话。

"低"乃"底"字之误。

例16，甲戌本：

> 赵姨娘便印了手模，走到橱柜里将梯巳拿了出来。

"巳"乃"己"字的形讹。

例 17，甲戌本：

这日饭后看了二三篇书，自觉无<u>味</u>，便同紫鹃、雪雁做了一回针线，更觉得烦闷。

"味"，梦本无，其他脂本作"趣"。

例 18，甲戌本：

别人<u>荒</u>张自不必讲，独有薛蟠更比诸人忙到十分去。

"荒"乃"慌"字之误。

例 19，甲戌本：

种种喧<u>誊</u>不一。

"誊"乃"腾"字之误。

例 20，甲戌本：

次日王子腾自<u>巳</u>亲来瞧问。

"巳"乃"己"字的形讹。

例 21，甲戌本：

接着小史<u>候</u>家、邢夫人兄弟辈，并各亲眷都来瞧看。

"候"乃"侯"字之误。

例 22，甲戌本：

他叔嫂二人越发糊涂，不<u>醒</u>人事。

"醒"乃"省"字之误。

例 23，甲戌本：

那凤姐和宝玉<u>倘</u>在床上，一发连气都将没了。

"倘"乃"躺"字之误。

例24，甲戌本：

和家人口无不惊慌。

"和"乃"合"字的音讹。

例25，甲戌本：

到了第四日早辰，贾母等正围着他两个哭时……

"辰"乃"晨"字之误。

例26，甲戌本：

赵姨娘在旁劝道："老太太也不必过余悲痛了……"

"余"乃"于"字的音讹。

例27，甲戌本：

素日都是你们调唆着逼他写字念书，把胆子唬破了，见了他老子还不像个避猫鼠儿，都不是你们这起淫妇调唆的，这会子逼死了他，你们遂了心了。

"都是"，其他脂本①作"都不是"。

例28，甲戌本：

贾政虽不自在，耐贾母之言如何违拗。

"耐"乃"奈"字之误。

例29，甲戌本：

众人举目看时，原来是一个癞头和尚与一个疲足道人。

"疲"乃"跛"字的形讹。

【第 26 回】

第 26 回有十五例。

例1，甲戌本：

_____

① 梦本无此数句文字。

那红玉见贾芸手里拿的手帕子倒像是自己从前<u>吊</u>的。

"吊"，庚辰本同，舒本作"带"，彼本作"失"，杨本作"失去"，蒙本作"去"，戚本作"丢"，梦本作"掉"。

例2，甲戌本：

这两句话不觉感动了佳蕙的心肠，由不得眼睛红了，又不好意思，<u>好端</u>的哭，只得<u>免</u>强笑道："你这话说的却是……"

"好端"乃"好端端"之误。

"免"乃"勉"之误。

例3，甲戌本：

只见宝玉的奶娘李嬷嬷从那边走来，红玉立<u>柱</u>，问道："李奶奶，你老人家那去了，怎打这里来？"

"柱"乃"住"字之误。

例4，甲戌本：

坠儿道："叫我带进芸二爷来。"说着，<u>已</u>径跑了。

"已"乃"一"字之误。

例5，甲戌本：

宝玉笑道："<u>只</u>从那日见了你，我叫你往书房里来，谁知接接连连许多事情，就把你忘了。"

"只"乃"自"字之误。

例6，甲戌本：

贾芸笑道："总是我<u>无</u>福，偏偏又遇着叔叔身上欠安。叔叔如今可大安了？"

"无"乃"没"字之误。

例7，甲戌本：

那贾芸自从宝玉病了，他在里头混了两天，他<u>却</u>把那有名人口认记了一半。

"却"乃"都"字的形讹。

例8，甲戌本：

> 又告诉他谁家的丫头缥致，谁家酒席丰盛。

"缥"乃"标"之误。

例9，甲戌本：

> 坠儿听了，笑道："他问了我好几遍，可有看见他的帕子。我有那们大工夫管这些事……"

"那们"乃"那么"之误。

例10，甲戌本：

> 宝玉听了，不觉的打了个焦雷一般，也顾得别的，急忙回来穿衣服，出园来，只见焙茗在二门前等着。

"顾得"乃"顾不得"之误。

例11，甲戌本：

> 薛蟠笑道："你题画儿，我想起来了，昨儿我看人家一张眷宫，画的着实好，上面还有许多的字，我也没细看，只看落的款，原来是庚黄画的，真真好的了不得。"

"题"乃"提"字的音讹。
"眷"乃"春"字的形讹。

例12，甲戌本：

> 冯紫英笑道："从那一遭把仇都尉的儿子打伤了，我就记了再不沤气……"

"沤"乃"怄"字之误。

例13，甲戌本：

　　宝玉道："怪道前儿初三四儿我在<u>世兄家</u>①赴席不见你呢……"

"世兄家"乃"沈世兄家"之误。

例14，甲戌本：

　　多早晚才请我们？告诉了，也免的人犹<u>预</u>。

"预"乃"豫"字的音讹。

例15，甲戌本：

　　那晴雯正把气移在宝钗身上，正在院内<u>报</u>怨说……

"报"乃"抱"字的音讹。

【第27回】

第27回有九例。

例1，甲戌本：

　　倒引的宝钗蹑手蹑脚的一直跟到池中的滴翠<u>淳</u>。

"淳"乃"亭"字之误。

例2，甲戌本：

　　这一开了，见我在这里，他们岂不<u>燥</u>了 。

"燥"乃"臊"字之误。

例3，甲戌本：

　　他素昔眼空心大，最是个头等刁<u>赞</u>古怪的东西。

"赞"乃"钻"之误。

例4，甲戌本：

　　一时人急遭反，狗急跳墙。

"遭"乃"造"字的形讹。

---

① "世兄家"，其他脂本作"沈世兄家"（此四字，彼本恐缺）。

例 5，甲戌本：

> 红玉听了，彻身去了。

"彻"乃"撤"字之误。

例 6，甲戌本：

> 整竹子根枢的香盒子。

"枢"乃"抠"字的形讹。

例 7，甲戌本：

> 赵姨娘气的报怨的了不得。

"报"乃"抱"字的音讹。

例 8，甲戌本：

> 环儿难到没有分例的。

"到"乃"道"字的音讹。

例 9，甲戌本：

> 丫头一屋子，怎么报怨这些话给谁听呢？

"丫头"，其他脂本作"丫头、老婆"。

"报"乃"抱"字的音讹。

【第 28 回】

第 28 回有二十五例。

例 1，甲戌本：

> 宝钗等终归无可寻觅之时，则自已又安在哉。

"已"乃"己"字之误。

例 2，甲戌本：

> 且自身尚不知何在何往，则斯处斯园、斯花斯柳又不知当属谁姓已。

"已"乃"矣"字的音讹。

例 3，甲戌本：

宝玉悲恸了一回，见黛玉去了，便知黛玉看见他躲开了，自已也觉无味……

"已"乃"己"字之误。

例 4，甲戌本：

宝玉道："太太不知道，林妹妹是内症，先天生的弱，所以禁不住一点风寒，不过吃两济煎药，疏散了风寒，还是吃丸药的好。"

"济"乃"剂"字的音讹。

例 5，甲戌本：

宝玉道："当真的呢……"

"当"字系后添。

例 6，甲戌本：

他还报怨说不配也罢了，如今那里知道这么费事。

"报"乃"抱"字的音讹。

例 7，甲戌本：

宝玉又道："太太想，这不过是将就呢，正紧按那方子，这珍珠宝石定要古坟里的……"

"古"字系后添。

例 8，甲戌本：

林妹妹才在背后以为是我撒谎，就羞我。

"妹"字系后添。

"撒"字系涂改，原字不清。

例 9，甲戌本：

自巳先跑到炕上坐了。

"巳"乃"己"字之误,此字系旁添。

例10,甲戌本:

宝钗因笑道:"你正紧去罢,吃不吃陪着林妹妹走一盪,他心里打紧的不自在呢。"

"盪"乃"趟"字之误。

例11,甲戌本:

凤姐道:"你只管写上,横竖我自巳明白就罢了。"

"巳"乃"己"字之误。

例12,甲戌本:

你屋里有个丫头叫红玉,我合你说说,要叫了来使唤,也总没得说,今儿见你,才想起来。

"总"、"得"二字系后添。

例13,甲戌本:

宝玉进来,只见地下一个丫头吹熨斗……

"进"字系涂改,原字不清。

例14,甲戌本:

宝玉听说,忙彻身出来。

"彻"乃"撤"字之误。

例15,甲戌本:

你把那梯巳新样儿的曲子唱个我听,我吃一罈,如何?

"巳"乃"己"字之误,

例16,甲戌本:

想昨<u>霄</u>幽期私订在茶蘼架，一个偷情一个寻拿。

"霄"乃"宵"字之误，

例 17，甲戌本：

咽不下玉<u>粒</u>金莼噎满喉。

"粒"系涂改，原字不清。

例 18，甲戌本：

薛蟠连忙自<u>巴</u>打了一个嘴巴子。

"巴"乃"己"字之误。

例 19，甲戌本：

度青春年正小，配鸾凤真也<u>巧</u>。

"巧"系旁改，原作"着"。

例 20，甲戌本：

这诗词上我倒有限，幸<u>儿</u>昨日见了一幅对子，可巧只记得这句。

"儿"乃"而"字的音讹。

例 21，甲戌本：

宝钗因往日母亲对王夫人等曾提过，金锁是个<u>和</u>尚给的，等日后有玉的方可结为婚姻等语……

"和"系涂改，原作"知"。

例 22，甲戌本：

忽见宝玉笑问道："宝<u>姐</u>姐，我瞧瞧你的那红麝串子。"

"姐"系涂改，原作"狙"。

例 23，甲戌本：

宝钗见他怔了，自<u>巳</u>倒不好意思的。

"已"乃"己"字之误。

例24，甲戌本：

> 宝钗道："你又禁不得风儿吹，怎么又站在那风口里呢？"

"里"字夹写于"口"与"呢"字之间。

例25，甲戌本：

> 口里说着，将手里的帕子一甩，向宝玉脸上甩来，不妨正打在眼上，嗳哟了一声，再看下回分明。

"妨"乃"防"字之误。

第十五章　赖大与赖二辨析

赖大与赖二，谁是宁国府的管家，谁是荣国府的管家？他们二人是不是哥儿俩？

这就是本章所要讨论的问题。

第一节　"赖大"与"赖二"

"赖大"和"赖二"的歧异，最初出现在第七回。

引甲戌本文字于下：

> 凤姐亦起身告辞，和宝玉携手同行。尤氏等送至大厅，只见灯烛辉煌，众小厮都在丹墀侍立。
>
> 那焦大又恃贾珍不在家，即在家亦不好怎样，更可以恣①意的洒落洒落，因趁着酒兴，先骂大总管赖二，说他不公道，欺软怕硬，"有了好差事就派别人，像这样黑更半夜送人的事就派我。没良心的忘八羔子，瞎充管家，你也不想想，焦大太爷跷起一支脚，比你的头还高呢。二十年头里的焦大太爷眼里有谁，别说你们这把子的杂种忘八羔子们！"

"赖二"，庚辰本、蒙本、戚本同，舒本、彼本、眉本作"赖大"。

另外，程甲本、程乙本也作"赖二"。

---

① "恣"系涂改，原作"姿"。

赖二	甲戌本 庚辰本 蒙本 戚本 程甲本 程乙本
赖大	舒本 彼本 眉本

焦大口中的"赖二"或"赖大",说的是宁国府的"大总管"。

而舒本、彼本、眉本在这里明确交代,赖大是宁国府的"大总管"、"管家"。

相反的,其他脂本也说得十分清楚,宁国府的"大总管"、管家却是"赖二"。

舒本、眉本都是残本,前者残存第1回至第40回,后者残存第1回至第10回。彼本缺第5回、第6回。在它们残缺的那些章回中有没有赖大、赖二是不是宁国府的"大总管"、"管家"的记载,则不详。

赖二之名,在目前能看到的舒本、彼本、眉本中,包括第7回在内,不见踪影。

而在现存的甲戌本、己卯本、庚辰本、杨本、蒙本、戚本、梦本以及程甲本、程乙本中,赖二之名亦仅仅在第7回中昙花一现。

这是什么原因?

相反的,在现存的《红楼梦》各个版本(包括舒本、彼本在内)如下的另外几回中:

16 33 47 52 56 57 58 59 71 77

再次出现"赖大"之名的时候,却推翻了舒本、彼本、眉本第7回的说法,把"赖大"从宁国府搬到了荣国府,让他充任荣国府的管家。

这又是什么原因?

宁国府的管家到底叫什么名字?

第二节　赖大是荣国府管家

从全书来看,赖大确实是荣国府的管家,而不是宁国府的管家。

试以庚辰本为例,考察一下,在第7回以后,赖大是以什么身份出场的。

最早是在第16回,贾政被宣入朝,贾母等人心中惶恐不定,不住地使人来往报信，有两个时辰工夫——

> 忽见赖大等四个管家喘吁吁跑进仪门报喜，又说"奉老爷命，速请老太太带领太太等进朝谢恩"等语。
>
> 那时贾母正心神不定，在大堂廊下伫立。那邢夫人、王夫人、尤氏、李纨、凤姐、迎春姊妹，以及薛姨妈等皆在一处，听如此信至，贾母便唤进赖大来细问端的。
>
> 赖大禀道："小弟们只在临敬门外伺候，里头的信息一概不能得知。后来还是夏太监出来道喜说：'咱们家大小姐晋封为凤藻宫尚书，加封贤德妃。'后来老爷出来，亦如此吩咐小的。如今老爷又往东宫去了，速请太太领众去谢恩。"
>
> 贾母等听了，方心神安定，不免又都洋洋喜气盈腮。

这"四个管家"（其中有赖大）口中所称的"老爷"是指被宣入朝的贾政。这可以证明，这个赖大是荣国府的管家，而确非宁国府的管家。

又如庚辰本第 47 回，贾琏奉贾赦之命，去请邢夫人，在院门前遇到平儿，就问她："太太在那里呢？老爷叫我请过去呢"——

> 平儿忙笑道："在老太太跟前呢，站了这半日，还没动呢。趁早儿丢开手罢。老太太生了半日气，这会子亏二奶奶凑了半日趣儿，才略好了些。"
>
> 贾琏道："我过去只说讨老太太的示下，往赖大家取钱去，好预备轿子的，又请了太太，又凑了趣儿，岂不好？"
>
> 平儿笑道："依我说，你竟不去罢。合家子连太太、宝玉都有了不是，这会子你又填限去了。"
>
> 贾琏道："已经完了，难道还找补不成？况且与我又无干。二则老爷亲自吩咐我请太太的，这会子我打发了人去，倘或知道了，正没好气呢。指着这个拿我出气罢。"说着就走。
>
> 平儿见他说得有理，也便跟了过来。

赖大如果不是荣国府的管家，贾琏是不会到他那里去"取钱"的。下文又提到了"赖大的媳妇"和"赖大花园"：

> 展眼到了十四日，黑早，赖大的媳妇又进来请。贾母高兴，便带了王夫人、薛姨妈及宝玉姊妹等，到赖大花园中坐了半日。

可知赖大请的不是宁国府的人，而是荣国府的老太太、太太、少爷、小姐们。

再如庚辰本第52回，宝玉来到潇湘馆——

> 说着，便坐在黛玉常坐的搭着灰鼠椅搭的一张椅上，因见暖阁之中有一玉石条盆，里面攒三聚五栽着一盆单瓣水仙，点着宣石，便极口赞："好花！这屋子越发暖，这花香的越清香，昨日未见。"
>
> 黛玉因说道："这是你家的大总管赖大婶子送薛二姑娘的，两盆腊梅，两盆水仙。他送了我一盆水仙。他送了蕉丫头一盆腊梅。我原不要的，又恐辜负了他的心。你若要，我转送你如何？"

黛玉对宝玉所说的"你家的大总管"，即荣国府的大总管也。"你家的"三字，严格地限制了赖大所属的府第。

下文，宝玉要出门去拜寿：

> 老嬷嬷跟至厅上，只见宝玉的奶兄李贵和王荣、张若锦、赵亦华、钱启、周瑞六个人带着茗烟、伴鹤、锄药、扫红四个小厮，背着衣包，抱着坐褥，笼着一匹雕鞍彩辔的白马，早已伺候多时了。老嬷嬷又吩咐了他六人些话，六个人忙答应了几个"是"，忙捧鞭坠镫。
>
> 宝玉慢慢的上了马。李贵和王荣笼着嚼环，钱启、周瑞二人在前引导，张若锦、赵亦华在两边紧贴宝玉后身。
>
> 宝玉在马上笑道："周哥、钱哥，咱们打这角门走罢，省得到了老爷的书房门口，又下来。"周瑞侧身笑道："老爷不在家，书房天天锁着的。爷可以不用下来罢了。"
>
> 宝玉笑道："虽锁着，要下来的。"钱启、李贵和都笑道："爷说的是。便托懒不下来，倘或遇见赖大爷、林二爷，虽不好说爷，也劝两句。有的不是，都派在我们身上。又说我们不教爷礼了。"
>
> 周瑞、钱启便一直出角门来。正说话时，顶头果见赖大爷来。宝玉忙笼住马，意欲下来，赖大忙上来抱住腿，宝玉便在镫上站起来，笑携他的手，说了几句话。接着，又见一个小厮带自二三十个拿扫帚簸箕的人进来，见了宝玉，都顺墙随手立住。独那为首的小厮打千儿请了一个安。宝玉不识名姓，只微笑点了点头儿，马已过去。那人方带人去了。
>
> 于是出了角门，门外又有李贵等六人的小厮并几个马夫早预备下十

来匹马端候。

一出了角门，李贵等都各上了马，前引傍围的一阵烟去了，不在话下。

宝玉还没有出角门，就遇上了赖大，其地点当然是在荣国府的大门之内，这也同样说明，赖大属于荣国府，而不属于宁国府。

第58回的文字更直接把赖大和荣国府紧紧地联系在一起：

> 当下荣、宁两处主人既如此不暇，并两处执事人等或有人跟随入朝的，或有朝外照理下处事务的，又有先踩踏下处的，也都各各忙乱，因此两处下人无了正经头绪，也都偷安，或乘隙结党，与暂权执事者窃弄威福，荣府只留得赖大并几个管事照管外务。这赖大手下常用几个人已去，虽另委人，都是些生的，只觉不顺手，且他们无知，或赚骗无节，或呈告无据，或举荐无因，种种不善，在在生事，也难备述。

以上所引各回的文字都可以说明，赖大实为宝玉所在的荣国府的"管家"、"大总管"，他并不是贾珍、贾蓉所在的宁国府的"大总管"、"管家"。

而那个焦大却是宁国府的仆人，不是荣国府的仆人。他如果要骂，也应该骂宁国府的管家赖二。

所以，舒本、彼本、眉本第7回以赖大充任宁国府的管家，从现在我们所看到的全书来看是不协调的、错误的。

第三节 "赖大"的出现早于"赖二"

舒本、彼本、眉本三本的同误表明，在第7回①，这三个脂本彼此之间的关系比较亲近。

三个脂本同误，这也同样表明了最大的一种可能性：此一错误的制造者不是旁人，也不是后人，而是曹雪芹自己。

"赖大"的"大"字和"赖二"的"二"字，字形相差比较悬殊，而且易认，写错、认错、读错、抄错的概率很小。因此，在一般的情况下，对抄手来说，这两个字是不会发生讹误、混淆的。

---

① 现存的脂本大多数是"拼凑本"。因此，这里所说，只能以第7回为例。

那么，曹雪芹自己为什么会犯下如此明显的错误呢？

我认为，这是因为曹雪芹在撰写第 7 回的时候，最初是想安排赖大做宁国府管家的；但是，写到后来的几回，他改变了主意，让赖大到荣国府去当管家了。

《红楼梦》最早的初稿是《风月宝鉴》。《风月宝鉴》的原貌今已不可得见。据我分析和推测，《风月宝鉴》开始所写的故事情节以宁国府为重点：曹雪芹原先的设想是安排赖大为宁国府的总管，同时安排赖二为荣国府的总管。以辈分、年龄而论，宁国府的贾敬要大于荣国府的贾赦、贾政。因此，赖大、赖二在名字上的顺序是和他们各自的家主的情况相符合的。这无疑是曹雪芹最初的设想。

到了在《风月宝鉴》的基础上改写《红楼梦》的时候，故事情节内容的重点逐渐向着荣国府倾斜和转移，赖大的名字也就跟随着安在荣国府总管的头上了。

赖大走了，谁来补他的缺呢？赖二。曹雪芹只要把第 7 回焦大嘴里的"赖大"改为"赖二"，就完成了他们二人的角色的转换。

这就是说，让赖大做宁国府管家，出于曹雪芹的初稿；宁国府管家变成了赖二，出于曹雪芹的改稿。

根据以上的分析，可以知道，在曹雪芹创作过程中，作为宁国府的管家，"赖大"、"赖二"这两个名字出现的先后次序是：

赖大→赖二

这也就是说，彼本、舒本、眉本三本第 7 回（"赖大"）的成立要早于其他脂本（甲戌本、己卯本、庚辰本、杨本、蒙本、戚本、梦本）第 7 回（"赖二"）的成立。

那么，为什么赖二只在第 7 回焦大的嘴里出现一次，以后在书中再也不露面了，他到哪里去了？

第四节　赖二改名

赖二的出现只有孤零零的一次，这意味着曹雪芹艺术构思的又一次改变。一开始，曹雪芹在第 7 回写的是"赖大"；那时，荣国府管家还没有出场。轮到荣国府管家登台亮相之时，此人被冠以"赖大"之名；于是，他便给宁国府管家另起了一个和"赖大"排行的名字："赖二"；"赖二"之名用了一次之后，他也许是感到没有必要暗示荣、宁二府的管家是哥儿俩，就抛弃了"赖二"之称，又给此人再度改名。赖二的改名，说来也很有趣。在《红楼梦》前八十回的各种版本中，赖二的改名，竟然多达六个：

> 来升 来昇 来陞 赖升 赖昇 赖陞

更为有趣的是，"升"、"昇"、"陞"本是三个不同的字。它们读音相同，含义并不完全相同。但在过去制定的汉字简化方案中，它们却被统一为一个笔画比较简单的"升"字。这样一来，在一些《红楼梦》简体字排印本中，一般读者不易察觉到这个微妙的问题的存在：上一字仍有"来"和"赖"的区别，下一字却只有"升"，而"昇"或"陞"消失了。

赖二的改名，在脂本中，最早出现的是"来昇"。

这发生在第 10 回。

以庚辰本为例①，第 10 回，尤氏和贾珍有一番对话：

> 尤氏听了，心中甚喜，因说道："后日是太爷的寿日，到底怎么办？"
> 贾珍说道："我方才到了太爷那里去请安，兼请太爷来家，来受一受一家子的礼。太爷因说道：'我是清净惯了的，我不愿意往你们那是非场中去闹去。你们必定说是我的生日，要叫我去受众人些头，莫过你把我从前注的阴骘文给我令人好好的写出来刻了，比叫我无故受众人的头还强百倍呢。倘或后日这两日一家子要来，你就在家里好好的款待他们就是了，也不必给我送什么东西来，连你后日也不必来。你要心中不安，你今日就给我磕了头去。倘或后日你要来，又跟随多少人闹我，我必和你不依。'如此说了又说，后日我是再不敢去的了。且叫来昇 a 来，吩咐他预备两日的筵席。"
> 尤氏因叫人叫了贾蓉来："吩咐来昇 b 照旧例预备两日的筵席，要丰丰富富的。你再亲自到西府里去，请老太太、大太太、二太太和你琏二婶子来逛逛。"

---

① 下文所引文字，凡未注明出处者，均出自庚辰本。

"来昇 a"，舒本作"来昇儿"，眉本作"来升"，梦本、程甲本作"来陞"，程乙本作"赖陞"，其他脂本同于庚辰本。

"来昇 b"，舒本作"来昇儿"，梦本、程甲本作"来陞"，程乙本作"赖陞"，其他脂本同于庚辰本。

来昇 a

来昇	庚辰本 己卯本 彼本 杨本 蒙本 戚本
来昇儿	舒本
来升	眉本
来陞	梦本 程甲本
赖陞	程乙本

来昇 b

来昇	庚辰本 己卯本 彼本 杨本 蒙本 戚本 眉本
来昇儿	舒本
来陞	梦本 程甲本
赖陞	程乙本

这里的"来昇"显然扮演着宁国府管家的角色。

此人应该就是第 7 回的赖二的改名。当然，这只是我们作为读者所获取的印象。曹雪芹并没有对这一点做出公开的、明晰的宣示。

依照版本成立先后的顺序，在第 10 回，这个人名出现的顺序是：

来昇→来陞→赖陞

再看第 14 回的开端：

话说宁国府中都总管<u>来昇</u>闻得里面委请了凤姐，因传齐同事人等，说道："如今请了西府里琏二奶奶管理内事，倘或他来支取东西，或是说话，我们须要比往日小心些。每日大家早来晚散，宁可辛苦这一个月，过后再歇着。不要把老脸丢了，那是个有名的烈货，脸酸心硬，一时恼了，不认人的。"

"来昇"，杨本、梦本、程甲本作"来陞"，程乙本作"赖陞"，其他脂本同于庚辰本。

来昇	庚辰本 己卯本 舒本 彼本 蒙本 戚本
来陞	杨本 梦本 程甲本
赖陞	程乙本

这里开门见山地、明确地交代，来昇的身份是"宁国府中都总管"。
请继续看同回的下文：

> 凤姐即命彩明定造簿册，即时传来昇a媳妇，兼要家口花名册来查看，又限于明日一早传齐家人媳妇进来听差等语，大概点了一点数目单册，问了来昇b媳妇几句话，便坐车回家。一宿无话。

"来昇a"，杨本、梦本、程甲本作"来陞"，程乙本作"赖陞"。
"来昇b"，杨本、梦本、程甲本作"来陞"，程乙本作"赖陞"。

来昇	庚辰本 己卯本 舒本 彼本 蒙本 戚本
来陞	杨本 梦本 程甲本
赖陞	程乙本

> 至次日卯正二刻，便过来了。那宁国府中婆娘、媳妇闻得到齐。只见凤姐正与来昇媳妇分派众人，不敢擅入，只在窗外听觑。

"来昇"，杨本、梦本、程甲本作"来陞"，程乙本作"赖陞"。

来昇	庚辰本 己卯本 舒本 彼本 蒙本 戚本
来陞	杨本 梦本 程甲本
赖陞	程乙本

> 只听凤姐与来昇媳妇道："既托了我，我就说不得要讨你们嫌了。我可比不得你们奶奶好性儿，由着你们去。再不要说你们这府里原是这样的话，如今可要依着我行，错我半点儿，管不得谁是有脸的，谁是没脸

的，一例现清白处治。"

"来昇"，舒本无①，梦本、程甲本作"来陞"，程乙本作"赖陞"。

来昇	庚辰本 己卯本 彼本 杨本 蒙本 戚本
来陞	梦本 程甲本
赖陞	程乙本
（无）	舒本

"来昇家的每日揽总查看，或有偷懒的，赌钱吃酒的，打架办嘴的，立刻来回我。你有徇情，经我查出，三四辈子的老脸就顾不成了。如今都有定规，以后那一行乱了，只和那一行说话。……"

"来昇"，其他脂本、程甲本同于庚辰本，程乙本作"赖陞"。

来昇	庚辰本 己卯本 舒本 彼本 杨本 蒙本 戚本 梦本 程甲本
赖陞	程乙本

一面又掷下宁国府对牌："出去说与来昇，革他一月粮米。"

此三句，梦本、程甲本无，程乙本作"凤姐又掷下宁府对牌：'说与赖陞，革他一个月的钱粮。'"其他脂本同于庚辰本。

来昇	庚辰本 己卯本 舒本 彼本 杨本 蒙本 戚本
赖陞	程乙本
（无）	梦本 程甲本

依照版本成立的舒序，在第 14 回，这个人名出现的顺序是：

来昇→来陞→赖陞

---

① 舒本此处作"凤姐说道：'大哥哥既然再三的托了我……'"

第 16 回更有这样的文字：

> 贾政不惯于俗务，只凭贾赦、贾珍、贾琏、<u>赖大</u>、<u>来昇</u>、林之孝、吴新登、詹光①、程日兴等些人安插摆布，凡堆山凿池，起楼②竖阁，种竹栽花，一应点景等事，又有山子野制度，下朝闲暇，不过各处看望看望，最要紧处和贾赦等商议商议便罢了。

"赖大"，其他脂本以及程甲本、程乙本均同。

"来昇"，梦本、程甲本作"来升"，程乙本作"赖升"，其他脂本同于庚辰本。

赖大	脂本 程甲本 程乙本

来昇	庚辰本 己卯本 舒本 彼本 杨本 蒙本 戚本
来升	梦本 程甲本
赖升	程乙本

> 贾赦只在家高卧，有芥豆之事，贾珍等或自去回明，或写略节，或有话说，便传呼贾琏、<u>赖大</u>等领命。贾蓉单管打造金银器皿，贾蔷已起身往姑苏去了。贾珍、<u>赖大</u>等又点人丁、开册籍、监工等事，一笔不能写到，不过是喧阗热闹非常而已，暂且无话。

这里既提到了荣国府的人们（如贾赦、赖大），又提到了宁国府的人们（如贾珍、来昇）。赖大与来昇分属二府甚明。

"赖大"，其他脂本以及程甲本、程乙本均同。

赖大	脂本 程甲本 程乙本

---

① "光"系旁改，原作"先"。
② "楼"系旁改，原作"杨"。

"来昇"，各脂本均同。程甲本也作"来昇"，程乙本照旧作"赖陞"。

来昇	脂本 程甲本
赖陞	程乙本

依照版本成立的顺序，在第16回，这个人名出现的顺序是：

来昇→赖陞

和第10回、第14回的顺序相比，少了"来陞"这个衔接性的中间环节：梦本、程甲本舍弃了"来陞"，程乙本又恢复了"赖陞"。为什么程乙本再三再四地要把脂本和程甲本这个人名的"来"改为"赖"，把"昇"改为"陞"呢？

原来在各脂本以及程甲本中也有和"来昇"不统一的"赖昇"存在，这见于第53回和第63回。

第53回的文字是这样的：

> 贾珍吃过饭，盥漱毕，换了靴帽，命贾蓉捧着银子跟了来，回过贾母、王夫人，又至这边回过贾赦、邢夫人，方回家去，取出银子，命将口袋向宗祠大炉内焚了，又命贾蓉道："你去问问你琏二婶子，正月里请吃年酒的日子拟了没有？若拟定了，叫书房里明白开了单子来，咱们再请时就不能重犯了。旧年不留心，重了几家，不说咱们不留神，倒像两宅商议定了，送虚情，怕费事一样。"
>
> 贾蓉忙答应了过去，一时拿了请人吃年酒的日期单子来了，贾珍看了，命交与赖昇去看了，请人别重这上头日子。

"赖昇"，其他脂本均同。程甲本、程乙本也作"赖昇"（注意：程乙本不作"赖陞"）。

赖昇	脂本 程甲本 程乙本

第54回，正月十五日元宵节聚会之后——

> 十七日方散，一早又过宁府行礼，伺候掩了祖宗，收过影像，方回

来。此日便是薛姨妈家请吃年酒，十八日便是<u>赖大</u>家，十九日便是宁府<u>赖升</u>家，二十日便是林之孝家，二十一日便是单大良家，二十二日便是吴新登家。这几家，贾母也有去的，也有不去的，也有高兴直带着众人到晚上方回来的，也有兴尽半日一时就来的。凡诸亲友来请，或来赴席的，贾母一概怕拘束不会。

"赖升"，各脂本均同。程甲本、程乙本自"此日便是薛姨妈家请吃年酒"之后进行了删节，所以"赖升"二字不见踪影。

赖升	脂本
（无）	程甲本 程乙本

这里分得十分清楚，赖升属于宁府，赖大则不言自明，属于荣府。正因为是管家，他们才有了请贾母等人吃年酒的资格。

第 63 回，"死金丹独艳理亲丧"：

> 正顽笑不绝，忽见东府中几个人慌慌张张跑来说："老爷殡天了。"众人听了，唬了一大跳，忙都说："好好的，并无疾病，怎么就没了？"家下人说："老爷天天修见，定是功行□满，升仙去了。"
>
> 尤氏一闻此言，又见贾珍父子并贾琏等皆不在家，一时竟没个着己的男子来，未免忙了，只得忙卸了妆饰，命人先到玄真观，将所有的道士都锁了起来，等大爷来家审问，一面忙忙坐车，带了<u>赖升</u>一干家人媳妇出城。

"赖升"，其他脂本均同。程甲本、程乙本也作"赖升"。

赖升	脂本 程甲本 程乙本

第五节　小结：三个角度

通过以上的引文，关于宁国府管家的名字，可以从三个角度得出以下三种小结：

以章回计——

第 7 回

赖大	舒本 彼本 眉本
赖二	甲戌本 己卯本 庚辰本 杨本 蒙本 戚本 梦本 程甲本 程乙本

第 10 回

来升	眉本
来昇	己卯本 庚辰本 彼本 杨本 蒙本 戚本 眉本
来陞	梦本 程甲本
赖陞	程乙本
来昇儿	舒本

第 14 回

来昇	甲戌本 己卯本 庚辰本 舒本 彼本 蒙本 戚本 杨本 程甲本
来陞	杨本 梦本 程甲本
赖陞	程乙本

第 16 回

来升	梦本 程甲本
来昇	甲戌本 己卯本 庚辰本 舒本 彼本 杨本 蒙本 戚本 梦本
赖升	程乙本
赖陞	程乙本

第 53 回

赖昇	庚辰本 彼本 戚本 梦本 程甲本 程乙本

第 54 回

赖昇	己卯本 庚辰本 彼本 杨本 蒙本 戚本

第 63 回

赖昇	己卯本 庚辰本 彼本 杨本 蒙本 戚本 梦本 程甲本 程乙本

以人名计——

赖大

第 7 回	舒本 彼本 眉本

赖二

第 7 回	甲戌本 己卯本 庚辰本 杨本 蒙本 戚本 梦本 程甲本 程乙本

来升

第 10 回	眉本
第 16 回	梦本　程甲本

来昇

第 10 回	己卯本 庚辰本 彼本 杨本 蒙本 戚本 眉本
第 14 回	甲戌本 乙卯本 庚辰本 舒本 彼本 蒙本 戚本 杨本 程甲本
第 16 回	甲戌本 乙卯本 庚辰本 舒本 彼本 杨本 蒙本 戚本 梦本

来陞

第 10 回	梦本 程甲本
第 14 回	杨本 梦本 程甲本

赖升

第 16 回	程乙本

赖昇

第 53 回	脂本 程甲本 程乙本
第 54 回	脂本
第 63 回	脂本 程甲本 程乙本

赖陞

第 10 回 第 14 回 第 16 回	程乙本

来昇儿

第 10 回	舒本

以版本计——

甲戌本

第 7 回	赖二
第 14 回 第 16 回	来昇

己卯本

第 7 回	赖二
第 10 14 16 53 54 63 回	来昇 赖昇

庚辰本

第 7 回	赖二
第 10 14 16 53 54 63 回	来昇 赖昇

舒本

第 7 回	赖大
第 10 14 16 回	来昇儿 来昇 赖昇

彼本

第 7 回	赖大
第 10 14 16 53 54 63 回	来昇 赖昇

杨本

第 7 回	赖二
第 10 14 16 53 54 63 回	来昇 来陞 赖陞

蒙本

第 7 回	赖二
第 10 14 16 53 54 63 回	来昇 赖升 赖陞

戚本

第 7 回	赖二
第 10 14 16 53 54 63 回	来昇 赖昇

眉本

第 7 回	赖大
第 10 回	来升 来昇

梦本

第 7 回	赖二
第 10 14 16 53 54 63 回	来升 来陞 赖昇

程甲本

第 7 回	赖二
第 10 14 16 53 63 回	来升 来陞 赖昇

程乙本

第 7 回	赖二
第 10 14 16 53 63 回	赖升 赖昇 赖陞

第六节　人同名异的现象

通过以上的小结，可以看出，无论是脂本（甲戌本、己卯本、庚辰本、舒本、彼本、戚本、眉本），还是混合本（杨本、蒙本）、过渡本（梦本），程本（程甲本、程乙本）①，宁国府管家的名字都有所不同，或是各个版本之间彼此不同，或是在同一版本中前后不同。

脂本既有"来昇"、"来陞"、"来升"，又有"赖昇"，说的其实是同一个人，但脂本给此人取了不同的、不统一的名字，一个姓赖，名昇；一个不带姓，名来昇。

程乙本的整理者可能觉得，荣国府的赖大姓赖，林之孝姓林，单大良姓单，吴新登姓吴，为什么唯独"来昇"就没有个姓呢？于是，他就仿"赖大"之例，把"来"字改成"赖"，让此人姓赖。

有人也许以为"来"字本身就是姓，姓"来"的人在过去和今天无疑是有的。但贾府此人确非姓"来"。有例可做旁证。荣国府的仆人之中，不是也有"来旺"（第 15 回、第 72 回），"来兴"（第 33 回）和"来喜"（第 74回）吗？"旺"、"兴"、"喜"三字正好和"升"、"昇"、"陞"三字是同样相似的褒语。

那么，程乙本为什么非要此人姓赖不可呢？

我想，程乙本的整理者可能注意到以下三点。第一点，曹雪芹一度试图让赖大、赖二两个看上去很像是哥儿俩的人分别占据宁、荣二府的总管的地位，所以他就往这条思路靠拢。第二点，几个脂本虽然在第 10 回、第 14 回、第 16 回作"来"，却在第 53 回、第 54 回、第 63 回作"赖"。第三点：程甲本第 53 回、第 63 回也作"赖"，不是"来"。

---

① 关于《红楼梦》版本系统的区分，红学界基本上采用脂本、程本的两分法；我认为，应该再细分为脂本、混合本、过渡本、程本四类。请参阅《中国古代小说总目·白话卷》（山西教育出版社，2004 年）"红楼梦"。

　　所以，程乙本整理者的"赖"字是以几个脂本为依据的。它采用"陞"字的目的无非是要有意地表示和程甲本的差异。至于程乙本第53回、第63回仍然保留"昇"字，那是出于程乙本整理者无心的遗漏。

　　脂本有几回作"来昇"（或"来升"），有几回又变为"赖昇"，原因何在？这和曹雪芹创作过程中的构思改变有关。

第七节　脂评"记清"的含义

　　甲戌本第7回，在正文"（焦大）因趁着酒兴先骂大总管赖二"之下，有一条双行小字评语：

> 记清，荣府中则是赖大，又故意综错①的妙。

　　蒙本、戚本也同样有这条双行小字评语。

　　此时，赖大（荣国府大总管）尚未在书中露面，脂评却提前作了预告。

　　这条脂评既有预告性，又有针对性。它提醒读者：这里所说的宁国府大总管，应当是赖二，而不是赖大；"赖大"是荣国府的大总管；勿将二人混淆。

　　不妨设想一下，如果甲戌本、蒙本、戚本等脂本，也像舒本、彼本、眉本一样，第7回此处的正文不是"赖二"，而是"赖大"，那么，这岂不等于是斥责曹雪芹犯了糊涂吗？只有甲戌本、蒙本、戚本等脂本第7回此处的正文是"赖二"，而不是"赖大"，这条评语方称得上有的放矢。

　　姑且假定这条评语的作者是脂砚斋。脂砚斋为什么要特意提醒读者不要混淆赖大和赖二呢？我想，只有在两个前提下，他才会这样做。哪两个前提呢？第一个前提是他至少已看到了后面的第16回或第52回的正文，前者是曹雪芹通过情节的叙述让读者有所知晓，后者则是曹雪芹通过林黛玉之口作了直接的、明确的交代：赖大乃荣国府的管家。第二个前提是曹雪芹笔下的第7回正文中的宁国府管家的名字（"赖大"或"赖二"）容易滋生张冠李戴的误会。

　　评语说是"故意综错（错综）"。这指的是"赖大"和"赖二"两个人

---

　　①　"综错"乃"错综"之误。

名：同是一个"赖"姓，"大"和"二"又给人以兄弟排行的感觉。这只可能是"赖大"和"赖二"。如果不是指"赖二"，而是指后来的"赖大"和"来昇"，那就既无所谓"综错"，也无所谓"故意"了。从名字上说，"赖大"和"来昇"毕竟是不搭界的。

因此，这条评语似可表明，在脂砚斋写下这条评语的时候，他还没有见到第10回、第14回和第16回的"来昇"。他如果注意到后文的宁国府管家是来昇，就没有必要在此处用这种方式来提醒读者了。

第八节　先有赖昇，还是先有来昇？

在曹雪芹的创作过程中，是先有"赖昇"，还是先有"来昇"？

从回次上看，应是先有"来昇"（第10回、第14回、第16回），后有"赖昇"（第53回、第54回、第63回）。

　　来昇→赖昇

程乙本的整理者就持这样的观点。

但我却认为，判断此类问题时不能以现有的回次前后为依据。因为在我看来，曹雪芹在创作过程中，并不是按照现在我们所看到的《红楼梦》的回次顺序写作的①。

因此，关于这个问题，我的看法是：在曹雪芹笔下，先有"赖大"，后有"赖二"；先有"赖昇"，再有"来昇"：

　　赖大（第7回）→赖二（第7回）
　　赖二（第7回）→赖昇（第53回、第54回、第63回）→来昇（第10回、第14回、第16回）

从"赖大"到"赖二"，这是第一次改变。为什么要作改变？原因在于，在第16回、第52回等处，作者又安排了赖大的新角色：荣国府的管家。于是宁国府的管家遂由"赖大"变成了"赖二"。

---

① 请参阅拙著《红楼梦版本探微》卷上"从《红楼梦》版本问题看曹雪芹创作过程"第三章"彩霞与彩云齐飞"的第16节"跳跃着写"。

从"赖二"再到"赖昇"。这是第二次改变。"二"字更易了，"赖"字始终纹丝不动。

这个"赖"字维系着第一次改变和第二次改变。

把"赖"字换成了"来"字，才完成了第三次改变。

如果以上的推测能够成立，那么，写作章回的顺序应是：

第 7 回→第 53 回、第 54 回、第 63 回→第 10 回、第 14 回、第 16 回

这个顺序表明了两层意思。

第一层意思是，只改动人名，没有改动其他的文字或故事情节。

第二层意思是，不只是改动人名，整回都是新写的、后写的。

第一层意思容易理解，无须饶舌。

第二层意思则只是表明了一种可能性。但我认为，这种可能性还是颇大的。

这种可能性如果能够成立，那么，我认为第 53 回、第 54 回、第 63 回的撰写要早于第 10 回、第 14 回、第 16 回。

第十六章　刘姥姥异名考辨（一）

"刘姥姥异名考辨"共有四章：

第一节　一人五名

所谓"一人五名"的"一人"，指的是刘姥姥。不过，所谓"名"，并不是指她的名字，而是指人们对她的习惯性的称呼："刘姥姥"。

从《红楼梦》全书来看，作者、抄缮者、修改者分别对"刘姥姥"这个人物使用了五个称呼。这五个称呼是：

> 刘姥姥　刘老老　刘嫽嫽　刘姆姆　刘妈妈

这五个名词，其实指称的是同一个人，即刘姥姥。她是狗儿的岳母，青儿、板儿的外祖母。

大体上说来，在《红楼梦》脂本①中，此人基本上冠名曰"刘姥姥"。故本书径以"刘姥姥"称之。

但在《红楼梦》后四十回②中，此人一律被写作"刘老老"。

请先看《汉语大词典》③对"姥姥"、"老老"、"嫽嫽"、"姆姆"和"妈妈"这五个名词是如何分别作出解释的。

第一，"姥姥"，有三个义项④：

（1）称外祖母。明沈榜《宛署杂记·民风二》曰："外甥称母之父曰姥爷，母之母曰姥姥。"

（2）对年老妇人的尊称。

（3）称年老女仆。

《红楼梦》中的"刘姥姥"，符合于第一义项，是从青儿、板儿的角度称呼他们的外祖母刘氏；它同时也符合于第二义项，是贾府上下众人对外来的老妇人刘氏的习惯性尊称。

第二，作为称谓的名词，"老老"有五个义项⑤：

（1）外祖母。

（2）对已作外祖母者之称。

（3）对男性老年人的敬称。

（4）老者自称。

（5）方言：收生婆。

其中的第一义项和第二义项也都符合于《红楼梦》中的"刘姥姥"的身份。

第三，"嫽"有两个读音。

一读 liao，上声。有两个义项⑥：

---

① 即前八十回。
② 以程甲本、程乙本为代表。
③ 罗竹风主编《汉语大词典》（缩印本），汉语大词典出版社，1997年，上海。
④ 《汉语大词典》（缩印本），第2289页。
⑤ 《汉语大词典》（缩印本），第4982页。
⑥ 《汉语大词典》（缩印本），第2319页。

  （1）美好。

  （2）女子名字。

一读 lao，上声。有三个义项：

  （1）嫽妙：俊俏。

  （2）嫽俏：俏丽。

  （3）嫽嫽：外祖母。《正字通·女部》曰："今北人称外祖母为嫽嫽。"今作"姥姥"。

  在《红楼梦》中，"嫽嫽"主要见于甲戌本，正与"姥姥"音义兼通。

  第四，"姆姆"见于杨本。

  在《汉语大词典》上，"姆姆"有两个义项①：

  （1）弟妻对兄妻的称呼。

  （2）指俊女。

  遗憾的是，这两个义项和《红楼梦》中的"刘姆姆"均不合拍。

  我不禁想起了李白诗的名句"安能摧眉折腰事权贵，使我不得开心颜"。该诗题为《梦游天姥吟留别》②，其中提到的天姥山在今浙江省境内。诗题中的那个"姥"字的读音不正是"姆"（mu，上声）吗？以此例彼，在《红楼梦》杨本，"刘姥姥"之被写作"刘姆姆"，也就是可以理解的了③。

  第五，"妈妈"有四个义项④：

  （1）母亲。

  （2）称年长的已婚妇女。

  （3）称老妻。

  （4）称老年女仆。

  其中第二个义项也符合《红楼梦》杨本、戚本偶尔出现的"刘妈妈"

---

① 《汉语大词典》（缩印本），第 2288 页。

② 一作《梦游天姥山别东鲁诸公》。

③ 此解能否成立，不敢自以为是，敬候方家的赐教。

④ 《汉语大词典》（缩印本），第 2312 页至第 2313 页。

之称。

总之，这五个名称（刘姥姥、刘老老、刘嫽嫽、刘姆姆、刘妈妈）都是可以用以称呼青儿、板儿的外祖母刘氏的，唯一的不同就在于版本、文字的歧异而已。

从《红楼梦》版本学或书志学的角度说，这五个名词的区别还是值得我们予以重视的。

第二节　刘姥姥一进荣国府

"刘姥姥进荣国府"有"一进"、"二进"与"三进"之分。

不过，只有"刘姥姥一进荣国府"和"刘姥姥二进荣国府"属于脂本的范畴，即出于曹雪芹的手笔。而"刘姥姥三进荣国府"则处于后四十回，属于《红楼梦》续书的范畴，与曹雪芹无干。

"刘姥姥一进荣国府"包含了《红楼梦》的第6回和第7回。

"刘姥姥"之名始见于《红楼梦》第6回。第6回是"刘姥姥一进荣国府"情节的主体。第7回则荡漾着它的余波。

刘姥姥是狗儿的岳母，青儿、板儿的外祖母。

甲戌本第6回回目的下联就叫作"刘姥姥一进荣国府"。

"刘姥姥"，己卯本、庚辰本、舒本、杨本同，蒙本、戚本作"刘老妪"，梦本、程甲本、程乙本作"刘老老"。

第 6 回回目下联

刘姥姥一进荣国府	甲戌本 己卯本 庚辰本 舒本 杨本 眉本
刘老妪一进荣国府	蒙本 戚本
刘老老一进荣国府	梦本 程甲本 程乙本

蒙本、戚本的"刘老妪"仅见于第6回的回目，而不见于第6回正文。

梦本和程甲本、程乙本一样，在第6回的回目上，同作"刘老老"。从这个角度看，这正好说明了梦本扮演的是脂本和程本之间的"过渡本"的角色。

在第6回正文中，出现了"刘姥姥"之名以及"刘姥姥"之其他替代名。

在不同的脂本中，在第 6 回正文中，"刘姥姥"之名，见于下文所列举的六十四例：

> 1—64 例

在不同的脂本中，在第 6 回正文中，"刘老老"之名，也见于下列诸例：

> 1—64 例

在不同的脂本中，"刘嫽嫽"之名，见于下列十六例：

> 3　5　7　11　16　17　20　23
> 28　30　31　37　39　42　45　57

在不同的脂本中，"刘妈妈"之名，见于下列五例：

> 2　7　12　19　40

现依次列举甲戌本第 6 回中的"刘姥姥"之名或"刘姥姥"之替代名出现的六十四例有关文字于下。

【第 6 回】

第 6 回有六十四例。

例 1，甲戌本：

> 刘姥姥一进荣国府

这是甲戌本第 6 回回目的下联。

这个下联的异文如下：

刘姥姥	甲戌本 己卯本 庚辰本 舒本 杨本 眉本
刘老妪	蒙本 戚本
刘老老	梦本 程甲本 程乙本

注意：梦本作"刘老老"，同于程甲本、程乙本。

例2，甲戌本：

　　因狗儿白日间又作些生计，刘氏又操井臼等事，青、板姊弟两个无人看管，狗儿遂将岳母刘姥姥接来一处过活。

刘姥姥	甲戌本 己卯本 庚辰本 舒本 杨本 蒙本 戚本 梦本
刘老老	程甲本 程乙本
（无）	眉本

此例与上例有一点不同：梦本作"刘姥姥"，不作"刘老老"。

刘姥姥	甲戌本 己卯本 庚辰本 舒本 杨本 蒙本 戚本 眉本 梦本
刘老老	程甲本 程乙本

彼本无第6回。

例3，甲戌本：

　　这刘嬷嬷乃是个久经世代的老寡妇，膝下又无儿女，只靠两亩薄田地度日。

刘嬷嬷	甲戌本
刘姥姥	己卯本 庚辰本 舒本 杨本 蒙本 戚本 眉本 梦本
刘老老	程甲本 程乙本

此乃"刘嬷嬷"之名在书中的首次出现。

梦本作"刘姥姥"，不作"刘老老"，与上例同。

例4，甲戌本：

因此<u>刘姥姥</u>看不过，乃劝道："姑夫①，你别嗔着我多嘴……"

刘姥姥	甲戌本 己卯本 庚辰本 舒本 杨本 蒙本 戚本 眉本 梦本
刘老老	程甲本 程乙本

梦本作"刘姥姥"，不作"刘老老"，与上例同。

例5，甲戌本：

<u>刘嫽嫽</u>道："谁叫你偷去呢？……"

刘嫽嫽	甲戌本
刘姥姥	己卯本 庚辰本 舒本 杨本 蒙本 戚本 眉本 梦本
刘老老	程甲本 程乙本

梦本作"刘姥姥"，不作"刘老老"，与上例同。

例6，甲戌本：

<u>刘姥姥</u>道："这倒不然。谋事在人，成事在天。……"

刘姥姥	甲戌本 己卯本 庚辰本 舒本 杨本 蒙本 戚本 眉本 梦本
刘老老	程甲本 程乙本

梦本作"刘姥姥"，不作"刘老老"，与上例同。

例7，甲戌本：

谁知狗儿名利心甚重，听如此一说，心下便有些活动起来，又听他

---

① "姑夫"，戚本、眉本同，己卯本、庚辰本、杨本、梦本作"姑爷"，舒本作"姐夫"；"夫"，蒙本原同，旁改"爷"。

妻子这番话，便笑接道："嫽嫽既如此说，况且当年你又见过这姑太太一次，何不你老人家明日就走一趟①，先试试风头再说。"

嫽嫽	甲戌本
姥姥	己卯本 庚辰本 舒本 杨本 蒙本 戚本 眉本 梦本
老老	程甲本 程乙本

在书中，以"嫽嫽"作称呼词而不带姓，此乃首次出现。

梦本作"姥姥"，不作"老老"，与上例同。

例8，甲戌本：

　　刘姥姥道："嗳哟哟，可是说的：侯门似海。我是个什么东西，他家人又不认得我，我去了也是白去的。"

刘姥姥	甲戌本 己卯本 庚辰本 舒本 杨本 蒙本 戚本 眉本 梦本
刘老老	程甲本 程乙本

梦本作"姥姥"，不作"老老"，与上例同。

例9，甲戌本：

　　刘姥姥道："我也知道他②的。只是许多时不走，知道他如今是怎么样，这也说不得了，你又是个男人，又这样个嘴脸，自然去不得……"

刘姥姥	甲戌本 己卯本 庚辰本 舒本 杨本 蒙本 戚本 眉本 梦本
刘老老	程甲本 程乙本

---

① "趟"，原作"遢"。
② "他"，指周瑞家的。

梦本作"姥姥",不作"老老",与上例同。

例 10,甲戌本:

> 次日天未明,<u>刘姥姥</u>便起来梳洗了,又将板儿教训几句。

刘姥姥	甲戌本 庚辰本 舒本 杨本 蒙本 戚本 眉本 梦本
刘老老	己卯本 程甲本 程乙本

梦本作"姥姥",不作"老老",与上例同。

相反的是,己卯本却作"刘老老",不作"刘姥姥"。

例 11,甲戌本:

> 于是<u>刘嫽嫽</u>带他进城,找至宁荣街。

刘嫽嫽	甲戌本
刘姥姥	己卯本 庚辰本 舒本 杨本 蒙本 戚本 眉本 梦本
刘老老	程甲本 程乙本

梦本作"姥姥",不作"老老",与上例同。

例 12,甲戌本:

> 来至荣府大门石狮子前,只见簇簇的轿马,<u>刘姥姥</u>便不敢过去。

刘姥姥	甲戌本 己卯本 庚辰本 舒本 杨本 蒙本 泽存本 眉本 梦本
刘妈妈	戚本
刘老老	程甲本 程乙本

戚本作"刘妈妈"(但泽存本仍作"刘姥姥"),此乃首见。

梦本作"姥姥",不作"老老",与上例同。

例 13，甲戌本：

只见几个挺胸叠肚、指手画脚的人坐在大凳上说东谈西呢，<u>刘姥姥</u>只得偵上来问："太爷们纳福。"

"刘姥姥"，己卯本、程甲本、程乙本作"刘老老"，其他脂本同于甲戌本。

刘姥姥	甲戌本 庚辰本 舒本 杨本 蒙本 眉本 梦本
刘老老	己卯本 程甲本 程乙本

己卯本作"刘老老"，此乃首见。
梦本作"姥姥"，不作"老老"，与上例同。

例 14，甲戌本：

<u>刘姥姥</u>陪笑道："我找太太的陪房周大爷的。烦那位太爷替我请他出来。"

刘姥姥	甲戌本 庚辰本 舒本 杨本 蒙本 眉本 梦本
刘老老	己卯本 程甲本 程乙本

己卯本作"刘老老"，与上例同。
梦本作"姥姥"，不作"老老"，与上例同。

例 15，甲戌本：

内中有一年老的说道："不要误他的事，何苦耍他。"因向刘姥姥道："那周大爷已往南边去了，他在后一带住着，他娘子却在家……"

刘姥姥	甲戌本 庚辰本 舒本 杨本 蒙本 眉本 梦本
刘老老	己卯本 程甲本 程乙本

己卯本作"刘老老"，与上例同。
梦本作"姥姥"，不作"老老"，与上例同。

例 16，甲戌本：

刘嫽嫽听了，谢过，遂携了板儿绕到后门上。

刘嫽嫽	甲戌本
刘姥姥	庚辰本 舒本 杨本 蒙本 眉本 梦本
刘老老	己卯本 程甲本 程乙本

己卯本作"刘老老"，与上例同。
梦本作"姥姥"，不作"老老"，与上例同。
例 17，甲戌本：

三二十个孩子在那里厮闹，刘嫽嫽便拉住了一个道："我问哥儿一声，有个周大娘，可在家么？"

"刘嫽嫽"，其他脂本作"刘姥姥"，程甲本、程乙本作"刘老老"。

刘嫽嫽	甲戌本
刘姥姥	己卯本 庚辰本 舒本 杨本 蒙本 戚本 眉本 梦本
刘老老	程甲本 程乙本

梦本作"姥姥"，不作"老老"，与上例同。
例 18，甲戌本：

刘姥姥道："是太太的陪房周瑞①。"

刘姥姥	甲戌本 庚辰本 舒本 杨本 蒙本 眉本 梦本
刘老老	己卯本 程甲本 程乙本

① "周瑞"，己卯本、舒本、杨本、蒙本、戚本、眉本同，梦本、程甲本、程乙本无，庚辰本作"周瑞之妻"。

己卯本作"刘老老"，不作"刘姥姥"。

梦本作"姥姥"，不作"老老"，与上例同。

例19，甲戌本：

> 说着，跳跳蹭蹭引着刘姥姥 a 进了后门，至一院墙边，指与刘姥姥 b 道："这就是他家。"

刘姥姥 a	甲戌本 庚辰本 舒本 蒙本 戚本 眉本 梦本
刘姥姥 b	甲戌本 庚辰本 舒本 眉本 梦本
刘妈妈	杨本
刘老老	己卯本 程甲本 程乙本

己卯本作"刘老老"。

梦本作"姥姥"，不作"老老"，与上例同。

蒙本、戚本没有"刘姥姥 b"的原因是：它们在这里有同词脱文现象。请看各本的有关文字：

> 说着，跳跳蹭蹭引着刘姥姥进了后门，至一院墙边，指与刘姥姥道："这就是他家。"（甲戌本）

> 说着，跳蹭蹭引着刘老老进了后门，至一院墙边，指与刘姥姥道："这就是他家。"（己卯本）

> 说着，跳蹭蹭的引着后①刘姥姥进了后门，至一院墙边，指与刘姥姥道："就是他家。"（庚辰本）

> 说着，跳蹭蹭引着刘姥姥过了后院，至一院墙边，指与刘姥姥道："这就是他家。"（舒本）

> 说着，跳蹭蹭引着刘妈妈进了后门，至一院墙边，指与刘姥姥道："这就是他家。"（杨本）

> 说着，跳蹭蹭引着刘姥姥道："就是他家。"（蒙本、戚本）

> 说着，跳跻跻引着刘姥姥进了后门，至一院墙边，指与刘姥姥道："就是他家。"（眉本）

---

① "后"字误衍。

造成蒙本、戚本脱文的原因在于，"刘姥姥"三字前后相同。

有两点令人感到奇怪：

第一，己卯本上句作"刘老老"，隔了一句，下句却作"刘姥姥"。

第二，杨本上句作"刘妈妈"，隔了一句，下句却作"刘姥姥"。

梦本作"姥姥"，不作"老老"，与上例同。

例20，甲戌本：

刘嫽嫽忙迎上来，问道："好呀，周嫂子。"

刘嫽嫽	甲戌本
刘姥姥	庚辰本 舒本 蒙本 戚本 眉本 梦本
刘老老	己卯本 程甲本 程乙本

梦本作"姥姥"，不作"老老"，与上例同。

例21，甲戌本：

周瑞家的认了半日，方笑道："刘姥姥，你好呀……"

刘姥姥	甲戌本 舒本 杨本 蒙本 戚本 眉本 梦本
刘老老	己卯本 程甲本 程乙本

例22，甲戌本：

刘姥姥一壁走，一壁笑说道："你老是贵人多忘事，那里还记得我们了。"

刘姥姥	甲戌本 庚辰本 舒本 杨本 蒙本 戚本 眉本 梦本
刘老老	己卯本 程甲本 程乙本

例23，甲戌本：

又问些别后闲语，再问刘嫽嫽："今日还是路过，还是特来的？"

刘嬷嬷	甲戌本
刘姥姥	己卯本 庚辰本 舒本 杨本 蒙本 戚本 眉本 梦本
刘老老	程甲本 程乙本

例24，甲戌本：

刘姥姥便说："原是特来瞧瞧你，嫂子。二则也请请姑太太的安。若可以领我见一见更好。若不能，便借重嫂子转致意罢了。"

刘姥姥	甲戌本 己卯本 庚辰本 舒本 杨本 蒙本 戚本 眉本 梦本
刘老老	程甲本 程乙本

例25，甲戌本：

周瑞家的听了，便猜着几分意思，只因昔年他丈夫周瑞争买田地一事，其中多得狗儿之力，今见刘姥姥如此而来，心中难却其意。

刘姥姥	甲戌本 己卯本 庚辰本 舒本 杨本 蒙本 戚本 眉本 梦本
刘老老	程甲本 程乙本

例26，甲戌本：

"姥姥，你放心。大远的诚心诚意的来了，岂有个不教你见个真佛去的……"

"姥姥"，戚本作"刘姥姥"，其他脂本同于甲戌本，程甲本、程乙本作"老老"。

姥姥	甲戌本 己卯本 庚辰本 舒本 杨本 蒙本 眉本 梦本
刘姥姥	戚本
老老	程甲本 程乙本

例 27，甲戌本：

　　刘姥姥听了，罕问道："原来是他，怪道呢。我当日就说他不错呢……"

刘姥姥	甲戌本 己卯本 庚辰本 舒本 杨本 蒙本 戚本 眉本 梦本
刘老老	程甲本 程乙本

例 28，甲戌本：

　　刘嫽嫽道："阿弥陀佛。这全仗嫂子方便了。"

刘嫽嫽	甲戌本
刘姥姥	己卯本 庚辰本 舒本 杨本 蒙本 戚本 眉本 梦本
刘老老	程甲本 程乙本

例 29，甲戌本：

　　刘姥姥因说："这位凤姑娘今年大不过二十岁罢了，就这等有本事，当这样的家，可是难得的。"

刘姥姥	甲戌本 己卯本 庚辰本 舒本 杨本 蒙本 戚本 眉本 梦本
刘老老	程甲本 程乙本

例 30，甲戌本：

　　周瑞家的听了道："嗐，我的<u>嬷嬷</u>，告诉不得你呢。这位凤姑娘年纪虽小，行事却比世人都大呢……"

嬷嬷	甲戌本
姥姥	己卯本 庚辰本 舒本 杨本 蒙本 戚本 眉本 梦本
老老	程甲本 程乙本

例 31，甲戌本：

　　周瑞家的听了，连忙起身，催着<u>刘嬷嬷</u>说："快走，快走，这一下来……"

刘嬷嬷	甲戌本
刘姥姥	己卯本 庚辰本 舒本 杨本 蒙本 戚本 眉本 梦本
刘老老	程甲本 程乙本

例 32，甲戌本：

　　先到了倒厅，周瑞家的将<u>刘姥姥</u>安插在那里略等一等。

刘姥姥	甲戌本 己卯本 庚辰本 舒本 杨本 蒙本 戚本 眉本 梦本
刘老老	程甲本 程乙本

例 33，甲戌本：

　　周瑞家的先将<u>刘姥姥</u>起初来历说明。

刘姥姥	甲戌本 己卯本 庚辰本 舒本 杨本 蒙本 戚本 眉本 梦本
刘老老	程甲本 程乙本

例34，甲戌本：

　　才入堂屋，只闻一阵香扑了脸来，竟不辨是何香味，身子如在云端里一般，满屋里之物都是耀眼争光，使人头悬目眩，刘姥姥斯时惟点头咂嘴，念佛而已。

刘姥姥	甲戌本 己卯本 庚辰本 舒本 杨本 蒙本 戚本 眉本 梦本
刘老老	程甲本 程乙本

例35，甲戌本：

　　平儿站在炕沿边打量了刘姥姥两眼。

刘姥姥	甲戌本 己卯本 庚辰本 舒本 杨本 蒙本 戚本 眉本 梦本
刘老老	程甲本 程乙本

例36，甲戌本：

　　刘姥姥见平儿遍身绫罗，插金带银，花容玉貌的，便当是凤姐儿了。

刘姥姥	甲戌本 己卯本 庚辰本 舒本 杨本 蒙本 戚本 眉本 梦本
刘老老	程甲本 程乙本

例37，甲戌本：

于是让刘嫽嫽和板儿上了炕。

刘嫽嫽	甲戌本
刘姥姥	己卯本　庚辰本 舒本　杨本　蒙本 戚本　眉本　梦本
刘老老	程甲本　程乙本

例38，甲戌本：

刘姥姥只听见咯当咯当的响声，大有似乎打箩柜筛面的一般，不免东瞧西望的。

刘姥姥	甲戌本　己卯本　庚辰本 舒本　杨本　蒙本 戚本　眉本　梦本
刘老老	程甲本　程乙本

例39，甲戌本：

刘嫽嫽心中想着："这是个什么爱物儿？有煞用呢？"

刘嫽嫽	甲戌本
刘姥姥	己卯本　庚辰本 舒本　杨本　蒙本 戚本　眉本　梦本
刘老老	程甲本　程乙本

例40，甲戌本：

平儿与周瑞家的忙起身，命刘姥姥只管坐着："等是时候，我们来请你呢。"

刘姥姥	甲戌本 己卯本 庚辰本 舒本 蒙本 戚本 眉本 梦本
刘妈妈	杨本
刘老老	程甲本 程乙本

例41，甲戌本：

刘姥姥屏声侧耳默候。

刘姥姥	甲戌本 己卯本 庚辰本 舒本 杨本 蒙本 戚本 眉本 梦本
刘老老	程甲本 程乙本

例42，甲戌本：

板儿一见了，便吵着要肉吃。刘嫽嫽一扒掌①打下他去。

刘嫽嫽	甲戌本
刘姥姥	己卯本 庚辰本 舒本 杨本 蒙本 戚本 眉本 梦本
刘老老	程甲本 程乙本

例43，甲戌本：

刘姥姥会意，于是携了板儿下炕，至堂屋中。

刘姥姥	甲戌本 己卯本 庚辰本 舒本 杨本 蒙本 戚本 眉本 梦本
刘老老	程甲本 程乙本

---

① "一扒掌"，舒本作"一巴掌"，其他脂本作"一把掌"。

例44，甲戌本：

刘姥姥在地下已是拜了数拜，问姑奶奶安。

刘姥姥	甲戌本 己卯本 庚辰本 舒本 杨本 蒙本 戚本 眉本 梦本
刘老老	程甲本 程乙本

例45，甲戌本：

周瑞家的忙回道："这就是我才回的那个嫽嫽了。"

嫽嫽	甲戌本
姥姥	己卯本 庚辰本 舒本 杨本 蒙本 戚本 眉本 梦本
老老	程甲本 程乙本

例46，甲戌本：

刘姥姥已在炕沿上坐下。

刘姥姥	甲戌本 己卯本 庚辰本 舒本 杨本 蒙本 戚本 眉本 梦本
刘老老	程甲本 程乙本

例47，甲戌本：

刘姥姥忙念佛道："我们家道艰难走不起，来了这里没的给姑奶奶打嘴，就是管家爷们看着也不像。"

刘姥姥	甲戌本 己卯本 庚辰本 舒本 杨本 蒙本 戚本 眉本 梦本
刘老老	程甲本 程乙本

例48，甲戌本：

刘姥姥道："也没甚说的，不过是来瞧姑太太、姑奶奶，也是亲戚们的情分。"

刘姥姥	甲戌本 己卯本 庚辰本 舒本 杨本 蒙本 戚本 眉本 梦本
刘老老	程甲本 程乙本

例49，甲戌本：

周瑞家的……一面说，一面递眼色儿与刘姥姥。

刘姥姥	甲戌本 己卯本 庚辰本 舒本 杨本 蒙本 戚本 眉本 梦本
刘老老	程甲本 程乙本

例50，甲戌本：

刘姥姥会意，未语先飞红的脸……

刘姥姥	甲戌本 己卯本 庚辰本 舒本 杨本 蒙本 戚本 眉本 梦本
刘老老	程甲本 程乙本

例51，甲戌本：

凤姐忙止刘姥姥："不必说了。"

刘姥姥	甲戌本 己卯本 庚辰本 舒本 杨本 蒙本 戚本 眉本 梦本
刘老老	程甲本 程乙本

例52，甲戌本：

刘姥姥此时坐不是，立不是，藏没处藏。

刘姥姥	甲戌本 己卯本 庚辰本 舒本 杨本 蒙本 戚本 眉本 梦本
刘老老	程甲本 程乙本

例53，甲戌本：

刘姥姥方扭扭捏捏在炕沿上坐了。

刘姥姥	甲戌本 己卯本 庚辰本 舒本 杨本 蒙本 戚本 眉本 梦本
刘老老	程甲本 程乙本

例54，甲戌本：

这里刘姥姥心身方安，方又说道："今日我带了你侄儿来，也不为别的……"

刘姥姥	甲戌本 己卯本 庚辰本 舒本 杨本 蒙本 戚本 眉本 梦本
刘老老	程甲本 程乙本

例55，甲戌本：

因问周瑞家的道："这刘姥姥不知可用过饭没有呢？"

刘姥姥	甲戌本
姥姥	己卯本 庚辰本 舒本 杨本 蒙本 戚本 眉本 梦本

406 | 红楼梦甲戌本研究

续表

老老	程甲本 程乙本

例56，甲戌本：

　　刘姥姥忙道："一早就往这里赶咧，那里还有吃饭的工夫咧。"

刘姥姥	甲戌本 己卯本 庚辰本 杨本 蒙本 戚本 眉本 梦本
这姥姥	舒本
刘老老	程甲本 程乙本

例57，甲戌本：

　　一时周瑞家的传了一桌客馔来，摆在东边屋内，过来带了刘嫽嫽和板儿过去吃饭。

刘嫽嫽	甲戌本
刘姥姥	己卯本 庚辰本 舒本 杨本 蒙本 戚本 眉本 梦本
刘老老	程甲本 程乙本

例58，甲戌本：

　　说话时，刘姥姥已吃毕饭，拉了板儿过来，舔唇抹嘴的道谢。

刘姥姥	甲戌本 己卯本 庚辰本 舒本 杨本 蒙本 戚本 眉本 梦本
刘老老	程甲本 程乙本

例59，甲戌本：

　　那刘姥姥先听见告艰难，只当是没有，心里便突突的。

刘姥姥	甲戌本 己卯本 庚辰本 舒本 杨本 蒙本 戚本 眉本 梦本
刘老老	程甲本 程乙本

例 60，甲戌本：

凤姐听了，笑而不採①，只命平儿把昨儿那包银子拿来，再拿一串钱来，都送至刘姥姥跟前。

刘姥姥	甲戌本 己卯本 庚辰本 舒本 杨本 蒙本 戚本 眉本 梦本
刘老老	程甲本 程乙本

例 61，甲戌本：

刘姥姥只管千恩万谢，拿了银钱，随周瑞家的出来。

刘姥姥	甲戌本 己卯本 庚辰本 舒本 杨本 蒙本 戚本 眉本 梦本
刘老老	程甲本 程乙本

例 62，甲戌本：

刘姥姥笑道："我的嫂子，我见了他，心眼里爱还爱不过来，那里还说上话了。"

刘姥姥	甲戌本 己卯本 庚辰本 舒本 杨本 蒙本 戚本 眉本 梦本
刘老老	程甲本 程乙本

① "採"，舒本、戚本、眉本作"睬"，其他脂本同于甲戌本。

例 63，甲戌本：

　　二人说着，又至周瑞家坐了片时，<u>刘姥姥</u>便要留下一块银与周瑞家的儿女买果子吃。

刘姥姥	甲戌本 己卯本 庚辰本 舒本 杨本 蒙本 戚本 眉本 梦本
刘老老	程甲本 程乙本

例 64，甲戌本：

　　<u>刘姥姥</u>感谢不尽，仍从后门去了。

刘姥姥	甲戌本 己卯本 庚辰本 舒本 杨本 蒙本 戚本 眉本 梦本
刘老老	程甲本 程乙本

【小结】

以上六十四例均见于第 6 回。

现制甲、乙二表。甲表是"刘姥姥"各异名出现的"第 × 例"的例次；乙表是"刘姥姥"各异名出现的总次数。

甲表

名	例次
刘老妪	1
刘嫽嫽	3 5 7 11 16 17 20 23 28 30 31 37 39 42 45 57
刘姥姥	1 2 3 4 5 6 7 8 9 10 11 12 13 14 15 16 17 18 19 20 21 22 23 24 25 26 27 28 29 30 31 32 33 34 35 36 37 38 39 40 41 42 43 44 45 46 47 48 49 50 51 52 53 54 55 56 57 58 59 60 61 62 63 64

续表

名	例次
刘老老	1 2 3 4 5 6 7 8 9 10 11 12 13 14 15 16 17 18 19 20 21 22 23 24 25 26 27 28 29 30 31 32 33 34 35 36 37 38 39 40 41 42 43 44 45 46 47 48 49 50 51 52 53 54 55 56 57 58 59 60 61 62 63 64
刘妈妈	12 19 40

乙表

名	例数
刘老妪	1
刘嫽嫽	16
刘姥姥	64
刘老老	64
刘妈妈	3

【第 7 回】

第 7 回有二例。

例 1，甲戌本：

> 周瑞家的忙出去答应了，趁便回了刘姥姥之事。

刘姥姥	甲戌本 己卯本 庚辰本 舒本 彼本 杨本 蒙本 戚本 眉本 梦本
刘老老	程甲本 程乙本

例 2，甲戌本：

> 周瑞家的笑道："嗳，今儿偏偏的来了个刘姥姥，我自己多事，为他跑了半日，这会子又被姨太太看见了，送这几枝花儿与姑娘、奶奶们，这会子还没送清白呢……"

刘姥姥	甲戌本 己卯本 庚辰本 舒本 彼本 杨本 戚本 眉本 梦本
刘妈妈	蒙本
刘老老	程甲本 程乙本

第十七章　刘姥姥异名考辨（二）

——刘姥姥二进荣国府（上）

本章的内容包含了《红楼梦》第 39 回、第 40 回中的"刘姥姥二进荣国府"的文字情节。

第一节　刘姥姥二进荣国府（上）

刘姥姥二进荣国府（上）的文字，见于第 39 回、第 40 回。

现介绍有关的文字于下。

【第 39 回】

第 39 回有三十六例。①

例 1，庚辰本：

> 村姥姥是信口开河

此乃第 39 回回目的上联。

例 2，庚辰本：

> 忽见上回来打抽丰的那刘姥姥和板儿又来了，坐在那边屋里，还有张材家的、周瑞家的陪着。

---

① 甲戌本无第 39 回、第 40 回，故例句文字改用庚辰本。

刘姥姥	庚辰本 己卯本 舒本 彼本 蒙本 戚本 梦本
刘姆姆	杨本
刘老老	程甲本 程乙本

例 3，庚辰本：

刘姥姥因上次来过，知道平儿的身分。

刘姥姥	庚辰本 己卯本 舒本 彼本 蒙本 戚本 梦本
刘姆姆	杨本
刘老老	程甲本 程乙本

例 4，庚辰本：

刘姥姥道："这样螃蟹今年就值五分一斤，十斤五钱，五五二两五，三五一十五，再搭上酒菜，一共倒有二十多两银子。阿弥陀佛，这一顿的钱，勾①我们庄家人过一年了。"

刘姥姥	庚辰本 己卯本 舒本 彼本 杨本 蒙本 戚本 梦本
刘老老	程甲本 程乙本

例 5，庚辰本：

平儿因问："想是见过奶奶了？"刘姥姥道："见过了，叫我们等着呢。"

刘姥姥	庚辰本 己卯本 舒本 彼本 蒙本 戚本 梦本
刘姆姆	杨本
刘老老	程甲本 程乙本

例 6，庚辰本：

---

① "勾"即"够"。

我原是悄悄的告诉二奶奶，刘姥姥要家去呢，怕晚了赶不出城去。

刘姥姥	庚辰本 己卯本 舒本 彼本 戚本 梦本
刘老姥	蒙本
刘姆姆	杨本
刘老老	程甲本 程乙本

例7，庚辰本：

偏生老太太听见了，又问刘姥姥是谁，二奶奶便回明白了。

刘姥姥	庚辰本 己卯本 舒本 彼本 蒙本 戚本 梦本
刘姆姆	杨本
刘老老	程甲本 程乙本

例8，庚辰本：

说着，摧①刘姥姥下来前去。

刘姥姥	庚辰本 己卯本 舒本 彼本 蒙本 戚本 梦本
刘姆姆	杨本
刘老老	程甲本 程乙本

例9，庚辰本：

刘姥姥道："我这生像儿怎好见的，好嫂子，你就说我去了罢。"

刘姥姥	庚辰本 己卯本 舒本 彼本 蒙本 戚本 梦本
刘姆姆	杨本
刘老老	程甲本 程乙本

例10，庚辰本：

① "摧"乃"催"字之误。

说着，同周瑞家的引了刘姥姥往贾母这边来。

刘姥姥	庚辰本 己卯本 舒本 彼本 蒙本 戚本 梦本
刘姆姆	杨本
刘老老	程甲本 程乙本

例11，庚辰本：

刘姥姥进去，只见满屋里珠围翠绕，花枝招展，并不知都系何人，只见一张榻上歪着一位老婆婆，身后坐着一个纱罗裹的美人一般的一个丫嬛在那里捶腿，凤姐儿站着正说笑。

刘姥姥	庚辰本 己卯本 舒本 彼本 蒙本 戚本 梦本
刘姆姆	杨本
刘老老	程甲本 程乙本

例12，庚辰本：

刘姥姥便知是贾母了，忙上来陪着笑，道了万福，口里说："请老寿星安。"

刘姥姥	庚辰本 己卯本 舒本 彼本 蒙本 戚本 梦本
刘姆姆	杨本
刘老老	程甲本 程乙本

例13，庚辰本：

刘姥姥忙立身答道："我今年七十五了。"

刘姥姥	庚辰本 己卯本 舒本 彼本 蒙本 戚本 梦本
刘姆姆	杨本
刘老老	程甲本 程乙本

例14，庚辰本：

刘姥姥笑道："我们生来是受苦的人，老太太生来是享福的。若我们也这样，那些庄家活也没人作了。"

刘姥姥	庚辰本 己卯本 舒本 彼本 蒙本 戚本 梦本
刘姆姆	杨本
刘老老	程甲本 程乙本

例 15，庚辰本：

贾母道："眼睛、牙齿都还好？" 刘姥姥道："都还好。就是今年左边的槽牙活动了。"

刘姥姥	庚辰本 己卯本 舒本 彼本 杨本 蒙本 戚本 梦本
刘老老	程甲本 程乙本

例 16，庚辰本：

刘姥姥笑道："这正是老太太的福了，我们想这么着也不能。"

刘姥姥	庚辰本 己卯本 舒本 彼本 蒙本 戚本 梦本
刘姆姆	杨本
刘老老	程甲本 程乙本

例 17，庚辰本：

刘姥姥笑道："这是野意儿，不过吃个新鲜。依我们想鱼肉吃，就①只吃不起。"

刘姥姥	庚辰本 己卯本 舒本 彼本 蒙本 戚本 梦本
刘姆姆	杨本
刘老老	程甲本 程乙本

---

① "就"系旁添。

例 18，庚辰本：

刘姥姥吃了茶，便把些乡村中所见所闻的事情说与贾母。

刘姥姥	庚辰本 己卯本 舒本 彼本 蒙本 戚本 梦本
刘姆姆	杨本
刘老老	程甲本 程乙本

例 19，庚辰本：

正说着，凤姐儿便令人来请刘姥姥吃晚饭。

刘姥姥	庚辰本 己卯本 舒本 彼本 戚本 梦本
刘姆姆	杨本
刘老姥	蒙本
刘老老	程甲本 程乙本

例 20，庚辰本：

贾母又将自己的菜拣了几样，命人送过去与刘姥姥吃。

刘姥姥	庚辰本 己卯本 舒本 彼本 蒙本 戚本 梦本
刘姆姆	杨本
刘老老	程甲本 程乙本

例 21，庚辰本：

鸳鸯忙令老婆子带了刘姥姥去洗了澡，自己挑了两件随常的衣服，令给刘姥姥换上。

刘姥姥	庚辰本 己卯本 舒本 彼本 蒙本 戚本 梦本
刘姆姆	杨本
刘老老	程甲本 程乙本

例 22，庚辰本：

那<u>刘姥姥</u>那里见过这般行事，忙换了衣裳出来，坐在贾母榻上。

刘姥姥	庚辰本 己卯本 舒本 彼本 蒙本 戚本 梦本
刘姆姆	杨本
刘老老	程甲本 程乙本

例 23，庚辰本：

那<u>刘姥姥</u>虽是个村野人，却生来的有些见识。

刘姥姥	庚辰本 己卯本 舒本 彼本 蒙本 戚本 梦本
刘姆姆	杨本
刘老老	程甲本 程乙本

例 24，庚辰本：

<u>刘姥姥</u>笑道："也并不是客人，所以说来奇怪……"

刘姥姥	庚辰本 己卯本 舒本 彼本 蒙本 戚本 梦本
刘姆姆	杨本
刘老老	程甲本 程乙本

例 25，庚辰本：

宝玉且忙着问<u>刘姥姥</u>："那女孩儿大雪地作什么抽柴草？倘或冻出病来呢？"

刘姥姥	庚辰本 己卯本 舒本 彼本 蒙本 戚本 梦本
刘姆姆	杨本
刘老老	程甲本 程乙本

例26，庚辰本：

　　刘姥姥便又想了一篇说道："我们庄子东边庄上有个老奶奶子，今年九十多岁了……"

刘姥姥	庚辰本 己卯本 舒本 彼本 戚本 梦本
刘姆姆	杨本
刘姑姥	蒙本
刘老老	程甲本 程乙本

例27，庚辰本：

　　一时散了，背地里宝玉到底①拉了刘姥姥细问"那女孩儿是谁？"

刘姥姥	庚辰本 己卯本 舒本 彼本 蒙本 戚本 梦本
刘姆姆	杨本
刘老老	程甲本 程乙本

例28，庚辰本：

　　刘姥姥只得编了告诉他道："那原是我们庄北沿地埂子上有一个小词②堂里，供的不是神佛……"

刘姥姥	庚辰本 己卯本 舒本 彼本 蒙本 戚本 梦本
刘姆姆	杨本
刘老老	程甲本 程乙本

例29，庚辰本：

　　刘姥姥道："这老爷没有儿子，只有一位小姐，名叫茗玉……"

---

① 庚辰本"到底"系旁改，原作"足的"。
② "词"乃"祠"之误。

刘姥姥	庚辰本 己卯本 舒本 彼本 蒙本 戚本 梦本
刘姆姆	杨本
刘老老	程甲本 程乙本

例 30，庚辰本：

刘姥姥道："因为老爷、太太思念不尽，便盖了这祠堂了……"

刘姥姥	庚辰本 己卯本 舒本 彼本 蒙本 戚本 梦本
刘姆姆	杨本
刘老老	程甲本 程乙本

例 31，庚辰本：

刘姥姥道："阿弥陀佛，原来如此……"

刘姥姥	庚辰本 己卯本 舒本 彼本 杨本 蒙本 戚本 梦本
刘老老	程甲本 程乙本

例 32，庚辰本：

刘姥姥道："幸亏哥儿告诉我，我明儿回去告诉他们就是了。"

刘姥姥	庚辰本 己卯本 舒本 彼本 蒙本 戚本 梦本
刘姆姆	杨本
刘老老	程甲本 程乙本

例 33，庚辰本：

刘姥姥道："若这样，我托那小姐的福，也有几个钱使了。"

刘姥姥	庚辰本 己卯本 舒本 彼本 蒙本 戚本 梦本
刘姆姆	杨本
刘老老	程甲本 程乙本

例 34，庚辰本：

刘姥姥便顺口胡诌了出来。

刘姥姥	庚辰本 己卯本 舒本 彼本 蒙本 戚本 梦本
刘姆姆	杨本
刘老老	程甲本 程乙本

例 35，庚辰本：

宝玉信以为真，回至房中，盘算了一夜。次日一早，便出来给了茗烟几百钱，按着刘姥姥说的方向地名，着茗烟去先踏看明白，回来再作主意。

刘姥姥	庚辰本 己卯本 舒本 彼本 蒙本 戚本 梦本
刘姆姆	杨本
刘老老	程甲本 程乙本

例 36，庚辰本：

刘姥姥有年纪的人，一时错记了也是有的。

刘姥姥	庚辰本 己卯本 舒本 彼本 蒙本 戚本 梦本
刘姆姆	杨本
刘老老	程甲本 程乙本

【第 40 回】

第 40 回有六十二例。

例 1，庚辰本：

只见丰儿带了刘姥姥、板儿进来说："大奶奶倒忙的紧。"

刘姥姥	庚辰本 己卯本 舒本 彼本 杨本 蒙本 戚本 梦本
刘老老	程甲本 程乙本

例 2，庚辰本：

刘姥姥笑道："老太太留下我，叫我也热闹一天去。"

刘姥姥	庚辰本 己卯本 舒本 彼本 杨本 蒙本 戚本 梦本
刘老老	程甲本 程乙本

例 3，庚辰本：

李纨道："好生着，别慌慌张张鬼赶来似的，仔细碰了牙子。"又回头向刘姥姥笑道："姥姥，你也上去瞧瞧。"

刘姥姥	庚辰本 己卯本 舒本 彼本 杨本 戚本 梦本
刘老姥	蒙本
刘老老	程甲本 程乙本

姥姥	庚辰本 己卯本 舒本 彼本 杨本 蒙本 戚本 梦本
老老	程甲本 程乙本

例 4，庚辰本：

刘姥姥听说，巴①不得一声儿，便拉了板儿橙②梯上去。

刘姥姥	庚辰本 己卯本 舒本 彼本 杨本 蒙本 戚本 梦本
刘老老	程甲本 程乙本

例 5，庚辰本：

贾母便拣了一朵大红的簪了③鬓上，因回头看见了刘姥姥，忙笑道："过来戴花儿。"

---

① "巴"系旁改，原作"爬"。
② "橙"乃"登"字的形讹。
③ "了"是原文，旁改"于"。

刘姥姥	庚辰本 己卯本 舒本 彼本 杨本 蒙本 戚本 梦本
刘老老	程甲本 程乙本

例6，庚辰本：

一语未完，凤姐便拉过刘姥姥来，笑道："让我打扮你。"

刘姥姥	庚辰本 己卯本 舒本 彼本 杨本 蒙本 戚本 梦本
刘老老	程甲本 程乙本

例7，庚辰本：

刘姥姥笑道："这头也不知修了什么福，今儿这样体面起来。"

刘姥姥	庚辰本 己卯本 舒本 彼本 杨本 蒙本 戚本 梦本
刘老老	程甲本 程乙本

例8，庚辰本：

刘姥姥笑道："我虽老了，年轻时也风流，爱花儿粉儿的，今儿老风流才好。"

刘姥姥	庚辰本 己卯本 舒本 彼本 杨本 蒙本 戚本 梦本
刘老老	程甲本 程乙本

例9，庚辰本：

贾母倚柱坐下，命刘姥姥也坐在旁边。

刘姥姥	庚辰本 己卯本 舒本 彼本 蒙本 戚本 梦本
姥姥	杨本
刘老老	程甲本 程乙本

例 10，庚辰本：

刘姥姥念佛说道："我们乡下人到了年下都上城来买画儿贴……"

刘姥姥	庚辰本 己卯本 舒本 彼本 杨本 蒙本 戚本 梦本
刘老老	程甲本 程乙本

例 11，庚辰本：

刘姥姥听了，喜的忙跑过来，拉着惜春说道："我的姑娘，你这么大年纪，又这么个好模样，还有这个能干，别是个神仙脱①生的罢。"

刘姥姥	庚辰本 己卯本 舒本 彼本 杨本 蒙本 戚本 梦本
刘老老	程甲本 程乙本

例 12，庚辰本：

贾母少歇一回，自然领着刘姥姥都见识见识。

刘姥姥	庚辰本 己卯本 舒本 彼本 杨本 蒙本 戚本 梦本
刘老老	程甲本 程乙本

例 13，庚辰本：

刘姥姥让出路来与贾母众人走，自己却总走②土地。

刘姥姥	庚辰本 己卯本 舒本 彼本 杨本 蒙本 戚本 梦本
刘老老	程甲本 程乙本

例 14，庚辰本：

琥珀拉着他说道："姥姥，你上来走，仔细苍苔滑了。"

---

① "脱"乃"托"字的音讹。
② "总走"二字是旁改，原作"趄"。

姥姥	庚辰本 己卯本 舒本 彼本 杨本 蒙本 戚本 梦本
老老	程甲本 程乙本

例 15，庚辰本：

刘姥姥道："不相干的，我们走熟了的，姑娘们只管走罢……"

刘姥姥	庚辰本 己卯本 舒本 彼本 杨本 蒙本 戚本 梦本
刘老老	程甲本 程乙本

例 16，庚辰本：

说话时，刘姥姥已爬了起来了，自己也笑了，说道："才说嘴就打了嘴。"

刘姥姥	庚辰本 己卯本 舒本 彼本 杨本 蒙本 戚本 梦本
刘老老	程甲本 程乙本

例 17，庚辰本：

刘姥姥道："那里说的我这么娇嫩了，那一天不跌两下子，都要捶起来还了得呢。"

刘姥姥	庚辰本 己卯本 舒本 彼本 杨本 蒙本 戚本 梦本
刘老老	程甲本 程乙本

例 18，庚辰本：

刘姥姥因见窗下案上设着笔砚，又见书架上磊①满满的书。

刘姥姥	庚辰本 己卯本 彼本 杨本 蒙本 戚本 梦本
（无）	舒本
刘老老	程甲本 程乙本

---

① "磊"是原文，旁改"落着"。

例 19，庚辰本：

刘姥姥道："这必定是那位哥儿的书房了。"

刘姥姥	庚辰本 己卯本 舒本 彼本 杨本 蒙本 戚本 梦本
刘老老	程甲本 程乙本

例 20，庚辰本：

刘姥姥留神打量了黛玉一番，方笑道："那像个小姐的绣房，竟比那上等的书房还好。"

刘姥姥	庚辰本 己卯本 舒本 彼本 杨本 蒙本 戚本 梦本
刘老老	程甲本 程乙本

例 21，庚辰本：

刘姥姥也觑着眼看个不了。

刘姥姥	庚辰本 己卯本 舒本 彼本 杨本 蒙本 戚本 梦本
刘老老	程甲本 程乙本

例 22，庚辰本：

刘姥姥念佛道："人人都说，大家子住大房……"

刘姥姥	庚辰本 己卯本 舒本 彼本 杨本 蒙本 戚本 梦本
刘老老	程甲本 程乙本

例 23，庚辰本：

李纨是个厚道人，听了不解，风①姐儿却知是说的是刘姥姥了。

---

① "风"乃"凤"字之误。

刘姥姥	庚辰本 己卯本 舒本 彼本 杨本 蒙本 戚本 梦本
刘老老	程甲本 程乙本

例 24，庚辰本：

鸳鸯便拉了刘姥姥出去。

刘姥姥	庚辰本 己卯本 舒本 彼本 杨本 蒙本 戚本 梦本
刘老老	程甲本 程乙本

例 25，庚辰本：

悄悄的嘱咐了刘姥姥一席话。

刘姥姥	庚辰本 己卯本 舒本 彼本 蒙本 戚本 梦本
（无）	杨本
刘老老	程甲本 程乙本

例 26，庚辰本：

刘姥姥傍着贾母一桌。

刘姥姥	庚辰本 己卯本 舒本 彼本 杨本 蒙本 戚本 梦本
刘老老	程甲本 程乙本

例 27，庚辰本：

丫嬛们知道他①要撮②弄刘姥姥，便躲开让他。

刘姥姥	庚辰本 己卯本 舒本 彼本 杨本 蒙本 戚本 梦本
刘老老	程甲本 程乙本

---

① "他"，指鸳鸯。
② "撮"是原文，旁改"捉"。

例28，庚辰本：

鸳鸯一面侍立，一面悄问①刘姥姥，说道："别忘了。"

刘姥姥	庚辰本 己卯本 舒本 彼本 杨本 蒙本 戚本 梦本
刘老老	程甲本 程乙本

例29，庚辰本：

刘姥姥道："姑娘放心。"

刘姥姥	庚辰本 己卯本 舒本 彼本 蒙本 戚本 梦本
刘姥□	杨本
（无）	程甲本 程乙本

例30，庚辰本：

那刘姥姥入了坐，拿起箸来，沉甸甸的不伏手。

刘姥姥	庚辰本 己卯本 舒本 彼本 杨本 蒙本 戚本 梦本
刘老老	程甲本 程乙本

例31，庚辰本：

原是凤姐和鸳鸯商议定了，单拿一双老年四楞子②象牙厢③金的快子④与刘姥姥。

刘姥姥	庚辰本 己卯本 舒本 彼本 杨本 蒙本 戚本 梦本
刘老老	程甲本 程乙本

---

① "问"乃"向"字的形讹。
② "子"系旁添。
③ "厢"，即"镶"。
④ "快子"，即"筷子"。

例 32，庚辰本：

刘姥姥见了，说道："这叉爬子比俺们那里铁锨还沉，那里倦的过他。"

刘姥姥	庚辰本 己卯本 舒本 彼本 杨本 蒙本 戚本 梦本
刘老老	程甲本 程乙本

例 33，庚辰本：

凤姐儿偏棟①了一碗鸽子蛋放在刘姥姥桌上。

刘姥姥	庚辰本 己卯本 舒本 彼本 杨本 戚本 梦本
刘老姥	蒙本
刘老老	程甲本 程乙本

例 34，庚辰本：

贾母这边说声"请"，刘姥姥便站起身来，高声说道："老刘，老刘，食量大似牛，吃一个老母猪不抬头。"

刘姥姥	庚辰本 己卯本 舒本 彼本 杨本 蒙本 戚本 梦本
刘老老	程甲本 程乙本

例 35，庚辰本：

独有凤姐、鸳鸯二人掌②着，还只管让刘姥姥。

刘姥姥	庚辰本 己卯本 舒本 彼本 杨本 蒙本 戚本 梦本
刘老老	程甲本 程乙本

例 36，庚辰本：

---

① "棟"乃"拣"字的形讹。
② "掌"乃"撑"字的形讹。

刘姥姥拿起箸来，只觉不听使，又说道："这里的鸡儿也俊，下的这蛋也小巧怪俊的，我且夹攮一个。"

刘姥姥	庚辰本 己卯本 舒本 彼本 杨本 蒙本 戚本 梦本
刘老老	程甲本 程乙本

例37，庚辰本：

那刘姥姥正夸鸡蛋小巧，要夹攮一个……

刘姥姥	庚辰本 己卯本 舒本 彼本 杨本 蒙本 戚本 梦本
刘老老	程甲本 程乙本

例38，庚辰本：

刘姥姥便伸箸子要夹，那里夹的起来，满碗里闹了一阵，好的①好容易撮起一个来，才伸着脖子要吃，偏又滑下来，滚在地下……

刘姥姥	庚辰本 己卯本 舒本 彼本 杨本 蒙本 戚本 梦本
刘老老	程甲本 程乙本

例39，庚辰本：

刘姥姥叹道："一两银子也没听见响声儿就没了。"

刘姥姥	庚辰本 己卯本 舒本 彼本 杨本 蒙本 戚本 梦本
刘老老	程甲本 程乙本

例40，庚辰本：

刘姥姥道："去了金的，又是银的，到底不及俺们那个伏手。"

---

① "好的"二字是衍文。

刘姥姥	庚辰本 己卯本 舒本 彼本 杨本 戚本 梦本
姥姥	蒙本
刘老老	程甲本 程乙本

例 41，庚辰本：

　　刘姥姥道："这个菜里若有毒，俺们那菜都成了砒霜了，那怕毒死了，也要吃尽了。"

刘姥姥	庚辰本 己卯本 舒本 彼本 杨本 蒙本 戚本 梦本
刘老老	程甲本 程乙本

例 42，庚辰本：

　　刘姥姥看着李纨与凤姐儿对坐着吃饭，叹道："别的罢了，我只爱你们家这行事，怪道说'礼出大家'。"

刘姥姥	庚辰本 己卯本 舒本 彼本 杨本 蒙本 戚本 梦本
刘老老	程甲本 程乙本

例 43，庚辰本：

　　一言未了，鸳鸯也进来笑道："姥姥别恼，我给你老人家赔个不是。"

姥姥	庚辰本 己卯本 舒本 彼本 杨本 蒙本 戚本 梦本
老老	程甲本 程乙本

例 44，庚辰本：

　　刘姥姥笑道："姑娘说那里话，咱们哄着老太太开了心儿，可有什么恼的……"

刘姥姥	庚辰本 己卯本 舒本 彼本 杨本 蒙本 戚本 梦本
刘老老	程甲本 程乙本

例 45，庚辰本：

鸳鸯便骂人："为什么不倒茶给<u>姥姥</u>吃？"

姥姥	庚辰本 己卯本 杨本 蒙本 戚本 梦本
刘姥姥	舒本 彼本
老老	程甲本 程乙本

例 46，庚辰本：

<u>刘姥姥</u>道："刚才那个嫂子倒了茶来，我吃过了……"

刘姥姥	庚辰本 舒本 彼本 杨本 蒙本 戚本 梦本
刘老老	己卯本 程甲本 程乙本

注意：此处己卯本作"刘老老"。

例 47，庚辰本：

<u>刘姥姥</u>笑道："我看你们这些人都只吃这一点儿就完了，亏你们也不饿……"

刘姥姥	庚辰本 己卯本 舒本 彼本 杨本 蒙本 戚本 梦本
刘老老	程甲本 程乙本

例 48，庚辰本：

<u>刘姥姥</u>忙打了他一巴掌，骂道："下作黄子，没干没净的乱闹……"

刘姥姥	庚辰本 己卯本 舒本 彼本 杨本 蒙本 戚本 梦本
刘老老	程甲本 程乙本

例 49，庚辰本：

那姑苏选来的几个驾娘早把两支棠木舫撑来，众人扶了贾母、王夫人、薛姨妈、<u>刘姥姥</u>、鸳鸯、玉钏儿上了这一支。

刘姥姥	庚辰本 己卯本 舒本 彼本 杨本 蒙本 戚本 梦本
刘老老	程甲本 程乙本

例 50,庚辰本:

东边是刘姥姥。

刘姥姥	庚辰本 己卯本 舒本 彼本 杨本 蒙本 戚本 梦本
刘老老	程甲本 程乙本

例 51,庚辰本:

刘姥姥之下,便是王夫人。

刘姥姥	庚辰本 己卯本 舒本 杨本 蒙本 戚本 梦本
刘老老	程甲本 程乙本

彼本无"刘姥姥"三字,因为此处正好是同词脱文。

例 52,庚辰本:

鸳鸯未开口,刘姥姥便下了席,摆手道:"别这样捉弄人家,我家去了。"

刘姥姥	庚辰本 己卯本 舒本 彼本 蒙本 戚本 梦本
刘老老	程甲本 程乙本

杨本此处残缺,故无"刘姥姥"。

例 53,庚辰本:

刘姥姥只叫:"饶了我罢。"

刘姥姥	庚辰本 己卯本 舒本 蒙本 戚本 梦本
刘老老	程甲本 程乙本

杨本此处残缺，故无"刘姥姥"。

例54，庚辰本：

鸳鸯道："再多言的罚一壶。"刘姥姥方住了声。

刘姥姥	庚辰本 己卯本 舒本 彼本 蒙本 戚本 梦本
刘老老	程甲本 程乙本

杨本此处残缺，故无"刘姥姥"。

例55，庚辰本：

鸳鸯道："如今我说骨牌付儿，从太太起，顺领①说下去，至刘姥姥止……"

刘姥姥	庚辰本 己卯本 舒本 彼本 杨本 蒙本 戚本 梦本
刘老老	程甲本 程乙本

杨本此处残缺，故无"刘姥姥"。

例56，庚辰本：

原是凤姐儿和鸳鸯都要听刘姥姥的笑话，故意都令说错，都罚了。

刘姥姥	庚辰本 己卯本 舒本 彼本 蒙本 戚本 梦本
刘老老	程甲本 程乙本

杨本此处残缺，故无"刘姥姥"。

例57，庚辰本：

至王夫人，鸳鸯代说了个，下便该刘姥姥。

刘姥姥	庚辰本 己卯本 舒本 彼本 蒙本 戚本 梦本
刘老老	程甲本 程乙本

---

① "领"，舒本作令。

杨本此处残缺，故无"刘姥姥"。

例58，庚辰本：

刘姥姥道："我们庄家人闲了，也常会几个人弄这个，但不如说的这么好听，少不得我也试一试。"

刘姥姥	庚辰本 己卯本 舒本 彼本 蒙本 戚本 梦本
刘老老	程甲本 程乙本

杨本此处残缺，故无"刘姥姥"。

例59，庚辰本：

刘姥姥听了，想了半日，说道："是个庄家人罢？"

刘姥姥	庚辰本 己卯本 舒本 彼本 蒙本 戚本 梦本
刘老老	程甲本 程乙本

杨本此处残缺，故无"刘姥姥"。

例60，庚辰本：

刘姥姥也笑道："我们庄家人不过是现成的本色，众位别笑。"

刘姥姥	庚辰本 己卯本 舒本 彼本 蒙本 戚本 梦本
刘老老	程甲本 程乙本

杨本此处残缺，故无"刘姥姥"。

例61，庚辰本：

鸳鸯道："中间三四绿配红。"刘姥姥道："大火烧了毛毛虫。"

刘姥姥	庚辰本 己卯本 舒本 彼本 蒙本 戚本 梦本
刘老老	程甲本 程乙本

杨本此处残缺，故无"刘姥姥"。

例62，庚辰本：

鸳鸯道："右边幺四真好看。"<u>刘姥姥</u>道："一个萝卜一头蒜。"

刘姥姥	庚辰本 己卯本 舒本 彼本 蒙本 戚本 梦本
刘老老	程甲本 程乙本

杨本此处残缺，故无"刘姥姥"。

第二节　后四十回中的刘老老

《红楼梦》脂本、过渡本（梦本）和程本（程甲本、程乙本）有一个很大的不同：那就是"刘老老"与"刘姥姥"、"刘嫽嫽"、"刘姆姆"、"刘妈妈"的区分：

刘姥姥	众脂本
刘嫽嫽	甲戌本
刘姆姆	杨本
刘妈妈	杨本 戚本
刘老老	梦本 程甲本 程乙本

但在《红楼梦》后四十回，只有"刘老老"，而没有"刘姥姥"、"刘嫽嫽"、"刘姆姆"和"刘妈妈"；"刘老老"这一名称，出现于下列三回：

113　119　120

现依次列举于下。

【第 113 回】

第 113 回有三十三例。

（1）见个小丫头子进来，说是<u>刘老老</u>来了。

（2）你去请了<u>刘老老</u>进来，我和他说说话儿。

（3）平儿只得出来，请<u>刘老老</u>这里坐。

（4）丰儿道："不是奶奶叫去请<u>刘老老</u>去了么？"

（5）只见平儿同刘老老带了一个小女孩儿进来。

（6）刘老老便说："请姑奶奶安。"

（7）刘老老看着凤姐骨瘦如柴，神情恍惚，心里也就悲惨起来。

（8）刘老老道："我们屯乡里的人不会病的……"

（9）刘老老会意，便不言语。

（10）刘老老咤异道："阿弥陀佛，好端端一个人，怎么就死了……"

（11）刘老老道："姑娘，你那里知道……"

（12）刘老老忙拉着道："阿弥陀佛，不要折杀我了……"

（13）刘老老道："好姑娘，我是老糊涂了……"

（14）刘老老笑道："姑娘这样千金贵体，绫罗裹大了的……"

（15）刘老老道："这是顽话儿罢咧……"

（16）这里平儿恐刘老老话多，搅繁①了凤姐，便拉了刘老老说……

（17）刘老老便要走。

（18）刘老老千恩万谢的说道："我们若不仗着姑奶奶……"

（19）平儿……拉着刘老老到下房坐着。

（20）刘老老道："茶倒不要……"

（21）刘老老道："阿弥陀佛，姑娘，是你多心……"

（22）刘老老道："说是罪过，我瞧着不好。"

（23）刘老老也急忙走到炕前，嘴里念佛，捣了些鬼。

（24）王夫人……见了刘老老，便说："刘老老，你好，什么时候来的?"

（25）刘老老便说："请太太安。"

（26）凤姐……见刘老老在这里，心里信他求神祷告，便把丰儿等支开，叫刘老老坐在头边。

（27）刘老老便说，我们屯里什么菩萨灵，什么庙有感应。

（28）刘老老道："姑奶奶不用那个……"

（29）凤姐明知刘老老一片好心，不好勉强……

（30）刘老老顺口答应，便说："这么着，我看天气尚早……"

（31）刘老老道："庄家孩子没有见过世面，没的在这里打嘴……"

（32）刘老老见凤姐直情，落得叫青儿住几天。

（33）刘老老便吩咐了几句，辞了平儿，忙忙的赶出城去，不题。

---

① "繁"乃"烦"字的音讹。

【小结】

在第 113 回上述三十三例中，程甲本、程乙本全作"刘老老"。

【第 119 回】

第 119 回有二十三例。

（1）后门上的人说："那个刘老老又来了。"

（2）那婆子便带了刘老老进来。

（3）刘老老见众人的眼圈儿都是红的，也摸不着头脑。

（4）把个刘老老也唬怔了。

（5）刘老老道："这有什么难的呢……"

（6）刘老老道："只怕你们不走……"

（7）刘老老道："我来，他们知道么？"

（8）刘老老道说："咱们定了几时，我叫女婿打了车来接了去。"

（9）平儿……急忙进去，将刘老老的话避了旁人告诉了。

（10）有人进来看见，就说是大太太吩咐的，要一辆车子送刘老老去。

（11）那知巧姐随了刘老老，带着平儿出了城。

（12）到了庄上，刘老老也不敢轻亵巧姐，便打扫上房，让给巧姐平儿住下。

（13）那庄上也有几家富户知道刘老老家来了贾府姑娘，谁不来瞧。

（14）刘老老知他心事，拉着他说："你的心事，我知道了……"

（15）刘老老道："说着瞧罢。"

（16）刘老老惦记着贾府，叫板儿进城打听。

（17）刘老老听说，喜的眉开眼笑，去和巧姐儿贺喜。

（18）刘老老听了得意，便叫人赶了两辆车，请巧姐、平儿上车。

（19）巧姐等在刘老老家住熟了，反是依依不舍。

（20）刘老老和他不忍相别，便叫青儿跟了进城，一径直奔荣府而来。

（21）贾琏谢了刘老老。

（22）邢夫人……便叫丫头去打听，回来说是巧姐儿同着刘老老在那里说话。

（23）只见巧姐同着刘老老带了平儿……

【小结】

在第 119 回上述二十三例中，程甲本、程乙本全作"刘老老"。

【第 120 回】

第 120 回，有两例。

　　（1）贾琏打发请了刘老老来，应了这件事。

　　（2）刘老老见了王夫人等，便说些将来怎样升官，怎样起家，怎样子孙昌盛。

【小结】

在第 120 回上述二例中，程甲本、程乙本全作"刘老老"。

从上文所引第 113 回、第 119 回、第 120 回三回之例可知，在《红楼梦》后四十回中，程甲本、程乙本全作"刘老老"，无一例外。

于是，有三个问题摆在我们的面前：

第一，在《红楼梦》的前八十回中的正文和回目中，程甲本、程乙本是否也是全作"刘老老"？

第二，梦本作为脂本与程本之间的"过渡本"①，它是否全作"刘老老"？

第三，在《红楼梦》的正文和回目中，脂本是否全作"刘姥姥"？

第三节　三个问题

下面，就来回答这三个问题。

我想，如果我们依次梳理前八十回中出现的"刘老老"或"刘姥姥"两个名词，不就等于回答了以上三个问题了吗？

在前八十回，"刘姥姥"或"刘老老"、"刘嬷嬷"、"刘姆姆"这个名称出现于下列六回：

6 7 39 40 41 42

---

① 请参阅拙文《〈红楼梦〉——〈中国古代小说总目提要〉词条》（《三国与红楼论集》，中国社会科学出版社，2013 年，北京）。

现按回依次列举脂本以及程甲本、程乙本各回出现的"刘姥姥"、"刘嫽嫽"、"刘姆姆"、"刘妈妈"或"刘老老"五名于下。

【第 6 回】①

第六回有三十三例。

例 1，庚辰本：

> 刘姥姥一进荣国府

这是第 6 回回目的下联。

"刘姥姥"，甲戌本、己卯本、舒本、杨本、眉本同；蒙本、戚本作"刘老妪"；梦本、程甲本、程乙本作"刘老老"。

例 2，庚辰本：

> 狗儿遂将岳母刘姥姥接来一处过活。

"刘姥姥"，甲戌本、己卯本、舒本、杨本、蒙本、戚本同；梦本作"刘姥姥"，程甲本、程乙本作"刘老老"。

例 3，庚辰本：

> 这刘姥姥乃是个积年的老寡妇。……刘姥姥道：谁叫你偷头去呢？……

"刘姥姥"，甲戌本作"刘嫽嫽"，其他脂本同于庚辰本；梦本作"刘姥姥"，程甲本、程乙本作"刘老老"。

例 4，庚辰本：

> 因此刘姥姥看不过，乃劝道……刘姥姥道：这倒不然，谋事在人，成事在天。……刘姥姥道：嗳哟哟，是啊，人云"侯门深似海"。……刘姥姥道：我也知道他的。……

"刘姥姥"，其他脂本同；梦本作"刘姥姥"，程甲本、程乙本作"刘老老"。

例 5，庚辰本：

> 次日天未明，刘姥姥便起来梳洗了。

---

① 按：彼本缺第 6 回。

"刘姥姥"，己卯本作"刘老老"，其他脂本同于庚辰本；梦本作"刘姥姥"，程甲本、程乙本作"刘老老"。

例6，庚辰本：

> 于是刘姥姥带他进城。

"刘姥姥"，甲戌本作"刘嫽嫽"，其他脂本同于庚辰本；梦本作"刘姥姥"，程甲本、程乙本作"刘老老"。

例7，庚辰本：

> 只见簇簇轿马，刘姥姥便不敢过去。

"刘姥姥"，戚本作"刘妈妈"（但泽存本仍作"刘姥姥"），其他脂本同于庚辰本；梦本作"刘姥姥"，程甲本、程乙本作"刘老老"。

例8，庚辰本：

> 刘姥姥只得蹭上来问：大爷们纳福。

"刘姥姥"，己卯本作"刘老老"，其他脂本同于庚辰本；梦本作"刘姥姥"，程甲本、程乙本作"刘老老"。

例9，庚辰本：

> 刘姥姥陪笑道：我找太太的陪房周大爷的。……

"刘姥姥"，己卯本作"刘老老"，其他脂本同；梦本作"刘姥姥"，程甲本、程乙本作"刘老老"。

例10，庚辰本：

> 刘姥姥听了，谢过。

"刘姥姥"，舒本、杨本、蒙本、戚本、眉本同于庚辰本，甲戌本作"刘嫽嫽"，己卯本作"刘老老"；梦本作"刘姥姥"，程甲本、程乙本作"刘老老。"

例11，庚辰本：

> 刘姥姥便拉住一个道：我问哥儿一声。……

"刘老老"，甲戌本作"刘嫽嫽"，其他脂本同于庚辰本；梦本作"刘姥姥"，程甲本、程乙本作"刘老老"。

例12，庚辰本：

> <u>刘姥姥</u>道：是太太的陪房、周瑞之妻。

"刘姥姥"，己卯本作"刘老老"，其他脂本同于庚辰本；梦本作"刘姥姥"，程甲本、程乙本作"刘老老"。

例13，庚辰本：

> 引着后①<u>刘姥姥 a</u>，<u>进了后门，至一院墙边，指与刘姥姥 b</u> 道："就是他家。"

"刘姥姥 a"，己卯本作"刘老老"，杨本作"刘妈妈"，其他脂本同于庚辰本；梦本作"刘姥姥"，程甲本、程乙本作"刘老老"。

"进了后门，至一院墙边，指与刘姥姥"，甲戌本、己卯本、杨本、眉本同，舒本作"过了后院，至一院墙边，指与刘姥姥"；梦本、程甲本、程乙本作"进了后院，至一院墙边，指"。

例14，庚辰本：

> <u>刘姥姥</u>忙迎上来问道：好呀，周嫂子。

"刘姥姥"，甲戌本作"刘嬷嬷"，己卯本作"刘老老"，其他脂本同于庚辰本；梦本作"刘姥姥"，程甲本、程乙本作"刘老老"。

例15，庚辰本：

> <u>刘姥姥</u>，你好呀。……<u>刘姥姥</u>一壁里走着，一壁里笑说道……

"刘姥姥"，己卯本作"刘老老"，其他脂本同于庚辰本；梦本作"刘姥姥"。程甲本、程乙本作"刘老老"。

例16，庚辰本：

> 又问<u>刘姥姥</u>：今日还是路过，还是特来的？

"刘姥姥"，甲戌本作"刘嬷嬷"，其他脂本同于庚辰本；梦本作"刘姥

---

① "后"字误衍。按：其他脂本以及程甲本、程乙本均无此字。

姥",程甲本、程乙本作"刘老老"。

例17,庚辰本:

> 刘姥姥便说:原是特来瞧瞧嫂子你。……今见刘姥姥如此而来。……

"刘姥姥",其他脂本同;梦本作"刘姥姥",程甲本、程乙本作"刘老老"。

例18,庚辰本:

> 姥姥,你放心。

"姥姥",戚本作"刘姥姥",其他脂本同于庚辰本;梦本作"姥姥",程甲本、程乙本作"老老"。

例19,庚辰本:

> 刘姥姥听了,罕问道:原来是他。……

"刘姥姥",其他脂本同;梦本作"刘姥姥",程甲本、程乙本作"刘老老"。

例20,庚辰本:

> 刘姥姥道:阿弥陀佛,全仗嫂子方便了。

"刘姥姥",甲戌本作"刘嬷嬷",其他脂本同于庚辰本;梦本作"刘姥姥",程甲本、程乙本作"刘老老"。

例21,庚辰本:

> 刘姥姥因说:这凤姑娘今年大还不过二十岁罢了。

"刘姥姥",其他脂本同;梦本作"刘姥姥",程甲本、程乙本作"刘老老"。

例22,庚辰本:

> 周瑞家的听了,连忙起身催着刘姥姥说:快走,快走。

"刘姥姥",甲戌本作"刘嬷嬷",其他脂本同于庚辰本;梦本作"刘姥姥",程甲本、程乙本作"刘老老"。

例 23，庚辰本：

　　先到了侧厅，周瑞家的将<u>刘姥姥</u>安插在那里略等一等。……周瑞家的先将<u>刘姥姥</u>起初来历说明。……<u>刘姥姥</u>此时惟点头咂嘴念佛而已。……平儿站在炕沿边打量了<u>刘姥姥</u>两眼。……<u>刘姥姥</u>见平儿遍身绫罗，插金带银，花容玉貌的，……

"刘姥姥"，其他脂本同；梦本作"刘姥姥"，程甲本、程乙本作"刘老老"。

例 24，庚辰本：

　　于是让<u>刘姥姥</u>合①板儿上了炕。

"刘姥姥"，甲戌本作"刘嬷嬷"，其他脂本同于庚辰本；梦本作"刘姥姥"，程甲本、程乙本作"刘老老"。

例 25，庚辰本：

　　<u>刘姥姥</u>只听见咯当咯当的响声，大有似乎打箩柜筛面的一般。

"刘姥姥"，其他脂本同；梦本作"刘姥姥"，程甲本、程乙本作"刘老老"。

例 26，庚辰本：

　　<u>刘姥姥</u>心中想着：这是个什么爱物儿？

"刘姥姥"，甲戌本作"刘嬷嬷"，其他脂本同于庚辰本；梦本作"刘姥姥"，程甲本、程乙本作"刘老老"。

例 27，庚辰本：

　　周瑞家的与平儿忙起身，命<u>刘姥姥</u>只管等着。

"刘姥姥"，杨本作"刘妈妈"，其他脂本同于庚辰本；梦本作"刘姥姥"，程甲本、程乙本作"刘老老"。

例 28，庚辰本：

---

① "合"，其他脂本均作"和"。

刘姥姥只屏声侧耳默候。

"刘姥姥",其他脂本同;梦本作"刘姥姥",程甲本、程乙本作"刘老老"。

例29,庚辰本:

刘姥姥一把掌打了他去。

"刘姥姥",甲戌本作"刘嬷嬷",其他脂本同于庚辰本;梦本作"刘姥姥",程甲本、程乙本作"刘老老"。

例30,庚辰本:

刘姥姥会意,于是带了板儿下炕。……刘姥姥在地下已是拜了数拜。……刘姥姥已在炕沿上坐了。……刘姥姥忙念佛道:我们家道艰难,走不起来了。……刘姥姥道:也没甚说的。……一面说,一面递眼色与刘姥姥。……刘姥姥会意,未语先飞红的脸。……刘姥姥此时坐不是立不是。……刘姥姥方扭扭捏捏在炕沿上坐了。……刘姥姥心神方定①……

"刘姥姥",其他脂本同;梦本作"刘姥姥",程甲本、程乙本作"刘老老"。

例31,庚辰本:

刘姥姥忙说道:"这一早就往这里赶咧……"

"刘姥姥",舒本作"这姥姥",其他脂本同于庚辰本;梦本作"刘姥姥",程甲本、程乙本作"刘老老"。

例32,庚辰本:

过来带了刘姥姥和板儿过去吃饭。

"刘姥姥",甲戌本作"刘嬷嬷",其他脂本同于庚辰本;梦本作"刘姥姥",程甲本、程乙本作"刘老老"。

例33,庚辰本:

---

① "定",其他脂本均作"安"。

说话时，刘姥姥已吃毕了饭。……那刘姥姥先听见告艰难，只当是没有。……都送到刘姥姥的面前。……刘姥姥只管千恩万谢的，拿了银子钱。……刘姥姥笑道：我的嫂子……刘姥姥便要留下一块银子与周瑞家孩子们买果子吃。……刘姥姥感谢不尽，仍从后门去了。

"刘姥姥"，其他脂本同；梦本作"刘姥姥"，程甲本、程乙本作"刘老老"。

【第7回】

第7回有一例。

庚辰本：

> 话说周瑞家的送了刘姥姥去后……

"刘姥姥"，其他脂本同；梦本作"刘姥姥"，程甲本、程乙本作"刘老老"。

【第39回】

第39回有三十六例。

例1，庚辰本：

> 村姥姥是信口开河

此乃第39回回目的上联。

例2，庚辰本：

> 忽见上回来打抽丰的那刘姥姥和板儿又来了。

"刘姥姥"，杨本作"刘姆姆"，其他脂本同于庚辰本。程甲本、程乙本作"刘老老"。

例3，庚辰本：

> 刘姥姥因上次来过，知道平儿的身分，忙跳下地来问姑娘好。

"刘姥姥"，杨本作"刘姆姆"，其他脂本同于庚辰本，程甲本、程乙本作"刘老老"。

例4，庚辰本：

> 刘姥姥道：这样螃蟹今年就值五分一斤……

"刘姥姥"，其他脂本同，程甲本、程乙本作"刘老老"。

例5，庚辰本：

> 刘姥姥道："见过了，叫我们等着呢。"

"刘姥姥"，杨本作"刘姆姆"，其他脂本同于庚辰本，程甲本、程乙本作"刘老老"。

例6，庚辰本：

> 我原是悄悄的告诉二奶奶，刘姥姥要家去呢。

"刘姥姥"，杨本作"刘姆姆"，蒙本作"刘老姥"，其他脂本同于庚辰本，程甲本、程乙本作"刘老老"。

例7，庚辰本：

> 偏生老太太听见了，又问刘姥姥是谁，二奶奶便回明白了。

"刘姥姥"，杨本作"刘姆姆"，其他脂本同于庚辰本，程甲本、程乙本作"刘老老"。

例8，庚辰本：

> 说着，催①刘姥姥下来前去。

"刘姥姥"，杨本作"刘姆姆"，其他脂本同于庚辰本，程甲本、程乙本作"刘老老"。

例9，庚辰本：

> 刘姥姥道："我这生像儿怎好见的……"

"刘姥姥"，杨本作"刘姆姆"，其他脂本同于庚辰本，程甲本、程乙本作"刘老老"。

例10，庚辰本：

---

① "催"，庚辰本原误作"摧"，据其他脂本改。

说着，同周瑞家的引了刘姥姥往贾母这边来。

"刘姥姥"，杨本作"刘姆姆"，其他脂本同于庚辰本，程甲本、程乙本作"刘老老"。

例11，庚辰本：

刘姥姥进去，只见满屋里珠围翠绕，花枝招展，并不知都系何人。

"刘姥姥"，杨本作"刘姆姆"，其他脂本同于庚辰本，程甲本、程乙本作"刘老老"。

例12，庚辰本：

刘姥姥便知是贾母了。

"刘姥姥"，杨本作"刘姆姆"，其他脂本同于庚辰本，程甲本、程乙本作"刘老老"。

例13，庚辰本：

刘姥姥忙立身答道："我今年七十五了。"

"刘姥姥"，杨本作"刘姆姆"，其他脂本同于庚辰本，程甲本、程乙本作"刘老老"。

例14，庚辰本：

刘姥姥笑道："我们生来是受苦的人，老太太生来是享福的……"

"刘姥姥"，杨本作"刘姆姆"，其他脂本同于庚辰本，程甲本、程乙本作"刘老老"。

例15，庚辰本：

贾母道："眼睛、牙齿都还好？"刘姥姥道："都还好……"

"刘姥姥"，其他脂本均同，程甲本、程乙本作"刘老老"。

例16，庚辰本：

刘姥姥笑道："这正是老太太的福了，我们想这么着也不能。"

"刘姥姥"，杨本作"刘姆姆"，其他脂本同于庚辰本，程甲本、程乙本作"刘老老"。

例 17，庚辰本：

> 刘姥姥笑道："这是野意儿，不过吃个新鲜……"

"刘姥姥"，杨本作"刘姆姆"，其他脂本同于庚辰本，程甲本、程乙本作"刘老老"。

例 18，庚辰本：

> 刘姥姥吃了茶，便把些乡村中所见所闻的事情说与贾母。

"刘姥姥"，杨本作"刘姆姆"，其他脂本同于庚辰本，程甲本、程乙本作"刘老老"。

例 19，庚辰本：

> 正说着，凤姐儿便令人来请刘姥姥吃晚饭。

"刘姥姥"，杨本作"刘姆姆"，蒙本作"刘老姥"，其他脂本同于庚辰本，程甲本、程乙本作"刘老老"。

例 20，庚辰本：

> 贾母又将自己的菜拣了几样，命人送过去与刘姥姥吃。

"刘姥姥"，杨本作"刘姆姆"，其他脂本同于庚辰本，程甲本、程乙本作"刘老老"。

例 21，庚辰本：

> 鸳鸯忙令老婆子带了刘姥姥 a 去洗了澡，自己挑了两件随常的衣服，令给刘姥姥 b 换上。

"刘姥姥 a"，杨本作"刘姆姆"，其他脂本同于庚辰本，程甲本、程乙本作"刘老老"。

"刘姥姥 b"，杨本作"刘姆姆"，其他脂本同于庚辰本，程甲本、程乙本作"刘老老"。

例 22，庚辰本：

> 那刘姥姥那里见过这般行事，忙换了衣裳出来……

"刘姥姥"，杨本作"刘姆姆"，其他脂本同于庚辰本，程甲本、程乙本作"刘老老"。

例23，庚辰本：

> 那刘姥姥虽是个村野人，却生来的有些见识。

"刘姥姥"，杨本作"刘姆姆"，其他脂本同于庚辰本，程甲本、程乙本作"刘老老"。

例24，庚辰本：

> 刘姥姥笑道："也并不是客人，所以说来奇怪……"

"刘姥姥"，杨本作"刘姆姆"，其他脂本同于庚辰本，程甲本、程乙本作"刘老老"。

例25，庚辰本：

> 宝玉且忙着问刘姥姥："那女孩儿大雪地作什么抽柴草？倘或冻出病来呢？"

"刘姥姥"，杨本作"刘姆姆"，其他脂本同于庚辰本，程甲本、程乙本作"刘老老"。

例26，庚辰本：

> 刘姥姥便又想了一篇说道："我们庄子东边庄上有个老奶奶子，今年九十多岁了……"

"刘姥姥"，杨本作"刘姆姆"，蒙本作"刘姑姥"，其他脂本同于庚辰本，程甲本、程乙本作"刘老老"。

例27，庚辰本：

> 一时散了，背地里宝玉到底拉了刘姥姥细问："那女孩儿是谁？"

"刘姥姥"，杨本作"刘姆姆"，其他脂本同于庚辰本，程甲本、程乙本作"刘老老"。

例28，庚辰本：

刘姥姥只得编了告诉他道："那原是我们庄北沿地埂子上有一个小词①堂……"

"刘姥姥"，杨本作"刘姆姆"，其他脂本同于庚辰本，程甲本、程乙本作"刘老老"。

例29，庚辰本：

刘姥姥道："这老爷没有儿子，只有一位小姐，名叫茗玉……"

"刘姥姥"，杨本作"刘姆姆"，其他脂本同于庚辰本，程甲本、程乙本作"刘老老"。

例30，庚辰本：

刘姥姥道："因为老爷、太太思念不尽，便盖了这祠堂了……"

"刘姥姥"，杨本作"刘姆姆"，其他脂本同于庚辰本，程甲本、程乙本作"刘老老"。

例31，庚辰本：

刘姥姥道："阿弥陀佛，原来如此……"

"刘姥姥"，其他脂本均同，程甲本、程乙本作"刘老老"。

例32，庚辰本：

刘姥姥道："幸亏哥儿告诉我，我明儿回去告诉他们就是了。"

"刘姥姥"，杨本作"刘姆姆"，其他脂本同于庚辰本，程甲本、程乙本作"刘老老"。

例33，庚辰本：

刘姥姥道："若这样，我托那小姐的福，也有几个钱使了。"

"刘姥姥"，杨本作"刘姆姆"，其他脂本同于庚辰本，程甲本、程乙本

① "词"乃"祠"之误。

作"刘老老"。

例 34，庚辰本：

> 刘姥姥便顺口胡诌了出来。

"刘姥姥"，杨本作"刘姆姆"，其他脂本同于庚辰本，程甲本、程乙本作"刘老老"。

例 35，庚辰本：

> 次日一早，便出来给了茗烟几百钱，按着刘姥姥说的方向地名，着茗烟去先踏看明白，回来再作主意。

"刘姥姥"，杨本作"刘姆姆"，其他脂本同于庚辰本，程甲本、程乙本作"刘老老"。

例 36，庚辰本：

> 宝玉听说，喜的眉开眼笑，忙说道："刘姥姥有年纪的人，一时错记了也是有的……"

"刘姥姥"，杨本作"刘姆姆"，其他脂本同于庚辰本，程甲本、程乙本作"刘老老"。

【第 40 回】

第 40 回有六十二例。

例 1，庚辰本：

> 只见丰儿带了刘姥姥、板儿进来说："大奶奶倒忙的紧。"

"刘姥姥"，其他脂本均同，程甲本、程乙本作"刘老老"。

例 2，庚辰本：

> 刘姥姥笑道："老太太留下我，叫我也热闹一天去。"

"刘姥姥"，其他脂本均同，程甲本、程乙本作"刘老老"。

例 3，庚辰本：

> （李纨）又回头向刘姥姥笑道："姥姥，你也上去瞧瞧。"

"刘姥姥"，蒙本作"刘老姥"其他脂本同于庚辰本，程甲本、程乙本作"刘老老"。

例4，庚辰本：

> 刘姥姥听说，爬①不得一声儿，便拉了板儿橙②梯上去。

"刘姥姥"，其他脂本均同，程甲本、程乙本作"刘老老"。

例5，庚辰本：

> 贾母便拣了一朵大红的簪了③鬓上，因回头看见了刘姥姥……

"刘姥姥"，其他脂本均同，程甲本、程乙本作"刘老老"。

例6，庚辰本：

> 一语未完，凤姐便拉过刘姥姥来，笑道："让我打扮你。"

"刘姥姥"，其他脂本均同，程甲本、程乙本作"刘老老"。

例7，庚辰本：

> 刘姥姥笑道："我这头也不知修了什么福，今儿这样体面起来。"

"刘姥姥"，其他脂本均同，程甲本、程乙本作"刘老老"。

例8，庚辰本：

> 刘姥姥笑道："我虽老了，年轻时也风流，爱个花儿粉儿的，今儿老风流才好。"

"刘姥姥"，其他脂本均同，程甲本、程乙本作"刘老老"。

例9，庚辰本：

> 贾母倚柱坐下，命刘姥姥也坐在旁边。

"刘姥姥"，杨本作"姥姥"，其他脂本同于庚辰本，程甲本、程乙本作

---

① "爬"是原文，旁改"巴"。
② "橙"乃"登"字的形讹。
③ "了"是原文，旁改"于"。

"刘老老"。

例10，庚辰本：

> 刘姥姥念佛说道："我们乡下人到了年下都上城来买画儿贴……"

"刘姥姥"，其他脂本均同，程甲本、程乙本作"刘老老"。

例11，庚辰本：

> 刘姥姥听了，喜的忙跑过来，拉着惜春说道："我的姑娘，你这么大年纪，又这么个好模样……"

"刘姥姥"，其他脂本均同，程甲本、程乙本作"刘老老"。

例12，庚辰本：

> 贾母少歇一回，自然领着刘姥姥都见识见识。

"刘姥姥"，其他脂本均同，程甲本、程乙本作"刘老老"。

例13，庚辰本：

> 刘姥姥让出路来与贾母众人走，自己却……。

"刘姥姥"，其他脂本均同，程甲本、程乙本作"刘老老"。

例14，庚辰本：

> 琥珀拉着他说道："姥姥，你上来走，仔细苍苔滑了。"

"刘姥姥"，其他脂本均同，程甲本、程乙本作"刘老老"。

例15，庚辰本：

> 刘姥姥道："不相干的。我们走熟了的。姑娘们只管走罢，可惜你们的那绣鞋别沾赃①了。"

"刘姥姥"，其他脂本均同，程甲本、程乙本作"刘老老"。

例16，庚辰本：

---

① "赃"乃"脏"字之误。

说话时，刘姥姥已爬了起来了，自己也笑了，说道："才说嘴就打了嘴。"

"刘姥姥"，其他脂本均同，程甲本、程乙本作"刘老老"。

例 17，庚辰本：

刘姥姥道："那里说的我这么娇嫩了，……"

"刘姥姥"，其他脂本均同，程甲本、程乙本作"刘老老"。

例 18，庚辰本：

刘姥姥因见窗下案上设着笔砚，又见书架上磊①满满的书。

"刘姥姥"，舒本无，其他脂本同与庚辰本，程甲本、程乙本作"刘老老"。

例 19，庚辰本：

刘姥姥道："这必定是那位哥儿的书房了。"

"刘姥姥"，其他脂本均同，程甲本、程乙本作"刘老老"。

例 20，庚辰本：

刘姥姥留神打量了黛玉一番，方笑道："这那像个小姐的绣房，竟比那上等的书房还好。"

"刘姥姥"，其他脂本均同，程甲本、程乙本作"刘老老"。

例 21，庚辰本：

刘姥姥也觑着眼看个不了。

"刘姥姥"，其他脂本均同，程甲本、程乙本作"刘老老"。

例 22，庚辰本：

刘姥姥念佛道："人人都说，大家子住大房……"

"刘姥姥"，其他脂本均同，程甲本、程乙本作"刘老老"。

例 23，庚辰本：

---

① "磊"是原文，旁改"落着"。

李纨是个厚道人，听了不解，凤①姐儿却知是说的是<u>刘姥姥</u>了。

"刘姥姥"，其他脂本均同，程甲本、程乙本作"刘老老"。

例 24，庚辰本：

> 鸳鸯便拉了<u>刘姥姥</u>出去。

"刘姥姥"，其他脂本均同，程甲本、程乙本作"刘老老"。

例 25，庚辰本：

> 悄悄的嘱咐了<u>刘姥姥</u>一席话。

"刘姥姥"，杨本无，其他脂本同于庚辰本，程甲本、程乙本作"刘老老"。

例 26，庚辰本：

> <u>刘姥姥</u>傍着贾母一桌。

"刘姥姥"，其他脂本均同，程甲本、程乙本作"刘老老"。

例 27，庚辰本：

> 丫环们知道他要撮②弄<u>刘姥姥</u>，便躲开让他。

"刘姥姥"，其他脂本均同，程甲本、程乙本作"刘老老"。

例 28，庚辰本：

> 鸳鸯一面侍立，一面悄问③<u>刘姥姥</u>，说道："别忘了。"

"刘姥姥"，其他脂本均同，程甲本、程乙本作"刘老老"。

例 29，庚辰本：

> <u>刘姥姥</u>道："姑娘放心。"

"刘姥姥"，杨本作"刘姥□"，其他脂本同于庚辰本，程甲本、程乙本无。④

---

① "凤"乃"凤"字之误。
② "撮"是原文，旁改"捉"。
③ "问"乃"向"字形讹。
④ 程甲本、程乙本此处有脱文。

例 30，庚辰本：

那<u>刘姥姥</u>入了坐，拿起箸来，沉甸甸的不伏手。

"刘姥姥"，其他脂本均同，程甲本、程乙本作"刘老老"。

例 31，庚辰本：

原是凤姐和鸳鸯商议定了，单拿一双老年四楞子象牙厢金的快子与<u>刘姥姥</u>。

"刘姥姥"，其他脂本均同，程甲本、程乙本作"刘老老"。

例 32，庚辰本：

<u>刘姥姥</u>见了，说道："这叉爬子比俺们①那里铁锨还沉……"

"刘姥姥"，其他脂本均同，程甲本、程乙本作"刘老老"。

例 33，庚辰本：

凤姐儿偏楝②了一碗鸽子蛋放在<u>刘姥姥</u>桌上。

"刘姥姥"，蒙本作"刘老姥"，其他脂本同于庚辰本，程甲本、程乙本作"刘老老"。

例 34，庚辰本：

贾母这边说声"请"，<u>刘姥姥</u>便站起身来，高声说道："老刘，老刘，食量大似牛，吃一个老母猪不抬头。"

"刘姥姥"，其他脂本均同，程甲本、程乙本作"刘老老"。

例 35，庚辰本：

独有凤姐、鸳鸯二人掌③着，还只管让<u>刘姥姥</u>。

"刘姥姥"，其他脂本均同，程甲本、程乙本作"刘老老"。

例 36，庚辰本：

---

① "俺"下，旁添"们"字。
② "楝"乃"拣"字的形讹。
③ "掌"乃"撑"字的形讹。

刘姥姥拿起箸来，只觉不听使。

"刘姥姥"，其他脂本均同，程甲本、程乙本作"刘老老"。

例37，庚辰本：

那刘姥姥正夸鸡蛋小巧，要俞攮一个……

"刘姥姥"，其他脂本均同，程甲本、程乙本作"刘老老"。

例38，庚辰本：

刘姥姥便伸箸子要夹，那里夹的起来，满碗里闹了一阵，好的①好容易撮起一个来，才伸着脖子要吃，偏又滑下来，滚在地下……

"刘姥姥"，其他脂本均同，程甲本、程乙本作"刘老老"。

例39，庚辰本：

刘姥姥叹道："一两银子也没听见响声儿就没了。"

"刘姥姥"，其他脂本均同，程甲本、程乙本作"刘老老"。

例40，庚辰本：

刘姥姥道："去了金的，又是银的，到底不及俺们那个伏手。"

"刘姥姥"，蒙本作"姥姥"，其他脂本同于庚辰本，程甲本、程乙本作"刘老老"。

例41，庚辰本：

刘姥姥道："这个菜里若有毒，俺们那菜都成了砒霜了。那怕毒死了，也要吃尽了。"

"刘姥姥"，其他脂本均同，程甲本、程乙本作"刘老老"。

例42，庚辰本：

刘姥姥看着李纨与凤姐儿对坐着吃饭，叹道："别的罢了，我只爱你们家这行事，怪道说：'礼出大家'。"

---

① "好的"是衍文，其他脂本均无。

"刘姥姥",其他脂本均同,程甲本、程乙本作"刘老老"。

例43,庚辰本:

> 一言未了,鸳鸯也进来笑道:"<u>姥姥</u>别恼,我给你老人家赔个不是。"

"姥姥",其他脂本均同,程甲本、程乙本作"老老"。

例44,庚辰本:

> 刘姥姥笑道:"姑娘说那里话,咱们哄着老太太开个心儿,可有什么恼的……"

"刘姥姥",其他脂本均同,程甲本、程乙本作"刘老老"。

例45,庚辰本:

> 鸳鸯便骂人:"为什么不倒茶给<u>姥姥</u>吃?"

"姥姥",舒本、彼本作"刘姥姥",其他脂本同于庚辰本,程甲本、程乙本作"老老"。

例46,庚辰本:

> 刘姥姥道:"刚才那个嫂子倒了茶来,我吃过了……"

"刘姥姥",己卯本作"刘老老",其他脂本同于庚辰本,程甲本、程乙本作"刘老老"。

例47,庚辰本:

> 刘姥姥笑道:"我看你们这些人都只吃这一点儿就完了,亏你们也不饿……"

"刘姥姥",其他脂本均同,程甲本、程乙本作"刘老老"。

例48,庚辰本:

> 刘姥姥忙打了他一巴掌,骂道:"下作黄子,没干没净的乱闹……"

"刘姥姥",其他脂本均同,程甲本、程乙本作"刘老老"。

例49,庚辰本:

那姑苏选来的几个驾娘早把两支棠木舫撑来，众人扶了贾母、王夫人、薛姨妈、<u>刘姥姥</u>、鸳鸯、玉钏儿上了这一支。

"刘姥姥"，其他脂本均同，程甲本、程乙本作"刘老老"。
例50，庚辰本：

> 东边是<u>刘姥姥</u>。

"刘姥姥"，其他脂本均同，程甲本、程乙本作"刘老老"。
例51，庚辰本：

> <u>刘姥姥</u>之下，便是王夫人。

"刘姥姥"，彼本无，其他脂本同于庚辰本，程甲本、程乙本作"刘老老"。
例52，庚辰本：

> 鸳鸯未开口，<u>刘姥姥</u>便下了席，摆手道："别这样捉弄人家，我家去了。"

"刘姥姥"，杨本无，[①] 其他脂本同于庚辰本，程甲本、程乙本作"刘老老"。
例53，庚辰本：

> <u>刘姥姥</u>只叫："饶了我罢。"

"刘姥姥"，杨本无，其他脂本同于庚辰本，程甲本、程乙本作"刘老老"。
例54，庚辰本：

> 鸳鸯道："再多言的罚一壶。"<u>刘姥姥</u>方住了声。

"刘姥姥"，杨本无，其他脂本同于庚辰本，程甲本、程乙本作"刘老老"。
例55，庚辰本：

> 鸳鸯道："如今我说骨牌付儿，从太太起，顺领[②]说下去，至<u>刘姥姥</u>止……"

------

① 杨本此处大段文字无。下同。
② "领"，舒本作"令"。

"刘姥姥",杨本无,其他脂本同于庚辰本,程甲本、程乙本作"刘老老"。
例56,庚辰本:

> 原是凤姐儿和鸳鸯都要听刘姥姥的笑话,故意都令说错,都罚了。

"刘姥姥",杨本无,其他脂本同于庚辰本,程甲本、程乙本作"刘老老"。
例57,庚辰本:

> 至王夫人,鸳鸯代说了个,下便该刘姥姥。

"刘姥姥",杨本无,其他脂本同于庚辰本,程甲本、程乙本作"刘老老"。
例58,庚辰本:

> 刘姥姥道:"我们庄家人闲了,也常会几个人弄这个,但不如说的这么好听,少不得我也试一试。"

"刘姥姥",杨本无,其他脂本同于庚辰本,程甲本、程乙本作"刘老老"。
例59,庚辰本:

> 刘姥姥听了,想了半日,说道:"是个庄家人罢?"

"刘姥姥",杨本无,其他脂本同于庚辰本,程甲本、程乙本作"刘老老"。
例60,庚辰本:

> 刘姥姥也笑道:"我们庄家人不过是现成的本色,众位别笑。"

"刘姥姥",杨本无,其他脂本同于庚辰本,程甲本、程乙本作"刘老老"。
例61,庚辰本:

> 刘姥姥道:"大火烧了毛毛虫。"

"刘姥姥",杨本无,其他脂本同于庚辰本,程甲本、程乙本作"刘老老"。
例62,庚辰本:

> 刘姥姥道:"一个萝卜一头蒜。"

"刘姥姥",杨本无,其他脂本同于庚辰本,程甲本、程乙本作"刘老老"。

第十八章　刘姥姥异名考辨（三）

——刘姥姥二进荣国府（下）

本章的内容包含了"刘姥姥二进荣国府"中的第 41 回、第 42 回的文字情节。

【第 41 回】

第 41 回有四十九例。

例 1，庚辰本回目下联：

怡红院劫遇母蝗虫

刘姥姥醉卧怡红院	梦本
刘姥姥卧醉怡红院	眉本
刘老老醉卧怡红院	程甲本 程乙本
刘老妪醉卧怡红院	戚本
刘姥妪卧醉怡红院	蒙本
怡红院劫遇母蝗虫	庚辰本 彼本

刘姥姥	眉本 梦本
刘老老	程甲本 程乙本
刘老妪	戚本
刘姥妪	蒙本

例 2，庚辰本：

话说刘嬷嬷①两只手比着说道："花儿落了结个大倭瓜。"众人听了，哄堂大笑起来。

刘嬷嬷	庚辰本_{原文}
刘姥姥	庚辰本_{改文} 彼本 蒙本 戚本 梦本
刘老老	程甲本 程乙本

例 3，庚辰本：

刘嬷嬷②听了，心下掂掇道："我方才不过是趣话取笑儿……"

刘嬷嬷	庚辰本_{原文}
刘姥姥	庚辰本_{改文} 彼本 蒙本 戚本 梦本
刘老老	程甲本 程乙本

例 4，庚辰本：

刘嬷嬷③一看，又惊又喜。

刘嬷嬷	庚辰本_{原文}
刘姥姥	庚辰本_{改文} 彼本 蒙本 戚本 梦本
刘老老	程甲本 程乙本

例 5，庚辰本：

凤姐儿笑道："这个杯没有喝一个的理，我们家因没有这大量的，所以没人敢使他。姥姥既要，好容易寻了出来，必定要挨次吃一遍才使得。"刘姥姥唬的忙道："这个不敢，好姑奶奶饶了我罢。"

---

① 庚辰本"嬷嬷"是原文，旁改"姥姥"。
② 庚辰本"嬷嬷"是原文，旁改"姥姥"。
③ 庚辰本"嬷嬷"是原文，旁改"姥姥"。

刘姥姥	庚辰本 彼本 戚本 梦本
刘妈妈	蒙本
刘老老	程甲本 程乙本

例6，庚辰本：

　　刘姥姥道："阿弥陀佛，我还是小杯吃罢，把这大杯收着，我带了家去，慢慢的吃罢。"

刘姥姥	庚辰本 彼本 蒙本 戚本 梦本
刘老老	程甲本 程乙本

例7，庚辰本：

　　刘姥姥两手捧着喝。

刘姥姥	庚辰本 彼本 蒙本 戚本 梦本
刘老老	程甲本 程乙本

例8，庚辰本：

　　刘姥姥道："我知道什么名儿，样样都是好的。"

刘姥姥	庚辰本 彼本 蒙本 戚本 梦本
刘老老	程甲本 程乙本

例9，庚辰本：

　　凤姐儿听说，依言拣些茄鲞，送入刘姥姥口中。

刘姥姥	庚辰本 彼本 蒙本 戚本 梦本
刘老老	程甲本 程乙本

例10，庚辰本：

刘姥姥笑道："别哄我了，茄子跑出这个味儿来了……"

刘姥姥	庚辰本 彼本 蒙本 戚本 梦本
刘老老	程甲本 程乙本

例11，庚辰本：

刘姥姥诧意①道："真是茄子，我白吃了半日。姑奶奶，再喂我些，这一口细嚼嚼。"

刘姥姥	庚辰本 彼本 蒙本 戚本 梦本
刘老老	程甲本 程乙本

例12，庚辰本：

刘姥姥细嚼了半日，笑道："虽有一点茄子香，只是不像是茄子。告诉我，是个什么法子弄的，我也弄着吃去。"

刘姥姥	庚辰本 彼本 蒙本 戚本 梦本
刘老老	程甲本 程乙本

例13，庚辰本：

刘姥姥听了，摇头吐舌说道："我的佛祖②，倒得十来只③鸡来配他，怪道这个味儿。"

刘姥姥	庚辰本 彼本 蒙本 戚本 梦本
刘老老	程甲本 程乙本

例14，庚辰本：

---

① "意"乃"异"字的音讹。
② 庚辰本原作"祖"，旁改"爷"。
③ "只"，原作"支"。

刘姥姥忙道："了不得，那就醉死了我，因为爱这样，亏他怎么作了。"

刘姥姥	庚辰本 彼本 蒙本 戚本 梦本
刘老老	程甲本 程乙本

例 15，庚辰本：

刘姥姥笑道："怨不得姑娘不认得，你们在这金门绣户的如何认得木头……"

刘姥姥	庚辰本 彼本 蒙本 戚本 梦本
刘老老	程甲本 程乙本

例 16，庚辰本：

当下刘姥①姥听见这般音乐，且又有了酒，越发喜的手舞足蹈起来。

刘姥姥	庚辰本 彼本 蒙本 戚本 梦本
刘老老	程甲本 程乙本

例 17，庚辰本：

宝玉因下席过来向黛玉笑道："你瞧刘老老的样子。"

刘老老	庚辰本 程甲本 程乙本
刘姥姥	彼本 蒙本 戚本 梦本

此是庚辰本首次出现"刘老老"之例。

例 18，庚辰本：

贾母因要带着刘姥姥散闷……

---

① "姥"，此字系添改，原作"老"。

刘姥姥	庚辰本 彼本 蒙本 戚本 梦本
刘老老	程甲本 程乙本

例 19,庚辰本:

遂携了刘姥姥至山前树下盘桓了半晌。

刘姥姥	庚辰本 彼本 蒙本 戚本 梦本
刘老老	程甲本 程乙本

例 20,庚辰本:

刘姥姥一一的领会。

刘姥姥	庚辰本 彼本 蒙本 戚本 梦本
刘老老	程甲本 程乙本

例 21,庚辰本:

刘姥姥道:"那廊下金架子上站的绿毛红嘴是鹦哥儿,我是认得的,那笼子里的黑老鸹子怎么又长出凤头来,也会说话呢。"

刘姥姥	庚辰本 蒙本 戚本 梦本
刘老老	程甲本 程乙本
(无)	彼本

例 22,庚辰本:

刘姥姥因见那小面果子都玲珑剔透,便拣了一朵牡丹花样的。

刘姥姥	庚辰本 彼本 蒙本 戚本 梦本
刘老老	程甲本 程乙本

例 23,庚辰本:

刘姥姥原不曾吃过这些东西，且都作的小巧，不题盘堆①的，他和板儿每样吃了些，就去了半盘子。

刘姥姥	庚辰本 蒙本 戚本 梦本
刘老姥姥	彼本
刘老老	程甲本 程乙本

例 24 ，庚辰本：

当下贾母等吃过茶，又带了刘姥姥至栊翠庵来。

刘姥姥	庚辰本 彼本 蒙本 戚本 梦本
刘老老	程甲本 程乙本

例 25，庚辰本：

妙玉忙命："将那成窑的茶杯别收了，搁在外头去罢。"宝玉会意，知为刘姥姥吃了，他嫌脏不要了。

刘姥姥	庚辰本 彼本 蒙本 戚本 梦本
刘老老	程甲本 程乙本

例 26，庚辰本：

明日刘姥姥家去给他带去罢。

刘姥姥	庚辰本 彼本 蒙本 戚本 梦本
刘老老	程甲本 程乙本

例 27，庚辰本：

一时又见鸳鸯来了，要带着刘姥姥各处去逛。

---

① "不题盘堆"是原文，旁改"堆满了盘子"。"题"乃"显（顯）"字的形讹。

刘姥姥	庚辰本 彼本 蒙本 戚本 梦本
刘老老	程甲本 程乙本

例 28，庚辰本：

一时来至省亲别墅的牌坊底下，刘姥姥道："嗳呀，这里还有个大庙呢。"

刘姥姥	庚辰本 彼本 蒙本 戚本 梦本
刘老老	程甲本 程乙本

例 29，庚辰本：

刘姥姥道："笑什么，这牌楼上字，我都认得……"

刘姥姥	庚辰本 彼本 蒙本 戚本 梦本
刘老老	程甲本 程乙本

例 30，庚辰本：

刘姥姥便抬头指那字道："这不是'玉皇宝殿'四字？"

刘姥姥	庚辰本 彼本 蒙本 戚本 梦本
刘老老	程甲本 程乙本

例 31，庚辰本：

刘姥姥觉得腹内一阵乱响，忙的拉着一个小丫头要两张纸，就解衣。

刘姥姥	庚辰本 彼本 蒙本 戚本 梦本
刘老老	程甲本 程乙本

例 32，庚辰本：

那刘姥姥因喝了些酒，他脾气不与黄酒相宜，且吃了许多油腻饮食发渴，多喝了几碗茶，不免通泻起来，蹲了半日方完。

刘姥姥	庚辰本 彼本 蒙本 戚本 梦本
刘老老	程甲本 程乙本

例33，庚辰本：

忽见一带竹篱，刘姥姥心中自村①道："竹篱也有扁豆架子。"

刘姥姥	庚辰本 彼本 蒙本 戚本 梦本②
刘老老	程甲本 程乙本

例34，庚辰本：

刘姥姥便度石过去，顺着石子甬路走去。

刘姥姥	庚辰本 彼本 蒙本 戚本 梦本
刘老老	程甲本 程乙本

例35，庚辰本：

刘姥姥忙笑道："姑娘们把我丢下来了，要我碰头碰到这里来。"

刘姥姥	庚辰本 彼本 蒙本 戚本 梦本
刘老老	程甲本 程乙本

例36，庚辰本：

只觉那女孩儿不答，刘姥姥便赶来拉他的手，咕咚一声，便撞到板壁上，把头碰的生疼。

刘姥姥	庚辰本 彼本 蒙本 戚本 梦本
刘老老	程甲本 程乙本

---

① "村"乃"忖"字之误。
② 梦本"刘姥姥"三字作"□□姥"。

例 37，庚辰本：

刘姥姥自忖道："原来画儿有这样活凸出来的。"

刘姥姥	庚辰本 彼本 蒙本 戚本 梦本
刘老老	程甲本 程乙本

例 38，庚辰本：

刘姥姥掀帘进去。

刘姥姥	庚辰本 彼本 蒙本 戚本 梦本
刘老老	程甲本 程乙本

例 39，彼本：

刘姥姥看的眼花，要寻门出去。

刘姥姥	彼本
（无）	庚辰本 蒙本 戚本 梦本 程甲本 程乙本

此乃彼本独有之例。

例 40，庚辰本：

刘姥姥诧异，忙问道："你想是见我这几日没家去，亏你找我来……"

刘姥姥	庚辰本 彼本 蒙本 戚本 梦本
（无）	程甲本 程乙本

程甲本、程乙本此处有脱文，故无。

例 41，庚辰本：

刘姥姥笑道："你好没见识面，见这园里的花好，你就没死活带了一头……"

刘姥姥	庚辰本 彼本 蒙本 戚本 梦本
刘老老	程甲本 程乙本

例 42，庚辰本：

不意刘姥姥乱摸之间，其力巧合，便撞开消息，掩过镜子，露出门来。

刘姥姥	庚辰本 彼本 蒙本 戚本 梦本
刘老老	程甲本 程乙本

例 43，庚辰本：

刘姥姥又惊又喜，迈步出来。

刘姥姥	庚辰本 彼本 蒙本 戚本 梦本
刘老老	程甲本 程乙本

例 44，庚辰本：

板儿见没了他姥姥，急的哭了。

姥姥	庚辰本 彼本 蒙本 戚本 梦本
老老	程甲本 程乙本

例 45，庚辰本：

只见刘姥姥扎手舞脚的仰卧在床上。

刘姥姥	庚辰本 彼本 蒙本 戚本 梦本
刘老老	程甲本 程乙本

例 46，庚辰本：

那刘姥姥惊醒，睁眼见了袭人，连忙爬起来……

刘姥姥	庚辰本 彼本 蒙本 戚本 梦本
刘老老	程甲本 程乙本

例 47，庚辰本：

刘姥姥跟①了袭人出至小丫头房中，命他坐了。

刘姥姥	庚辰本 彼本 蒙本 戚本 梦本
刘老老	程甲本 程乙本

例 48，庚辰本：

刘姥姥答应知道。又与他两碗茶吃，方觉酒醒了。

刘姥姥	庚辰本 彼本 蒙本 戚本 梦本
刘老老	程甲本 程乙本

例 49，庚辰本：

那刘姥姥吓的不敢作声。

刘姥姥	庚辰本 彼本 蒙本 戚本 梦本
刘老老	程甲本 程乙本

【第 42 回】

第 42 回有二十七例。

例 1，庚辰本：

且说刘姥姥带着板儿先来见凤姐儿说："明日一早定要家去了……"

刘姥姥	庚辰本 彼本 戚本 梦本
刘姆姆	蒙本
刘老老	程甲本 程乙本

---

① "跟"系旁改，原作"赶"。

例2，庚辰本：

　　<u>刘姥姥</u>听了，忙叹道："老太太有年纪的人，不惯十分劳乏的。"

刘姥姥	庚辰本 彼本 蒙本 戚本 梦本
刘老老	程甲本 程乙本

例3，庚辰本：

　　<u>刘姥姥</u>道："小大①姐儿只怕不大进园子，生地方儿……"

刘姥姥	庚辰本 彼本 蒙本 戚本 梦本
刘老老	程甲本 程乙本

例4，庚辰本：

　　<u>刘姥姥</u>道："这也有的事……"

刘姥姥	庚辰本 彼本 蒙本 戚本 梦本
刘老老	程甲本 程乙本

例5，庚辰本：

　　<u>刘姥姥</u>听说，便想了一想，笑道："不知他几时生的？"

刘姥姥	庚辰本 彼本 蒙本 戚本 梦本
刘老老	程甲本 程乙本

例6，庚辰本：

　　<u>刘姥姥</u>忙笑道："这个正好，就叫他是巧哥儿……"

---

① "大"字系旁添。

刘姥姥	庚辰本 彼本 蒙本 戚本 梦本
刘老老	程甲本 程乙本

例 7，庚辰本：

你这空儿把送<u>姥姥</u>的东西打点了，他明儿一早就好走的便宜了。

姥姥	庚辰本 彼本 蒙本 戚本 梦本
老老	程甲本 程乙本

例 8，庚辰本：

<u>刘姥姥</u>忙说："不敢多破费了……"

刘姥姥	庚辰本 彼本 蒙本 戚本 梦本
刘老老	程甲本 程乙本

例 9，庚辰本：

只见平儿走来，说："<u>姥姥</u>过这边瞧瞧。"

姥姥	庚辰本 彼本 蒙本 戚本 梦本
老老	程甲本 程乙本

例 10，庚辰本：

<u>刘姥姥</u>忙跟①了平儿，到那边屋里，只见堆着半炕东西。

刘姥姥	庚辰本 彼本 蒙本 戚本 梦本
刘老老	程甲本 程乙本

例 11，庚辰本：

---

① "跟"系旁改，原作"赶"。

这两件袄儿和两条裙子，还有四块包头，一包绒线，可是我送<u>姥姥</u>的。衣裳……

姥姥	庚辰本 彼本 蒙本 戚本 梦本
老老	程甲本 程乙本

例 12，庚辰本：

平儿说一样，<u>刘姥姥</u>就念一句佛，已经念了几千声佛了。

刘姥姥	庚辰本 彼本 蒙本 戚本 梦本
刘老老	程甲本 程乙本

例 13，庚辰本：

<u>刘姥姥</u>千恩万谢，答应了。

刘姥姥	庚辰本 彼本 蒙本 戚本 梦本
刘老老	程甲本 程乙本

例 14，庚辰本：

<u>刘姥姥</u>越发感激不尽，过来又千恩万谢的辞了凤姐儿，过贾母这一边睡了一夜。

刘姥姥	庚辰本 彼本 蒙本 戚本 梦本
刘老老	程甲本 程乙本

例 15，庚辰本：

<u>刘姥姥</u>见无事，方上来和贾母告辞。

刘姥姥	庚辰本 彼本 蒙本 戚本 梦本
刘老老	程甲本 程乙本

例 16，庚辰本：

　　贾母说："闲了再来。"又命鸳鸯来："好生打发刘姥姥出去，我身上不好，不能送你了。"

刘姥姥	庚辰本 彼本 梦本
你姥姥	蒙本 戚本
刘老老	程甲本 程乙本

例 17，庚辰本：

　　刘姥姥道了谢，又作辞。

刘姥姥	庚辰本 彼本 蒙本 戚本 梦本
刘老老	程甲本 程乙本

例 18，庚辰本：

　　刘姥姥已喜①出望外，早又念了几千声佛。

刘姥姥	庚辰本 彼本 蒙本 戚本 梦本
刘老老	程甲本 程乙本

例 19，庚辰本：

　　说着，只见一个小丫头拿了个成窑钟子来，递与刘姥姥。

刘姥姥	庚辰本 彼本 蒙本 戚本 梦本
刘老老	程甲本 程乙本

例 20，庚辰本：

　　刘姥姥道："这是那里说起，我那一世修了来的，今儿这样。"

---

① "喜"系旁改，原作"意"。

刘姥姥	庚辰本 彼本 蒙本 戚本 梦本
刘老老	程甲本 程乙本

例21，庚辰本：

刘姥姥又忙道谢。

刘姥姥	庚辰本 彼本 蒙本 戚本 梦本
刘老老	程甲本 程乙本

例22，庚辰本：

刘姥姥又要到园中辞谢宝玉和众姊妹、王夫人等去，鸳鸯道："不用去了……"

刘姥姥	庚辰本 彼本 蒙本 戚本 梦本
刘老老	程甲本 程乙本

例23，庚辰本：

又命了一个老婆子，吩咐他二门上叫两个小厮来，帮着姥姥拿了东西送出去。

姥姥	庚辰本
刘姥姥	彼本
他	蒙本、戚本
老老	程甲本 程乙本

例24，庚辰本：

婆子答应了，又和刘姥姥到了凤姐儿那边，一并拿了东西……

刘姥姥	庚辰本 彼本 蒙本 戚本 梦本
刘老老	程甲本 程乙本

例25，庚辰本：

直送刘姥姥上车去了。不在话下。

刘姥姥	庚辰本 彼本 蒙本 戚本 梦本
刘老老	程甲本 程乙本

例26，庚辰本：

探春笑道："也别要怪老太太，都是刘姥姥一句话。"

刘姥姥	庚辰本 彼本 蒙本 戚本 梦本
刘老老	程甲本 程乙本

例27，庚辰本：

林黛玉忙笑道："可是呢，都是他一句话，他是那一门子的姥姥，直叫他是个母蝗虫就是了。"

姥姥	庚辰本 彼本 蒙本 戚本 梦本
老老	程甲本 程乙本

第十九章　刘姥姥异名考辨（四）

第一节　脂评与刘姥姥

脂评中，称"刘姥姥"的文字，计有二十例，分见于下列四回：

6	39	41	42

现依次列举于下：

【第6回】

第6回有十三例。

例1，蒙本正文：

> 当日你们原是和金陵王家连过宗的。二十年前，他们看承你们还好，如今自然是你们拉硬屎，不肯去俯就他的，故疏远起来。

蒙本此处有评语曰：

> 天下事无有不可为者。总因打不破，若打破时何事不能？请看刘姥姥一篇议论，便应解得些个才是。

例2，蒙本正文：

> 周瑞的又问板儿倒长的这么大了，又问些别后闲话，再问刘姥姥："今日还是路过，还是特来的？"刘姥姥便说："原是特来看看你，二则也

请请姑太太的安……"

蒙本此处有评语曰：

> 刘姥姥此时一团要紧事在心，有问不得不答。递转递进，不敢陟①然。看之令人可怜。而大英雄亦有若此者，所谓欲图大事，不据②小节。

例3，蒙本正文曰：

> 周瑞家的听了，连忙起身催着刘姥姥说："快走，快走，这一下来，他吃饭是个空子，咱们先等着去。若迟了，回事的人多了难说话。再歇了中觉，越发没了时候了。"

蒙本此处有评语曰：

> 有曰：富贵不还乡，如衣锦夜行。今日周瑞家的得遇刘姥姥，实可谓锦衣不夜行者。

例4，甲戌本正文曰：

> 才入堂屋，只闻一阵香扑了脸来。

甲戌本此处有评语曰：

> 是刘姥姥鼻中。

例5，甲戌本正文曰：

> 身子如在云端里一般。

甲戌本此处有评语曰：

> 是刘姥姥身子。

例6，甲戌本正文曰：

———————————

① "陟"乃"陡"字的形讹。
② "据"乃"拘"字的音讹。

满屋里之物都是耀眼争光，使人头悬目眩。

甲戌本、梦本此处有评语曰：

> 是刘姥姥头目。（甲戌本）
> 俱从刘姥姥目中看出。（梦本）

例7，蒙本正文曰：

> 刘姥姥斯时惟点头咂嘴念佛而已。

蒙本此处有评语曰：

> 是写府第①奢华，还是写刘姥姥粗夯？大抵村舍人家见此等气象，未有不破胆惊心、迷魄醉魂者。刘姥姥犹能念佛，已自出人头地矣。

例8，甲戌本正文：

> 刘姥姥见平儿遍身绫罗，插金带银，花容玉貌的，便当是凤姐儿了。

甲戌本此处有评语曰：

> 从刘姥姥心中目中略一写。非平儿正传。

例9，甲戌本正文：

> 刘姥姥只听见咯当咯当的响声，大有似乎打箩柜筛面的一般。

甲戌本此处有评语曰：

> 从刘姥姥心中意中幻拟出奇怪文字。

例10，甲戌本正文：

> 忽见堂屋中柱子上挂着一个匣子，底下又坠着一个秤砣般的一物，却不住地乱恍。

---

① "第"乃"邸"字的音讹。

甲戌本此处有评语曰：

> 从刘姥姥心中目中设譬拟想，真是镜花水月。

例 11，蒙本正文：

> 方欲问时，只见小丫头子们一起乱跑说："奶奶下来了。"

蒙本此处有评语曰：

> 刘姥姥不认得，偏不令问明，即以"奶奶下来"之结局，是画云龙
> 妙手。

例 12，甲戌本正文：

> 这里刘姥姥心身方安。

甲戌本此处有评语曰：

> 妙。却是从刘姥姥身边目中写来，度①至下回。

例 13，甲戌本正文：

> 凤姐早已明白了，听他不会说话，因笑止道……

甲戌本此处有评语曰：

> 又一笑，凡六。自刘姥姥来，凡笑五次，写得阿凤乖滑伶俐，合眼
> 如立在前。若会说话之人便听他说了，阿凤利害处正在此。问看官常有
> 将挪移借贷已说明白了，彼仍推聋装哑，这人为阿凤若何。呵呵，一叹。

【第 39 回】

第 39 回有三例。

例 1，己卯本正文：

> 还说我作了情，你今儿又来了。

---

① "度"乃"渡"字之误。

己卯本、庚辰本此处有评语曰：

分明几回没写到贾琏，进忽闲中一语，便补得贾琏这边天天闹热，令人却如看见、听见一般，所谓不写之写也。刘姥姥眼中耳中，又一番识面，奇妙之甚。

例2，己卯本正文：

凤姐儿站着正说笑。

己卯本、庚辰本、蒙本、戚本此处有评语曰：

奇奇怪怪文章，在川①姥姥眼中以为阿凤至尊至贵，普天下人独②该站着说、阿凤独坐才是。如何今见阿凤独占③哉。（己卯本）

奇奇怪怪文章，在刘姥姥眼中以为阿凤至尊至贵，普天下人都该站着说、阿凤独坐才是。如何今见阿凤独站哉。（庚辰本）

奇文，都在刘姥姥眼中，以为阿凤至尊至贵，凡天下人都该站着、阿凤独坐才是。如何令④见阿凤独站着哉。真正极妙文字！（蒙本）

奇文，都在刘姥姥眼中，以为阿凤至尊至贵，凡天下人都该站着、阿凤独坐才是。如何今见阿凤独站着哉。真正极妙文字！（戚本）

例3，己卯本正文：

口里说："请老寿星安。"

己卯本、庚辰本、蒙本、戚本此处有评语曰：

更妙。贾母之号何其多耶。在诸人口中则"老太太"，在阿凤口中则曰"老祖宗"，在僧尼口中则曰"老菩萨"。在刘姥姥口中则曰"老寿星"者，去⑤似有数人，想去则皆贾母，难得如此各尽其妙。刘姥姥亦善应接。（己卯本）

---

① "川"乃"刘"字的形讹。
② "独"乃"都"字的音讹。
③ "占"乃"站"字之误。
④ "令"乃"今"字的形讹。
⑤ "去"乃"却"字的形讹。

更妙。贾母之号何其多耶。在诸人口中则曰"老太太",在阿凤口中则曰"老祖宗",在僧尼口中则曰"老菩萨"。在刘姥姥口中则曰"老寿星"者,却似有数人,想去则皆贾母,难得如此各尽其妙。刘姥姥亦善应接。(庚辰本)

更妙。不知贾母之号何其多耶。众人曰"老太太",阿凤曰"老祖宗",僧曰"老菩萨"。姥姥曰"老寿星"者,却似数人,想去则皆贾母,难得如此则各尽其妙。(蒙本)

更妙。不知贾母之号何其多耶。众人曰"老太太",阿凤曰"老祖宗",僧曰"老菩萨"。姥姥曰"老寿星"者,却似众人,想去则皆贾母,难得如此则各尽其妙。(戚本)

【第 41 回】

第 41 回有三例。

例 1,庚辰本正文:

又忽见这柚子又香又圆,更觉好顽,且当球踢着顽去,也就不要佛手。

庚辰本、此处有评语曰:

抽①子即今香团②之属也,应与"缘"通。佛手者,正指迷津者也。以小儿之戏,暗透前后通部脉络,隐隐约约,毫无一丝漏泄,岂独为刘姥姥之俚言博笑而有此一大回文字哉。

例 2,蒙本正文:

里面碧青的水,流往那边去了。

蒙本此处有评语曰:

僭③刘姥姥醉中,写境中景。

---

① "抽"乃"柚"字的形讹。
② "团"疑系"橼"字之误。
③ "僭"乃"借"字的形讹。

例3，蒙本、戚本回末总评：

> 刘姥姥之憨从利，妙玉尼之怪图名，宝玉之奇，黛玉之妖，亦自敛迹。是何等画工，能将他人之天王作我卫护之纵神。文技至此，可为至美。（蒙本）
> 刘姥姥之憨从利，妙玉尼之怪图名，宝玉之奇，黛玉之妖，亦自敛迹。是何等画工，能将他人之天王作我卫护之神衹。文技至此，可为至矣。（戚本）

【第 42 回】

第 42 回有一例。

庚辰本正文：

> 我倒笑的动不得了。

庚辰本此处有评语曰：

> 看他刘姥姥笑后复一笑，亦想不到之文也听宝卿之评，亦千古定论。

【小结】

以上共二十例。

从这二十例看，脂评基本上作"刘姥姥"。唯一的例外，是己卯本第 39 回评语中误作"川姥姥"。"川"乃"刘"字之误。

这可作为曹雪芹原稿写作"刘姥姥"的旁证。

第二节　刘老老三进荣国府

"刘老老三进荣国府"的情节，仅见于后四十回。

在后四十回中，刘姥姥之名，共出现了五十六次，分见于下列三回：

113	119	120

但这五十六次，无论是程甲本，还是程乙本，全部印作"刘老老"。

现依次列举于下。

【第 113 回】

第 113 回有三十三例。

例 1，程甲本：

> （凤姐）只得勉强说道："我神魂不定，想是说梦话。给我揉揉。"平儿上去揉着，见个小丫头子进来说是："刘老老来了，婆子们带着来请奶奶的安。"
>
> 平儿急忙下来说："在那里呢？"小丫头子说："他不敢就进来，还听奶奶的示下。"

"刘老老"，程乙本同。

例 2，程甲本：

> 小丫头子说着，凤姐听见，便叫平儿："你来，人家好心来瞧，不要冷淡人家。你去请了刘老老进来，我和他说说话儿。"

"刘老老"，程乙本同。

例 3，程甲本：

> 平儿只得出来，请刘老老这里坐。

"刘老老"，程乙本同。

例 4，程甲本：

> 只见丰儿、小红赶来说："奶奶要什么？"凤姐睁眼一瞧，不见有人，心里明白，不肯说出来，便问丰儿道："平儿这东西那里去了？"丰儿道："不是奶奶叫去请刘老老去了么？"凤姐定了一会神，也不言语。

"刘老老"，程乙本同。

例 5，程甲本：

> 只见平儿同刘老老带了一个小女孩儿进来说："我们姑奶奶在那里？"

"刘老老"，程乙本同。

例 6，程甲本：

平儿引到炕边，<u>刘老老</u>便说："请姑奶奶安。"凤姐睁眼一看，不觉一阵伤心，说："老老，你好。怎么这时候才来。你瞧，你外孙女儿也长的这么大了。"

"刘老老"，程乙本同。
例7，程甲本：

<u>刘老老</u>看着凤姐骨瘦如柴，神情恍惚，心里也就悲惨起来，说："我的奶奶，怎么这几个月不见，就病到这个分儿。我糊涂的要死，怎么不早来请姑奶奶的安。"

"刘老老"，程乙本同。
例8，程甲本：

<u>刘老老</u>道："我们屯乡里的人不会病的，若一病了，就要求神许愿，从不知道吃药的。我想姑奶奶的病不要撞着什么了罢？"

"刘老老"，程乙本同。
例9，程甲本：

平儿听着那话不在理，便在背地里扯他，<u>刘老老</u>会意，便不言语。

"刘老老"，程乙本同。
例10，程甲本：

那里知道这句话倒合了凤姐的意，扎挣着说："老老，你是有年纪的人，说的不错。你见过的赵姨娘也死了，你知道么？"<u>刘老老</u>诧异道："阿弥陀佛，好端端一个人，怎么就死了？我记得他也有一个小哥儿，这便怎么样呢？"

"刘老老"，程乙本同。
例11，程甲本：

<u>刘老老</u>道："姑娘，你那里知道，不好死了是亲生的，隔了肚皮子是不中用的。"这句话又招起凤姐的愁肠，呜呜咽咽的哭起来了。

"刘老老"，程乙本同。

例12，程甲本：

> 巧姐儿便走到跟前，<u>刘老老</u>忙拉着道："阿弥陀佛，不要折杀我了。巧姑娘，我一年多不来，你还认得我么？"
>
> 巧姐儿道："怎么不认得？那年在园里见的时候，我还小。前年你来，我还合你要来年的蝈蝈儿，你也没有给我，必是忘了。"

"刘老老"，程乙本同。

例13，程甲本：

> 凤姐道："不然，你带了他去罢。"<u>刘老老</u>笑道："姑娘这样千金贵体，绫罗裹大了的，吃的是好东西，到了我们那里，我拿什么哄他顽，拿什么给他吃呢？这倒不是坑杀我了么。"

"刘老老"，程乙本同。

例14，程甲本：

> 凤姐道："你说去，我愿意就给。"<u>刘老老</u>道："这是顽话儿罢咧，放着姑奶奶这样大官大府的人家，只怕还不肯给，那里肯给庄家人，就是姑奶奶肯了，上头太太们也不给。"

"刘老老"，程乙本同。

例15，程甲本：

> 这里平儿恐<u>刘老老</u>话多，搅繁①了凤姐。

"刘老老"，程乙本同。

例16，程甲本：

> （平儿）便拉了<u>刘老老</u>说："你提起太太来，你还没有过去呢。我出去叫人带了你去见见，也不枉来这一趟。"

"刘老老"，程乙本同。

---

① "繁"乃"烦"字的音讹。

例 17，程甲本：

> 刘老老便要走，凤姐道："忙什么，你坐下，我问你，近来的日子还过的么？"

"刘老老"，程乙本同。

例 18，程甲本：

> 刘老老千恩万谢的说道："我们若不仗着姑奶奶……"说着，指着青儿说："他的老子娘都要饿死了。如今虽说是庄家人苦，家里也挣了好几亩地，又打了一眼井，种些菜蔬瓜果，一年卖的钱也不少，尽够他们嚼吃的了。这两年姑奶奶还时常给些衣服、布匹，在我们村里算过得的了。阿弥陀佛，前日他老子进城，听见姑奶奶这里动了家，我就几乎唬杀了，亏得又有人说不是这里，我才放心。后来又听见说这里老爷升了，我又喜欢，就要来道喜，为的是满地的庄家来不得。昨日又听见说老太太没有了，我在地里打豆子，听见了这话，唬得连豆子都拿不起来了，就在地里狠狠的哭了一大场。我合女婿说，我也顾不得你们了，不管真话谎话，我是要进城瞧瞧去的。"

"刘老老"，程乙本同。

例 19，程甲本：

> 平儿等着急，也不等他说完，拉着就走，说："你老人家说了半天，口干了，咱们喝碗茶去罢。"拉着刘老老到下房坐着。

"刘老老"，程乙本同。

例 20，程甲本：

> 刘老老道："茶倒不要，好姑娘，叫人带了我去请太太的安，哭哭老太太去罢。"

"刘老老"，程乙本同。

例 21，程甲本：

> 刘老老道："阿弥陀佛，姑娘，是你多心，我知道。倒是奶奶的病怎么好呢？"

"刘老老"，程乙本同。

例22，程甲本：

> 刘老老道："说是罪过，我瞧着不好。"

"刘老老"，程乙本同。

例23，程甲本：

> 这里凤姐愈加不好，丰儿等不免哭起来。巧姐听见赶来，刘老老也急忙走到炕前，嘴里念佛，捣了些鬼，果然凤姐好些。

"刘老老"，程乙本同。

例24，程甲本：

> 一时王夫人听了丫头的信，也过来了，先见凤姐安静些，心下略放心。见了刘老老，便说："刘老老，你好，什么时候来的？"

"刘老老"，程乙本同。

例25，程甲本：

> 刘老老便说："请太太安。"

"刘老老"，程乙本同。

例26，程甲本：

> 凤姐闹了一回，此时又觉清楚些，见刘老老在这里，心里信他求神祷告，便把丰儿等支开，叫刘老老坐在头边，告诉他心神不宁，如见鬼怪的样。

"刘老老"，程乙本同。

例27，程甲本：

> 刘老老便说，我们屯里什么菩萨灵，什么庙有感应。

"刘老老"，程乙本同。

例28，程甲本：

　　刘老老道："姑奶奶不用那个。我们村庄人家许了愿，好了花上几百钱就是了，那用这些，就是我替姑奶奶求去，也是许愿，等姑奶奶好了，要花什么自己去花罢。"

"刘老老"，程乙本同。
例 29，程甲本：

　　凤姐明知刘老老一片好心，不好勉强，只得留下，说："老老，我的命交给你了，我的巧姐儿也是千灾百病的，也交给你了。"

"刘老老"，程乙本同。
例 30，程甲本：

　　刘老老顺口答应，便说："这么着，我看天气尚早，还赶得出城去，我就去了。明儿姑奶奶好了，再请还愿去。"

"刘老老"，程乙本同。
例 31，程甲本：

　　刘老老道："庄家孩子没有见过世面，没的在这里打嘴，我带他去的好。"

"刘老老"，程乙本同。
例 32，程甲本：

　　刘老老见凤姐直情，落得叫青儿住几天，又省了家里的嚼吃，只怕青儿不肯，不如叫他来问问，若是他肯，就留下。

"刘老老"，程乙本同。
例 33，程甲本：

　　刘老老便吩咐了几句，辞了平儿，忙忙的赶出城去不题。

【小结】
在第 113 回，程甲本、程乙本全作"刘老老"。
【第 119 回】
第 119 回有二十一例。

例1，程甲本：

王夫人也难和那夫人争论，只有大家抱头大哭。有个婆子进来回说："后门上的人说，那个刘老老又来了。"

"刘老老"，程乙本同。

例2，程甲本：

那婆子便带了刘老老进来，各人见了问好。

"刘老老"，程乙本同。

例3，程甲本：

刘老老见众人的眼圈儿都是红的，也摸不着头脑，迟了一会子，便问道："怎么了？太太、姑娘们必是想二姑奶奶了。"

"刘老老"，程乙本同。

例4，程甲本：

平儿道："老老别说闲话，你既是姑娘的干妈，也该知道的。"便一五一十的告诉了，把个刘老老也唬怔了，等了半天，忽然笑道："你这样一个伶俐姑娘，没听见过鼓儿词么，这上头的方法多着呢，这有什么难的。"

"刘老老"，程乙本同。

例5，程甲本：

平儿赶忙问道："老老，你有什么法儿，快说罢。"刘老老道："这有什么难的呢，一个人也不叫他们知道，扔崩一走，就完了事了。"

"刘老老"，程乙本同。

例6，程甲本：

刘老老道："只怕你们不走，你们要走，就到我屯里去，我就把姑娘藏起来，即刻叫我女婿弄了人，叫姑娘亲笔写个字儿，赶到姑老爷那里，少不得他就来了。可不好么？"

"刘老老"，程乙本同。

例7，程甲本：

> 平儿道："大太太知道呢？"<u>刘老老</u>道："我来他们知道么？"平儿道："大太太住在后头，他待人刻薄，有什么信，没有送给他的。你若前门走来，就知道了；如今是后门来的，不妨事。"

"刘老老"，程乙本同。

例8，程甲本：

> <u>刘老老</u>道："说咱们定了几时，我叫女婿打了车来接了去。"

"刘老老"，程乙本同。

例9，程甲本：

> 平儿道："这还等得几时呢，你坐着罢。"急忙进去，将<u>刘老老</u>的话避了旁人，告诉了王夫人。

"刘老老"，程乙本同。

例10，程甲本：

> 于是王夫人回去，倒过去找那夫人说闲话儿，把那夫人先拌①住了。平儿这里便遣人料理去了，嘱咐道："倒别避人，有人进来看见，就说是大太太吩咐的，要一辆车子送<u>刘老老</u>去。"

"刘老老"，程乙本同。

例11，程甲本：

> 只有贾环等心下着急，四处找寻巧姐，那知巧姐随了<u>刘老老</u>，带着平儿出了城，到了庄上。

"刘老老"，程乙本同。

例12，程甲本：

---

① "拌"乃"绊"字之误。

刘老老也不敢轻亵巧姐，便打扫上房，让给巧姐、平儿住下。每日供给，虽是乡村风味，倒也洁净，又有青儿陪着，暂且宽心。

"刘老老"，程乙本同。
例13，程甲本：

那庄上也有几家富户，知道刘老老家来了贾府姑娘，谁不来瞧，都道是天上神仙，也有送菜果的，也有送野味的，倒也热闹。

"刘老老"，程乙本同。
例14，程甲本：

刘老老道："说着瞧罢。"于是两人各自走开。

"刘老老"，程乙本同。
例15，程甲本：

刘老老惦记着贾府，叫板儿进城打听。

"刘老老"，程乙本同。
例16，程甲本：

刘老老听说，喜的眉开眼笑，去和巧姐儿贺喜，将板儿的话说了一遍。

"刘老老"，程乙本同。
例17，程甲本：

刘老老听了得意，便叫人赶了两辆车，请巧姐、平儿上车。

"刘老老"，程乙本同。
例18，程甲本：

巧姐等在刘老老家住熟了，反是依依不舍，更有青儿哭着恨不能留下。

"刘老老"，程乙本同。

例 19，程甲本：

> 刘老老和他不忍相别，便叫青儿跟了进城，一径直奔荣府而来。

"刘老老"，程乙本同。

例 20，程甲本：

> 邢夫人正恐贾琏不见了巧姐，必有一番的周折，又听见贾琏在王夫人那里，心下更是着急，便叫丫头去打听，回来说是巧姐儿同着刘老老在那里说话，邢夫人才如梦初觉……

"刘老老"，程乙本同。

例 21，程甲本：

> 正问着，只见巧姐同着刘老老带了平儿，王夫人在后头跟着进来……

"刘老老"，程乙本同。

【小结】

在第 119 回，程甲本、程乙本均作"刘老老。"

【第 120 回】

第 120 回有二例。

例 1，程甲本：

> 贾琏打发请了刘老老来，应了这件事。

"刘老老"，程乙本同。

例 2，程甲本：

> 刘老老见了王夫人等，便说些将来怎样升官，怎样起家，怎样子孙昌盛……

"刘老老"，程乙本同。

【小结】

在第 120 回，程甲本、程乙本均作"刘老老"。

第三节　结语

经一一检视，在后四十回中，程甲本、程乙本均作"刘老老"。
这一点，和程甲本、程乙本的前八十回的"刘老老"是一致的。

第二十章　绮霰异名考辨

贾府丫环名字的歧异状态多矣，拙著《红楼梦晢本研究》曾探讨红檀、秋纹等人的异名问题①。现在改谈另外一个丫环名字的歧异问题。

这个丫环，指的是绮霰。

她和另外五个丫环同时出现在甲戌本第28回的情节之中。

"绮霰"是宝玉怡红院中的一个丫环。

第一节　九个丫环同时出场

在《红楼梦》中，贾府有众多的丫环。

但，众多的丫环同时同地现身的场面却不多见。

最热闹的场面，无疑是出现在第29回。

第29回说的是，在贾母的带领下，贾府众人前去清虚观打醮，引庚辰本于下：

> 贾母坐一乘八人大轿，李氏、凤姐儿、薛姨妈每人一乘四人轿，宝钗、黛玉二人共坐一辆翠盖珠缨八宝车，迎春、探春、惜春三人共坐一辆朱轮翠盖车。
>
> 然后贾母的丫头鸳鸯、鹦武（鹉）、琥珀、珍珠，林黛玉的丫头紫鹃、雪雁、春纤，宝钗的丫头莺儿、文杏，迎春的丫头司棋、绣橘，探

---

① 请参阅拙著《红楼梦晢本研究》（社会科学文献出版社，2019年，北京）第三章"她叫红檀，还是叫檀云、香云?"，第四章"她叫秋雯，还是叫秋纹、秋文?"

春的丫头待书、翠墨，惜春的丫头入画、彩屏，薛姨妈的丫头同喜、同贵，外带着香菱、香菱的丫头臻儿，李氏的丫头素雪（云）、碧月，凤姐儿的丫头平儿、丰儿、小红，并王夫人两个丫头也要跟了凤姐儿来，金钏、彩云，奶子抱着大姐儿，带着巧姐儿，另在一车。

还有两个丫头，一共又连上各房的老嬷嬷、奶娘，并跟出门的家人媳妇子，乌压压的占了一街的车。

据庚辰本第 29 回所引，参加清虚观打醮的有名字的丫环二十五人，再加上无名字的四人，一共二十九人①，可谓多矣②。

遗憾的是，甲戌本缺少这第 29 回。我们不得不暂时放弃议论、辨析这些丫环名字的机会。

且让我们把目光转向甲戌本第 27 回红玉③邂逅八个丫环的场面。加上红玉（小红），出场的丫环共九人。比起那二十九个来，数目虽然显得少了一些，但其中也有一些吸引我们目光的地方。

引甲戌本第 27 回有关文字于下。

只见凤姐站在山坡上招手叫红玉，红玉连忙弃了众人，跑至凤姐前，笑问："奶奶使唤作什么？"

凤姐打谅了一打谅，见他生的干净俏丽，说话知趣，因说道："我的丫头今儿没跟进来，我这会子想起一件事来，使唤个人出去，可不知你能干不能干？说的齐全不齐全？"红玉道："奶奶有什么话，只管吩咐我说去。若说不齐全，误了奶奶的事，凭奶奶责罚罢了。"凤姐笑道："你是谁房里的？我使出去，他回来找你，我好替你答应。"红玉道："我是宝二爷房里的。"凤姐听了，笑道："嗳哟，你原来是宝玉房里的，怪道呢，也罢了。你到我家告诉你平姐姐，外头屋里桌子上，汝窑盘子架儿底下，放着一卷银子，那是一百二十两，给绣匠的工价。等张材家的来要，当面称给他瞧了，再给他拿去。再，里头屋里床上有个小荷包，拿了来给我。"

红玉听了，彻身去了。回来只见凤姐不在这山坡上了，因见司棋从山洞里出来，站着系裙子，便上来问道："姐姐不知道二奶奶往那去了？"

---

① "二十九人"这个数字，正好和回数（第二十九回）相合。不知是出于无意，还是有意？
② 其实，"二十九人"这个数字还不包括没有去清虚观打醮的怡红院的丫环在内。
③ "红玉"，即第 29 回的那个"小红"。

司棋道："没理论。"

红玉听了，又往四下里看。只见那边探春、宝钗在池边看鱼，红玉便走来，陪笑问道："姑娘们可看见二奶奶没有？"探春道："往大奶奶院里找去。"

红玉听了，才往稻香村来。顶头只见晴雯、绮霰、碧痕、紫绡、麝月、待书、入画、莺儿等一群人来了。

晴雯一见了红玉，便说道："你只是疯罢，花儿也不浇，雀儿也不喂，茶炉子也不笼，就在外头逛。"红玉道："昨儿二爷说了，今儿不用浇花，过一日再浇罢。我喂雀儿的时候，姐姐还睡觉呢。"

碧痕道："茶炉子呢？"红玉道："今儿不是我笼的班儿，有茶没茶，别问我。"绮霰道："你听听他的嘴。你们别说了，让他逛去罢。"红玉道："你们再问问我逛了没有？二奶奶才使唤我说话、取东西去的。"说着，将荷包举给他们看，方没言语了。大家分路走开。

晴雯冷笑道："怪道呢，原来爬上高枝儿去了，把我们不放在眼里，不知说了一句半句话，名儿姓儿知道了不曾呢，就把他兴的这样。这一遭儿半遭儿的，算不得什么，过了后儿，还得听呵。有本事的，从今儿出了这园子，长长远远的在高枝儿上，才算得。"一面说着，走了。

这里提到了红玉遇到的一群八个丫环的名字。她们是谁房中的丫环呢？

晴雯、绮霰、碧痕、紫绡、麝月	宝玉
待书	探春
入画	惜春
莺儿	宝钗

其中晴雯、碧痕、麝月、入画、莺儿五人的名字，在其他脂本以及程甲本、程乙本，都没有异文[①]，唯有绮霰、紫绡和待书三人的名字存在着彼此歧异的情况。

不妨先看看此处这八个丫环的名字在其他脂本以及程甲本、程乙本中的异文情况。

---

① 梦本"碧痕"误作"碧浪"，未计在内。

首先要指出两点：

第一，自"绮霰"至"莺儿"等七个人名，杨本均无。

第二，"晴雯"，各本均同。

除晴雯外，在脂本以及程甲本、程乙本中，其他七人的名字均有异文，如下：

绮霰

绮霰	甲戌本 庚辰本 戚本 梦本
绮霞	舒本 彼本 蒙本 程甲本 程乙本

紫绡

紫绡	甲戌本 庚辰本 戚本 梦本
紫鹃	舒本 彼本
紫绢	蒙本
秋纹	程甲本 程乙本

待书

待书	甲戌本 庚辰本 彼本 蒙本 戚本
侍书	舒本 程甲本 程乙本

庚辰本原作"待书"，"待"涂改"侍"；彼本原作"待书"，"待"旁改"侍"。

接下去，我们将继续对"绮霰"和"侍书"① 这两个丫环的名字依次展开讨论。

第二节　她的名字叫绮霰，还是叫绮霞？

请先来看《红楼梦大辞典》② 和《红楼梦人物谱》③ 这两部著名的、有实

---

① "侍书"问题，请参阅第二十二章"侍书异名考辨——兼论'书'与探春之关涉"。
② 冯其庸、李希凡主编《红楼梦大辞典》增订本，文化艺术出版社，2010 年，北京。
③ 朱一玄：《红楼梦人物谱》，百花文艺出版社，2006 年，天津。

用价值的工具书是如何介绍和评论绮霰或绮霞的。

绮霰，见于《红楼梦人物谱》的著录：

> 绮霰：绮霞，在庚辰本第 20 回中出现时，原作绮霰。程乙本可能是因为霰字生僻的缘故，把"绮霰"改作"绮霞"，岂不知反不如原来的名字适合贾宝玉的爱好了。①

"原来的名字适合贾宝玉的爱好"一语，不知何所据而云？

《红楼梦大辞典》（增订本）则列有"绮霰"、"绮霞"二条目说②：

> 绮霰　宝玉的丫头。出现时总与"晴雯"对举。见 20、24③、26、27 回。程本④及原人文⑤通行本均作"绮霞"。
>
> 绮霞　参见"绮霰"条。

在《红楼梦》前八十回中，丫环"绮霰"或"绮霞"之名，出现于下列三回：

20 26 27

第 27 回有"绮霰"或"绮霞"的文字已见于本章上文的引述⑥。

第 27 回

绮霰	甲戌本 庚辰本 戚本 梦本
绮霞	舒本 彼本 蒙本 程甲本 程乙本
（无）	杨本

现再介绍第 20 回和第 26 回有关的引文。

---

① 《红楼梦人物谱》，第 154 页。
② 《红楼梦大辞典》增订本，第 318 页。
③ 按：《红楼梦》第 24 回并未出现人名"绮霰"，它仅仅是一次出现了"绮霰斋书房"五字，另一次出现了"绮霰斋"三字；两次都是书斋名"绮霰斋"，而非人名"绮霰"。
④ 程本，指程甲本、程乙本。
⑤ "人文"，指人民文学出版社。
⑥ 请参阅本章第一节。

【第 20 回】
甲戌本无第 20 回，改引庚辰本第 20 回有关文字于下：

> 宝玉记着袭人，便回至房中，见袭人朦朦睡去，自己要睡，天气尚早，彼时晴雯、绮霰、秋纹、碧痕都寻热闹找鸳鸯、琥珀等要戏去了，独见麝月一个人在外间房里灯下抹骨牌。

"绮霰"，己卯本、舒本、蒙本同，彼本、杨本、戚本、梦本以及程甲本、程乙本作"绮霞"。

第 20 回

绮霰	己卯本 庚辰本 舒本 蒙本
绮霞	彼本 杨本 戚本 梦本 程甲本 程乙本

【第 26 回】
再引甲戌本第 26 回红玉和佳蕙的一段对话于下：

> 红玉道："怕什么，还不如早些死了倒干净。"
> 佳蕙道："好好的，怎么说这些话？"
> 红玉道："你那里知道我心里的事。"
> 佳蕙点头，想了一会道："可也怨不得这个地方难站，就像昨儿老太太因宝玉病了这些日子，说跟着服侍的这些人都辛苦了，如今身上好了，各处还完了愿，叫把跟着的人都按着等儿赏他们。我算年纪小，上不去不得，我也不怨。像你怎么也不算在里头，我心里就不服。袭人那怕他得十个分儿，也不恼他，原该的。说良心话，谁还敢比他呢。别说他素日殷勤小心，便是不殷勤小心，也拼不得。可气晴雯、绮霰他们这几个，都算在上一①等里去，仗着老子娘的脸面②，众人倒捧着他去。你说可气不可气？"

---

① "一"系后添。
② 朱一玄《红楼梦人物谱》指出，"照佳蕙这样说，晴雯、绮霰应该都有'老子娘'在荣国府，而且还是有'脸面'的人。可是书中任何地方都没有提到她们有'老子娘'在身边；而且在第 77 回写晴雯的来历时，还说：'这晴雯当日系赖大家用银子买的，那时晴雯才得十岁，尚未留头。因常跟赖嬷嬷进来，贾母见他生得伶俐标致，十分喜爱，故此赖嬷嬷就孝敬了贾母使唤，后来所以到了宝玉房里。这晴雯进来时，也不记得家乡父母，只知有个姑舅哥哥。'这晴雯早已是'不记得家乡父母'了，哪里还谈得上'仗着老子娘'的'脸面'得赏呢"。见《红楼梦人物谱》，第 60 页。

红玉道："也不犯着气他们。俗语说的，千里搭长棚，没有个不散的筵席。谁守谁一辈子呢，不过三年五载，各人干各人的去了。那时谁还管谁呢？"

"绮霰"，庚辰本、戚本、梦本同，舒本、彼本、杨本、蒙本以及程甲本、程乙本作"绮霞"。

第 26 回

绮霰	甲戌本 庚辰本 戚本 梦本
绮霞	舒本 彼本 杨本 蒙本 程甲本 程乙本

【第 27 回】

第 27 回有关"绮霰"、"绮霞"的文字，已见于本章第一节"九个丫环同时出场"所引，此处从略。

综合第 20 回、第 26 回、第 27 回三回的"绮霰"、"绮霞"歧异的情况，如下表所示：

第 20 回、第 26 回

绮霰	庚辰本 戚本 梦本
绮霞	舒本 彼本 杨本 蒙本 程甲本 程乙本

第 27 回

绮霰	庚辰本 戚本 梦本
绮霞	舒本 彼本 蒙本 程甲本 程乙本

在上述二表中，第 20 回与第 26 回全同；第 27 回微异，其原因则在于缺少了杨本。

说到绮霰，不由得使我们想起了宝玉的外书房。

第三节　外书房为什么叫作绮霰斋？

《红楼梦》中有几个建筑物，曹雪芹给它们所起的名称，比较别致，饶有风趣。

例如第 8 回的小书房"梦坡斋"和第 13 回的"逗蜂轩"。

引甲戌本第 8 回有关文字于下：

> 却说宝玉因送贾母回来，待贾母歇了中觉，意欲还去看戏取乐，又恐扰的秦氏等人不便，因想起近日薛宝钗在家养病，未去亲候，意欲去望他一望。若从上房后角门过去，又恐遇见别事缠绕，再或可巧遇见他父亲更为不妥，宁可绕远路罢了。当下众嬷嬷、丫嬛伺候他换衣服，见他不换，仍出二门去了。
>
> 众嬷嬷、丫嬛只得跟随出来，还只当他去那府中看戏，谁知到了穿堂，便往东向北，绕厅后而去。
>
> 偏顶头遇见了门下清客相公詹光、单聘仁二人走来，一见了宝玉，便都笑着赶上来，一个抱住腰，一个携着手，都道："我的菩萨哥儿，我说作了好梦呢，好容易得遇见了你。"说着，请了安，又问好，劳叨了半日，方才走开。
>
> 老嬷叫住，因问："你二位爷是从老爷跟前来的不是？"他二人点头道："老爷在梦坡斋小书房里歇中觉呢，不妨事的。"一面说，一面走了，说的宝玉也笑了。
>
> 于是转湾向北奔梨香院来。

为什么要起这么个名字呢？

我一时还想不出准确的答案。敬待同道有以教我。

《红楼梦大辞典》的解释则是：

> 梦坡斋：荣国府内贾政的"小书房"。梦坡斋在全书仅出现一次，即第八回中詹光、单聘仁对老嬷嬷说："老爷（贾政）在梦坡斋小书房里歇中觉呢。""梦坡"即梦中会晤苏东坡，以此为贾政书斋命名或系作者因"歇中觉"而信手拈来，或更有讽刺贾政附庸风雅之意。①

此说可做参考。

和梦坡斋类似的，还有一个"逗蜂轩"。

再引甲戌本第 13 回有关文字于下：

---

① 《红楼梦大辞典》增订本，第 85 页。

贾珍因想着贾蓉不过是个黉门监，灵幡经榜上写时不好看，便是执事也不多，因此心下甚不自在。可巧这日正是首七第四日，早有大明宫掌宫内相戴权先备了祭礼，遣人抬来，次后坐了大轿，打伞鸣锣，亲来上祭。贾珍忙接着，让至逗蜂轩献茶。贾珍心中打算定了主意，因而趁便就说要与贾蓉蠲个前程的话。

戴权会意，因笑道："想是为丧礼上风光些。"贾珍忙笑道："老内相所见不差。"

戴权道："事道①凑巧，正□②个美缺，如今三百员龙禁尉短了两员，昨儿襄阳侯的兄弟老三来求我，现拿了一千五百两银子，送到我家里。你知道，咱们都是老相遇，不拘怎么样，看着他爷爷的分上，胡乱应了。还剩了一个缺，谁知永兴节度使冯胖子来求，要与他孩子蠲，我就没工夫应他。既是咱们的孩子要蠲，快写个履历来。"贾珍听说，忙吩咐："快命书房里人恭敬写了大爷的履历来。"

连类而及，由"梦坡斋"、"逗蜂轩"不禁让我们想到了"绮霰斋"。
宝玉有一个外书房，名字就叫作绮霰斋。
这见于第 24 回。甲戌本无第 24 回。改引庚辰本第 24 回有关文字于下：

凤姐正是要办端阳的节礼，采买香料药饵的时节，忽见贾芸如此一来，听这一篇话，心下又是得意，又是欢喜，便命丰儿接过芸哥儿的来，送了家去，交给平儿，因又说道："看着你这样好③知好歹，怪道你叔叔常提你，说你说话儿也明白，心里有见识。"贾芸听这话入了港④，便打进一步来，故意问道："原来叔叔也曾提我的？"

凤姐见问，才要告诉他与他管的事情的⑤那话，便忙又止住，心下想到："我如今要告诉他那话，倒叫他看着我见不得东西似的，为得了这点子香，就混许他管事了。今儿先别提起这事。"想毕，便把派他监种花木

---

① "道"乃"倒"字的音讹。
② "□"，甲戌本此字空缺，其他脂本作"有"。
③ "好"是原文，旁改"倒很"。
④ "港"系旁改，原字不清。
⑤ "的"系旁添。

工程的事都隐瞒的一字不提，随口说了两句没①话，便往贾母那里去了。

贾芸也不好提的，只得回来。因昨日见了宝玉，叫他到外书房等着，贾芸吃了饭便又进来，到贾母那边仪门外绮霰斋书房里来。只见焙茗、锄药两个小厮下象棋，为夺车正办②嘴，还有引泉、扫花、挑云、伴鹤四五个，又在房檐上掏小雀儿顽。

"绮霰斋"，彼本、晳本、梦本同，舒本、杨本、蒙本、戚本作"绮霞斋"，程甲本、程乙本作"绮散斋"。

绮霰斋	庚辰本 彼本 晳本 梦本
绮散斋	程甲本 程乙本
绮霞斋	舒本 杨本 蒙本 戚本

请看《红楼梦大辞典》对"绮霰斋"的介绍③：

绮霰斋：宝玉的外书房。原为宝玉约秦钟读夜书用。第二十四回贾芸在此遇见"遗帕惹相思"的红玉。作者以"绮霰"二字为宝玉书房命名，同时又给怡红院的一个大丫头也取名"绮霰"，或因这里与贾芸、红玉的故事有关，或更在显示宝玉的"愚顽怕读文章"的本性。

愚意，书斋而名"绮霰"，似与丫环之名无必然的、直接的联系。

贾府作为一个封建贵族大家庭，似无必要也没有这个可能，把宝玉的一个普普通通的丫环的名字移用在书斋的匾额上。

试想，宝玉的丫环取名"袭人"，这曾引发了贾政的反感，其事见于第23回。

引庚辰本第23回有关文字于下：

王夫人摸娑着宝玉的脖项，说道："前儿的丸药都吃完了？"宝玉答道："还有一丸。"王夫人道："明儿再取十九来，天天临睡的时候，叫袭

---

① "没"下旁添"要紧的"。按："没话"，舒本、梦本作"淡话"，彼本、杨本、蒙本、戚本作"闲话"。又按："没"乃"淡"字的形讹。
② "办"乃"拌"字的音讹。
③ 《红楼梦大辞典》增订本，第87页。

人伏侍你吃了再睡。"宝玉道："只①从太太吩咐了，袭人天天晚上想着
打发我吃。"

贾政问道："袭人是何人？"王夫人道："是个丫头。"

贾政道："丫头不管叫个什么罢了，是谁这样刁钻，起这样的名子？"
王夫人见贾政不自在了，便替宝玉掩饰道："是老太太起的。"

贾政道："老太太如何知道这话？一定是宝玉。"

宝玉见瞒不过，只得起身回道："因素日读诗，曾记古人有一句诗
云：'花气袭人知昼暖'，因这个丫头姓花，便随口起了这个。"

王夫人忙又道："宝玉，你回去改了罢。老爷也不用为这小事动气。"
贾政道："究竟也无碍，又何用改。只是可见宝玉不务正，专在这些浓词
艳赋上作工夫。"说毕，断喝一声："作业②的畜生，还不出去！"

王夫人也忙道："去罢，只怕老太太等你吃饭呢。"宝玉答应了，慢
慢的出去，向金钏儿笑着，伸伸舌头，带着两个嬷嬷一溜烟去了。

更何况书斋之名竟因袭了宝玉自己身边的丫环之名，这完全超出了他的
父亲贾政所能容忍的限度，曹雪芹似不应出现这样的败笔。

这也从侧面表明，这个丫环的名字也许应作"绮霰"。"绮霰"的"霰"
字乃是"霞"字的形讹。也就是说，书斋名"绮霰"，丫环名"绮霞"，两不
相及。

查"霰"、"霞"二字的解释，引《辞源》③于下：

> 霰：雪珠，雨点下降遇冷凝结而成的微小冰粒。……俗谓米雪。④
> 霞：彩云。云气因日光斜射而呈现赤色。⑤

这样看来，丫环之名为"绮霰"或"绮霞"，两种可能性都是存在的。

但愚意，宝玉的丫环之名，当以"绮霰"为是。"绮霞"的"霞"字，
与王夫人的丫环"彩霞"之名的"霞"字相同，自应以避免重复为上策。

笔者认为，"绮霰斋"之名起因于"与贾芸、红玉的故事有关，或更在显

---

① "只"乃"自"字之误。此字，舒本、眉本、梦本作"自"。
② "作业"，彼本、杨本、蒙本、戚本、暂本作"作孽"。
③ 《辞源》，商务印书馆，1983 年，北京。
④ 《辞源》，第 3342 页。
⑤ 《辞源》，第 3340 页。

示宝玉的'愚顽怕读文章'的本性",这样的解释未免求之过深。我细读贾芸、红玉的故事,第一,实在看不出此二人之事与宝玉的外书房绮霰斋之"名"中间存在着何种关联;第二,更没有发现这个外书房的名字与宝玉"愚顽怕读文章"的"本性"之间有何种牵连。

第二十一章　侍书异名考辨

——兼论"书"与探春之关涉

"侍"和"待"是两个不同的字，含义也不同。

在《红楼梦》的传抄本中，它们往往有"待"字误写为"侍"字之例，或"侍"字误写为"待"字之例，或"侍"字涂改为"待"字之例。

有两个问题，摆在我们的面前：

其一：探春的那个丫环，名叫"侍书"，还是名叫"待书"？应以何者为是？

其二：探春还有另一个丫环，名叫翠墨。除了主仆关系之外，探春、侍书、翠墨三人之间还有没有别的连接点？如果有，那么，这个连接点又体现在什么地方？

本章将对这两个问题展开讨论。

侍书①是探春秋爽斋的一名丫环。

拙著《红楼梦晢本研究》曾说：

> 在丫环群中，曹雪芹曾有"伴侣形象"的设计。所谓"伴侣形象"，或是两两相对，或是四人一组。例如贾母房里的丫环，鹦鹉和鸳鸯是一对儿，琥珀和珍珠是另一对儿，玻璃和翡翠又是一对儿；抱琴则和司棋、侍书、入画合成一组，以对应她们的主人元春、迎春、探春、

---

① 此丫环之名，在《红楼梦》中，有"侍书"、"待书"之异，其优劣、正误之分，本章将一一作出辨析。但请读者注意两点：第一，在本书中，笔者行文概以"侍书"为准；第二，本书一律视被"涂改"的"待"以及被"旁改"的"侍"或"待"为原文，以涂改或旁改而成的"侍"字为改文。下文不再一一注明，以免词费，请读者原谅。

惜春四姐妹。①

其中提到的"侍书",在《红楼梦》中,其名之上一字,在抄手的笔下,或写作"侍",或写作"待"。二者仅有一笔之差。该字的偏旁,或写作双立人("彳"),或写作单立人"亻"。在有的脂本上,原来的抄手明明写的是"待书",却被他人或后人把"待"字的偏旁双立人涂改为单立人②。

这两个字,"侍"和"待",孰正孰误?

或者退一步说,孰优孰劣?

这就是我们首先需要展开讨论的第一个问题。

第一节　"侍书"与"待书"之歧异

关于"侍书"或"待书"之名,在《红楼梦》脂本中,出现于下列十一回:

7	27	29	37	38	55
61	62	73	74	75	

现依次将有关文字引述于下:

【第7回】

第7回有一例。

甲戌本:

> 如今周瑞家的故顺路先往这里来,只见几个小丫头子都在抱厦内听呼唤默坐。迎春的丫头司棋与探春的丫嬛待书二人正掀帘出来,手里都捧着茶盘、茶钟。

"待书",己卯本、庚辰本③、彼本、杨本、戚本同,舒本、蒙本、梦本

---

① 请参阅拙著《红楼梦脂本研究》(社会科学文献出版社,2019年,北京),第24页。

② 例如,"待"被涂改为"侍",庚辰本常有这样的情况。

③ 庚辰本原文作"侍","侍"涂改"待"。

作"侍书"，眉本作"侍①书"。

| 侍书 | 舒本 蒙本 梦本 眉本 |
| 待书 | 甲戌本 己卯本 庚辰本 彼本 杨本 戚本 |

【第 27 回】

第 27 回有二例。

例 1，甲戌本：

二人②正说着，只见文官、香菱、司棋、待③书等上亭子来了，二人只得掩住这话，且和他们顽笑。

"待书"，杨本、蒙本、戚本同，舒本、彼本、梦本作"侍书"。

| 侍书 | 舒本 彼本 梦本 |
| 待书 | 甲戌本 杨本 蒙本 戚本 |

例 2，甲戌本：

只见那边探春、宝钗在池边看鱼，红玉便走来陪笑问道："姑娘们可看见二奶奶没有？"探春道："往大奶奶院里找去。"

红玉听了，才往稻香村来，顶头只见晴雯、绮霞、碧痕、紫绡、麝月、待书、入画、莺儿等一群人来了。

"待书"，杨本、蒙本、戚本同，舒本、梦本作"侍书"；庚辰本原作"待书"，"待"涂改"侍"；彼本原作"待书"，"待"旁改"侍"。

| 侍书 | 舒本、梦本 |
| 待书 | 甲戌本 庚辰本 彼本 杨本 蒙本 戚本 |

---

① "侍"乃"侍"字的形讹。故在下表中将眉本归入"侍书"一类。
② "二人"，指红玉和坠儿。
③ 庚辰本"待"是原文，涂改"侍"。

【第 29 回】

第 29 回有一例。

庚辰本：

> 然后贾母的丫头鸳鸯、鹦武①、琥珀、珍珠，林黛玉的丫头紫鹃、雪雁、春纤，宝钗的丫头莺儿、文杏，迎春的丫头司棋、绣橘，探春的丫头<u>待</u>书、翠墨，惜春的丫头入画、彩屏……

"待书"，己卯本、彼本、杨本、蒙本、戚本同，舒本、梦本作"侍书"。

侍书	舒本 梦本
待书	己卯本 庚辰本 彼本 杨本 蒙本 戚本

【第 37 回】

第 37 回有一例。

庚辰本：

> 宝玉道："这'盆'、'门'两个字不大好作呢。"
> <u>待</u>②书一样预备下四分纸笔，便都悄然各自思索起来。

"待书"，己卯本、彼本、杨本、蒙本③、戚本同，舒本无，梦本作"侍书"。

侍书	梦本
待书	己卯本 庚辰本 彼本 杨本 蒙本 戚本
（无）	舒本

【第 38 回】

第 38 回有一例。

庚辰本：

---

① "武"乃"鹉"字之误，
② 庚辰本原作"待"，涂改"侍"。
③ 蒙本原作"待"，旁改"侍"。

湘云道："虽如此说，还有别人。"因又命另摆一桌，拣了热螃蟹来，请袭人、紫鹃、司棋、待①书、入画、莺儿、翠墨等一处，共坐山坡桂树底下，铺下两条花毡，命答应的婆子并小丫头等也都坐了，只管随意吃喝，等使唤再来。

"待书"，己卯本、杨本、蒙本、戚本同，舒本、彼本、梦本作"侍书"。

侍书	舒本 彼本 梦本
待书	己卯本 庚辰本 杨本 蒙本 戚本

【第 55 回】

第 55 回有四例。

例 1，庚辰本：

平儿见待②书不在这里，便忙上来与探春挽袖卸镯，又接过一条大手巾来，将探春面前衣襟掩了，探春方伸手向面盆中盥沐。

"待书"，彼本③、杨本、蒙本④、戚本同，梦本作"侍书"。

侍书	梦本
待书	庚辰本 彼本 杨本 蒙本 戚本

例 2，庚辰本：

那个媳妇答应着去了，就有大观园中媳妇捧了饭盒来，待⑤书、素云早已抬过一张小饭桌来，平儿也忙着上菜。

"待书"，彼本⑥、杨本、蒙本⑦、戚本同，梦本作"侍"。

---

① "待"是原文，涂改"侍"。
② "待"是原文，涂改"侍"。
③ 彼本"待"是原文，旁改"侍"。
④ 蒙本"待"是原文，旁改"侍"。
⑤ "待"是原文，涂改"侍"。
⑥ 彼本原作"待"，旁改"侍"。
⑦ 蒙本原作"待"，旁改"侍"。

侍书	梦本
待书	庚辰本 彼本 杨本 蒙本 戚本

例3，庚辰本：

只见一个丫嬛将帘栊高揭，又有两个将桌抬出茶房内，早有三个丫头捧着三沐盆水，见饭桌已出，三人便进去了，一回又捧出沐盆并漱盂来，方有待①书、素云、莺儿三个，每人用茶盘捧了三盖碗茶进去。

"待书"，己卯本、彼本②、杨本、蒙本③、戚本同，梦本作"侍"。

侍书	梦本
待书	己卯本 庚辰本 彼本 杨本 蒙本 戚本

例4，庚辰本：

待④书命小丫头子："好生伺候着，我们吃饭来换你们，别又偷偷坐着去。"

"待书"，己卯本、彼本⑤、杨本、蒙本⑥、戚本同，舒本、梦本作"侍书"。

侍书	舒本 梦本
待书	己卯本 庚辰本 彼本 杨本 蒙本 戚本

【第61回】

第61回有一例。

庚辰本：

---

① "待"是原文，涂改"侍"。
② 彼本原作"待"，旁改"侍"。
③ 蒙本原作"待"，旁改"侍"。
④ "待"是原文，涂改"侍"。
⑤ 彼本原作"待"，旁改"侍"。
⑥ 蒙本原作"待"，旁改"侍"。

那时李纨正因兰哥儿病了，不理事务，只命去见探春。

探春已归房，人回进去，丫嬛们都在院内纳凉，探春在内盥沐，只有待①书回进去，半日出来说："姑娘知道了，叫你们找平儿回二奶奶去。"

"待书"，己卯本、彼本②、戚本同，杨本无，梦本作"侍书"。

侍书	蒙本 梦本
待书	己卯本 庚辰本 彼本 戚本
（无）	杨本

【第 62 回】

第 62 回有一例。

庚辰本：

说着③，来到沁芳亭边，只见袭人、香菱、待④书、素云、晴雯、麝月、芳官、蕊官、藕官等十来个人都在那里看鱼作耍。

"待书"，彼本⑤、杨本、戚本同，己卯本、蒙本、梦本作"侍书"。

侍书	己卯本 蒙本 梦本
待书	庚辰本 彼本 杨本 戚本

【第 73 回】

第 73 回有一例。

庚辰本：

探春笑道："我不听见便罢，既听见，少不得替你们分解分解。"谁知探春早使个眼色与侍书出去了。

---

① "待"是原文，涂改"侍"。
② 彼本原作"待"，旁改"侍"。
③ "说着"，指宝钗、宝玉二人。
④ "待"是原文，涂改"侍"。
⑤ 彼本"待"是原文，旁改"侍"。

"侍书"，蒙本、梦本同，彼本①、杨本、戚本作"待书"。

侍书	庚辰本 蒙本 梦本
待书	彼本 杨本 戚本

按：庚辰本、彼本上述引文末句有同词脱文，如下：

谁知探春早使个眼色与侍书出去了（庚辰本）

谁知探春早使了个眼色与待书出去了（彼本）

谁知探春早使个眼色与侍书，待书出去了（杨本）

使个眼色与侍书，侍书出去（蒙本）

使个眼色与待书，待书出去（戚本）

谁知探春早使了眼色与侍书，侍书出去了（梦本）

庚辰本、彼本脱文的原因是："侍书"（庚辰本）或"待书"（彼本）二字的重复。

【第74回】

第74回有三例。

例1，庚辰本：

凤姐陪笑道："我不过是奉太太的命来，妹妹别错怪我，何必生气。"因命丫嬛们快快关上。平儿、丰儿等忙着替待②书等关的关，收的收。

"待书"，彼本③、杨本、戚本同，蒙本、梦本作"侍书"。

侍书	蒙本 梦本
待书	庚辰本 彼本 杨本 戚本

例2，庚辰本：

---

① 彼本"待"是原文，旁改"侍"。

② "待"是原文，涂改"侍"。

③ 彼本原作"待"，旁改"侍"。

探春喝命丫嬛道："的①们听他说的这②话，还等我和他对嘴去不成③。"待④书等听说，便出去说道："果然回老娘家去，倒是我们的造化了，只怕舍不得去。"

"待书"，杨本、戚本同，彼本、蒙本、梦本作"侍书"。

侍书	彼本 蒙本 梦本
待书	庚辰本 杨本 戚本

例3，庚辰本：

平儿忙也陪⑤笑解劝⑥，一面⑦又拉了待⑧书进来。

"待书"，彼本⑨、杨本同，蒙本、戚本、梦本作"侍书"。

侍书	蒙本 戚本 梦本
待书	庚辰本 彼本 杨本

【第75回】

第75回有一例。

庚辰本：

贾母便命探春来同吃，探春也都让过了，便和宝琴对面坐下。待⑩书忙去取了碗来。

"待书"，杨本、蒙本同，彼本、戚本、梦本作"侍书"。

---

① "的"是原文，旁改"你"。
② "的这"二字系旁添。
③ "成"系旁改，原作"去"。
④ "待"是原文，涂改"侍"。
⑤ "陪"系旁改，原作"倍"。
⑥ "劝"系旁改，原作"功"。
⑦ "面"是原文，旁改"回"（连上读）。
⑧ "待"是原文，涂改"侍"。
⑨ 彼本原作"待"，旁改"侍"。
⑩ "待"是原文，涂改"侍"。

侍书	彼本 戚本 梦本
待书	庚辰本 杨本 蒙本

第二节 小结

以上所引，共计十一回、十七例。

在这十七例中，"侍书"或"待书"之名分布于各脂本的情况，如甲、乙二表所示。

甲表：

侍书

梦本	17
蒙本	7
舒本	5
彼本	4
戚本	2
己卯本	1
庚辰本	1
眉本	1

乙表：

待书

庚辰本	16
杨本	16
戚本	15
彼本	13
蒙本	10
己卯本	8
甲戌本	3

第三节　释"侍"与"待"

此丫环之名有"侍书"与"待书"的歧异，那么，将以何者为是呢？

这需要从"侍"、"待"和"书"三字谈起。

先说"侍"字。

查《辞源》①，"侍"字的解释有两个义项②：

　　①陪从尊长身旁。

　　②进言，进谏。

按，"侍"字的第一义项完全符合《红楼梦》中"侍书"的身份和地位。《辞源》甚至还列有一个专门的名词"侍书"：

　　侍书：官名。《后汉书》六十下《蔡邕传》："举高第，补侍御史，又转侍书御史。"明代翰林院有侍书二人，见《明史·职官志》二，翰林院。

我想，探春丫环"侍书"之名可能即由此而来。

再说"待"字。

继续查《辞源》，"待"字有六个义项：

　　①等待。

　　②准备。

　　③对待，款待。

　　④宽容。

　　⑤须。

　　⑥将要。

从这六个义项看来，无一可以与"书"字造句合拍者。

这个"待"字似与丫环的身份不合。

---

① 《辞源》修订本（商务印书馆，1979 年，北京）。

② 《辞源》修订本，第 204 页。

"侍"和"待"有一点明显的区别。即：

  "侍"：丫环→主人
  "待"：主人→丫环

二字之主客位不同。

作为丫环之名，自然是取"侍"为宜。

我认为，在个别的脂本抄手的笔下，"待"字乃是"侍"字的形讹。

第四节 释"书"

"侍书"与"待书"二名有正误之分。

我认为，正者是"侍书"，误者乃"待书"。

何以见得？

这和"书"的字义有关。

"书"字有"书写"、"书法"之义。

试举一个旁证。

《红楼梦》"舒本"卷首载有舒元炜所写的序文。文末署曰：

  乾隆五十四年，岁次屠维作噩，且月上浣，虎林董园氏舒元炜序并书于金台客舍

我曾指出，值得注意的是那个"书"字：

  在这里，"书"是"书写"的意思。这就表明，此序文乃是舒元炜亲笔书写的。[①]

"侍书"之名的后一字是"书"。那么，这里的"书"字是什么意思呢？

它不是指"书籍"、"书册"、"书本"，而是像舒元炜《红楼梦序》所使用的"书"字一样，是"书写"的意思。

为什么呢？

---

① 请参阅拙著《红楼梦舒本研究》（社会科学文献出版社，2018 年，北京），第 4 页。

"侍书"是探春的丫环。而探春是元春、迎春、探春、惜春四姐妹之一。四姐妹之名,下一字都是"春",上一字则各自谐音为"原"、"应"、"叹"、"息"。与四姐妹之名相应,曹雪芹为元春、迎春、探春、惜春四姐妹的丫环①所设计的名字分别是:"抱琴"、"司棋"、"侍书"和"入画",这分明是巧妙地嵌入"琴"、"棋"、"书"、"画"四字,构成一组伴侣形象。

"琴"、"棋"、"画"三字姑置不论。我们单说其中的那个"书"字。

"侍书"的"书"既然不是指"书籍"、"书册"、"书本"之"书",那么,它的含义何在呢?

请看《辞源》对"琴棋书画"的解释②:

> 琴棋书画:弹琴、下棋、写字、绘画,皆为旧时文士引为风雅之事,故常四字连称。

可知"琴棋书画"四字之中的那个"书"字,指的是"写字",而不是指"书籍"、"书册"、"书本"等名词。

问:如果换成投票的模式,你的选择是"待书",还是"侍书"?

答:我选择"侍书"。

作这样的选择,有什么根据可言?

从《辞源》的解释来看,"侍"字是比较符合"侍书"丫环之名的含义的。相反的,"待"字和"书"字搭配在一起,用作丫环之名,要逊色得多。

因此,从字义来看此丫环之名,愚见以"侍书"为优。"侍"字符合丫环的身份,而"待"字的主体词说的便是主人,不是指的丫环了。

我认为,此丫环之名,以"侍书"为是。

故本书概以"侍书"称呼此丫环之名。

"侍书"的命名既然和"抱琴"、"司棋"、"入画"三人之名有关。那么,"侍书"命名的缘由便十分清晰了。其名的"书"字,指的是"写字",而绝非一般意义的"书籍"、"书册"、"书本"之"书"。

这样一来,探春丫环之名便是"侍"而非"待"了。

---

① 迎春、探春、惜春的丫环不止一人,这里说的只是其中最重要的那个丫环。

② 《辞源(修订本)》,第2065页。

第五节　八项旁证

"侍书"之"书",不作"书籍"、"书册"、"书本"解,而是应作"书写"、"写字"、"书法"解,这可以举出下列八项旁证。

(一) 第40回所写的探春房中的陈设。

第40回,庚辰本:

> 凤姐儿等来至探春房中,只见他娘儿们正笑探春素喜阔朗,这三间屋子并不曾隔断,当地放着一张花梨大理石大案,案上磊着各种名人法帖,并数十方宝砚,各色笔筒、笔海内插的笔如树林一般。……
>
> 西墙上,当中挂着一大幅米襄阳烟雨图,左右挂着一付对联,乃是颜鲁公墨迹,其词云:"烟霞闲骨格,泉石野生涯。"

"颜鲁公"即颜真卿,唐代著名的书法家,后封鲁郡公,世称颜鲁公。

闺房中悬挂颜鲁公的墨迹,反映出探春对颜体书法的欣赏和喜爱。

"法帖":"摹写前人书法,镌刻于恒形石版、木版,以及此类的拓本,都叫法帖。"①

"宝砚"、"笔筒"、"笔海"、"笔",这都是名列"文房四宝"(笔、墨、纸、砚)之物,离不开"书"字。

(二) 第37回,探春亲笔写给宝玉一封信,书中称此信为"花笺"。"花笺"乃是一种精美华美的信纸。纸也是"文房四宝"之一。探春亲笔写信,并且披露了此信的全文,这在《红楼梦》女性人物中是罕见的。

(三) 探春致宝玉花笺说:

> 昨蒙亲劳抚嘱,复又数遣侍儿问切,兼以鲜荔并真卿墨迹见赐,何瘝疴惠爱之深哉。

宝玉曾以颜真卿"墨迹"作为礼品赠与探春,受到了探春的欢迎。

(四) 除侍书之外,探春还有一个丫环,以"文房四宝"之一命名,叫

---

① 《红楼梦大辞典》(修订本,文化艺术出版社,2010年,北京),第293页。

作"翠墨"。探春派遣送花笺给宝玉的人，正是翠墨。

（五）翠墨初次登场是在第 29 回，是和侍书一同出现的，引庚辰本于下：

> ……迎春的丫头司棋、绣橘，探春的丫头待书、翠墨，惜春的丫头
> 入画、彩屏……

此后，她还继续出现于另外的八回。

（六）丫环以"墨"为名，无疑也从侧面反映了探春对"写字"、"书法"
的钟爱。

（七）甲戌本第 27 回，在探春和宝玉的对话中，提到了探春对"字画"
的喜好：

> 探春又笑道："这几个月我又攒下有十来吊钱了，你还拿去，明儿逛
> 去的时候，或是好字画、书籍卷册，轻巧顽意儿，给我带些来。"

（八）探春和侍书的主仆搭配，正像惜春和入画的主仆搭配一样。惜春以
绘画见长，难怪她的丫环叫作"入画"了。

凡此种种，均与"写字"、"书法"有关，以衬托探春之爱好与"书写"
之"书"有密切的关系，可以作为"侍书"命名的旁证。

第六节　翠墨是探春的另一名丫环

除了侍书之外，探春还有另一个丫环，名叫翠墨。

"侍书"的"书"是"琴棋书画"之一。

而"翠墨"的"墨"则是"文房四宝"① 之一。

翠墨之名，首见于第 29 回，引庚辰本于下：

> ……迎春的丫头司棋、绣橘，探春的丫头待书②、翠墨，惜春的丫头
> 入画、彩屏……

"翠墨"，其他脂本均同。

---

① "文房四宝"：笔、墨、纸、砚。
② "待书"，其他脂本均作"侍书"。

在第 29 回之后，翠墨还出现于下列八回：

37 38 43 46 60 62 63 70

现列举各回有关的文字于下：

【第 37 回】

第 37 回有五例。

例 1，庚辰本：

单表宝玉每日在园中任意纵性的旷荡，真把光阴虚度，岁月空添。这日正无聊之际，只见翠墨进来，手里拿着一副花笺，送与他。

"翠墨"，其他脂本均同。

例 2，庚辰本：

翠墨道："姑娘好了，今儿也不吃药了，不过是凉着一点儿。"

"翠墨"，其他脂本均同。

例 3，庚辰本：

宝玉看了，不觉喜的拍手笑道："倒是三妹妹高雅，我如今就去商议。"一面说，一面就走，翠墨跟在后面。

"翠墨"，其他脂本均同。

例 4，庚辰本：

宝玉道："你出去说，我知道了，难为他想着，你便把花儿送到我屋里去就是了。"一面说，一面同翠墨往秋爽斋来。

"翠墨"，其他脂本均同。

例 5，庚辰本：

且说袭人因见宝玉看了字帖儿便慌慌张张的同翠墨去了，也不知是何事。

"翠墨"，其他脂本均同。

【第 38 回】

第 38 回有一例。

庚辰本：

> 湘云道："虽如此说，还有别人。"因又命另摆一桌，拣了热螃蟹来请袭人、紫鹃、司棋、待①书、入画、莺儿、<u>翠墨</u>等一处，共坐山坡桂树底下，铺下两条花毡，命答应的婆子并小丫头等也都坐了，只管随意吃喝，等使唤再来。

"翠墨"，其他脂本均同。

【第 43 回】

第 43 回有一例。

庚辰本：

> 李纨又向众姊妹道："今儿是正紧②社日，可别忘了。宝玉也不来，想必他只图热闹，把清雅就丢开了。"说着，便命丫环去瞧："作什么呢？快请了来。"
>
> 丫环去了半日，回说："花大姐姐说，今儿一早就出门去了。"众人听了，都诧异说："再没有出门之理，这丫头糊涂，不知说话。"<u>因又命翠云去。一时翠墨③回来说</u>："可不真出了门了，说有个朋友死了，出去探丧去了。"
>
> 探春道："断然没有的事。凭他什么，再没今日出门之理。你叫袭人来，我问他。"

"翠云"，彼本无④，蒙本、戚本、梦本作"翠墨"。

"因又命翠云去。一时翠墨回来说"两句，各脂本异文如下：

> 因又命翠云去。一时翠墨回来说（庚辰本）
>
> 因又命翠墨回来说（彼本）
>
> 因又命翠墨去。一时翠墨回来说（蒙本、戚本、梦本）

---

① "待"是原文，涂改"侍"。
② "紧"是原文，旁改"经"。按："正紧"，即"正经"。
③ "墨"是原文，旁改"云"。
④ 彼本此处有同词脱文。

翠云	庚辰本
翠墨	庚辰本 彼本 蒙本 戚本 梦本

按：据庚辰本，"去"的是"翠云"，回来的却是"翠墨"，二者必有一误。

翠墨是探春的丫环，翠云呢？

查"翠云"又见于第 74 回，引庚辰本于下：

> 只见王夫人含着泪从袖内掷出一个香袋子来，说："你瞧瞧。"
>
> 凤姐忙拾起一看见是十锦春意香袋，也吓了一跳，忙问："太太，这是那里得来的？"
>
> 王夫人见问，越发泪如雨下，颤声说道："我从那里得来？我天天坐在井里呢，把你当个细心人，所以我才偷个空儿，谁知你也合我一样，这样的东西，大天白日，明摆在园里山石上，被老太太的丫头拾着，不亏你的婆婆遇见，早已送到老太太跟前去了。我且问你，这个东西必是你的，掉遗在那里来着。"
>
> 凤姐听了，也更了颜色，忙问："太太怎知是我的？"
>
> 王夫人又哭又叹，说道："你反问我，你想，一家子除了你们小夫小妻，余者老婆子们要这个何用？直①女孙②子们是从那里得来？自然是那琏儿不长进，下流种子，那里弄来，你们又和气，当作一件顽意儿，年轻人儿女闺房私意是有的，你还和我赖。幸儿③园内上下人还不解事，尚未拣得，倘或丫头们拣着，你姊妹看见，这还了得。不然，有那小丫头们拣着，出去说是园内拣着的，外人知道，这姓名、脸面要也不要？"
>
> 凤姐听说，又急又愧，登时紫涨了面皮，便依炕沿双膝跪下，也含泪诉道："太太说的固然有理，我也不敢辩，我并无这样的东西。但其中还要求太太细详其理。那香袋是外头雇工仿着内工绣的，带这穗子一概是市中④卖货，我便年轻不尊重些，也不要这捞什子，自然都是好些的，

---

① "直"是原文，旁改"侄"。按："直"疑是"再"字的形讹。彼本、杨本此字作"再"。

② "孙"乃"孩"字的形讹。

③ "儿"乃"而"字的音讹。

④ "中"系旁添，其他脂本均无。

此其一。二者，这东西也不是常带着，你①我纵有，也只好在家里带，焉肯带在身上往各处去。况且又往②园子里去，个个姊妹，我们都肯拉拉扯扯，倘或露出来，不但在姊妹前，就是奴才看见，我有什么意思。我气③年轻、不尊重，亦不能糊涂至此。三则伦住之内④，我自⑤年轻媳妇，算起奴才们来，便⑥我更也⑦年轻的又不止一个人。况且他们也常进园里去，晚间各人家去，焉知不是他们身上的？四则除我常在园里之外，还有那边太太常带过几个小姨娘来，比如嫣⑧红、翠云等人，皆系年轻侍妾，他们更该有这个了。还有那边珍大嫂子，他不算甚老，他也常带过佩凤等人来，焉知又不是他们的？五则园内丫头太多，保的住个个都是正经的不成，也有年纪大些的、知道了人事的，或者一时半刻人查问不到，偷着出去，或借着因由，同二门上小幺儿们打牙犯嘴，外头得了来的，也未可知。如今不但我没此事，就连平儿我也可以下保的。太太请细想。"

"翠云"，彼本、杨本、梦本同，蒙本、戚本作"素云"。

翠云	庚辰本 彼本 杨本 梦本
素云	蒙本 戚本

按：素云系李纨的丫环。而翠云却是贾赦的侍妾。

第74回。凤姐所说的"翠云"（庚辰本、彼本、杨本、梦本）是正确的，至于她所说的"素云"，则是张冠李戴。

第七节　结语

第一，元、迎、探、惜四姐妹的名字，谐音为"原"、"应"、"叹"、

---

① "你"是原文，旁改"的"，连上读。
② "又往"系旁改。
③ "气"是原文，旁改"就"。此字，其他脂本作"虽"。
④ "伦住之内"四字是原文，旁改"论主子里头"。
⑤ "自"是原文，旁改"是"。
⑥ "便"是原文，旁改"比"。此字，其他脂本作"比"。
⑦ "更也"二字是原文，旁改"再"。
⑧ "嫣"原误作"妈"。

"惜";她们的丫环四人分别命名为"抱琴"、"司棋"、"侍书"、"入画",分别嵌进了"琴"、"棋"、"书"、"画"四字。因此,侍书名字中间那个"书"字是"书写"的"书",而不是"书籍"、"书本"、"书册"的"书"。

第二,探春欣赏和喜爱书法中的"颜体"。

第三,探春房中摆设着"文房四宝"。

第四,在在显示出探春是一位书法爱好者。

第五,这就不难理解探春的丫环为什么要以"侍书"、"翠墨"命名了。"侍书"的"书"是"琴棋书画"之"书";"翠墨"的"墨"则是"文房四宝"之"墨"。

第六,探春、侍书、翠墨三者之间的连接点,除了主仆关系之外,就是那个"书"字。

附录　本书所使用《红楼梦》各版本的简称

　　甲戌本——"脂砚斋甲戌（乾隆十九年，1754）抄阅再评本"。卷首题"脂砚斋重评石头记"。抄本。残存十六回（1~8，13~16，25~28）。

　　己卯本——"己卯（乾隆二十四年，1759）冬月定本"。卷首题"脂砚斋重评石头记"。抄本。残存四十三回（含两个半回）。

　　庚辰本——"庚辰（乾隆二十五年，1760）秋月定本"。卷首题"脂砚斋重评石头记"。抄本。残存七十八回（1~63，65，66，68~80）。

　　舒本——舒元炜序（乾隆五十四年，1789）本。卷首题"红楼梦"。抄本。残存四十回（1~40）。也有人称之为"己酉本"。

　　彼本——俄罗斯圣彼得堡藏本。卷首题"石头记"或"红楼梦"。抄本。残存七十八回（1~4，7~80）。也有人称之为"列藏本"（圣彼得堡旧名列宁格勒）。

　　杨本——杨继振旧藏本。卷首题"红楼梦"。抄本。80回 + 40回。

　　蒙本——蒙古王府旧藏本。抄本。80回 + 40回。

　　戚本——戚蓼生序本。戚本现存三种：有正本、张本、泽存本。（1）有正本——上海有正书局石印本，80回，有大字本、小字本之分。a. 大字本：民国元年（1912）石印本，扉页题"原本红楼梦"。b. 小字本：民国9年（1920）石印本。（2）张本——张开模旧藏本。抄本，残存四十回（1~40）。（3）泽存本——即泽存书库旧藏本。抄本，80回。

　　眉本——眉盦旧藏本。卷首题"红楼梦"。抄本。残存十回（1~10）。也有人称之为"卞藏本"。

　　梦本——梦觉主人序本。也有人称之为"甲辰本"。

　　晳本——晳庵旧藏本。卷首题"石头记"。抄本。残存两回（23，24）。也有人称之为"郑藏本"。

　　程甲本——乾隆五十六年（1791）萃文书屋木活字印本。一百二十回。封面题"绣像红楼梦"。

　　程乙本——乾隆五十七年（1792）萃文书屋木活字印本。一百二十回。封面题"绣像红楼梦"。

后　记

一

　　一杯敬朝阳，

　　一杯敬月光，

　　温柔了我的寒窗。

我一生滴酒不沾。所谓"一杯"，指的是茶，以茶代酒。

但是我喜欢这样的诗句。因为它道出了我从拂晓到深夜埋首著书的心境。

二

这是我的"《红楼梦》研究系列"之九。

一至九如下：

　　第一，《曹雪芹祖籍辨①证》（中国大百科全书出版社，1998年，北京）

　　第二，《红楼梦版本探微》（华东师范大学出版社，2003年，上海）

　　第三，《红学探索——刘世德论红楼梦》（文化艺术出版社，2006

---

① 此书书名中的"辨"字，在版权页上，被出版社误印作"辩"。

年，北京）

第四，《红楼梦之谜——刘世德学术演讲录》（线装书局，2007
年，北京）

第五，《三国与红楼论集》（中国社会科学出版社，2013 年，北京）

第六，《红楼梦眉本①研究》（社会科学文献出版社，2013 年，北京）

第七，《红楼梦舒本②研究》（社会科学文献出版社，2018 年，北京）

第八，《红楼梦晢本③研究》（社会科学文献出版社，2019 年，北京）④

第九，《红楼梦甲戌本研究》（社会科学文献出版社，2021 年，北京）

其中的《红楼梦版本探微》被列为"文学遗产丛书"，并获得"第二届
中国社会科学院离退休人员优秀科研成果"三等奖；《红楼梦舒本研究》被评
为"中国社会科学院创新工程 2018 年度重大科研成果"；《红楼梦眉本研究》、
《红楼梦舒本研究》、《红楼梦晢本研究》以及本书（《红楼梦甲戌本研究》）
列入"中国社会科学院老年学者文库"；《三国与红楼论集》被列入"中国社
会科学院学部委员专题文集"⑤。其中的《红楼梦眉本研究》、《红楼梦舒本研
究》、《红楼梦晢本研究》、《红楼梦甲戌本研究》则组成了一个"红楼梦脂本
研究专著系列"。

三

本书在动笔之初，原先拟定的书名是"红楼梦甲戌本札记"。以"札记"
为名，本意是想表明：此书不是全面研究甲戌本的专著。但经考虑再三，为
了与已出版的拙著《红楼梦眉本研究》、《红楼梦舒本研究》、《红楼梦晢本研
究》配套，听从了友人的建议，改而继续采用"红楼梦甲戌本研究"的书名。

---

① "眉本"即"眉盦旧藏本"的简称。也有人称之为"卞（亦文）藏本"，或"卞本"。

② "舒本"即"舒元炜序本"的简称。一粟（朱南铣、周绍良）称之为"己酉本"，俞平伯称
之为"吴（晓铃）藏残本"。

③ "晢本"即"晢庵旧藏本"的简称。也有人称之为"郑（振铎）本"。

④ 拙著《红楼梦舒本研究》名列"中国社会科学院创新工程 2018 年度重大科研成果"。见《中
国社会科学报》2019 年 1 月 7 日、1 月 11 日专版。

⑤ 拙著《三国与红楼论集》名列"中国社会科学院学部委员专题文集"。见《中国社会科学报》
2013 年 4 月 22 日"他们的学术成就支撑起中国哲学社会科学的学术殿堂"专版。

但我内心怀有愧疚，自认这本书的分量太轻，实不足以对得起那内容厚重、富有研究价值的《红楼梦》甲戌本，请方家和读者谅之。

由于《红楼梦》甲戌本涉及的方面比较广泛，限于时间和精力，诸如收藏者刘铨福问题、脂评问题、脂砚斋及畸笏叟问题、"凡例"的著作权问题、第一回四百四十二字缺失之谜、撕去的纸条问题、避讳问题、胡适入藏问题、周汝昌录副问题等，此书均未涉笔。我给自己所定下的任务是：从版本学的角度切入，涉及的范围以甲戌本的文字、情节、人物为主。

四

1951年，我高中毕业后，在上海考入了清华大学中文系①。

入学后，我需要做的两件事是，购买一本硬壳的笔记本，并按校方的要求去刻一枚印章。那一天，我信步走在北京东四牌楼附近，偶见十字街头的东北角上有一家规模较大的文具店，不禁走了进去。买到笔记本以后，忽见店堂墙壁上贴着一纸广告："博琴铁书润例"。正好我身上带着祖父留赠给我的一枚象牙印石，于是立即向店员交款②，请这位"博琴铁"先生为我刻元朱文的三字名章。店员一面收钱，一面告诉我说："这位先生他不姓博，他姓刘。他是当代的京城篆刻名家！"我不禁感到惭愧，年幼无知，竟然不懂"铁书"二字的含义，并误认此人为旗人。过了大约一个星期，我拿到了刻好的图章，非常满意。从此"刘博琴"这个名字便一直留存在我的记忆里。

直到后来，当我耕耘在"红学"园地之后，有一个时期，在查考《红楼梦》甲戌本原收藏者刘铨福的家世、生平的有关资料时，方发现这位刘博琴先生（1921～1984），竟然是刘铨福之孙，但已失去了一个及时拜访他的机会。

---

① 我是在上海的高中毕业，并在上海报考大学的，记得考场设在大同中学。当时，清华大学中国语文系在全国范围内录取了十九名男女考生，我忝列其中，愧列第一。

② 多少钱，我已记不得了。

五

1962 年，我已在中国科学院文学研究所①工作。其时，我以古代文学研究工作者的身份买到了内部发行的"乾隆甲戌脂砚斋重评石头记"② 影印本的翻印本。

这个大开本的甲戌本翻印本印于 1962 年。在末页，粘有一纸条，印着三行字："一九六二年六月翻印。定价十二元，内部发行。"书的上下有两块木制的比较精致的夹板。

此翻印本有甲种本与乙种本之分。

甲种本收有刘铨福等人的题跋、印章，以及胡适的长文《跋乾隆甲戌脂砚斋重评石头记影印本》。

乙种本则删去了刘铨福、胡适等人的题跋、印章，胡适的长文，主要是增加了俞平伯的一篇长文。

我手上有甲种本而无乙种本。

六

本书共二十一章。

其中，第二章"论甲戌、己卯、庚辰三本成立的序次——以'莲菊两歧'为引"曾刊载于《红楼梦学刊》；第十六章"赖大与赖二辨析"是改稿，初稿曾以"赖大与赖二：角色与名字的转换"为题，收入《三国与红楼论集》；

---

① 1955 年 9 月，我从北京大学中文系毕业后，被分配到中国科学院文学研究所工作。当时的文学所设于北京大学燕园之内的哲学楼，同一个单位，悬挂两块招牌："北京大学文学研究所"和"中国科学院文学研究所"。当时大学毕业分配时，我填报了两个志愿：第一，入"中国科学院文学研究所"工作；第二，参加戏曲改革工作。闹了一个悲喜剧性的笑话：在大会上宣布分配名单时，我被宣布为"等待分配"，而我的五位同班男女同学被宣布分配到"中国科学院"工作。我大失所望。于是滞留校内有一两个月之久，与他系同学三人以打桥牌度日。最后，方知那五位同学到中国科学院报到后，又被院方再分配到物理研究所的一个编辑部工作，而我则被分配到北京大学文学研究所（即中国科学院文学研究所的另一名称），不禁大喜过望。

② 这是胡适所题甲戌本的书名。

第二十二章"侍书异名考辨——兼论'书'与探春之关涉"曾刊载于《曹雪芹研究》。

其他章节均未在报刊上公开发表过。

七

此书之成，深得老妻静霞以及女儿葳、蕤，女婿琪、志宏的鼓励与支持。同时，我还要借此机会把我的感谢之心献给石昌渝、夏薇、李超、任红、张云、于鹏、周文业、任晓辉等同事、友人，以及《红楼梦学刊》、《曹雪芹研究》、社会科学文献出版社、中国社会科学院老干部局、中国社会科学院文学研究所科研处的有关同志。

八

尽管已垂垂老矣，我仍然孜孜不倦地坚持着敲盘码字。

"老牛亦解韶光贵，不待扬鞭自奋蹄。"愿以此自勉。

2020 年 6 月，时年八十有八

永定河畔，孔雀城，荣园

图书在版编目（CIP）数据

　　红楼梦甲戌本研究／刘世德著. ‑‑ 北京：社会科
学文献出版社，2021.11（2023.4 重印）
　　（中国社会科学院老年学者文库）
　　ISBN 978 ‑ 7 ‑5201 ‑8827 ‑2

　　Ⅰ.①红… 　Ⅱ.①刘… 　Ⅲ.①《红楼梦》研究　Ⅳ.
①I207.411

　　中国版本图书馆 CIP 数据核字（2021）第 167072 号

·中国社会科学院老年学者文库·

红楼梦甲戌本研究

著　　者／刘世德

出 版 人／王利民
组稿编辑／周　丽
责任编辑／杜文婕
责任印制／王京美

出　　版／社会科学文献出版社 （010）59367143
　　　　　　地址：北京市北三环中路甲29号院华龙大厦　邮编：100029
　　　　　　网址：www. ssap. com. cn
发　　行／社会科学文献出版社 （010）59367028
印　　装／三河市东方印刷有限公司

规　　格／开 本：787mm × 1092mm　1/16
　　　　　　印 张：33.75　字 数：590 千字
版　　次／2021 年 11 月第 1 版　2023 年 4 月第 2 次印刷
书　　号／ISBN 978 ‑ 7 ‑5201 ‑8827 ‑2
定　　价／198.00 元

读者服务电话：4008918866